Ida Boy-Ed

Die Opferschale

Salzwasser

Ida Boy-Ed

Die Opferschale

1. Auflage | ISBN: 978-3-84609-798-4

Erscheinungsort: Paderborn, Deutschland

Erscheinungsjahr: 2014

Salzwasser Verlag GmbH, Paderborn.

Nachdruck des Originals.

Ida Boy-Ed

Dle Opferschale

Salzwasser

Die Opferschale

Im gleichen Verlag erschienen ferner:

Ida Boy-Ed, Die Flucht
— Um ein Weib

Die Opferschale

Roman

von

Ida Boy-Ed

Paul Franke Verlag
Berlin

Alle Rechte vorbehalten / Nachdruck verboten

Paul Franke Verlag
Inh.: Paul Franke & Rudolph Henßel G. m. b. H
Berlin

Druck: Hallberg & Büchting (Inh.: L. A. Klepzig), Leipzig C 1

Während nach beendeter geschäftlicher Unterredung der Rechtsanwalt Doktor Thomas Steinmann die Papiere in seine Aktenmappe legte, sprach Graf Leuckmer voll Zufriedenheit:

„Nun hätte man also seinen Lebensrest klar vor sich!"

‚Klar?' dachte der jüngere Mann.

„Das kann so völlig nur jemand genießen, der's viele Jahre mühsam gehabt hat", fuhr der Graf fort. „Und ohne Ihres Vaters klugen Rat wäre ich nicht immer durchgekommen."

‚Ja', dachte Steinmann weiter, ‚und jetzt fehlt der Rat, und meiner ist nicht beeinflussend genug.'

Graf Leuckmer lächelte. Das gab seinem bleichen, feingemeißelten Kopf einen Ausdruck von Güte und Überlegenheit.

„Es gibt Menschen, die sehr deutlich denken können", sagte er.

Da mußte auch Thomas Steinmann ein wenig lächeln.

„Ich bin und bleibe nun einmal ein Gegner von ausländischer Kapitalsanlage. Vor allem in diesem Fall, wo Sie nach vielen schweren Jahren endlich durch die Erbschaft ins Sorglose gekommen sind und schon aus Gesundheitsrücksichten das Gefühl der Sicherheit nicht aufs Spiel gesetzt werden dürfte."

Sein offenes, männliches Gesicht, die grauen Augen voll Lebhaftigkeit und Wärme, der ganze blonde Kopf machten ihn zu einer gewinnenden Erscheinung. Seine

Gestalt war ziemlich groß und kraftvoll, und seine Freunde hatten früher von ihm gesagt, er habe etwas Siegfriedhaftes. Berufsernst und Jahre streiften den Jünglingszauber ab, aber eine gerade, herzliche Frische war seine Eigenart geblieben.

„Lieber Thomas", sprach Graf Leuckmer, „begreifen Sie doch: Hier wird nichts aufs Spiel gesetzt. Das Kapital gehört meiner Tochter, und es ist in den Unternehmungen ihres künftigen Gatten angelegt, dem sie in wenig Wochen nach England folgt!"

„Aber der Zinsgenuß gehört bis zum letzten Tag Ihres Lebens Ihnen. Und mit den Zinsen haben Sie nicht nur die Instandhaltung dieses Besitzes, Sie haben auch fast völlig Ihre und der Ihren Lebenshaltung davon zu bestreiten. Von ganzem Herzen wünsche ich, daß das ängstliche Rechnen nun aufhört. Das hat Sie zuviel Nerven gekostet."

Leuckmer seufzte ein wenig hinter den schweren Zeiten her. Seine reiche, ältere Stiefschwester, Komteß Jenny, hatte sie ihm wenigstens damit erleichtert, daß sie die Sorge für seinen Sohn ihm abnahm — eine Gunst mit sehr bitterem Beigeschmack war das gewesen und war es noch, bis auf den heutigen Tag. Eigentlich hatte er sich dadurch gehalten, daß er in Erwartung der sicheren Erbschaft von Onkel Leuckmer seinem eigenen kleinen Vermögen manchmal Aderlässe zumutete. Nun war es sehr erschöpft. Man konnte fast sagen, die Erbschaft sei noch in letzter Stunde gekommen. Für einen so zart empfindenden Mann war es auch peinlich gewesen, sich das hoffende Warten verbieten zu müssen.

Aber sein Rechtsanwalt und treuer Freund Steinmann wartete offen und mit kräftiger Ungeduld, daß der Lebensfaden des alten Onkel Leuckmer, der, seit Jahren schwer leidend, sich selbst nach Ruhe sehnte, abrisse. Die recht künstliche Mühe, das kleine Vermögen zu strecken und zu verwalten, und das deutliche Hoffen auf Onkel Leuckmers Tod hatte nun schon seit einigen Jahren Thomas Steinmann, der Sohn, übernommen. Und seit dem Herbst war endlich der schwere Druck vom Leben des allzu gebrechlichen Mannes gewichen, der mit einem hohen Rang und immer schwankender Gesundheit sich in einer ihm nicht gemäßen Lage zu behaupten gehabt hatte.

Der beinahe scheltende Ton rührte den Grafen. Er wußte, daß der Sohn Steinmann ihm ebenso herzlich ergeben war, wie es der Vater gewesen. Aber Ergebenheit ist noch kein Ersatz für Erfahrung. Gewichtiger Rat erwächst am sichersten aus dem Fundament der Lebensreife. Thomas, der kleine, wunderhübsche Junge, dem er den blonden Schopf gestreichelt; Thomas, der strahlende Jüngling, der in Studentenseligkeit durchs Dasein sang, liebelte, arbeitete, als seien sämtliche Möglichkeiten, Angelegenheiten und Pflichten des Lebens aus dem Handgelenk zu erledigen; Thomas, der erst seit fünf Jahren Doctor juris und Notar war — nein, dieser Herangewachsene konnte unmöglich mehr Einsicht haben als er selbst, der Vielgeprüfte.

Und Thomas wußte ganz genau, daß das Hochgefühl der Erfahrung sich manchmal gleich Scheuklappen an die Augen der Alten legt — daß für sie die Herangereiften ewig die Jungen bleiben. Vielleicht waren das tiefe Sachen. Allerlei barg sich darin von unbewußten Lebensenergien, die sich gegen die Nachkommenden wehren, um sich selbst noch länger zu behaupten.

Nun antwortete der Graf auf die letzten Äußerungen seines jungen Beraters und Freundes.

„Sie wissen genau, daß die Zinsen stets pünktlich bezahlt werden! Und daß sie höher sind, als ich bei Anlage des Kapitals in Deutschland je hätte erlangen können."

„Das — ja..."

„Und haben wir es nicht gemacht wie in anrüchigen politischen Zeiten gewisse Minister? Die ihre dem Gegenspieler an die Fersen gehefteten Wächter wiederum überwachen ließen? Haben wir nicht noch Auskünfte über unsere Auskunftgeber eingeholt?"

„Haben wir!" gab Steinmann zu.

„Sie selbst haben mir die aus England eingelaufenen Berichte vorgelegt. Sie haben Herrn van Straten in Hamburg, der geradezu mit Nachdruck für die Lord Multonschen Unternehmungen eintrat, als einen unantastbaren Bürgen bezeichnet. Von ihm wissen wir auch, daß man Lord Multons zweitem Sohn, Gudas Verlobtem, eine große Begabung zuspricht. Er sei, sagt man, der geistige Leiter aller Geschäfte und verstehe es vor allem, die rechten Leute an den rechten Platz zu stellen — denn selbst pflegen diese Herren der englischen Oberklasse nicht in ihre Kontore hinabzusteigen — —"

„Sie zählen mir wie einen Vorwurf alles auf, was ich ja weiß und zugebe..."

„Nur um Ihnen auf den Kopf zuzusagen", fiel ihm der alte Herr ins Wort, „daß Sie irgendeine Feindseligkeit gegen Percy Lightstone haben."

Helles Rot überfärbte in jäher Aufwallung das freie Männergesicht. Er wünschte aber nicht höflich zu lügen, nicht mit einem unwahren „Nein" zu leugnen. Deshalb schwieg er und schloß mit besonderem Nachdruck seine Mappe. Das Knacken der Verschlußfeder klang durch die etwas peinliche Stille dieses Augenblicks.

Aber milde ging Graf Leuckmer darüberhin. ‚Sympathien lassen sich nicht erzwingen', dachte er. Zwar würde Doktor Steinmann als sein Rechtsanwalt und dereinstiger Testamentsvollstrecker immer einmal mit Guda und ihrem Gatten zu tun bekommen; grundlose und versteckte Gegnerschaft würde indessen nie das klare und gerechte Verfahren beeinflussen. Die reinliche Geradheit von Thomas Steinmann ließ sich nicht von Abneigungen aus der Linie bringen. Das wußte der alte Mann.

Nun erhob er sich und trat ans Fenster, durch Blick und Geste lud er den jungen Freund neben sich. Sie sahen einige Minuten schweigend hinaus, wie von hoher Warte. Denn das Schlößchen lag in der Anmut seiner hellen Mauern und seiner gezahnten Turm- und Giebelkrönungen an steilem Hange. Der Park schien wohlbedacht gelichteter Wald, und Wald umdrängte die im Gebüsch verborgene Umzäunung. Über Wipfel hinweg, von schweren Baumgruppen rechts und links abgeschnitten, sah man, gleichsam in einem oben offenen Rahmen, eine reichgegliederte Aussicht unter ungeheurer Himmelsweite. Vor dem Horizont stand eine wunderbar geschweifte Mauer, fern und in den zartesten bläulichen Tönen, die ihre Felsenschwere in lauter Duft aufzulösen schienen. Kuppen und Hochtäler zogen ihre Linien in anmutsvollem Schwunge ineinander, und in ihrer ungleichen Reihe erhob sich der Gipfel des Wendelsteins klar und hoch vor der blauen Luft.

Vom Hange hier bis zum Gebirge breitete sich ein weites Tal voll Sommerfrieden. Über Wiesen von einem ganz starken, reinen Grasgrün, über blaugrau gleißende junge Ährenfelder lag windlos Sonnenglanz. Da und dort eine von tiefen Lindenschatten umdunkelte Häusergruppe, weiß, mit roten Dächern — und ein weißes, trauliches Kirchtürmchen mit schieferglänzendem Turmdach — manchmal ein einsamer Baum voll breiter Würde, als starke Note im Idyll des flachen, stillen Geländes. Ganz rechts drängte sich das heitere Häusergehocke von Aibling an den Hang, der zur moorigen Hochfläche emporführte. Stattlich, schon fast oben, thronten Kirche und malerische alte Giebelhäuser über dem Städtchen, das waldige Anlagen gegen das Tal zu umkränzten. Aus ihnen hervor strömte, von weißen Schaumwirbeln durchsetzt, der okerfarbige Mangfall, den der Sonnenschein so überblendete, daß er einem metallischen Bande glich. Er wand sich an den Fuß des Hanges heran und trieb weiter an ihm entlang, mit eiligem Rauschen die Wasser vom Tegernsee nach dem noch fernen Inn tragend.

„Es ist ein wenig spät, daß mir die Wohltat dieser Stätte kommt", sprach Graf Leuckmer nachdenklich.

„Nicht zu spät", widersprach Thomas ihm herzlich. „Sie werden sich völlig erholen und reiche Freude an Kindern und Enkel haben. Gerade Menschen, die nie ganz gesund waren, haben als Ausgleich von der Natur eine wunderbare Zähigkeit zum Geschenk erhalten."

„Man hofft so gern. Wie manches Mal ist Hoffnung mein einziger Besitz gewesen. Viel hat sich mir nun erfüllt. Die Erbschaft hat mich von allen demütigenden Sorgen erlöst. Gudas Glück erscheint gesichert. Möchte ich's noch sehen, daß Karen und Bertold sich wieder zueinander finden. Ich dachte immer, daß der Kleine... Aber Bertold...", seufzend brach er ab.

In der Familie Leuckmer gab es für Thomas Steinmann kaum Geheimnisse. Und er wußte, daß dieser Seufzer dem einzigen Sohn galt, der leichtsinnig und lebensgierig sich durchaus nicht zum Gatten und Vater eignete. Vielleicht war seine Frau zu wuchtig für ihn, zu sehr großer Stil. Er hatte einmal gesagt: „In 'ner Kirche kann man nicht wohnen, und um Katharina ist so'n bißchen was von Kirchenluft." Graf Leuckmer, der Vater aber, und Guda, die Schwester, liebten Katharina, die sie Karen nannten, sehr innig. Ihr sechsjähriger Knabe war das Glück des Großvaters.

„Oft denke ich", fuhr Graf Leuckmer fort, „daß Bertold mit sich selbst in festere Ordnung gekommen wäre, wenn nicht immer Jenny mit ihrer blinden Verliebtheit ihn in allen seinen Schwächen bestärkt hätte."

„Wahrscheinlich", gab Thomas Steinmann, doch mit inneren Vorbehalten, zu. Denn er dachte, daß ein rechtes Manneswesen auch durch die freigebigste Torheit einer alten Jungfer nicht aus dem Lot zu kommen braucht.

„Zuerst war es mir, bei meiner knappen Lage, ja angenehm, daß Jenny die Zulage für Bertold bestritt, vom Tage an, da er das Kadettenhaus verließ. Daß sie später auch oftmals Schulden für ihn bezahlt hat, erfuhr ich erst bei seiner Heirat. Er brauchte sie nur zu umarmen und sie stürmisch abzuküssen unter der Versicherung, daß sie die liebste, einzigste Tante von der Welt sei, und sie war noch selig, für ihn zahlen zu dürfen. Ich kann sagen: Es war fast ein widriges Schauspiel."

Thomas lächelte vergnügt.

„Das ist ja nun eine der putzigsten Tatsachen, daß Verliebtheit ein Schauspiel ist, das nie Applaus erntet. Immerhin vertreibt es aber den Helden die Zeit. Komteß Jenny hat es ihr verbittertes Alter verschönt. Graf Bertold stand sich gut dabei. Nur die Gehässigkeit gegen Gräfin Katharina — die war von wirklich üblem Geschmack."

„Eifersucht!" stellte Leuckmer fest. „In diesem Fall eine geradezu krankhafte Empfindung."

Sie dachten beide daran, in welchen triumphierenden Formen sich diese Eifersucht der alten Komteß bewiesen hatte. Dem jungen Ehegatten Bertold bezahlte sie seine Schulden nicht, solange Katharinas eingebrachtes Vermögen dazu reichte.

Es war nur ein bescheidenes Vermögen und ließ sich rasch genug aufzehren. Dann erst nahm sie den geliebten Neffen wieder in die für ihn so vorteilhafte Abhängigkeit.

Sie errichtete auch ein Testament, in welchem sie ihren Neffen Bertold zu ihrem alleinigen Erben ernannte. Das hätte man als gerechten Ausgleich zu Onkel Leuckmers Testament nehmen können, der seinerseits Bertold ganz ausgeschlossen hatte.

Aber die Bedingung, die Komteß Jenny anfügte, war eine Ohrfeige für Katharina. Wenn etwa Bertold vor ihr, der Erblasserin, stürbe, sollte das ganze Vermögen an ein adeliges Damenstift fallen. An Bertolds Söhnchen, das bei Abfassung dieses Testamentes schon lebte, dachte sie gar nicht — das Kind war ihr nur Blut der verhaßten jungen Frau.

„Eine lediglich papierne Ohrfeige", hatte Thomas Steinmann damals tröstend gesagt, „denn da Komteß Jenny ein unheilbares Leiden hat, Graf Bertold aber vor Gesundheit strotzt, wird es ja doch mal im natürlichen Lauf der Dinge so kommen, daß Gräfin Karen und der kleine Adam die Behaglichkeiten dieses großen Vermögens mitgenießen dürfen. — Das heißt, solange bis Herr Bertold mit den offenen Händen es nicht verstreut hat", setzte er noch in Gedanken hinzu. —

Übrigens hatte sich in den letzten Monaten das Verhältnis zwischen Komteß Jenny und ihrem vergötterten Neffen für diesen ins Mühselige gewendet. Sie lag sehr schwer leidend in einem Berliner Sanatorium und verlangte täglich mindestens zweimal nach den Besuchen ihres Lieblings. Der war gerade zu einem Garde-Infanterie-Regiment kommandiert, um als Kavallerist den Dienst der anderen Waffe kennenzulernen. Nun störte ihn diese Liebes- und Dankbarkeitspflicht erheblich in den Stunden, die er dem Genuß von Berlin zu widmen gedachte; und das waren ohnehin schändlich knappe. Denn es wurde haarsträubend gearbeitet, wie er übellaunig an seinen Vater schrieb. Aber eine Erbtante — na, das lag ja auf der Hand — glücklich, wer eine hat. Man fühlte ja auch als anständiger Kerl nicht ganz undankbar. —

Das Nachsinnen über all diese Dinge, die mit soviel peinlichen Nebenerscheinungen behängt waren, wehrte Graf Leuckmer mit plötzlichem Entschluß von sich.

Draußen wartete die liebenswürdigste Natur, die in ihren großen Linien eine so wunderbar beruhigende Stille ausatmete, daß sie recht gemacht war, Abgehetzten, Erschöpften den Frieden zurückzugeben. Die Sonne schien dazu und breitete ihren Glanz stetig und gelassen auf die Grünheit des weiten Geländes. Das gab eine Stimmung von Üppigkeit und das Vorgefühl reichen Erntesegens. Wald und Park durchwirkten die Luft mit kräuterigen Düften.

„Hinaus, hinaus!" mahnte er freudig sich selbst und seinen Besuch.

Die Geschäfte waren durchgesprochen. Nun kam das Freundschaftliche.

„Sie bleiben doch über Nacht? Ihr Zimmer wird bereit sein."

„Ich bitte sehr, mich zu entschuldigen", sagte Steinmann, „ich will mit dem nächsten Zug nach München und die Nacht hindurch nach Berlin zurück."

Der alte Herr hatte aber die Fahrpläne genau im Kopfe. Es war immer sein wichtiges kleines Vergnügen, damit seine Gäste und Familienmitglieder zu überstimmen. Mit dem Nachtzuge nach Berlin? Zehn Uhr fünfzehn. Das ließ sich höchst bequem erreichen, wenn man nicht über Holzkirchen, sondern über Rosenheim nach München zurückkehrte. Acht Uhr fünfundfünfzig. Das Auto fuhr ihn in kaum fünfzehn Minuten hin, also Zeit genug, noch am frühen Abendessen teilzunehmen. Thomas sah ein, es würde kein Ausweichen möglich sein, so umsichtig er sich auf ein solches gerüstet hatte; vor allem auch dadurch, daß er sein Gepäck in München zurückließ, um sich mit dem Mangel eines Abendanzuges entschuldigen zu können. „Als eiliger Reisender sind Sie selbst vor Miß Lightstone nicht strafbar, wenn Sie im Straßenanzuge am Abendtisch sitzen", meinte Leuckmer lächelnd.

Thomas' Stirn zog sich ein wenig zusammen. Er fühlte, seine Stellung zu diesem Hause gestattete ihm nicht, sich in seinen verborgenen Empfindungen zu schonen. Es würde wohl noch manches Mal der Zwang kommen, mit verbindlichen und gleichmütigen Mienen den unerträglichen Schmerz zudecken zu müssen. — Wenn es nur erst ein Ende hätte — nach ihrer Heirat — wenn sie von diesem wunderschönen Mann, den er haßte, nur erst nach England entführt sein würde — dann, ja dann überwand sich das rascher. — Mußte sich überwinden lassen! Er verlangte das von sich. Er ertrug nichts, was immerfort zerstörerisch an seiner frischen Lebenszuversicht nagte. — Hoffnungsloser Liebesgram! Dagegen empörte sich sein ganzes Wesen. Er rang hart mit sich, um Sieger zu bleiben. Ein unbestimmter Zorn erfüllte ihn — vielleicht gegen sich selbst, vielleicht gegen den vollkommenen Mann, dem Guda sich geben wollte. —

Sie gingen nun in den Park. Durch das grüne Gedränge seiner Büsche wand sich, vom Fuße des Abhanges herauf, eine Fahrstraße, hell und glitzernd und fest gewalzt von den Gummireifen des Kraftwagens. Durch das steilabschüssige Gelände war eine stufenartige Anlage geboten gewesen; sie zog sich zu Füßen des Schlößchens hinab und stieg noch hinter ihm empor, bis zur Hochebene. Auf den schmalen Flächen dieser ziemlich kunstlosen Terrassen hatten Blumenbeete und Rasenstreifen Platz gefunden; durch Treppenwege oder steile, schräglaufende Pfade waren sie miteinander verbunden. Graf Leuckmer vermutete seine Töchter und Gäste auf der vorletzten Terrasse. Dort hatte man das fast allzu dichte, heraufreichende Gewipfel alter Bäume kräftig beschnitten, um denselben Blick genießen zu können, den man von den Frontfenstern des Hauses aus bewunderte.

Im Schreiten sprach der alte Herr von der Unerträglichkeit manchen vergangenen Sommers. Da hatte man drei Treppen hoch in einem nördlichen Teil der überlauten, trocken-dunstigen Weltstadt gewohnt — in einer Atmosphäre von merkwürdiger Feindseligkeit. Es war eine so auffallende Beobachtung: in einer Schicht, wo viele Existenzen von beschränkter wirtschaftlicher Lage nahe aneinandergedrängt leben müssen, wird der höhere Rang und Stand einer Familie Gegenstand von Spott, Mißtrauen, Gehässigkeit, solange man beobachtet, daß auch sie den Groschen in der Hand umzudrehen gezwungen ist. Eine zudringliche Vertraulichkeit pochte auf — gegen die man sich immer zu verteidigen hatte.

„Denken Sie nicht mehr daran!" bat Thomas. Er wußte von seinem Vater und aus eigener Beobachtung, wie gequält die edle Natur und der ästhetische Geschmack des nervösen Mannes sich von seiner Lage gefühlt hatten.

„Vielleicht erinnere ich mich so lebhaft, um nur stärker zu genießen.“

Dieser erste Sommer im neuen, köstlichen Lebensrahmen schüttete auch eine solche Fülle von Schönheit aus, daß man ihr nur immer die Arme hätte entgegenbreiten mögen. In lächelndem Frieden sog die Natur all den Sonnenglanz ein und atmete ihn als würzigen Duft wieder aus.

‚Ein Sommer, um glücklich zu sein‘, dachte Thomas Steinmann erbittert.

Sie — sie war natürlich glücklich — durchleuchtet wie von Glanz — wie getragen von heimlicher Wonne — oh, er hatte es gespürt, das eine Mal, als er sie mit ihrem Verlobten gesehen. — —

Er stieg hinter dem alten Herrn her. Und schon sahen sie auch die Gesellschaft auf dem vermuteten Platze. Ein schmaler Rasen zog sich auf dieser Terrasse hin, die ein abermals noch ansteigender, von rankendem Buschwerk überwucherter Hang rückwärts einschränkte. Den Rasenstreifen schloß an beiden Enden ein rundes Beet mit niedrigkriechenden Malmaisonrosen ab. Ihr matter Geruch, der an Hinwelken und Totenkränze erinnerte, erfüllte die Luft. Rechts drängte sich vor alten riesigen Ulmenstämmen rosablühendes Gebüsch von Zwergrosen an den umlaufenden knappen Weg; links war ein Halbrund laubenartig dem Hange abgewonnen, und Buchenzweige bedachten es. Von dort hatte man die schöne Aussicht, aber von denen, die um den Tisch saßen, kehrten ihr zwei den Rücken zu.

Das waren Guda und ihr Verlobter! Mit einem scharfen Blick erfaßte Thomas Steinmann schon im Näherschreiten von der ganzen kleinen Gruppe nur diese beiden. Guda und Percy Lightstone waren zum Tennisspiel angezogen. Oben auf der Krönung des ansteigenden Geländes hatte man erst vor kurzem einen Spielplatz anlegen lassen. — Wie das braunhaarige Mädchen in dem schmalen weißen Kleid fein und kindlich aussah! Wie voll Anmut trug der schlanke Hals den edelgeformten Kopf. Unbeschreiblich reizvoll war der Haaransatz im Nacken und an den Schläfen. Und die Haut so zart. Ihre Augen waren eine Welt von Leben für sich. — Unerträglich, daß nun aus ihnen ein Glanz strahlte, wie vordem niemand und nichts darin hatte aufwecken können.

Wer hätte leugnen dürfen, daß der Mann ihrer Liebe eine Erscheinung von auffallender Auserlesenheit sei? Man sah es ihm wohl an: er stammte aus einem Herrengeschlecht, das seit Generationen keine Sorge gekannt und immer die Rasse gepflegt haben mochte. Sein Körperbau war hoch und von vollkommenem Ebenmaß. Stolz trug er sein schönes Haupt mit dem aschblonden, gewellten Haar und den Zügen von fast antiker Reinheit. Seine Augen waren sehr hell, mit einem schwarzen Ring um diese wasserblaue Iris — das machte seinen Blick dem des Seeadlers ähnlich: kalt und scharf. — Wenigstens fand Thomas das. — Er konnte sich in dieser Kleinlichkeit nicht überwinden: die überwältigende Schönheit des Engländers war ihm bis in den Grund der Seele zuwider — — obgleich er sich zugab: weibisch war sie nicht. Oder war es vielleicht doch keine Kleinlichkeit, sondern Instinkt der Liebe? Vorgefühl der Treue?

Er wußte genau: das Vorleben des Mannes ließ sich deutlich übersehen und war fleckenlos.

Also Eifersucht! Die bittere des heimlich Liebenden, der nicht dazu gekommen war, seine Liebe auch nur anzudeuten — denn so recht wurde er sich ihrer erst bewußt, als Graf Leuckmer ihm schrieb: „Meine Guda hat sich verlobt...“

Seine Blindheit für alle, außer für das Brautpaar, war so groß gewesen, daß er förmlich in Verwirrung geriet, als er nun die übrige Gesellschaft begrüßen mußte. Da war doch Gräfin Katharina in all ihrer ernsten und edlen Weiblichkeit, eine ins Schlanke herabgemilderte Germania, von der man sich ausgezeichnet fühlte, wenn sie einen gütig anlächelte. Und das da? Er wurde vorgestellt. Und man nannte ihm Miß Mildred Lightstone, Percys Schwester.

‚Wenn ich der anderswo begegnet wäre, hätt' ich — was anderes gedacht...‘, sagte sich der junge Rechtsanwalt. Aber er wußte ja von dem außerordentlichen Schminkverbrauch englischer Damen. Miß Mildred war wie ein Wachskopf rosig und weiß bemalt, ihre Augenbrauen gefärbt und das Feuer ihrer großen, schönen Augen durch einen dunklen Strich unter den Wimpern noch gehoben. Das kastanienfarbige Haar zeigte durch seine Stumpfheit, daß es entweder auch gefärbt oder schlechtweg eine Perücke sei. Durch all diesen Aufwand von Kunst sah sie viel älter aus, als sie vermutlich war. Ihre ungemein schlanke Gestalt war ebenso kostbar wie phantastisch in Chiffon und Spitzen gehüllt; soviel Thomas davon verstand, entsprach die Form des Gewandes nicht der Mode, mochte also ein individueller Stil sein. Um den Hals hing ihr ein sehr auffallender Schmuck, von grünen, lila und roten Halbedelsteinen zusammengestellt, den man unschwer als die Nachahmung eines alten ägyptischen Frauenzierats erkannte. Miß Mildred konnte gewiß nie in der Menge unbemerkt verschwinden. Alles an ihr war betont. Mit ihrer allzu schlanken Gestalt lehnte sie in königlicher Haltung im Korbsessel, und das gesellige Zusammensein ertrug sie in einer gelassenen Art, von der man nicht recht wußte, ob sie Hochmut und Langeweile verbarg oder völlige Gleichgültigkeit und geistige Stille. Sie konnte kein Wort Deutsch und dachte nicht daran, auch nur ein einziges ihrer Schwägerin zuliebe zu lernen.

Gräfin Katharina hingegen stand mit der englischen Sprache auf gespanntem Fuß und fühlte trotz all ihrer wachen Intelligenz keine Begabung für dies Idiom.

Das Gespräch, um das auch Percy und Guda sich nur mäßig bemühten, wäre eine Qual geworden, wenn nicht Frau van Straten und ihre Tochter Tiny es auf das Mühlrad ihres Eifers geflochten und unablässig im Gange erhalten hätten. Die van Stratens fühlten sich fröhlich und wichtig in diesem Kreise. Denn ganz allein durch sie war doch das Verlöbnis zwischen Percy Lightstone und Gräfin Guda zustandegekommen. Geschmackvoll und neidlos ein wenig Gelegenheitsmacherei betrieben zu haben, erfüllte ihre gutmütigen Herzen mit großer Zufriedenheit.

Der Name des hier nicht mit anwesenden Gatten und Vaters van Straten war Thomas ja sehr wohl bekannt, aus seinem mannigfachen Briefwechsel über die Vertrauenswürdigkeit Percy Lightstones und der Lord Multonschen Unternehmungen. Er sagte deshalb der Frau mit ein paar verbindlichen Worten, daß er schon das Vergnügen gehabt habe, mit Herrn van Straten geschäftlich zu korrespondieren. Dergleichen nahm diese Dame nie ganz unbefangen hin. Sie dachte immer gleich: ‚Ob er wohl weiß, daß mein Mann...‘ van Straten war nämlich ein Cuxhavener Junge, als solchem ging ihm der Sinn früh ins Weite. Nachdem er eine Lehrzeit bei einem Schiffshändler hinter sich hatte, fuhr er auf einem Schoner als Kombüsenmaat nach London, kam dort gleich in Verdienst, und mit friesischer Zähigkeit brachte er sich vorwärts. Aus Klugheitsgründen ließ er sich bald in England naturalisieren. Sein Wohlstand dehnte sich zum Reichtum aus, und als er in Birmingham sein Vermögen zu einem äußerst stattlichen abgerundet hatte, zog es ihn an die Elbe zurück. Um nicht müßig zu gehen, vertrat er in Hamburg die Lord Multonschen Unternehmungen, mit denen er schon in Birmingham geschäftlich verbunden gewesen war. Frau van Straten liebte ihren Mann auf das innigste. Daß er aber ein Selfmademan sei, war ihr immer peinlich. Sie trug auch still an ihrer eigenen einfachen Herkunft, und daß sowohl sie als ihr Mann noch Verwandtschaft in Hamburg besaßen, die gerade nicht auf dem Harvestehuder Weg wohnte. Außerdem ließ das Bewußtsein ihrer etwas grobknochigen Gestalt sie nicht zum reinen Lebensgenuß kommen. Sie bildete sich ein, all diese Umstände ins Vornehme auszugleichen, wenn sie sich als Engländerin gäbe. Der Mut, sich individuell zu kleiden, lag ihr fern; so war sie in dies knappe Röckchen der Tagesmode gehüllt, aus dessen Schlitz ein wuchtiger Fuß in seidenem Strumpf und hellem Schuh sich vorsetzte. Ihr dunkler Madonnenscheitel rahmte ein zwar etwas derbes, aber sehr angenehmes Gesicht ein, dessen braune Augen unwiderstehlich freundlich blickten. Alle ihre körperlichen und seelischen Anlagen drängten sie, sie mochte wollen oder nicht, zum behäbig Bürgerlichen, Gutherzigen. Aber sie machte sich immer wieder die Mühe, andere Färbungen anzunehmen.

Als Percy Lightstone dieses ihm wie seiner Familie schon seit Jahren bekannte Paar in Hamburg besuchte, war der Anlaß nicht nur geschäftlicher Natur. Ihm wie seinem Vater, dem Lord Multon, war der reizende Backfisch Tiny van Straten in deutlicher Erinnerung geblieben. Sie mußte in den vier Jahren, die seit der van Stratenschen Übersiedlung nach Hamburg vergangen waren, eine heiratsfähige Dame geworden sein. Und die sehr große Ziffer ihres väterlichen Vermögens war den Herren auch bekannt. Das Elternpaar van Straten erriet zwischen den Zeilen, die Percys Besuch ankündigten, ahnungsvoll den versteckten Hauptgrund. Und Frau van Straten genoß, da sie nicht ohne Phantasie und Beweglichkeit war, schon vorweg das Vergnügen, ihre Tiny als Schwiegertochter Lord Multons zu sehen. Sie waren ja einmal zum „week end“, das heißt von Sonnabend bis Montag, auf den Landsitz des Lords geladen gewesen, und da erst hatte Frau van Straten — ihrem oft ausgesprochenen Geständnis gemäß — begriffen, was Vornehmheit sei.

Aber es geschah, daß sich gerade um jene Zeit, Ende des letzten Winters, Komteß Guda Leuckmer bei ihrer Pensionsfreundin Tiny van Straten zum Besuch aufhielt. Graf Leuckmer hatte natürlich nicht die Mittel gehabt, seine Tochter Guda in einer Pension in Ouchy unterzubringen — das Geld dazu bewilligte damals Onkel Leuckmer seinem Patenkinde. Tiny und Guda hatten sich gut verstanden; Frau van Straten fand die Beziehung kleidsam und lud seitdem alljährlich einmal im März oder April Komteß Leuckmer ein.

Als Mutter van Straten aber schon am Tage von Percys Ankunft mit weiblichem Scharfblick erkannte, daß zwischen ihm und Guda fast auf den ersten Blick ein gespannter, erregend unfreier Zustand sich herstellte, verabschiedete sie ihre eigenen Hoffnungen, trotzdem Tiny selbst sich auf den ersten Blick hitzig in Percy Lightstone verliebt hatte. Aber sie fand, gleich ihrer Mutter, in der eifrigen Gutmütigkeit, das Glück anderer zu fördern, ihre Entschädigung. Auch war der Gedanke angenehm, sich zwei so vornehme Familien wie die Leuckmers und Lightstones auf das stärkste zu verpflichten. Nachdem Percy, der als zweiter Sohn bei seiner künftigen Gattin auch auf Geld sehen mußte, wie denn die Lightstones überhaupt nie arm heirateten, sich vertraulich mit seinem Geschäftsfreund van Straten ausgesprochen und erfahren hatte, daß Komteß Guda Leuckmer seit kurzem als wohlhabende Erbin zu betrachten sei, stand keinerlei Hindernis zwischen den Liebenden.

Frau van Straten erwähnte auch beiläufig in Gudas Gegenwart, daß Percy Lightstone als einer der schönsten und vornehmsten Männer sich Milliarden erheiraten könne. Aber er würde immer nur auf die Stimme seines Herzens hören.

Nach so außerordentlichen Verdiensten um die Liebenden war es selbstverständlich, daß die van Stratens eine Einladung nach Schloß Schönblick erhielten. Herr van Straten war aber durch Geschäfte in Hamburg zurückgehalten. Seine Frau wußte es: er konnte sich überhaupt keinen Daseinszustand ohne Geschäfte denken. Sie fürchtete immer, die Welt werde darin ein Zeichen seiner ursprünglichen plebejischen Herkunft sehen, wobei ihr selbst nicht klar war, wer ihr „die Welt" bedeutete.

Sie waren mit großer Wärme von der Familie Leuckmer empfangen worden. Ihre Gegenwart erwies sich auch als sehr angenehm, sie beherrschten beide Sprachen, und das machte sie manches Mal zu Mittlern im Gespräch.

Aber es ließ sich nicht leugnen: für Tiny war es ein wenig langweilig. Guda und Percy natürlich gaben nicht das Schauspiel eines zu verliebten Paares, sie verkehrten fast in kühlen Formen miteinander. Aber Tiny merkte es ja doch: wie hypnotisiert war ihre Freundin, tat alles mechanisch, sprach ohne echte Teilnahme und hatte nur einen Gedanken. Den an ihn! Dabei wurde Tiny allmählich recht sehnsuchtsvoll und unruhig zumute. Aber soviel sie auch herumsann — auf weiter Flur niemand, an den man seine Sehnsucht hätte hängen können.

Als nun Graf Leuckmer mit einem höchst stattlichen jungen Herrn herankam, belebte sich unbewußt ihre Munterkeit. Ihr Lachen und lebhaftes Wesen standen ihrem dunklen Kopf und ihren kecken Zügen gut an. Ihre Gestalt, schön gewachsen und mehr als mittelgroß, hatte etwas Federndes. Man merkte, daß starkes Temperament ihre Glieder regierte. Vielleicht war dieser neue Gast der vierte Mann zum Tennis, oder es ließ sich sonst doch irgend etwas Vernünftiges mit ihm anfangen.

Thomas mußte seine augenblickliche Unbrauchbarkeit eingestehen und bedauern, daß er schon ein Viertel nach acht Uhr wegzufahren habe. Ein Grund mehr für die entschlossene junge Dame, ihn durchaus in ihre Unterhaltung einzusperren. Wofür er ihr beinahe dankbar war. So brauchte er nicht mit dem wunderschönen Mann zu sprechen. Nicht zu beobachten, wie Guda unter der Maske ruhiger Haltung doch in starker innerer Erregung war, er fühlte, daß sie es war — obschon sie still und aufrecht dasaß — immer war ihm, als durchschaue er alles, was in ihrem Wesen vorging.

„Papa", sagte Gräfin Katharina, „unser Brautpaar hat eben seinen Hochzeitstag festgesetzt. Am fünften August soll er sein."

Sie sprach das in ihrem mühevollen Englisch aus.

Noch ehe Graf Leuckmer etwas antworten konnte, setzte Miß Mildred höchst ruhevoll hinzu:

„Ja, so paßt es mir gut. Ich habe Billette zu Bayreuth; Bruce und Maud haben auch Billette zu Bayreuth. Vom siebenten August: Parsifal, Meistersinger und nachher den letzten Ring."

Bruce, der ältere Bruder Percys und künftige sechste Lord Multon, hatte sich der Politik zugewandt, war schon Mitglied des Unterhauses und in dieser Zeit, man erfuhr nicht, aus welchen Gründen, vorübergehend der englischen Botschaft in Wien zugeteilt. Er und seine Gattin Maud sollten die Familie Lightstone bei der Hochzeit vertreten. Das war dem Grafen Leuckmer schon bekannt. Die Art, wie Miß Mildred ihre Zeiteinteilung für den Hochzeitstermin durchaus in den Vordergrund stellte, fand er erstaunlich. Aber es war ihm nun einmal gemäß, milde über die Unbescheidenheit anderer Leute hinwegzusehen.

„Nun — wenn es auch dir recht ist", sprach er zu seiner Schwiegertochter gewendet.

Denn ihr hatte er für diese ganze Zeit die Würde der Hausherrin und Ehrendame gegeben. Er betonte das gern bei jeder Gelegenheit.

„Ich bleibe von Mittwoch an bis zur Hochzeit in München", erklärte Miß Mildred, „ich liebe es sehr; man trifft immer Bekannte."

„Wird denn die Aussteuer bis dahin fertig?" fragte Graf Leuckmer sorglich. Er hatte durchaus keinen Verstand für solche Dinge und hielt sie für schwierig.

„Bequem", versicherte Katharina, „es handelt sich ja nur um eine Wäsche- und Kleiderausstattung. Alles andere soll in London angeschafft werden."

„Davon bin ich beruhigt", sagte Miß Mildred; „man hat keinen Geschmack in diesem Lande."

„Oh...", wehrte die blonde Frau verletzt ab.

„Liebe Gräfin", sprach Miß Mildred beinahe lebhaft, „Sie werden mir recht geben, sobald Sie später Guda bei uns besuchen."

„Ich kann Miß Lightstone nur beipflichten", bemerkte eifrig Frau van Straten.

Percy Lightstone sagte halblaut zu seiner Braut: „Wollen wir noch spielen?"

Guda stand auf. Beherrscht und freundlich nickte sie.

„Ja, sehr gern."

Und dennoch war es ihr, als würden nun Ketten von ihr genommen. Man mußte sich aber immer halten. — Nie vor anderen Unruhe oder gar Zärtlichkeit zeigen — sich nicht durch Blicke und Lächeln verraten — das fand Percy schlechte Form. — Er hatte ihr das nie mit Worten gesagt — dies Wissen hatte sich ihr von selbst aus seinem Wesen übertragen — sie erriet ihn — beobachtete seine Art, paßte sich ihr an — ganz und gar verzehrt von dem einzigen Verlangen, ihm immer zu gefallen. —

Sie gingen langsam neben dem Rasenstreifen hin, den an jedem Ende ein niederes Beet von Malmaisonrosen abschloß. Sie hörten nicht mehr, daß Frau van Straten entzückt der Gräfin Katharina zuflüsterte: „Ein so schönes Menschenpaar sieht man nicht zum zweitenmal." Sie stiegen das schmale, in den Hang eingelassene Treppchen empor, das zwischen den Zwergrosenbüschen und alten, rissigen Ulmenstämmen nach der höchsten Geländestufe des Parks führte. Da oben war ein ungelichtetes Stück Wald stehengeblieben, voll tiefer grüner Schatten und schweigenden Ernstes. Ein von vorjährigem Laub rostfarbiger Weg führte ziemlich geradeaus zur Gitterpforte in der Umzäunung, jenseits deren auf einem Wiesenstück der neue Tennisplatz angelegt war. Ein anderer Pfad, ungepflegt und von ranken Zweigen wuchernden Unterholzes manchmal gesperrt, leitete zu einem kleinen Weiher. Er füllte mit seinem stillen grünlichen Wasser den Grund eines merkwürdig tiefen, länglich runden Kessels. Ein mooriger Geruch stieg von ihm auf, und durch das ihn umgebende Dickicht kamen nur spärliche Sonnenlichter herein. Oben an seinem Ufer stand eine derbe weiße Gartenbank, von der aus man auf die düstere, kaum sich schuppende Wasserfläche herabschauen und zusehen konnte, wie gegenüber ein armes Quellchen in den Weiher, ihn speisend, sickerte, der irgendwo einen kümmerlichen Abfluß durch Holzröhren hatte.

Percy mit seinen großen, gelassenen Schritten nahm nicht den Weg, der unter den aufrechten alten Baumriesen hin zur Gitterpforte führte, sondern er schlug die Richtung zum Weiher ein und zerteilte das Unterholzgezweig im Schreiten. Guda folgte ihm, ohne daß er sich auch nur ein einziges Mal nach ihr umsah — wie ein gehorsamer Page seinem Herrn und Ritter nachzieht. — Als sie neben der Bank, dem verstecktesten Winkel des ganzen weiten Waldparks, angelangt waren, nahm er ihr das Rakett aus der Hand und legte es äußerst sorgfältig mit dem seinen zusammen in die eine Ecke der Bank. Dann erst streckte er seine Hände nach ihr aus. — Und schon lag sie in seinen Armen, ließ sich küssen — küßte wieder. — Sie vergingen sogleich in leidenschaftlicher Begierde nacheinander — mit kühnen, tastenden Händen erfaßte der Mann alle köstlichen Linien dieser holden, jungfräulichen Gestalt — genoß mit einem Rausch von Entzücken ihr Erbeben — spürte voll Triumph die Schauer, die durch ihre Glieder flogen. — Er preßte sie an sich, drängte sich gegen sie — erzitterte in zorniger Qual über den Zwang, noch letzte Zurückhaltung bewahren zu müssen. — Und mit keinem Flüsterwort, keiner Pause unterbrach er diesen Ausbruch einer wilden Leidenschaft, der das Blut des jungen Geschöpfes in Flammen setzte und sie mit seligem Fieber, mit süßer Besinnungslosigkeit betäubte.

Bis sie beide, für einen Augenblick erschlafft, atemlos voneinander abließen. Er zog sie auf die Bank neben sich, und dort legte sie, um auszuruhen, ihren Kopf an seine Schulter — ein Sturm war durch ihren Körper gegangen und hatte ihn ermattet.

„Fünf Wochen noch, ehe du ganz mein bist", sprach er, „eine verflucht lange Zeit."

Guda dachte, man hätte sie abkürzen können. Aber sie mochte es nicht sagen. Mildred setzte vor einigen Tagen auseinander, daß es nicht geschmackvoll sei, wenn Verlobte sehr eilig heirateten. Und bei den Lightstones sei es immer Sitte gewesen: vier Monate Brautstand.

Sie träumte jetzt einem anderen Wunsch nach — sie war jung — diese unerhörte Leidenschaft hatte all ihre heimlichen Phantasien von erster Liebe und zärtlichem Sehnen ausgelöscht — Offenbarungen gebracht, daß Liebe kein sanftes Glück, sondern eine rasende Gewalt voll schauriger Wonnen sei. Aber doch — ein ganz kleiner, törichter Mädchenwunsch wollte sich selbst von all der Glut nicht wegbrennen lassen.

„Ich möchte wohl — ja: eines! — Aber du mußt mich nicht auslachen", flüsterte sie.

„Was denn, mein Liebling?"

„Einmal möcht' ich, du sagtest mir auf deutsch: ‚Ich liebe dich'."

Er lachte gut gelaunt — lachte sie herzlich aus.

„Deutsch ist doch nicht meine Sprache. Und bald nicht mehr die deine."

„Nicht mehr meine?"

„Du wirst doch Engländerin! — Am fünften August — Liebling — am fünften August.“ Er küßte ihr Ohrläppchen, indem er sich seitwärts über sie niederbeugte. Und Frösteln lief ihr über die Haut.

„Dann führe ich dich aus diesem armen kleinen Land, und du wirst eine stolze Engländerin. Das Lightstone-Haus war schon unter den Plantagenets gefürchtet.“ —

Auch die Leuckmers waren ein uraltes Geschlecht, in Holstein ansässig gewesen seit Jahrhunderten, aber politisch waren sie zwischen Dänemark und Preußen geraten, und das war ihrem Vermögen übel bekommen. — Oh, Guda war sonst stolz auf ihren Namen, aber in diesem Augenblick fiel ihr etwas anderes noch mehr auf als sein hochfahrender Familienstolz, der sie im Grunde bezauberte, den sie balladenhaft fand, der sie an Fontanesche Gedichte und Löwesche Kompositionen erinnerte.

„Aus diesem armen kleinen Lande?“ wiederholte sie staunend. Und eine Empfindung wallte in ihr auf, als habe man sie sehr gekränkt.

„Ja, das weiß Gott — hier ist keine Größe, wenig Geld. Ganz Deutschland ist wie eine Kleinbürgerwirtschaft, in der man immer an das Haushaltungsbuch denkt und ob auch alles eingeschrieben wird, damit die Rechnung stimmt. Allein wie die Leute hier arbeiten, auch die größten Industriellen und Kaufleute und Großgrundbesitzer! Wie Diener arbeiten sie und möchten am liebsten alles selbst machen. Wir aber lassen andere für uns arbeiten — wir sind keine Emporkömmlinge.“

Guda richtete sich auf. Was sagte er denn da? Und in welchem Ton? Das konnte doch unmöglich seine Absicht sein, ihr Land, ihr herrliches Vaterland herabzusetzen. Vor ihr, die er liebte.

„Aber Percy! Ich bildete mir ein, du kennst Deutschland — weil du ziemlich gut Deutsch sprichst — weil du Hamburg kennst und Berlin und München. Aber ich sehe, du kennst es doch nicht. Sonst wüßtest du, wie großartig alles ist."

„Anfänge — Ansätze. Bei Gott, wir haben sie sich schon zu weit entwickeln lassen."

„Ihr? Ihr?" Guda verstand durchaus nichts von dieser merkwürdigen Äußerung. Sie fühlte nur: Das war beleidigend. Das wollte sie nicht hören. Darüber mußte man sich doch gründlich aussprechen.

Ihre belebte Haltung, ihr aufflammendes Auge fand er entzückend.

„Aber Liebling! Wozu sitzen wir hier? Um auf Politik und Welthandelsverkehr zu kommen? Wozu sitzen wir hier?"

Und er riß sie an sich.

„Um uns zu küssen", sagte er, seine Frage selbst beantwortend.

Und er wußte, wie man die Gedanken törichter holder Mädchen betäubt. Und der Wille, mit ihm zu streiten, zu verteidigen, was ihr so selbstverständlich teuer war wie das Leben selbst, entglitt ihr.

Wieder versanken ihre Wünsche ineinander, und mit gewaltiger Sinnlichkeit gingen seine Liebkosungen über ihre Keuschheit hin wie ein Feuerbrand über ein Blumenfeld. Die Begierde, die er in ihr entzündete, machte ihn selbst toll. Die Unmöglichkeit, sie schon völlig zu besitzen, steigerte ihm noch den quälenden Genuß der Zärtlichkeiten.

Da fuhr er auf — kamen Schritte? — War das ein Ruf? — Ja, nun ganz deutlich. Klingend rief eine Mädchenstimme: „Guda — Guda — Guda" — mit langgehaltenem hellem „u" auf der ersten Silbe, um dann auf „da" den Ton sinken zu lassen — es klang wie ein anmutiges Signal durch die grüne Stille.

Der Mann wußte auf der Stelle um sein ganzes Wesen die undurchdringlichste Form der Selbstbeherrschung zu legen.

Guda aber fühlte die Glut in ihrem Gesicht, und ihr war, als müsse sie sich schämen und als würden Tiny und Thomas Steinmann es ihr ansehen, daß ihre Lippen brannten und wie zerwühlt waren von glühenden Küssen.

Denn es war Tiny, mit Thomas in ihrem Gefolge, die durch das Unterholz sich Bahn brach.

„Mein Gott, wo steckt ihr denn? Ich dachte, ihr wolltet Tennis spielen..."

Trotz der unbewegten, vornehmen Ruhe in Percys schönem Gesicht würde Tiny ein spitzbübisch anzügliches Lächeln gewagt haben — sie hätte es in anderer Stimmung gewiß bemerkt, daß Guda „ziemlich aufgelöst" aussähe.

Aber eine unfaßliche, eine furchtbare Nachricht brannte auf ihren Lippen. Sie beachtete nicht, daß Percy höflich aufstand, um ihr mit einer Handbewegung seinen Platz anzubieten.

„Nein, denkt euch — mein Gott — man kann es gar nicht fassen, es ist furchtbar, unerhört", brachte sie heraus. Sie war ganz bleich, und ihre dunklen Augen funkelten.

„Erzherzog Franz Ferdinand und seine Frau sind ermordet!" sagte Thomas, heiser fast vor Aufregung.

„Ah — —"

Der rasche, kurze Laut fuhr dem Mann über die Lippen.

Gudas Blick, der an diesem angebeteten marmornen

Angesicht hing, weitete sich plötzlich, ihr Herzschlag begann zu rasen.

Solche Nachricht, solch Grauen. Und er? Er?! War das nicht, als gehe blitzgleich ein Schein von Genugtuung über seine Züge? Nein, unmöglich, ihr Blick irrte ab, huschte über Thomas' Gesicht, das ihr seit je vertraute, und sah, wie entstellt von Schmerz und Zorn es war, und suchte wieder den Geliebten.

Voller Ruhe sagte er nun:

„Das wird die Börse irritieren."

„Wer denkt gleich daran!" schrie Tiny.

„Es ist eine furchtbare Nachricht. Sehr ernst, vielleicht auch für uns", sprach Thomas. „Und menschlich unerhört, erschütternd."

Guda brach in jammervolles Weinen aus.

„Aber Liebling, was geht es dich an?" sagte Percy erstaunt und mit einer ganz leise anklingenden Mißbilligung über einen solchen Ausbruch.

„Zwei Menschen, die sich so geliebt haben", klagte sie, weiter weinend.

Und weinte doch vielleicht nicht allein um dies jammervolle Los.

Die rasende Erregung des Liebesrausches war so jäh zerrissen worden.

Und ihre Nerven bebten, und vor ihrer Seele stand dieser blitzschnelle, unfaßliche Ausdruck, der ihr, den Bruchteil einer Sekunde nur, sein Angesicht rätselvoll gemacht. Und in ihrem Ohr war sein erstes, kühles Wort — zu solcher Ungeheuerlichkeit — nur ein kühles Rechnerwort.

Mein Gott, wie schnitt das in ihr Herz, wie unbegreiflich war es.

*

Am Arme ihres Schwiegervaters ging Gräfin Katharina auf der Aussichtsterrasse hin und her, während im Kies, der von Schatten und Sonnenflecken scharf und willkürlich gemustert war, der kleine Adam in seinem weißen Kittelchen auf dem Bauche lag. Mit seinen Füßen hämmerte er auf und ab, die Ellbogen hatte er aufgestützt, und sein Gesicht ruhte in den Schalen seiner beiden Händchen, deren Fingerspitzen in dem blonden Haar verschwanden, das nach vorn bis auf die Wangen fiel. So sah er aufmerksam zu, wie in der flachen Wasserschüssel vor ihm die zwei schwarzen, zehnpfenniggroßen Kaulquappen mit den ruhelosen Fadenschwänzchen schwimmend umherjagten. Alois, der Gärtnerbursche und sein allerbester Freund, hatte sie ihm gefangen.

„Ja", sagte Graf Leuckmer, „mit einer Persönlichkeit wie Alois kann selbst der zärtlichste Großvater nicht konkurrieren. Was ist man gegen diesen jungen Mann, der immer hübsche Schneckenhäuser, einen besonderen Stein, unerschöpflichen Vorrat an Bindfaden in der Tasche hat und werdende Frösche fängt! Am erstaunlichsten ist es mir, wie Adam sich mit ihm verständigt, aber selbst der allerurwüchsigste bayerische Dialekt von Alois und von der famosen Frau Stroblmeyer hat keine Geheimnisse für ihn."

„Jede Stunde hier hat für das Kind hundertmal mehr Inhalt als ganze Tage in unserer Garnison, wo die Berührung mit der Natur auf einen artigen Spaziergang durch den Stadtpark hinauslief. Wie bin ich dir dankbar, daß wir hier sein dürfen."

„Karen, du beschämst mich!"

Er fühlte sich völlig als Schuldner der jungen Frau, der sein Sohn kein Glück gebracht und deren Vermögen verlorengegangen war. Dies Geld, das Katharinas Eltern damals nicht ohne Schwierigkeiten flüssig gemacht hatten.

Wie er so die junge Frau am Arme führte, erschien er als ein zu zerbrechlicher und zierlicher Ritter neben der ihn überragenden stattlichen blonden Frau. Aber sie wußte doch: an seiner Seite ging sie sicher, und er verstand sie ganz und gar. Und heute hatten sie sich einmal allein, konnten in Ruhe vielerlei besprechen. Guda und die Stratenschen Damen waren schon früh am Tage zur Begleitung von Miß Lightstone nach München gefahren und wurden erst am Abend zurückerwartet.

Percy hatte Schloß Schönblick sogleich nach dem furchtbaren Ereignis verlassen. Er reiste nach Wien zu seinem Bruder. Er sagte, es müsse sehr interessant sein, Wien und seine aufgeregten Bewohner in diesen Tagen zu sehen. Fast schien es, als betrachte er Wien unter solchen Umständen als unerwartete Bereicherung eines Reiseprogramms um eine seltene, unvergleichliche Nummer. Auch von seinem Bruder dort hoffte er allerlei zu hören, Politik hinter den Kulissen — möglicherweise — in einigen Tagen wollte er zurückkommen.

Daß Percy den entsetzlichen Mord mehr als Politiker und Geschäftsmann nüchtern betrachtete und nicht wie sie in rein menschlichem Gefühl vor Schmerz und Zorn erbebte, das hatten sie wohl empfunden. Aber sie vermieden es, sich darüber auszusprechen.

„Für so vieles habe ich dir zu danken“, sprach Graf Leuckmer weiter, „am meisten aber dafür, daß du uns die Beschämung vor den Deinen erspart und ihnen verborgen hast, daß deine Ehe bald in Sorgen mündete.“

„Nicht dafür danken, Papa, vielleicht bin ich bloß etwas schwerfällig. Bertold meint immer, ich hätte kein Temperament, das hilft mir wohl oft. Man klagt nicht gleich. Schreit nicht so herum: ‚Was soll werden?!‘ Meine Eltern haben ja schon genug mit ihren vier Söhnen zu tun, du weißt es wohl: die wilden Junker von Heinzenberg! Sie würden außer sich geraten, wenn sie hörten, daß es mit ihrer ruhigen Ältesten schief gegangen sei. Nach keiner Seite hin konnte die Lage dadurch besser werden, daß ich sie besprach."

„Kind", meinte er liebevoll, „ihr seid jung. Alles kann noch anders werden. Ihr habt getan, was Hunderttausende tun, zu jung in verliebter Aufwallung euch geheiratet. Dann kommt die Ernüchterung, und in ihr scheint alles in die Brüche zu gehen. Aber man ist nur in eine neue Entwicklungsphase getreten. Aus ihr geht man mit gereifter Erkenntnis hervor und findet sich dann erst zu rechtem Bunde."

„Ach Papa — Programm! Romanstoff! Theorie! Paßt nicht auf Bertold und mich. Und du glaubst ja selbst nicht, was du wünschest."

„Aber es muß doch irgendwie..."

„Zu einem Ende kommen?" ergänzte sie mit einem schmerzlichen Lächeln. „Nein. Vielleicht ist dies das mühsamste in dem mir zugefallenen Schicksal. Mein Mann wird niemals mir gehören. Aber in Stunden der Leere oder Sorge wird er immer einmal bei mir ankommen. Ich bin sozusagen sein Altersheim, er weiß: ‚In ganz fernen, fernen Tagen, wenn gar kein Schaum mehr da ist, sondern bloß noch Hefe, dann hab' ich schließlich eine Frau, die mich pflegen muß.‘"

„Dazu bist du zu gut! Das ist kein Lebensinhalt für eine Frau wie dich..."

„Mein Lebensinhalt ist mein Junge", sprach sie, beinahe heiter, und fügte noch hinzu: „Weißt du, Papa, ich glaube, die Mutter ist doch wohl stärker in mir als die

Frau. Ohne Mann kann ich mich behelfen. Ohne Kind? — Wenn ich Adam lassen sollte? Guck, wie er da liegt! Wie die Sonne seinen Rücken brennt — wie unmenschlich interessant ihm die beiden kleinen Scheusale in der Wasserschüssel sind."

Sie ließ plötzlich den Arm des alten Herrn und lief zu ihrem Knaben, kniete im Kies neben ihm nieder und faßte zärtlich nach den unermüdlich hämmernden Füßen.

„Nich Mutti!" schrie er, „nich!" — — und er spritzte nach rückwärts ein wenig Wasser auf sie. Sie lachten beide.

Dies zu beobachten machte dem alten Manne das Herz warm. Er war glücklich, daß er Schwiegertochter und Enkel bis zum Herbst hier behalten durfte. Für die Zeit von Bertolds Kommando in Berlin hatte das junge Paar den eigenen Hausstand aufgegeben. Was später werden sollte, hing noch ganz im Dunkeln. Vielleicht wurde Bertold überhaupt in ein anderes Regiment versetzt. Welch ein Trost bedeuteten die lieben beiden auch für ihn, wenn Guda ihn nun bald verlassen würde.

„Ach", sagte er aus seinen Gedanken heraus, „hat sie uns nicht eigentlich jetzt schon verlassen? Sie ist ganz verändert."

Katharina sprang auf und war schon wieder neben ihm.

„Du meinst Guda? Ja, das ist nun fast unheimlich, ihre übersprudelnde Lebendigkeit ist einer beinah steifen Haltung gewichen. Aber man merkt es doch: mit ihren Gedanken ist sie unausgesetzt bei ihm."

„Seit er nach Wien ist, finde ich sie beinahe geistesabwesend. Eine solche leidenschaftliche Abhängigkeit von einem geliebten Mann..."

Irgendein Gefühl von Beklemmung warnte sie beide, diese Betrachtungen weiter auszuspinnen — sie wollten zart bleiben — sogar noch vor ihren eigenen stillen Gedanken.

Und Katharina, deren große Seelenwürde ja immer das Schweigen war, verbot sich sogar, ihrer kräftigen Abneigung gegen Percy nachzugrübeln.

Als Guda vor zwölf Wochen glückselig aus Hamburg depeschierte und um den väterlichen Segen bat, waren sie gerührt und freudig erhoben gewesen, daß das holde Kind einen Liebesbund schließen durfte. Und als Percy Lightstone dann wenige Tage später auf Schloß Schönblick, wo man noch mitten im Einrichten begriffen war, eintraf, um seine Werbung persönlich vorzubringen und alle damit verbundenen Fragen klar zu besprechen, steigerte sich ihre frohe Empfindung noch. Die auserlesene Erscheinung, die vollendeten Formen wirkten geradezu imposant. Äußerlichkeiten. Ja. Aber sie sind doch immer das, womit allein Menschen, die sich zum erstenmal begegnen, aufeinander wirken können. Und wer mit solchen Äußerlichkeiten ausgestattet ist, bringt doch schon immer ein Geschenk mit in den neuen Bund. So dachte Gräfin Katharina damals. Aber seitdem war Percy schon dreimal zu kurzem oder längerem Aufenthalt hier gewesen, und man war sich um gar nichts nähergekommen.

Nur schien es, als rücke Guda immer weiter fort von den Ihren — immer weiter.

Aber es handelte sich auch durchaus nur um Guda und ihr Glück, und daß sie mit Inbrunst liebte und wieder geliebt wurde, unterlag keinem Zweifel. So mußte man wohl zufrieden sein.

„Habe ich dir eigentlich schon erzählt: Thomas Steinmann ist nicht damit einverstanden, daß ich das ganze Vermögen Gudas in England anlegte."

„Nein. Komm — wenn ich es wissen darf, erzähle. Denn ich will dir sagen, Papa — ich glaube, daß Steinmann..." Sie stockte. Nein, sie wollte es doch nicht sagen, was sie glaubte, beobachtet zu haben... Und so schloß sie: „Ich glaube, daß seine Ansichten immer vernünftig und von Hingebung für dich erfüllt sind."

Sie setzten sich an den Tisch, und Katharina sah nebenbei, wie ihr Junge nun langsam ein winziges Steinchen nach dem anderen in die Wasserschüssel zu den umherjagenden Tierchen warf.

„Unbedingt. Aber wie lagen die Dinge? Sie lagen so, daß Guda nicht ohne Mitgift oder Kapital in irgendeiner Form in diese ausländische Ehe treten konnte. Percy besprach diese Fragen mit einer so großartigen Offenheit mit mir, daß mir diese Überlegenheit und Sachlichkeit wohlgefiel. Wenn Guda standesgemäß in Deutschland geheiratet hätte, würde ich ihr doch immer ein Kommißvermögen oder ein Nadelgeld oder wirtschaftliche Zuschüsse gegeben haben. Ich will dir gestehen — ich war verlegen — unsicher. Wenn man so lange in Geldsorgen gelebt hat, verliert man den Maßstab. Was mir reichlich schien, konnte dem — dem — etwas großartigen Engländer als Lumperei erscheinen."

Seine Schwiegertochter streichelte ihm leise und tröstend die Hand. Sie konnte sich genau denken, wie im Grunde verängstigt er vor dem majestätischen Bewerber gesessen.

„Ich deutete an: ‚Nadelgeld'. Aber Percy sagte, das würde ausschließlich Sache des zärtlichen Gatten sein, der seine liebreizende Frau mit allem Luxus zu umgeben hoffe, der Mistreß Percy Lightstone zukomme.

Dann warf ich die Frage auf, ob ich schon bei der Heirat von Gudas Kapital auskehren solle — weißt du, da eine Zahl zu nennen, war auch schwer. Schließlich kamen wir überein, daß es am vorteilhaftesten sei, das ganze Vermögen in ihre Unternehmung zu geben. Das Haus Lightstone, dem ja sowohl familiär wie geschäftlich der Lord Multon, Percys Vater, vorsteht, wird mir fünfeinhalb Prozent geben, mit Zinslauf vom Tage der Einzahlung an. Und je am ersten November und ersten Mai werden die Zinsen verrechnet. Das ist alles sehr bequem und vorteilhaft, und Percy sagte mir voll Offenheit, daß sie mit dem Gelde allermindestens zwölf Prozent machen — das Mehr über meine fünfeinhalb hinaus soll stets als Gudas persönliches Einkommen ihr gutgeschrieben werden. Das sind doch glänzende Abmachungen!"

„Ach, Papa — ich hab' einen beklagenswert geringen Begriff von solchen Dingen. Aber wie du es so erzählst, muß es einem wohl scheinen... Du sagtest, ihr kamt überein?... Ging denn dieser Gedanke von dir oder von ihm aus?"

Graf Leuckmer wurde ein wenig befangen. Er wußte keine genaue Antwort auf diese Frage. Die Erwägungen nahmen wie von selbst diese Wendung. Hatte Percy es als möglichen Fall gesetzt? Antwortete er darauf sofort mit Vorschlag und Zusage? So sehr er sein Gedächtnis förmlich beschwor, es konnte und wollte den Inhalt jenes Gesprächs nicht wortgetreu herausgeben.

Ja, und nun arbeitete das ganze Vermögen, bis auf etwa fünfzig- bis sechzigtausend Mark, deren man doch als einer Art Reserve bedurfte, schon seit dem ersten Juni in all diesen Unternehmungen mit — das war eigentlich wunderhübsch zu denken — gab der Phantasie

Stoff und Schwung. Karen wollte nun auch gern wissen, was denn das alles für Unternehmungen seien.

Oh, da waren doch die Teeplantagen bei Darjeeling im Himalaja-Gebiet — fortan sollte auch in Schloß Schönblick nie anderer als der Lightstone-Tee getrunken werden. Und dann die großen Webereien: sie lieferten die schottischen Cheviotstoffe für die Hochlandregimenter. Die Waffen- und Munitionsfabriken der Lightstones hatten feste, für viele Jahre laufende Verträge mit der Regierung und versorgten die englische Marine sowie die in Indien garnisonierenden Regimenter. Steinmann selbst, obschon ein Gegner des Abkommens, hatte nur allererste Auskünfte beigebracht. Und es war doch ein Unterschied: anderthalb Prozent mehr fortan. Katharina sah, ihr Schwiegervater hatte ein förmliches kleines Krösusvergnügen an der Erhöhung seiner Zinsen.

„Siehst du, Karen", sagte er, „ich kann nun bequem jedes Jahr ein paar Tausend zurücklegen für Adam. Mit den Zinsen kann ich machen, was ich will. Das Testament spricht sie mir bedingungslos zu."

In ihrer Seele wallte Dank auf — noch einmal streichelte sie die feine, blasse Hand.

„Merkl!" rief das Kind und sprang auf. Er hatte den Kopf und die Schultern des Dieners gesehen, der heraufstieg. Adam wußte: der brachte Erdbeeren und ein Butterbrötchen als vormittäglichen Imbiß. Plötzlich fiel ihm sein Hunger ein, den er über die kleinen, beweglichen Untiere vergessen gehabt. Der kräftige, bartlose junge Mensch, in sehr schlichter dunkelgrüner Livree, der nun die Terrasse betrat, brachte auch die Post mit. Adam ließ ihn nicht gleich dazu kommen, die Platte, auf der neben der Schale mit Erdbeeren Zeitungen und Briefe lagen, auf dem Tisch abzusetzen.

„Sieh mal, Merkl — wenn sie alt sind, sind es Frösche, sagt Alois — weißt du, ob es wohl wahr ist? Ich will sie täglich füttern und immerzu aufpassen, damit ich es sehe, wenn sie Frösche werden. Die Schüssel soll nachts neben meinem Bett stehen."

Merkl bückte sich gefällig ein wenig und gab seine Meinung dahin ab, daß die Tierchen sich in der Schüssel wohl niemals zu Fröschen entwickeln, sondern eingehen würden.

„Aber wenn ich sie doch täglich fütter'", sagte der Kleine; er sah enttäuscht die Aussicht auf ein spannungsvolles Schauspiel entschwinden. Während Merkl sich mit einem Achselzucken diesem schwierigen Fall entzog und wieder bergab ging, beschloß Adam, erst einmal seine Erdbeeren zu verzehren, den Kaulquappen aber eine davon ins Wasser plumpsen zu lassen. Was konnte er ihnen denn für schöneres Futter geben als eine eingezuckerte Erdbeere!

Ein wunderbarer Friede umfing die drei Menschen. Das Kind schmauste, der alte Herr las die Zeitung, die blonde Frau hielt ein Briefblatt in der Hand. Tief unter ihnen und weit hinaus breitete sich das freundlich stille Gelände bis zu dem fernen Gegenüber des Gebirgszuges, der heute in so dünnem Blau vor dem Horizont stand, als habe ein kaum mit Farbe gefüllter Pinsel ihn nur eben hingetuscht. Die Sonne schien, man hätte sagen können: emsig. Sie hielt die Luft über dem breiten Tal in einer unaufhörlichen Wellenbewegung; sie kochte den Saft in den grünen Gräsern der unendlichen Wiesenmatten; sie strich mit gilbender Hand über die Ährenfelder; in allen Knospen wärmte sie die kommende Blume und trieb im Walde den starken Geruch aus den neuen Schößlingen der Tannen und den blühenden Kissen der Thymiankräuter. In schweigender Wollust boten die Wipfel ihre unbewegte Fülle der um sie her bebenden Glut. Drunten der ockerfarbene, rauschende Fluß gleißte von silbernem und saphirfarbenem Glanz. Er strich das Schilf seines Ufers und die Weidenzweige, die in ihn hinabtauchten, unablässig gegen Ost. Der Himmel war bleich vor Hitze. Aber sie war leicht und schwebend und voll von sommerlicher Wonne. Sie machte Sturm und Regen, Winternot und Herbstdüster zu fernen, nicht mehr begriffenen traurigen Träumen. Sie war Fülle des Daseins, gab den Menschen eine wunderbar pflanzliche Stille, und allem, was da wuchs und grünte, sprechendere Wucht. Sie stimmte alles Lebendige zusammen auf einen Gleichklang frohen Friedens.

Graf Leuckmer las seine Zeitung nicht mit jener Aufmerksamkeit, die der erregungsschwere Augenblick der politischen Lage wohl beanspruchen konnte. Er hatte bemerkt, daß der Brief, den Karen erhielt, die Handschrift seines Sohnes trug. Nun beschäftigte ihn die Besorgnis, daß die junge Frau wieder einmal peinliche Eindrücke niederzuringen haben würde. Quelle heiterer Stimmungen waren die Briefe seines Sohnes nie. Er beobachtete das Gesicht der Lesenden. Und das fühlte sie wohl. Plötzlich, aus Nachdenken auffahrend, hob sie die Stirn und sah ihren Schwiegervater klaren Blickes an.

„Soll ich dir den Brief vorlesen?“ fragte sie.

Wie viel einfacher wäre es gewesen, das Blatt ihm hinüberzureichen. Das tat sie aber nicht. Ahnungsvoll fürchtete der alte Herr, daß sie beim Vorlesen hier und da ein allzu häßliches Wort mildere.

„Wenn der Inhalt mir mitbestimmt ist...“ meinte

er zögernd. Und da war ja auch das Kind. Kinder haben so merkwürdig helle und gedächtnisscharfe Ohren. Das wußte ja auch die junge Mutter, erinnerte sich gut aus der eigenen Kindheit, daß ihr Äußerungen und Worte ihrer Eltern nach Jahren wieder eingefallen und dann erst richtig verstanden worden waren. Sie ließ einen nachdenklichen Blick über ihren Jungen gleiten. Der aber erklärte gerade froh und wichtig: „Nu will ich rund um die Schüssel 'nen kleinen Wald stecken, daß sie Schatten kriegen, darf ich was abpflücken?"

Und er war schon bei den Zwergrosenbüschen vor den alten Ulmenstämmen und wählte auf das sorgsamste kleine Zweige aus, die seinem Zwecke passen mochten. Zum Horchen hatte er durchaus keine Zeit. Und so konnte die blonde Frau lesen, sie tat es mit ruhevoller Stimme. Die Anrede ließ sie fort. Immer verletzte es ihr Gefühl, daß diese liebkosende Apostrophierung aus der allerersten, ganz kurzen Zeit ihres Scheinglücks von ihm beibehalten wurde. Das war eine Sinnlosigkeit, eine Gleichgültigkeit, die keine Achtung mehr vor dem kurzen Traum von damals hatte. Sie schloß die Augen vor diesem zärtlich spielerischen Anruf, nicht einmal mit ihren Gedanken mochte sie das noch aussprechen — „Süßes Pusselchen!" — Ihr ganzer Stolz bäumte sich dagegen auf. Und seit sie einmal ein Zettelchen von der Hand ihres Mannes gefunden, auf welchem er genau diese selbe zärtliche Anrede an eine andere Frau richtete, war sie ihr wie ein Peitschenhieb... Aber voller Haltung ging sie darüber hin.

„Mein eheherrliches und väterliches Gewissen ist etwas schadhaft geworden. Aber Du bist ja ein Engel, und Verzeihen ist sozusagen Dein Metier. Also vielmals pardon, daß ich seit unserer Trennung noch nicht einmal zum Schreiben kam. Erstens: fabelhaft viel Dienst. Zweitens: Tante Jenny. Es geht ihr besser. Ganz entschieden. Rund um ihr Bett hängen sozusagen die grünsten Hoffnungsflaggen. Sie läßt sich mit Radium behandeln und sieht sich schon genesen. Und so kann es ja doch noch kommen, daß sie mich überlebt und die adeligen Fräulein von Kloster Mürow, die so schon im Golde ersticken, auch noch Tante Jennys gefüllte Strümpfe, respektive ihr Bankdepot in ihren Geldschrank übersiedeln sehen. Besonders nämlich darum, weil das Radium einerseits und die brenzliche europäische Lage andererseits zweckvoll zusammenarbeiten könnten.

Nämlich im Kasino, bei Tisch, schwört alles: Es gibt Krieg. Endlich und wirklich und wahrhaftig. Auch sonst ist man schwer ernst gestimmt. Im Regiment sind ja ein paar Herren mit hohen und allerhöchsten Beziehungen und Vetternschaften. Die meinen, sie wissen Bescheid. Aber bei so was weiß kein Mensch Bescheid, außer S. M. und dem Kanzler. Ich glaube nicht daran. Ich glaub' bloß, was ich sehe. Und ich sehe: das englische Geschwader machte uns in Kiel einen Freundschaftsbesuch. Und ich sehe: S. M. in der Kieler Woche. Unmöglich, daß da in der Politik was sengerig ist. Und man hört, daß die Nordlandreise, wie gewohnt, angetreten wird. Rußland! Ach nee. So 'ne Verrücktheit. Das Land der Fürstenmorde und Nihilistenattentate sollte ausgerechnet wegen dieser Mordsgeschichte Serbien gegen Österreich schützen wollen? Kann es ja gar nicht. Aber all die Geschichten lest ihr beim Morgen- und Nachmittagstee, zu dem nu mal Druckerschwärze als Zukost gehört. Ich erwähne das nur, um zu sagen: komisches Gefühl wär's ja nun doch: Krieg! Freue mich des Lebens viel zu gründlich — wenn's auch mit allerlei Unzulänglichkeiten behaftet ist — wozu ich in erster Linie mein nicht sicher fundiertes Budget rechne — als daß ich ins Gras beißen oder gar als Krüppel nachher vom dankbaren Vaterland bemitleidet sein möchte. Wenn auch die Gewißheit unbestreitbar ist, daß nicht jede Kugel trifft.

Ich wollte sagen: es wandelt einen doch allerlei an bei der Möglichkeit. Und dann Tante Jennys Testament! Das Dich und unsern Jungen ausschließt. Mein Himmel, sie haßt Dich nun mal in dem Grade, wie sie mich liebt. Sie müßte ihr Testament ändern! Das wird mir klar. Wenn ich an den Krieg denke, wachen doch allerhand Vatergefühle in mir auf. Aber bringe mal einer verliebten alten Schachtel, die gerade auf Genesung hofft, zart bei, daß sie ihr Testament zugunsten des Sohnes einer Rivalin ändern möge! Wenn das Wort Rivalin hier nicht als Jux wirkt. Ich maikäfere auf der Idee herum, wenn mein Alter ihr mal schriebe! Schließlich ist er doch ihr Bruder.

Das alles eilt ja aber nicht. Denn mit der Wirkung des Radiums wird es wohl fixer gehen als mit der politischen Entwicklung. Wenn wir da mit hineingerissen werden, so wird das Unheilsei sicherlich in den Brutkästen der Diplomatie mit höchster Langsamkeit ausgebrütet werden. Man wird also Zeit haben, meine Idee mündlich zu besprechen. Gudas Hochzeit sollte doch so was Mitte Sommer sein? Teilt mir gefälligst den Termin mit. Möchte doch Urlaub nehmen; wenn auch bloß auf drei, vier Tage. Länger hält es Tante Jenny nicht aus, wo sie schon ohnehin die Tage zählt, die mein Berliner Kommando dauert. Das wird Dir ja auch recht sein, denn allzu pressanten Wert legst Du ja wohl nicht auf meine Gegenwart. Aber ich muß mir doch auch mal ansehen, was Guda mir denn für'n großartigen Schwager 'ranschleift — ich höre, daß sein Bruder, der Baronet, keine Kinder hat. Somit kriegt Percy doch wohl wenigstens den Titel, wenn der ältere Lightstone Lord Multon wird, und Gudas Sohn, falls sie mal einen kriegt, wäre die Nachfolge sicher. Es sollen fabelhaft reiche Leute sein. Mit so 'nem Schwager muß man sich intim anbiedern. Außerdem will ich mir doch mal das Château ansehen, in dem mein Alter nun residiert. Also ersuche ich Deine Gnade um postwendende Datumangabe. Viele Grüße von sozusagen Deinem Ehemann, der Dir hiermit Deine schöne Hand küßt. Bertold."

Das Vorgefühl des Vaters war zutreffend gewesen: manches zu burschikose oder gar frivole Wort ersetzte sie im Vorlesen durch harmlosere Wendungen. Dennoch sprach aber dies lange Schriftstück unverkennbar deutlich von der Art seines Schreibers, dieser unterhaltsamen, lebhaften, leichtlebigen Art, die weder vor sich selbst noch vor anderen große Achtung kennt. Auch gar kein Bedürfnis nach solcher Achtung fühlt... Graf Leuckmer saß beschämt und fragte sich zum unendlichsten Mal: Wie komme ich zu diesem Sohn? Er wußte wohl: unzählige Eltern werden überrascht durch die Entwicklung ihrer Kinder — sie steigen über die Eltern empor — sie sinken unter sie hinab — und man kann die geheimnisvollen Umwege nie ergründen, die die Natur genommen hat.

So sehr die junge Frau sich auch durch diesen Brief gedemütigt fühlte, sie fand dennoch etwas darin, das sie, dem Vater zum Trost, vielleicht herausheben konnte:

„Zum erstenmal, daß er an Adams Zukunft denkt!"

„Aber in welcher Form! Sich selbst belastet er nicht mit Pflichten." — —

Sie schwiegen bedrückt, viele Minuten lang.

Der Kleine hatte den halblauten Stimmen nicht nachgehorcht. Er plagte sich, bis ihm die Stirn perlte, um die abgepflückten Zweiglein rund um die Wasserschüssel in den Boden zu stecken; aber das wollte auf dem hartgewalzten und mit Kies bestreuten Platz durchaus nicht gelingen. Nun, da die Stimmen verstummten, richtete er sich auf und sagte weinerlich:

„Mutti, ich kann gar nicht den Wald pflanzen."

Katharina erhob sich, steckte den Brief in das Täschchen, das vor ihr auf dem Tische lag und wandte sich ihrem Jungen zu.

„Ich will dir die Antwort abnehmen, Karen", sagte Graf Leuckmer. „Ich schreibe ein paar kurze Zeilen an Bertold und melde ihm — ja — es war doch der fünfte August, den ihr festgesetzt hattet?"

Sie hockte schon auf dem Erdboden neben dem kleinen Adam, der einsah, daß Wälder sich nicht so einfach hinpflanzen lassen.

„Wir? Es geruhte Miß Mildred, in Rücksicht auf ihre Bayreuther Tage den fünften August zu bestimmen", sprach sie lächelnd zu ihm empor.

Nun aber hatte sie volle Aufmerksamkeit für das, was sie sah. Und sie sah ein dünn rosa gefärbtes Wasser, in dessen Grunde viele Steinchen und eine schon ganz blaß gewordene Erdbeere lagen.

„Das artet in Tierquälerei aus", sagte sie streng; „die armen Dinger bewegen sich schon ganz matt. Wir wollen sie wieder dahin tragen, wo Alois sie her hat."

„Tierquälerei?" verteidigte sich der Kleine entrüstet; „ich darf doch keine quälen. Ich hab' ihnen sogar eine Erdbeere geschenkt!"

Sie erhob sich, die Wasserschüssel in den Händen, und mußte lächeln.

„Also, wo hat Alois sie her?"

„Ach — unten aus dem Graben. Aber Mutti — bitte — wenn ich sie nicht behalten darf — schütte sie in den Weiher — dann wollen wir jeden Tag zusehen, ob sie schon Frösche sind."

„Meinetwegen."

Sie traten ihren Gang mit höchster Ernsthaftigkeit an. Die junge Frau trug mit beiden Händen die ziemlich flache Schüssel sorgsam vor sich her. Sie wünschte nicht, ihr weißes Kleid mit dem rosa-trüben Wasser zu beschütten. Adam aber nahm diese vorsichtige Haltung für Übereinstimmung mit seinem gespannten Interesse an der bevorstehenden unfreiwilligen Übersiedlung der Tierchen aus der kleinen Welt der Schüssel in den geheimnisvollen Abgrund des Weihers. Er hoffte auch glühend, Mutter werde bei dieser Gelegenheit bis hinab zum Rande des Wassers steigen und ihn mit hinunterklettern lassen. Das war ihm allein ja streng verboten. Er durfte überhaupt nie ohne Begleitung die oberste Terrasse betreten, fürchtete sich auch dort vor dem dunklen Wald und dem schwarzen Wasser, in dem er Krokodile vermutete. Von denen hatte er einmal schreckhafte Abbildungen gesehen. Aber wenn man sich an Muttis Kleid festhalten konnte, würden die Krokodile gewiß nicht herauskommen. Die kühlen, grünen Schatten waren um die beiden weißen Gestalten. Und die Zweige rauschten, indem sie durch das wuchernde Buschwerk sich den Weg bahnten.

Durch die feierliche Friedlichkeit gellte auf einmal ein Geschrei, das sie zerriß. So laut und nah, so unverkennbar von höchster Angst ausgestoßen, daß Katharina nach dem ersten Aufhorchen unwillkürlich die Schüssel von sich warf und vorwärts lief...

„Mutti, Mutti...", jammerte der Kleine, jäh von

Furcht befallen, hinter ihr her und stürzte ihr nach. Sein Seelchen sah sich tausend schrecklichen Gefahren hingegeben, wenn er nun hier die Mutter aus dem Gesicht verlöre. —

Das bange Geschrei hielt an — aber es veränderte den Klang. Kam es nicht wie aus der Tiefe? Aus der Richtung des Weihers? Ganz gewiß! Schon sah Katharina die weiße, derbe Gartenbank, die auf dem hohen Rande des Wasserbeckens stand. Und nun war gar kein Irrtum mehr möglich: die durchdringenden Schreie kamen aus dem Erdkessel, in dessen Grund das moorige Wasser träumte.

Nun sah sie auch den, der diese Laute der höchsten Angst ausstieß. Über Wurzeln stolperte ihr Fuß, mit hastigen Händen schlug sie die ineinander verstrickten Zweige nieder, die sich in ihren Weg hängten — nur weiter, weiter, herum um das hohe Ufer. — Denn drüben, wo das dürftige Quellchen die steile Böschung hinabsickerte in den Weiher — dort, wo von langhaarigem Gras und feuchten Moosen der Hang glatt war wie eine Gleitbahn — dort kämpfte ein Knabe um den letzten Halt. Mit seinen Fäusten suchte er sich in den Grasboden zu klammern — aber immer gaben sie nach — und unaufhaltsam glitt sein Körper dem Wasser zu, schon netzte es seine Stiefel, sein Gesicht hatte er verzweifelt erhoben, indem er den Kopf in den Nacken warf. Um ihn polterten die Klumpen mit den Grasresten hinab, immer wieder krallte er die Händchen ein. Immer wieder zerbrach, naß und schwer, die nicht durchwurzelte Erde, deren grüne Grasnarbe so dicht schien.

Nun sank er schon bis über die Knie hinein. Gerade langte seine Retterin oben am Rande des Kessels an. Sie wußte nicht: Welche Tiefen hatte dieses undurchsichtige dunkle Wasser? War sein Grund schlammiges Moor? Wie konnte sie das steile Ufer hinabgleiten? Aber schließlich: sie konnte schwimmen — das huschte durch ihre Gedanken. Fast zugleich rief sie hallend durch das grüne Dickicht: „Alois — Alois —", denn sie vermutete den Gärtnerburschen auf einer der oberen Terrassen des Parks, und sie dachte vielleicht, daß ihr Kleiner auf den Ruf hin davonlaufen und Alois holen solle. Aber drüben stand die kleine, weiße Gestalt und klammerte sich an die Gartenbank als an einen vertrauten, sicheren Gegenstand, und sein Weinen scholl herüber und mischte sich in das Geschrei des fremden Knaben. Ganz bewußt dachte sie eigentlich nichts, als daß der nächste Augenblick vielleicht eine große Gefahr sei, daß der Knabe sogleich ganz hinabsinken müsse. Sie warf sich auf den Rücken und griff mit der Linken nach den weit überhängenden Zweigen eines kräftigen Buchengestrüpps; so liegend bohrte sie mit starken Bewegungen ihre Hacken tief in den abschüssigen Hang. Als sie für ihre Füße so etwas wie eine Stufe fühlte, wagte sie es, sich mit herabgestrecktem rechtem Fuß wieder einen Halt zu graben.

„Ich komme — ich komme", rief sie keuchend dem Knaben zu. Sie konnte ihn in ihrer Lage nicht mehr sehen, aber sie hörte ihn und wie seine Stimme heiser ward in Angst.

Mit stählerner Kraft und Gewandtheit arbeitete sie so weiter, drei, vier lange Minuten noch.

Da fühlte ihr Fuß das Wasser.

Nur eine Armeslänge weit von der Stelle, wo der Knabe schon bis zu den Schultern versunken war, wurzelte, halb im Wasser, halb im Hange, eine verkümmerte Erle.

Auf dem schlüpfrigen, unter Händen und Füßen weggleitenden Boden sie erreichen —

Es muß gelingen —

Und es gelang.

Nun hatte sie sicheren Halt, sie konnte sich mit der linken Faust an dem sich gertengleich biegenden, aber zähen, jungen Stamm halten und, sich weit vorbeugend, dem Knaben ihre Rechte hinstrecken, selbst bis zu den Knien im Wasser, aber mit der Gewißheit, in dem Wurzelwerk der Erle zu stehen. Sie sah nun auch: in den letzten Augenblicken war das Kind nicht mehr tiefer hineingekommen, immer noch war es nur bis zu den Schultern im Wasser. Also mußten seine Füße Grund getroffen haben. Das gab ihr große Ruhe.

„Hab' keine Angst, faß meine Hand — fest — so — ganz fest." — —

Und doch war es schwer, das ungeschickte Kind heranzuziehen, das in seiner Furcht sich durch törichte Bewegungen selbst gefährdete.

Und jetzt klang ein Name heran. Von einem Mal zum anderen tönte das: „Jürgen — Jürgen —" heller. Aber der Knabe antwortete nichts, er wußte gar nichts mehr als dies eine, daß er mit seinen beiden Händchen nun die Hand der Frau umklammert hielt.

Aber Katharina antwortete dem Rufe: „Hier — hier!" Und als sie den Kleinen neben sich hatte, wandte sie ihr Gesicht empor und lauschte, denn sie hörte, daß jemand kam. Schon stieß auch dieser Jemand einen Schreckensruf aus, und sie sah, wie ein Mann sich vorbeugte.

„Bleiben Sie oben!" rief sie warnend.

„Wie kann ich helfen?"

„Ich will versuchen, ihn in die Höhe zu schieben, strecken Sie ihm was entgegen — großen Zweig abreißen — komm, du kleiner Mann — klettern, klettern — ich schiebe nach, du fällst nicht."

So kam das Kind mit Mühe und unter wiederholtem Zurückrutschen weit genug hinauf, um den derben Ast zu erfassen, der ihm von oben entgegengehalten wurde.

„Du Unglückskind!" sagte der Mann.

Oben warf sich der Knabe zu Boden und fing wieder an zu weinen. Er mochte Strafe fürchten, oder die Angst kam als seelischer Nachklang noch einmal über ihn. Aber sein Vater konnte sich noch nicht um ihn bekümmern. Er streckte nun auch ihr den Ast entgegen.

„Hängen Sie sich nur an, Fräulein — fester — fester — ich hab' Kräfte." — —

So ließ sie sich emporziehen, mit ihren eigenen, zweckvoll und nachdrücklich bewegten Gliedern tüchtig helfend.

Dann stand sie oben, mit waagerecht ausgestreckten Armen, sah lachend, wenn auch ein wenig nervös lachend, an sich herab. Bis zu den Knien war ihre Kleidung grünlich-bräunlich durchnäßt, und die Tropfen rannen als Schnüre vom Rocksaum. Oberhalb der Knielinie zeigte sich das Weiß ihres Gewandes von Erd- und Grasflecken auf das schauderhafteste getigert.

„Fräulein", sagte der Mann, „wie soll ich Ihnen danken. Sie haben ihm das Leben gerettet."

„Bewahre!" wehrte sie ab. „Er hatte bestimmt Grund unter sich. Das Wasser muß wenigstens am Ufer nicht so tief sein, wie es immer hieß — na — war aber doch gut, daß wir gerade kamen — Brr — aber eine unsagbar schmutzige Geschichte war es, mit schrecklich viel Kindergeschrei."

„Er wäre doch ertrunken ohne Sie."

„Ach, lassen wir das. Jetzt sind trockene Kleider das Nötigste. Und wie ekelhaft das riecht!" — —

Sie war sich selbst ganz zuwider in dem vom moorigen Wasser durchzogenen Kleid, das ihr schwer um die Beine hing. „Kommen Sie. Man muß ihn baden oder abwaschen, trockenes Zeug geben."

Und drüben stand noch immer, verheult und von Schrecken gebändigt, ihr Herzenskind. Flink, flink zu ihm hin! Unbequem ging es sich mit dem nassen, anklebenden Zeug. Als nun der kleine Adam sah, daß seine Mutter auf ihn zukam, stürzte er ihr entgegen. Sein Gesichtchen war ganz rot und verweint, aber das feine Körperchen im schneeweißen Anzug, die sorgsam gepflegten und pagenhaft verschnittenen blonden Haare zeugten dafür, daß er ein sehr behütetes Kind aus gutem Hause sei. Mit ausgebreiteten Armen lief er auf Katharina zu, um sein Gesicht an ihrem Kleid zu verstecken und vielleicht ebenfalls die ausgestandene Angst nochmals mit Tränen zu begießen.

„Mutti", rief er, „Mutti..."

„Halt!" rief sie zurück. „Mich nicht anfassen."

Der Fremde hörte: seine Anrede war also verkehrt gewesen.

Er dachte:

‚Wie ist es möglich, sie hat schon einen solchen Jungen!'

Dies köstlich gepflegte Kind mit dem dicken Blondhaar konnte fast ebenso alt sein wie sein eigener Knabe. Er sagte:

„Das sind Kontraste — Ihr Sohn — und der meine..."

„Ja, in diesem Augenblick!" lächelte sie.

Er dachte:

‚Gewiß auch sonst.' — —

Der Knabe, größer als Adam und derber von Wuchs, war nun wie von Schlamm überzogen, und das Wasser rann von ihm ab. Sein kurzverschorener, dunkler Kopf hatte eine gute Form; das Gesicht fiel durch den aufgeweckten Ausdruck und schöne, dunkle Augen auf.

Im Weiterschreiten fragte Katharina:

„Wie bist du eigentlich hier herein gekommen?"

Anstatt seiner antwortete sein Vater.

„Ich ging mit einem Bekannten in allzu eifrigem politischen Gespräch an der Einfriedigung dieses Parkes hin zum Walde. Jürgen trödelte hinterdrein, Blumen vom Wegesrand suchend. Da ist er offenbar durch eine Lücke herein —"

„Nein, wo dranstand: ‚Eintritt verboten', da war die Tür auf, ich dachte: da ist es immer schön, wo man nicht hinein soll", erzählte der Junge ganz mutig. Denn er fühlte nach Kindesart sicher heraus: Strafe gäbe es nicht.

Sie lachte.

„Urälteste Weisheit! Aber du siehst nun: es stimmt nicht immer."

Adam hätte ihn, brennend neugierig, gern gefragt, ob er im Wasser etwas von den Krokodilen gesehen habe. Aber er traute sich nicht. Kinder stehen einander immer zögernd und verlegen gegenüber.

Die merkwürdige kleine Gruppe zog von Terrasse zu Terrasse, hinab zum Schloß, das auf halber Höhe inmitten all der Baumpracht in seiner architektonischen Anmut reizvoll lag. Vollkommene Ruhe herrschte. Helle Schmetterlinge spielten über besonnter Blumenfülle. Starke Schatten schnitten über den glitzernden Kies der Wege. Die Luft zitterte in kristallenen Wellen. Das

Blühen und Reifen ringsum wirkte, als strömte eine Woge von Überfluß durch die Natur. All die gärtnerische Kunst, die sich wie eine Liebkosung um die alten Baumgruppen schmiegte, war prangende Üppigkeit. Sie sprach sehr stark zu dem fremden Mann. Plötzlich empfand er gerade inmitten dieser Schönheit den halb humoristischen, halb peinlichen Zustand, in dem sein Knabe sich befand, quälend. Er sagte hastig:

„Sie gestatten, daß ich Ihr Anerbieten, Jürgen trocken zu kleiden, ablehne. Es ist sehr warm, es wird ihm nicht schaden, in der Sonne nach Hause zu gehen."

„Aber gewiß sehr lästig sein, besonders, wenn Sie weit wegwohnen."

„Ich habe eine Privatwohnung in der Ellmoserstraße."

„Das ist, glaube ich, weit. Es macht ja keine Umstände."

Sie dachte: was es wohl für Leute sind? Und sonderbar, daß er sich nicht vorstellt? Vielleicht gesellschaftliches Ungeschick. Vielleicht Vergeßlichkeit in der Aufregung. Aber sie wurde schon hiervon abgelenkt: von weitem sah sie Alois ein Blumenbeet jäten. Dort freilich, wo er war, hatte er ihren Ruf nicht hören können und natürlich auch nicht das Geschrei des Knaben. Gut, daß sie gerade die Kaulquappen hatten zum Teich tragen wollen. Das sagte sie alles ihrem Knaben. Und der antwortete besorgt:

„Aber nun hast du sie weggeschmissen. Und sie sind gewiß ganz traurig und bange. Und sie verirren sich im Walde."

„Die Heinzelmännchen helfen ihnen. Die sind mit allen kleinen Tieren sehr befreundet", tröstete sie.

Sie näherten sich nun der hohen, aber kurzen Wand einer glattgeschorenen Hecke, durch deren grünes Dickicht eine Bogenöffnung führte. Hindurchschreitend befanden sie sich auf dem Platz, der sich schmal, aber ziemlich lang vor der Hauptfront des Schlosses entlang zog und am anderen Ende durch ebensolche Heckenwand abgegrenzt war. Ein paar Stufen führten zum Eingang empor. Die Türflügel waren nach innen zurückgeschlagen, und der Eingang stand als dunkle Öffnung in der hellen Mauer. Vom Platze rechts und links zog sich im Bogen das Band des Fahrwegs herauf und hinab. Am ovalen Stück Abhang dazwischen lag, von Rasen umrahmt, ein großes Beet von Stiefmütterchen in allen Farben.

Gerade erschien Merkl auf der Schwelle. Er war auf der Diele beschäftigt gewesen und hörte Stimmen.

„Frau Gräfin?" rief er erschreckt.

Katharina winkte ihm ab.

„Nur keinen Lärm", sagte sie, „daß Herr Graf nichts hört, nur keinerlei unnütze Aufregung."

Sie sah mit raschem Blick über ihre Schutzbefohlenen hin.

„Lassen Sie den Herrn — —" Nun zögerte sie so auffallend, daß der Fremde sich verneigte und seinen Namen nannte, während helles Rot über sein Gesicht ging. Sie nickte dankend. Irgendein paar Vokale hatte sie verstanden, Otto vielleicht und Rüder — oder ähnlich. Aber das war ja im Grunde egal.

„Also Merkl, lassen Sie den Herrn ins Vorderzimmer." — „Sie werden die Güte haben, dort recht geduldig zu warten?" Er verneigte sich wieder. Und sie fuhr fort anzuordnen:

„Adam, du leistest deinem kleinen Gast Gesellschaft. Frau Stroblmeyer badet ihn und zieht ihn um..."

Die Kinder, die kaum einen Blick voneinander ließen, hatten sich noch nicht entschlossen, zusammen zu sprechen.

Adam war froh, daß er mitdurfte. Es interessierte ihn über die Maßen, welchen seiner eigenen Anzüge denn der fremde Junge anziehen solle.

Über die Diele, von der er flüchtig den Eindruck eines nur kleinen und sehr einfachen Raumes hatte, wurde der Gast in das erste Zimmer links geleitet. Da konnte er nun sitzen und warten und nachdenken. Die blonde junge Gräfin war mit einemmal verschwunden gewesen, ehe er sich noch mit einem letzten Wort hätte sträuben können. Er sah nur noch, wie eine Frau mit einer großen weißen Schürze und einem freundlichen Gesicht seinen Jungen in Empfang nahm, mit so sicherem, ganz merkwürdig mütterlichem und beschützendem Gebaren, daß Jürgen offenbar gern mitging.

Er setzte sich ans Fenster. Das, was ihn hier umgab, forderte in keiner Weise Nachdenken heraus. Ein Zimmer wie hundert andere auch. Landläufige Ausstattung, herkömmlich gestellt. Über dem Sofa eine große Landschaft, nachgedunkelt und alt. Vor dem zweiten Fenster auf blankem Messinggestell ein großer Käfig. Der rotgrüne Papagei darin saß stumm auf seiner Stange und döste mit weiser Kopfhaltung, manchmal das Häutchen über seine schwarzen Perlaugen ziehend, vor sich hin. Von dem Tier strömte eine wahre Langeweile aus.

Aber den nachdenklichen Mann steckte sie nicht an.

„Wie eine Ceres, blond, in reifer Weiblichkeit, doch jung und froh, ein Mensch, der Segen bringt, so schritt sie dahin, man sah gar nicht ihr beschmutztes Gewand."

„Frau Gräfin" — hm — und wie besorgt sie gleich war, daß man ihren Gatten nicht störe.

Glückliche Menschen, die hier wohnten.

Und er dachte an sein eigenes schweres Ringen und an sein Kind, stellte das reizende, gutgepflegte, feingliedrige Kind der prangenden Frau daneben. Er erinnerte sich, wie töricht und reizend zugleich sie mit ihrem Söhnchen sprach, von Heinzelmännchen, und drolliges Getier wichtig behandelt hatte. War Kind mit ihrem Kinde. — Seine Lippen schlossen sich fest...

Er glaubte nur Minuten gesessen zu haben. Da öffnete sich schon die Tür. Und die junge Frau kam herein, frisch gekleidet, weiß die Schuhe, die Strümpfe, das Gewand. Er verstand nichts von Frauensachen und sah nicht, daß dies alles von der äußersten Einfachheit sei und nur durch die köstliche Frische so wundervoll wirkte. Er glaubte Luxus zu sehen.

Er erhob sich. Und nun begegnete sein Blick dem Blick der Frau. Er fühlte auf der Stelle, daß sie ihn jetzt zum erstenmal überhaupt erst recht ansah.

Diese Empfindung täuschte ihn nicht. Katharina war betroffen. Die großen, dunklen Augen hatte also der Kleine von seinem Vater. Aber der seltsame Ausdruck von Strenge und Leidenschaftlichkeit zugleich in seinen Augen verwirrte sie ein wenig. Was für durchgearbeitete Züge... Von Gedanken? Von Leiden? Von beiden zusammen? Der kluge Mund verriet wohl festen Willen. In jedem Fall kein Kopf, den man vergaß, wenn man ihn einmal genau betrachtete. Er überragte sie, und seine Gestalt war wohlgebaut, aber ihr schien, als trage er sie ermüdet oder nachlässig.

„Natürlich, Sie finden, das habe unerlaubt lange gedauert. Nun ist aber auch Ihr Junge gleich fertig. Ein wenig ausgewachsen sieht er schon in Adams Kittelchen aus", berichtete sie. „Und wie spaßhaft verlegen die Kinder voreinander waren! Aber nun ist das Eis gebrochen. Adam führt schon sein Indianerdorf vor und die Teddy-Bären."

„Ich werde die Kleider morgen zurückschicken", sagte er ernsthaft und steif.

„Es eilt gar nicht. Sagen Sie das, bitte, an Jürgens Mama. Und ich meine, sie darf nicht schelten. Im Grunde hatte doch nur der Papa schuld. Debattiert mit Bekannten, anstatt aufzupassen", scherzte sie. Sie fühlte ja: er war unfrei; sie mußte ihm helfen.

„Jürgen hat keine Mutter."

„Oh..."

In welchem Ton er das sagte. Da klang zwischen den Worten etwas mit. Sie dachte: ‚Ist seine Frau tot?'

„Um so eindringlicher werden Sie sich wohl mit ihm beschäftigen?"

„Ja, das sollte ich, dazu habe ich ihn bei mir, um ihn kennenzulernen."

„Wirklich", meinte sie, im Bestreben, auf ihn und seine Äußerungen einzugehen, „im angestrengten Berufsleben stehend, haben die meisten Väter oft kaum Zeit, ihre eigenen Kinder kennenzulernen."

Er sah sie an, ein Zögern war in ihm. Was ging sein Leben und sein Kind diese Frau an?

Man streift wohl einmal im Gedränge des Daseins nahe an einem Menschen vorbei, vor dessen Blick das Herz wunderbar selig erschrickt. Vorüber, vorüber und nie mehr.

Aber eine unbegreifliche Gewalt wollte ihn zwingen, Dinge zu sagen, die diese Frau nicht verstehen konnte, die ihr peinliche Rätsel aufgeben mußten. Er fühlte sich hingerissen, ganz offen mit ihr zu sprechen wie mit einer teuren Vertrauten, der gegenüber Wahrheit heiligste Pflicht ist.

Nur mühsam bezwang er sich, sagte sich, daß sie

ihm fremd sei und ewig bleibe. Aus verschiedenen Welten waren sie. Man überfällt nicht fremde Menschen mit den Schwierigkeiten des eigenen Lebens.

So antwortete er nach einer Pause des Bedenkens zögernd:

„Dieser Fall liegt anders.“ —

Katharina machte eine schwache Bewegung mit der Hand. Vielleicht sollte das andeuten, daß sie nicht beanspruche, Näheres über seine Angelegenheiten zu erfahren. Und doch nahm sie teil an ihm, hätte gern sogleich viel von ihm wissen mögen. Sein Wesen wirkte stark auf das ihre herüber.

Nun setzte er noch hinzu:

„Ihr Knabe hat es besser, kann zwischen Vater und Mutter in dieser köstlichen Natur erwachsen.“

„Ich bin mit Adam für längere Zeit bei meinem Schwiegervater zu Besuch“, erklärte sie rasch. „Mein Mann ist dienstlich in Berlin.“

Vor der Tür wurde es lebendig. Und Frau Stroblmeyer brachte mit allen Mienen der Befriedigung und Fürsorglichkeit den ihr Überantworteten als blitzblank gebadetes Menschenkind zurück, das in einem weißen, zu knappen Anzug unbeholfen sich bewegte.

Plötzlich war die ganze schwere Stimmung zwischen ihnen weggescheucht. Das, was sie auf das Unerklärlichste zueinanderzog, dies Verlangen, sich viel zu fragen und zu sagen, wich von ihnen, als seien sie jäh aus mystischen Nebeln in das nüchternste Tageslicht getreten.

Man wechselte noch allerlei höfliche Reden. Katharina scherzte mit dem Knaben, der einen winzigen Indianer von Blei in seiner Faust hielt, den Adam ihm geschenkt hatte. Und dann war alles vorüber.

Am anderen Nachmittag kamen die Kleidungsstücke

zurück. Ein ganz kurzer Dank war dabei. Nur eine Karte: „Für alle erfahrene große Güte dankt Dr. phil. Ottbert Rüdener."

Während Katharina sie zerriß und in den Papierkorb warf, als „erledigt und keiner Antwort mehr bedürftig", kam mit einemmal eine große Nachdenklichkeit über sie.

Sie sah die dunklen, strengen, leidenschaftlichen Augen vor sich. Märtyreraugen? Fanatikeraugen? Augen aus der Tiefe. — — —

* * *

Der Himmel fuhr fort, durch seine strahlende Sonnenfülle, die er aus gleißender, blendender Bläue herabströmen ließ, die Erde in ein Gefilde der Seligen zu verwandeln. Um die schweren, dunklen Wipfel der Laubbäume rann die heiße Luft; über die graugrüne Glätte der Kiefernnadeln strich sie als silbriger Glanz. In der Mittagsstunde wallte feierliche Stummheit durch die Natur, als schweige sie im Übermaß des Segens. Im weiten grünen Gelände des Tals lagen gleich Tuchfetzen hier und da die Felder in dem starken, dunkelgoldenen Farbenton des reifenden Weizens. Der krause Fluß am Fuße des Hanges floß weniger breit dahin, seine Oberfläche schien aus Spiegelscherben zu bestehen. Die Ferne war wie in Dunst aufgelöst, und nur in frühen Morgenstunden stand das Gebirge in all seiner stolzen Anmut deutlich drüben am Rande der Talbreite. Im Buschwerk des Parkes führten die Vögel ein huschendes, schweigsames Leben. Die Glut kochte in den Knospen so eilig die Blumen gar, daß nachmittags schon farbenprächtige Blüte war, was morgens noch in Herbe zu zögern schien. Die Obstbaumzweige hingen von Früchten schwer, deren Wangen blank aus dem stumpfen Laube glänzten.

Sich all der reichen Erfüllung in ruhevoller Dankbarkeit still zu freuen, war aber der Menschheit nicht beschieden.

Ein ungeheuerlicher Schatten wuchs am Horizont empor — der Schatten einer Gestalt, der vielleicht selbst mutvoll ins Auge sehen zu müssen die Völker im voraus erbeben ließ.

Auch die Bewohner von Schönblick sahen wohl diesen Schatten.

Aber der Puls des eigensten Lebens schlug zu stark — nur Graf Leuckmer sprach zuweilen mit Katharina voller Sorge und las ihr Stimmungsberichte vor, die Dr. Thomas Steinmann aus Berlin schrieb.

Guda aber und die van Stratenschen Damen waren zu sehr mit sich beschäftigt und wurden auch von München aus nicht in Ruhe gelassen. Denn dort saß Miß Mildred Lightstone im Hotel und langweilte sich, weil sie nicht die Bekannten getroffen hatte, die sie erhoffte. Sie schien aber durchaus für ihre gesellschaftliche Kunst, sich und anderen voll majestätischer Haltung inhaltslose Stunden aufzuerlegen, ein Publikum zu brauchen. So berief sie beinahe täglich die Damen zu sich in die Stadt. Vor allem war Frau van Straten jederzeit bereit, das Auto zu besteigen und eifrig entzückt, dem Ruf zu folgen, denn sie sah in Miß Mildred das Urbild aller englischen Vornehmheit, bewunderte ihre stolze Anmaßung und war entschlossen, sich auf das engste mit ihr zu befreunden. Tiny war das beständige Hinundherrasen recht. Sie wußte nicht wohin mit sich selbst, denn sie hatte sich in aller Geschwindigkeit in Dr. Thomas

Steinmann verliebt und fragte jeden Tag den Grafen Leuckner, ob sein junger Freund und Rechtsanwalt nicht noch einmal käme. „Ja", sagte der alte Herr lächelnd, „einige Tage vor Gudas Hochzeit, wahrscheinlich Ende Juli, um den Ehekontrakt aufzusetzen und zu vollziehen." Und Guda lag sie in den Ohren, ob sie wohl eine ungefähre Meinung darüber habe, welchen Eindruck sie auf Steinmann machte.

Guda kannte Tiny gar nicht anders als verliebt und kreuzunglücklich vor Hoffnungslosigkeit. Deshalb nahm sie es nie ernst, um so weniger, als der Zustand des Unglücklichseins das muntere und lebhafte Wesen Tinys nie im mindesten beeinträchtigte und nur zum Gebrauch hervorgeholt wurde bei abendlichen vertrauten Aussprachen. Dazu hatte Guda sich stets gern hergegeben.

Jetzt aber war ihr das triebhafte Spielen mit höchsten Empfindungen ganz und gar entgegen ihrem eigenen Zustand. Jetzt aber hätte sie sich nicht in vertrauten Aussprachen mit der Freundin eröffnen mögen.

In ihrem Blute schwoll die Sehnsucht — in ihren Gedanken waren quälende Fragen und erhoben immer wieder ihre schreckhaften Häupter. — — —

Die Fahrten nach München erschöpften sie. Aber Percy hatte ihr, ehe er nach Wien reiste, empfohlen, recht liebevoll mit Mildred zu sein. Und seine Wünsche waren das Wichtigste auf der Welt... Und es schien auch, daß die unverheiratete Schwester in der Familie der Lightstones eine beherrschende Stellung einnahm. Es bedeutete für Guda nur einen Liebesbeweis, sich schon jetzt der Tyrannei der künftigen Schwägerin zu fügen. —

Tiny sagte einmal begeistert zur Gräfin Katharina: „Ich glaube, Guda ließe sich für ihn schinden! Ja, das ist Liebe! Und er? Depeschiert jeden Tag —

großartig — solche Leidenschaft! Wie beneidenswert!"

Katharina begeisterte sich nicht mit. Still sah sie vor sich hin und dachte, daß ein Liebender, der sich seelisch der Geliebten nahezubringen wünscht, im Brief doch wohl mehr sagen könne als in diesen täglichen Depeschen, die noch dazu oft verstümmelt und nicht sofort verständlich waren, denn die österreichischen wie die bayerischen Telegraphenbeamten konnten unmöglich alle firm im Englischen sein. Auch wollte eine Ahnung in ihr nicht schweigen, daß vielleicht Guda sich nach mehr sehne als nach diesen zusammengefalteten Zetteln von stumpfem, schlechtem Papier, darauf ein eiliger Blaustift die Worte hingesetzt hatte, die in Percys eigener Handschrift eine andere Sprache geführt haben würden.

Gudas Haltung beim Empfang der Depeschen gab freilich keinen Anlaß zu solcher Ahnung. Eine sichtbare, gespannte Unruhe war in ihrem Wesen um jene Morgenstunde, wo die Depeschen einzutreffen pflegten. Die Maske der undurchdringlichen Beherrschtheit wurde jetzt ja nicht so strenge von ihr gefordert, denn der, der solche Maske liebte und verlangte und selbst trug, war fern. Glühendes Rot flammte in ihrem Gesicht auf, wenn Merkl in der Tür des Eßzimmers erschien und sie sofort auf der silbernen kleinen Platte in seiner Hand die Depesche liegen sah. Und sie las ihre Depesche immer allein. Sie stand vom Frühstückstisch auf und trat hinaus auf den Balkon, der sich vor der ganzen Breite des Raums im ersten Stockwerk an der Front des Baues hinzog. Von dort beherrschte man mit weitschweifendem Blick die ganze Gegend — es war die Aussicht, die man vom nebenan gelegenen Arbeitszimmer des Hausherrn und von der oberen Terrasse hatte. Guda aber sah nichts von der Lieblichkeit der wundervoll reichgegliederten, vor Fruchtbarkeit strotzenden Natur, in der es keine Gärungen und keine dunklen Gewalten zu geben schien, sondern nur Sonnenfrieden. Ihr Puls jagte, ihre Lippen wurden trocken, ein qualvolles Verlangen nach dem geliebten Mann machte ihre Glieder matt. Und dann, wenn sie minutenlang auf diese mit Blaustift hingesetzten Grüße gestarrt, kam eine Empfindung über sie, die beinahe unerträglich war — eine Traurigkeit, eine Enttäuschung, die sie selbst nicht begriff — die völlig zu verhehlen ihr Bemühen war. Und lächelnd kam sie zu den Ihren zurück und teilte irgendeinen Umstand aus der Depesche mit: „Percy hat gestern mit Bruce und Maud beim Botschafter diniert." Oder: „Percy läßt dich, Papa, und alle Gäste von Schönblick grüßen." Karen allein hatte das Gefühl, daß dies Lächeln erzwungen sei. — — —

Mitte Juli gab Miß Mildred eine kleine Festtafel. Wer hätte ihr ihren Patriotismus verdenken dürfen. Die Art, wie er sich äußerte, war von einer gewissen ruhevollen Bestimmtheit. Sie fand es selbstverständlich, daß alle englischen Angelegenheiten den Nichtengländern durchaus wichtig und bewundernswert seien. Die Berichte über die große Flottenschau vor König Georg am 12. Juli auf der Reede von Spithead erfüllten sie mit Genugtuung. Noch niemals hatte die Welt 216 Kriegsschiffe zusammen und einem Herrscher untertan gesehen. Sie forderte, daß ihre neuen Bekannten von diesem Ereignis ganz erfüllt seien. Sie nahm auch ohne weiteres an, daß die Familie, in die Percy bald hineinheiratete, fortan ein freiwilliges Engländertum bekunden werde; dies war ihr so sicher, daß sie gar nicht erst darüber nachdachte.

Graf Leuckmer hatte das Bedürfnis seiner Kränklichkeit. Und die hieß: friedliche Stille. Deshalb war er immer zur Rücksichtnahme geneigt, weil Widerstand Mühe bedeutet hätte. Er sah ein, um vor den Einladungen von Percys Schwester Ruhe zu haben, müsse er einer solchen doch einmal folgen. Und warum nicht heute? Heimlich bestimmte ihn der Umstand, daß das Auto seit der gestrigen Fahrt beschädigt war; man konnte also das ihm verhaßte Gefährt nicht benutzen. Aber er wurde durchschaut und mußte sich von den Damen am Frühstückstisch necken lassen. Katharina sagte, sie werde die ganze Gesellschaft zum Bahnhof geleiten.

Nachher stand Guda vor ihr und bedrängte sie:

„Warum willst du nicht mit? Sag' es mir offen!"

In ihren Augen war leidenschaftliche Unruhe.

„Muß es denn ein besonderer Grund sein? Ich mag Adam nicht für so viele Stunden verlassen. Frau Stroblmeyer ist famos — für Waschen und Ankleiden und genaue Ordnung — aber was soll sie mit seinen tausend Fragen machen und all den Siebensachen, die in seinem Köpfchen rumoren?"

„Du weißt recht gut: sie ließe ihm kein Haar krümmen — und sie zöge mit ihm den ganzen Tag hinter Alois her, und er wäre großartig unterhalten. Sag' deinen wahren Grund!"

Aber das war ja nun Katharinas Art nicht, noch unklar in ihr Kämpfendes mit Worten schon hinzustellen, daß andere daran herumtasten konnten. — Sie wich wieder aus. Aber sie wußte es nun deutlicher noch: Lachende Glückssicherheiten konnten nicht in Gudas Brust wohnen.

Und Guda ließ auch von ihr ab. Sie wußte: Was ihre Schwägerin nicht sagen wollte, brachte kein Flehen aus ihr heraus. Sie, die die harte Enttäuschung ihrer

Ehe so völlig in sich verarbeitet hatte, daß ihre heitere Gelassenheit nicht einmal mehr Schein war — sie blieb immer Herrin der Lage.

‚Ach‘, dachte sie, ‚wer ihr kühles Blut hätte — —‘

So zogen denn die blonde Frau und ihr nicht minder hellköpfiger Junge mit zum Bahnhof. Es ging den Weg hinab bis zum Ausgang des Parkes, wo neben der Pforte das Gärtnerhaus und der Kraftwagenschuppen standen. Man schritt noch ein Weilchen am Fuße des Abhanges hin, überquerte die große Landstraße, die mitten durch den Ort lief, und nahm die Richtung durch den großen Kurpark. Durch seine kühlen Schatten und unter uralten Silberpappeln und starken Eschen hin rann braun und blank wie Rauchtopas der Glonn, ein eiliges Nebenflüßchen des Mangfall, mit dessen hellerem Wasser er sich am Ausgang der Anlagen zusammentat.

„Ein prachtvoller Park — kaum eines von den ganz großen Modebädern hat dergleichen", sagte Frau van Straten. Und Katharina, die neben ihr ging, antwortete:

„Und ist doch voll melancholischer Erinnerungen und Lehren — hier weinte eine königliche Mutter, die ihr Kind Glück im Ausland suchen sah. — — Hier nahm die Königin Therese einst Abschied von ihrem Sohne Otto, der nach Griechenland zog, König zu werden — und Bitterkeiten zu finden — —"

„Na — Ausland ist nicht immer Unglück!" wehrte Frau van Straten ab, „da gucken Sie meinen Mann und mich an, liebe Gräfin — und jetzt unsere Guda — die hat's Glück sozusagen verbrieft und versiegelt in der Tasche — —"

Hatte Guda gehört? Das war nicht Karens Absicht gewesen. Sie sah sich ein wenig um: bleich und schweigend ging Guda am Arm ihres Vaters. Vielleicht war die laute Stimme der Frau doch bis zu ihr gekommen — und sie wußte nicht, daß die Worte durch eine historische Erinnerung ausgelöst worden waren. — — Sie konnte denken, die Schwägerin habe Zweifel über ihr, Gudas, eigenes künftiges Los geäußert. — — Der Gedanke legte sich als Druck auf das Gemüt der jungen Frau. Aber nein — im Grunde war es doch unmöglich, daß Guda ihr taktlose Erörterungen zutraue. — —

Als sie vom Bahnhof zurückging, ihren Knaben an der Hand, versank sie ganz ins Grübeln. Seltsam, daß man nicht die erste helle Freude über Gudas Verlöbnis in sich aufrechterhalten konnte — sie suchte mit beflissener Mühe nach tadelnswerten oder abstoßenden Zügen an Percy. — Umsonst, man hatte wirklich gar keine feststellen können.

Der kleine Adam blieb immer ein Weilchen bescheiden still, wenn er spürte, Mutti möge nicht sprechen. Aber er befristete diese Schweigsamkeit, und wenn sie nach seinem Zeitmaß sehr, sehr lange gedauert hatte, platzte er mit dem heraus, was ihm gerade dringlich war.

„Mutti, laß uns doch mal in solchem Schiff fahren", bat er.

Sie gingen gerade über eine der kleinen hölzernen Brücken, die über die Glonn führten, und näherten sich dem Irlacher Teich, der, eine künstliche Schöpfung, als freundlich blanker Wasserspiegel im dicken Rahmen von Busch und Baum dalag. Zwei Schwäne zogen voll stolzer Gemessenheit auf ihm herum, und es gab auch ein paar kleine bunte Nachen, auf denen man dies Wasserfleckchen überkreuzen konnte. Für Adam war es beinahe ein Meer, und zwischen so einem blau-rot bemalten Schiffchen und einem Ozeandampfer war ihm kein bewußter Unterschied.

Seine Mutter hörte gleich.

„Wir wollen mal sehen: wenn der Mann da ist, der die Kähne vermietet.“

An der Hand seiner Mutter vollführte Adam sogleich einige kräftige Füllensprünge vor Freude und riß sie förmlich zu schnellerer Gangart mit, auf dem Wege, der unterm schattenvollen Dickicht um den Teich führte.

Plötzlich errötete die junge Frau; ihr war gerade, als schösse ihr das Blut heiß bis in die Augen hinein. Und mit dem ersten Blick schon sah sie, daß auch das Gesicht des Mannes sich dunkler färbte, der dort auf der Bank am Wege saß. Sein Sohn, neben ihm, hielt ein Buch auf den Knien.

‚Unbegreiflich. Aus was für Gründen wird man denn so sinnlos rot‘, dachte Katharina ärgerlich. Sie verstand diese ihre Aufwallung nicht im geringsten und war völlig überrascht davon. Aber bis sie sprechen mußte, hatte sie das auch schon wieder überwunden.

Sie reichte ihm, der sich erhoben hatte und sein Buch, den Zeigefinger zwischen den Seiten, in der Linken hielt, freundlich die Hand.

„Nun, wie geht es? Was, Jürgen? Ein Lesebuch hast du?“

„Er muß doch übers Jahr zur Schule, da dachte ich, daß Vorarbeit nicht schaden könne.“

„Ich plage meinen nicht. Das fängt noch früh genug an, denke ich mir. Und es gibt auch so neue fabelhaft gescheite Methoden zum Lesen- und Schreibenlernen, glaub' ich. Davon habe ich keine Ahnung.“

„Mutti, ich soll doch auf 'm Wasser fahren!“ mahnte Adam. „Und darf Jürgen mit?“

„Natürlich. Wenn sein Herr Vater es erlaubt! Siehst

du, Jürgen macht schon vergnügte Augen, also los. Da steht ja der Mann, er kann euch fahren. Wir schauen vom sicheren Ufer zu. Aber still gesessen, ihr Jungen, nicht geschaukelt, damit's nicht wieder ein unfreiwilliges Bad gibt. Schließlich kann man auch in einer Teeschüssel ertrinken, wenn es das Unglück will."

Als die Einschiffung vonstatten gegangen war und die Knaben mit großer Sammlung und Wichtigkeit auf den Sitzbrettern sich still hielten, während der alte Mann langsam ruderte, setzte Katharina sich förmlich behaglich zu Dr. Rüdener auf die Bank. Zuweilen tauchte ein Kurgast auf und verlor sich wieder an der nächsten Wegesbiegung. Sonst lag die angenehme Vormittagseinsamkeit über den weit sich hindehnenden Anlagen.

„Sie brauchen die Kur?" fragte sie.

„Ich hatte eine kleine rheumatische Erkrankung durchzumachen. Da meine Gesundheit mein Kapital ist, mußte ich auf gründlichste Auskurierung denken. Ein Freund in München, mit dem ich mich notwendig zu besprechen hatte, riet mir zu den Aiblinger Moorbädern. So kam ich her, es war mir lieb, fern von zu Haus meinen Jungen bei mir zu haben."

„Dies zu Haus muß wohl in Norddeutschland stehen, sagt mein Ohr."

„In Hamburg. Es ist aber kein Haus, sondern war bisher ein möbliertes Zimmer. Jetzt werde ich's wohl wagen müssen, eine kleine Wohnung zu nehmen und so etwas wie einen eigenen Hausstand zu gründen, eine alte Verwandte von mir, die dabei zugleich Unterschlupf findet, will ihn mir führen."

‚Ich habe es voraus gefühlt', dachte sie, ‚er hat ein mühsames Leben.'

Und vielleicht hatte er auch eine Geschichte. ‚Wenn ich sie wüßte!‘ wünschte Katharina.

Seine Mitteilungen ließen es nicht mehr gewagt erscheinen, zu fragen:

„Demnach hatten Sie Ihren Knaben bisher nicht bei sich? Nun verstehe ich auch Ihre neuliche Äußerung, daß Sie Ihr Kind erst kennenlernen müßten.“

„Es wäre zu unbescheiden, wenn ich Ihnen von mir sprechen wollte“, sagte er zögernd. Und wieder kam, wie an jenem Tage, der Wunsch, ja, der Zwang über ihn, ehrlich, wie mit einer innig Vertrauten, zu ihr zu reden. Die verkörperte Harmonie schien sie ihm, froh, schön, sorglos. „Ich könnte nur von den Dunkelheiten und Kämpfen des Lebens aussagen, wie weit weg ist das von Ihnen, die in so glücklichen Umständen steht!“

Sie sah ihn an. Gerade und frei drang der Blick ihrer blauen Augen auf ihn ein.

„Ganz unmöglich“, sagte sie bestimmt, „haben Sie die kindliche Vorstellung, daß man gegen Kämpfe und Leiden versichert ist, wenn man in einem Schlosse wohnt und einen klangvollen Titel führt.“

„O nein, so nicht!“ antwortete er ein wenig verwirrt, weil doch vielleicht auch im Untergrunde seines Gemütes wie in dem aller Enterbten unbewußt diese Vorstellung mitspielte. — „Nein. Ihre Persönlichkeit, Frau Gräfin, wirkt wie lauter Helligkeit.“

Ohne ihren festen Blick von ihm zu lassen, lächelte sie ein wenig. Da sah er oder erriet kraft der unerklärlichen Vertrautheit, die zwischen ihnen emporwuchs gleich einer Wunderblume, da sah er, daß es ein Lächeln der Entsagung war.

‚Sie hat schon gelitten‘, dachte er, ‚wie ist es möglich, dieses herrliche Geschöpf leiden zu machen!‘

„Mutti!" schrie vom Wasser herüber der kleine Adam und winkte mit der Hand. Jürgen machte ihm, schüchtern zwar, diese Geste nach. Im Ausschnitt, zwischen zwei Büschen, die die Spitzen ihrer unteren Zweige anmutig ins Wasser tauchten, zog gerade der bunte Nachen vorbei.

„Wie geht es denn mit dem Kennenlernen?" fragte sie.

„Nicht gut. Mir scheint, ich habe nicht die Fähigkeit, vielleicht, weil ich selbst nie Kind war. Sie aber, Sie sind Kind mit dem Kinde, das fühlt' ich gleich."

„Hab' auch wundervolle Erinnerungen in mir an eine ganze Jugend auf dem Lande, das mag wohl zum rechten Ton helfen. Ich will Ihnen was sagen: schicken Sie doch Jürgen manchmal zu uns. Für einen Mann ist es auch zu erschöpfend, den ganzen Tag ein Kind zu beschäftigen."

„Nein, danke. Nein, das muß ich ablehnen." Mit welcher Hast und Entschlossenheit er das sagte.

„Warum?"

„Zwei Welten", sprach er kurz.

„Für Kinder gibt es nur eine: die der Unbefangenheit."

Da schwieg er lange. ‚Wieviel Gesundheit ist in ihr', dachte er, ‚und gewiß weder Vorurteile noch Hochmut!'

„Bleiben Sie noch lange hier?" begann sie wieder mit ihren Fragen, die ihn quälten und die doch ein heißes Glücksgefühl in ihm entzündeten. Sie nahm Teil an ihm. Er mußte es begreifen.

„Das hängt von der Weltlage ab. Wenn sie sich zu kriegerischen Entwicklungen zuspitzen will..."

„Mein Gott, ein Krieg, Serbien und Österreich, mein Schwiegervater meint auch, dabei bliebe es nicht, der lange erwartete Allvölkerkrieg entbrennt, es wäre entsetzlich."

„Es kommt nicht zum Kriege", versicherte er. „Wir wollen ihn nicht..."

„Wir?"

„Die Internationale. Vor allem aber: die deutschen Sozialdemokraten. Warten Sie noch einige Tage. Sie werden die Proteste erleben, keine Regierung der Welt kann noch Krieg führen gegen den Willen der Sozialdemokraten."

„Verzeihen Sie, das verwirrt mich, davon versteh' ich nichts, kann es nicht glauben. Ist es nicht vielleicht Theorie?"

„Darüber werden die nächsten Wochen Sie belehren. Und, vielleicht, auch mich", fügte er sehr langsam hinzu.

„Also Sie sind Politiker? Vielleicht Reichstagsabgeordneter?"

„Ich hoffe es bei der nächsten Gelegenheit zu werden. Ich betätige mich journalistisch und in der Parteiorganisation. Arbeite aber auch auf unpolitischem Gebiet, wissenschaftlich." Er lächelte zum erstenmal. Das gab seinen kühnen, scharfen Zügen einen ganz unvermuteten Ausdruck von Güte, durch die Falten, die sich dann auf den Wangen bildeten. „Nun wissen Sie genau, wen Sie vor sich haben."

Er dachte, daß doch einige weibliche Neugier in ihr gewesen sein möchte, auf das Woher und Wohin seiner Lebensstraße. Aber Katharina hatte eine merkwürdige Gleichgültigkeit in sich gegen äußerliche Linien.

Wieder schifften die kleinen Weltumsegler vorbei, die von ihrer Fahrt auf dem bißchen Wasser die gleiche Hochspannung ihres Wesens erfuhren, als sei es der Atlantik, den sie überquerten.

„Dürfen wir noch?" rief Adam.

„Nur zu", winkte seine Mutter zurück.

Diese Stunde war ihr geschenkt, sie war den Kindern dankbar, wenn sie noch verlängert wurde. Ihr Herz klopfte, sie fühlte: ich kann nicht anders! Sie mußte, ja, sie mußte Eingang suchen in sein Gefühlsleben. Die Enttäuschungen, durch die sie gegangen war, hatten sie so gereift, so milde gemacht. Vielleicht konnte sie diesem Mann wohltun, seiner Seele helfen, wenn sie bitter war von Leiden. Sie möchte ihm sagen dürfen: man muß nicht bitter sein.

„Was ist es mit Ihrem Knaben?" fragte sie leise.

Er sah sie an mit seinen dunklen, strengen Augen. Und sie streckte ihm die Hand hin. Der Blick war wie eine Frage gewesen. Ihr Händedruck sollte sie ihm beantworten. Er fühlte die weiße, schöne Hand zwischen seinen sie umschließenden Fingern. Er preßte sie heftig. Es war, als hätten sie in schweigendem Verstehen einen Freundschaftsbund voll ernster Gelöbnisse geschlossen.

Er sann noch einen Augenblick vor sich hin. Dann stützte er den rechten Ellbogen auf die Rücklehne der Bank und stemmte die Faust gegen die Schläfe, während seine Linke das Buch mit hoher Kante auf seinem Knie hielt. So ganz zu ihr hingewendet, begann er zu sprechen. Kurz und einfach, unermeßliche Leiden mit den knappsten Worten aufzählend. Und gerade das machte alles grausam für das Herz, das ihm zuhörte.

„Ich bin ein Kind gewesen, das den Namen seines Vaters im Standesamtsregister nicht gefunden hätte. Solange meine Mutter einen Dienst hatte, bezahlte sie Kostgeld für mich. Sie liebte mich aber mit Fanatismus, und um mich bei sich zu haben, wusch sie, trug Zeitungen aus, flickte ledigen Arbeitern die Kleidung. Ich weiß noch: im Winter, wenn die engen Fensterscheiben ganz stumpf wie Filz waren von weißen Arabesken, hinter denen man aber doch die schwarze Nacht erriet, wachte ich davon auf, daß Mutter schon eine Lampe anzündete, um zu nähen, ehe sie auf Tagelohn ausging. Mutter arbeitete immer; mehr als ein Hund vor einem schweren Ziehwagen war sie angestrengt! Aber sie hatte auch ein Glück. Daß ich so rasch und unersättlich lernte. Über mein Zeugnis lächelte sie, für dies Lächeln habe ich ohne Rast gelernt. Um meiner Begabung willen nahm sie ihren harten Stolz in beide Hände und kasteite sich mit einem Gang. Ich glaube, der harte Stolz erwachte in ihr, als sie ihr Schicksal begriff. Ich glaube, sie ging zu der Mutter jenes Leichtfertigen, der nicht im Standesamtsregister hatte eingetragen sein wollen. Es müssen nur ein paar hundert Mark gewesen sein, mit denen sie zurückkam. Aber sie reichten, mit Angst und Geiz verwaltet, ein paar Jahre das Gymnasium für mich zu bezahlen und inzwischen selbst einen kleinen Fonds zu sparen. Von Sekunda an verdiente ich schon mit, gab Nachhilfestunden. Teilnehmende Lehrer wirkten mir ein kleines Stipendium aus, mit dem ich die Universität beziehen und mich bei rastloser Nebenarbeit, mit Stunden geben, Übersetzen, Korrektur lesen, leidlich behaupten konnte. Gerade als ich dahin abgehen sollte, starb Mutter. Sie war aufgebraucht. Ich sah ihr Lächeln nie mehr."

„Arme, liebe, arme Mutter!" sagte sie leise.

„Schwer war dies: unser Alltagsschicksal barg sich nicht unauffällig zwischen tausend anderen Notvollen und Unregelmäßigen in einer großen Stadt. Nein, in einer geschwätzigen Enge lebten wir, in einem holsteinischen Städtchen, wo jeder den anderen kannte. Und Kinder gab es, die mir ein grausames Wort nachriefen, das häßliche Erwachsene ihnen auf die Lippen gelegt, und Kameraden gab es auf dem Gymnasium, die mir Hochmut zeigten und mich von ihrer Gemeinsamkeit ausschlossen. Davon, ich weiß es, davon hat Mutter am meisten gelitten."

Er machte eine kurze Pause. Nicht das Schwerste, aber das Schwierigste war ja noch zu sagen. Aber er fühlte, er sprach zu einer edlen Frau.

„Sie begreifen, daß alles mich zwang, sehr früh sehr ernste Dinge zu begrübeln. Ich gelobte mir eines: niemals die Ehre eines Mädchens zu gefährden und keinem Weibe zu gehören als meinem eigenen Weibe, wenn ich mir je eines sollte erringen können. Gelöbnisse der Unreife, Schwüre eines, der sich und die Natur nicht kannte. Einmal kommt doch die Stunde, wo die elementare Gewalt des stürmischen jungen Blutes triumphiert. In der Ärmlichkeit drängt auch alles den Mann so gefahrvoll nah und verführerisch zum Weibe. Und eines Tages fand ich mich in ein Verhältnis verstrickt, vor dem ich rasch erschrak. Aber es war kein Zögern in mir. Ich wollte meine Pflicht erfüllen. Durch meine Schuld sollte kein Kind das Los erfahren, das meines gewesen ist. Auf der Stelle wollte ich heiraten. Aber jenes Wesen wollte gar keine Ehe. Am wenigsten mit einem Mann, der fast hungerte, um seinen Doktor zu machen, weil der Grad sicheres Unterpfand besseren späteren Vorwärtskommens bedeutete. Sie wollte das Abenteuer und die Freiheit. Und kaum zwei Monate nach Jürgens Geburt ging sie mit einem Kapitän auf seinem Frachtdampfer nach Wladiwostok — in Russisch-Ostasien ist gutes Fortkommen für Wesen wie sie... Ich konnte Jürgen bei gutherzigen kleinen Leuten unterbringen, auf dem Lande; es kam zunächst ja nur auf körperliches Gedeihen an. Aber nun ist es Zeit, daß ihm sein Recht werde. Ich will ihn mit meinem Namen als meinen Sohn anerkennen, ehe er in die Schule kommt. Ein natürliches Verlangen war es wohl, daß ich mich vor diesem Abschnitt einmal recht mit ihm beschäftigen wollte. Gutes Zutrauen, scheint mir, darf ich zu seiner Veranlagung haben. Aber es ist immer noch eine Art Scheuheit da, mehr Furcht als Liebe... Nun wissen Sie, was es mit meinem Knaben ist."

Katharina atmete auf, als sei sie es, die so lange und in niedergehaltener Erregung gesprochen habe.

„Ja. Und ich sehe, daß er wohl ein wenig mehr Kinderfröhlichkeit braucht, als er neben seinem ernsten Vater finden kann. Und deshalb wiederhole ich: schicken Sie ihn manchmal zu uns."

Er drückte ihr die Hand mit einer leidenschaftlichen Bewegung. Sie wußte nicht, war es eine Zusage. Aber sie fühlte: heiße Dankbarkeit flammte in seinen Augen und sprach aus dem Druck der Hand — ein gedankenschweres Schweigen legte sich über beide.

Bis der helle Ruf von Knabenstimmen sie zum Bootshause rief und zwei ganz glückselig aufgeregte kleine Jungen auf sie einsprachen mit der bestimmten Erklärung, Matrosen werden zu wollen.

Als Rüdener dann heimging, kam es ihm plötzlich zum Bewußtsein: Sie hatte von sich nichts mitgeteilt, gar nichts. Aber er fühlte erhoben und beglückt: man erfährt viel, vielleicht das Tiefste von einem Menschen, aus der Art, wie man in unbegrenzter Offenheit zu ihm sprechen darf.

Die junge Frau verlebte einen guten Tag mit ihrem Kinde. Ihr war immer, als müsse sie seinen blonden Kopf zwischen ihre Hände nehmen, ihn küssen und ihm erzählen, daß ihr Leben viel reicher geworden sei... Hatte sie denn nicht einen Freund? Oder war das zu viel gesagt? Und wie ließ sich solche Freundschaft weiterführen? Es schien kaum möglich. Aber wenn es denn auch nur ein kurzes Begegnen und ein traumhaftes Erleben gewesen sein sollte. Wieviel hatte es ihr gegeben ... Und sie mußte immer wieder an diese arme Mutter denken, die die Lampe anzündete, wenn die kleinen Fensterscheiben verfilzt waren von Eismustern, hinter denen man die schwarze Nacht erriet. Und sie sann über den Madonnenkult der Katholiken und über die sieben Schwerter im Herzen der jungfräulichen Mater dolorosa, und die schmerzvoll-mitleidige, tiefe Poesie ... Und plötzlich standen Tränen in ihren Augen.

Ihre Ungestörtheit war ein Geschenk vom Zufall. Er gönnte sie ihr bis zum Abend. Dann kamen die Gäste der Miß Mildred Lightstone aus München zurück. Graf Leuckmer so sichtlich abgespannt, daß sie ihn bis in sein Zimmer geleitete und besorgt vorschlug, er möge sein Nachtessen für sich allein nehmen.

„Ja, Kind, schick mir Merkl mit irgend etwas Leichtem. Ich bin ganz leistungsfähig, wenn ich innerhalb meiner Tagesordnung was soll, außerhalb ihrer kann ich nichts."

„Papa, so geht es allen Nervösen", tröstete sie.

„Übrigens hast du dir was erspart. Miß Mildred sprach Politik. Sie entwickelte die Ansicht, daß Erzherzog Franz Ferdinand eine störende Persönlichkeit gewesen sei. Und fand Österreichs Entrüstung anmaßend. Und den Widerhall, den die schreckliche Mordtat in Deutschland gefunden habe, einen Beweis von der kindlich-törichten politischen Unreife bei uns. Ich war Gast. Ich bin Gudas Vater, wie konnte ich ein schroffes Wortgefecht wagen! Höflichen Versuch zu Entgegnungen schnitt sie herrisch ab."

Die blauen Augen der jungen Frau blitzten.

„Und was sagte Guda?"

„Nichts. War sozusagen unbeweglich."

„Ach, Papa, mir ist es ja manchmal, als ob unsere Guda wie hypnotisiert ist von den Lightstones."

Diese Bemerkung schien ihm peinlich. Er ging darüber hin und fuhr fort:

„Der Vortrag schien selbst der guten Frau van Straten gegen den Strich. Sie saß wie begossen. Fräulein van Straten ist ja manchmal recht keck. Sie äußerte halblaut: ‚So etwas kann nur 'ne Engländerin sagen', und biß flink in einen Pfirsich."

Katharina lächelte dazu.

Nebenan im Eßzimmer machte es dann der jungen Frau den Eindruck, als ob auch die drei Damen sehr abgespannt seien. Frau van Straten war freilich an anderen Abenden manchmal ebenfalls etwas erschöpft von ihrer Rolle einer vornehmen Engländerin. Tiny sagte: zweihundertsechzehn Kriegsschiffe feiern sei strapaziös; wenn man wenigstens den einen oder anderen scharmanten Offizier davon zur Stelle gehabt hätte, würde sie bereit gewesen sein, mehr Interesse für die Flottenrevue aufzubringen. Guda erinnerte sich etwas mühsam, nur um durch Schweigen nicht aufzufallen: „Warst du nicht voriges Jahr in den Kapitän Wilberforce verliebt?" — „Ach nein", sagte Tiny plötzlich ganz umdüstert, „das war vor zwei Jahren. Vorigen Sommer war es doch der junge Leutnant von Falckenhaus. Ja, wenn man all den Jammer bedenkt, möchte man Selbstmord begehen, wozu euer romantischer Weiher da oben geradezu einlädt."

„Ich rate Ihnen dringend ab. Das Wasser ist sehr schmutzig, und außerdem reichte es dem kleinen Jürgen

Rübener nur bis an die Schultern", meinte Katharina trocken.

Aber Tiny seufzte mit ganz außerordentlichem Nachdruck.

In die sich hinschleppende Unterhaltung, die gerade durch den Versuch, sie munter zu beleben, so mühselig ward, kam eine jähe Unterbrechung. Merkl trat ein. Aber er brachte nicht die Zitronenlimonade, um die Tiny gebeten hatte, sondern ein Telegramm.

Guda war heute früh, vor der Abfahrt nach München, noch in den Besitz der gewohnten Depesche gekommen. Alle anderen Depeschen waren ihr gleichgültig. Sie dachte flüchtig: vielleicht ist Tante Jenny tot. Ganz dasselbe dachte Katharina.

Denn die Gedanken der jungen Frau umkreisten manchmal das Sterbelager der gehässigen alten Verwandten, die mitschuldig am Schiffbruch ihrer Ehe war; deren Vermögen aber eines Tages Adams Zukunft sichern konnte, denn trotz Radium und aller Hoffnungen der Kranken: ihr vergötterter Neffe hatte gerade gestern noch an seinen Vater eine Karte geschrieben und mitgeteilt, daß es nicht gut stehe und verheißen zu depeschieren, wenn die Ärzte eine schlimme Wendung für bevorstehend hielten.

„Die Depesche ist an Herrn Grafen", sagte Merkl und stand vor der jungen Frau, die alle als Hausherrin anzusehen gewohnt waren. „Ich wußte nicht, ob ich sie hineinbringen darf. Als ich vorhin die Schleimsuppe brachte, lehnte Herr Graf sehr bleich, mit geschlossenen Augen im Stuhl, da dacht' ich, eine Depesche, vor der Nacht — —"

„Sehr umsichtig, Merkl", lobte sie. „Ich will selbst sehen ..."

Sie ging hinaus.

„Sag mal, Guda, bist du nie eifersüchtig, daß deine Schwägerin dir ganz deinen Platz wegnimmt?“ fragte Tiny. Jede Absicht zu hetzen lag ihr fern; sie war nur zu lebhaft: alles was ihr durch den Kopf fuhr, mußte heraus.

„Keine Spur. Nur erleichtert und beruhigt. Karen ist die Ruhe und Sicherheit selbst. Das tut Papa wohl und erspart mir jeden Konflikt. Wie könnt' ich sonst ins Ausland heiraten! Ihn ganz allein lassen, wo er immer ein wenig der Fürsorge bedarf. Beinah ist es ja wie 'ne Fügung, daß Karen durch ihre verpatzte Ehe Zeit hat für Papa...“

„Wenn ich Gräfin Karen wär', ich ließ mich scheiden!“

„Ach, Kind, es scheidet sich nicht so leicht“, belehrte Frau van Straten.

Tiny setzte mit Ausführlichkeit auseinander, daß sie sich sofort scheiden ließe, wenn ihr künftiger Gatte sich dies oder das, oder so was und dergleichen herausnehmen sollte.

Die Depesche in der Hand verborgen, trat Katharina bei ihrem Schwiegervater ein. Milde verhüllt, beleuchtete die elektrische Lampe, die über dem Tisch hing, das feine Gesicht und die merkwürdig zarten Hände, Hände, denen man es ansah, daß sie niemals imstande gewesen sein konnten, das Leben fest anzupacken. Aber von der Mattigkeit, die Merkl beobachtet hatte, war nichts mehr zu spüren. Der gute Teller voll Schleimsuppe, das Glas starken Burgunders, das Scheibchen Grahambrot und vor allem die Einsamkeit hatten ihm aufgeholfen. Katharina fühlte dennach kein Recht in sich, ihm die Depesche bis zum anderen Morgen vorzuenthalten. Hier gab es ja, abgesehen von Percys Gewohnheit, Guda anzutelegraphieren, keinen Betrieb, in dem Telegramme etwas Alltägliches waren. Wer durch den Draht zu diesem Hause sprach, hatte eilige Wichtigkeiten mitzuteilen.

„Verzeih', Papa, daß ich dich doch noch störe. Aber das kam eben."

Auch Graf Leuckmer sagte sofort:

„Tante Jenny? Sollte es..."

Er sprach nicht aus. Es bewegte ihn doch. Diese ältere Stiefschwester aus seines Vaters erster und reicher Ehe hatte ihm nicht viel Liebe bewiesen. Aber sie war das letzte Wesen aus einer älteren Generation. Die letzte Brücke zu seinen Jugenderinnerungen. Die Melancholie der Alterseinsamkeit wird immer deutlicher, wenn die von hinnen scheiden, die uns jung kannten — — fühlte er.

Auch litt seine Seele wieder unter diesem Zwiespalt, in den es vornehme Naturen bringen muß, wenn der Tod eines Verwandten ihnen großen Vorteil bedeutet.

Katharina sah sein Zögern, und sie dachte sich wohl, daß er nach Mut suchen mußte, um der erwarteten Todesnachricht gefaßt ins Gesicht zu sehen.

Nun öffnete er mit pedantischer Vorsicht die kleine blauweiße Verschlußmarke, legte das Blatt auseinander, als sei es kein Papier, sondern ein Stück Stoff, das er auf der Tischplatte vor sich glätten mußte. Und er stutzte so heftig, daß die junge Frau wohl sah: die erwartete Anzeige vom herannahenden Ende oder dem Tode seiner alten Schwester war das gewiß nicht.

Sie stand am Tisch, an dem er ihr gegenüber auf dem hochlehnigen Sofa im behaglichen Lichtschein der ziemlich tief herabgezogenen Lampe saß. So war ihr Oberkörper und vor allem ihr Kopf im Schatten. Dämmernd im Halbdunkel lag auch das ganze übrige Zimmer, und in der Birne in dem Beleuchtungskörper auf dem

Schreibtisch schlief der elektrische Funke tot und stumm.

Sie wartete. Wie lange besann sich denn ihr Schwiegervater? Hieß das, daß sie gehen solle ohne zu fragen?..

Aber nun, sie groß anschauend, deren Züge er doch nicht genau durchforschen konnte, nun gab er ihr das Blatt. Und indem sie es in den Lichtkreis hielt, las sie:

„Bitte Hochzeit auf Vierundzwanzigsten vorbereiten. Komme übermorgen nach dort. Respektvoll Percy Lightstone."

Sie fühlte, daß ihr das Gesicht heiß wurde. Aber sie blieb beherrscht. Mit Entschlossenheit sprach sie:

„Davon kann keine Rede sein. Erst hat man, ohne dich und mich zu fragen, von Guda will ich nichts sagen, sie hat nur seinen Willen — ganz einfach den fünften August bestimmt. Gut, ja, einmal muß es doch sein. Und es hieß von vornherein: nach vier Monaten, förmlich lächerlich versteift waren sie darauf. Und jetzt wird umkommandiert — als hätten wir schlechtweg zu gehorchen."

„Karen, kleinlich? Du?" fragte er mahnend, mißbilligend.

„Kleinlich? Kleinlich?" wiederholte sie. „Warum soll ich nicht einmal kleinlich sein. Ich bin nicht vollkommen."

Und sie fühlte ganz genau, daß diese ihre Empfindlichkeit über rücksichtslos und herrisch veränderte Bestimmungen nur eine Begleiterscheinung sei von viel wichtigeren Dingen. Von angstvollen, uneingestandenen Beklemmungen. Von der schweren Furcht vor unwiderruflichen Entscheidungen. Ihr Herz hatte doch mit den Tagen gerechnet, ganz unbegründet, töricht, sinnlos sogar, gewiß, gewiß. Aber quält nicht die Angst am peinigendsten, die man nicht vernünftig erklären kann? Im Grunde war es doch einerlei, ob Guda mit dem Manne ihrer Liebe zehn Tage früher oder später von dannen ging.

„Ich denke", sprach Graf Leuckmer mit einer würdigen Festigkeit, die er selten aufbrachte, „daß es bei dieser Frage weder auf dich, noch auf mich, noch auf unfertige Vorbereitungen, noch auf Höflichkeitsrücksichten zwischen zwei Familien ankommt, sondern es kommt ganz allein auf Guda an."

Katharina mußte mit sich kämpfen, geradezu ein Aufschluchzen, daß sie übermannen wollte, niederzwingen. ‚Guda', dachte sie, ‚ach die arme, rasend verliebte Guda, die ist nur noch wie ein bebendes Blatt im heißen Winde. Sie wird vor verzehrender Glückseligkeit jauchzen. Vielleicht zählte ihre Sehnsucht ohnehin die Tage.'

„Soll ich Guda rufen?" fragte sie mit ganz matter Stimme.

„Ich bitte, ja."

Sie ging zur Tür. Guda war ja nebenan mit diesen Gästen, deren Anwesenheit in diesem Augenblick so peinlich störte.

„Bitte, Guda!"

Aber auch die van Stratenschen Damen erhoben sich auf den Ruf hin. Die Depesche, und die junge Gräfin so lange drinnen bei ihrem Schwiegervater, nun rief man nach Guda. Also offenbar irgendeine wichtige Familiensache. Und rasch und taktvoll baten sie, sich schon zurückziehen zu dürfen.

Guda ging zögernd. Es wollte irgend etwas an sie herankommen, wie das Vorgefühl von einer Gefahr. Papa ließ sie rufen, also ging der Inhalt der Depesche sie an. Jäh zuckte der entsetzliche Gedanke auf, Percy könne verunglückt sein.

Sie stand vor ihrem Vater am Tisch, da, wo vorhin Katharina gestanden hatte, in Schatten getaucht.

„Was ist geschehen?“ fragte sie.

„Nichts. Aber Percy wünscht, daß ihr am vierundzwanzigsten heiratet.“

„Am — am — das ist in zehn Tagen?“

„Entscheide du, mein Kind. Karen und ich fügen uns deinen Wünschen.“

„Warum?“

„Einen Grund gibt Percy nicht an. Da, lies selbst.“

Sie starrte in die Depesche hinein.

„Am — am vierundzwanzigsten“, wiederholte sie stammelnd.

Sie sah sich um. Nach Halt? Nach Hilfe? Keine Farbe, gar keine, war mehr in ihrem Gesicht.

Sie wollte sprechen. Der Versuch mißlang. Ihre Füße trugen sie nicht mehr, sie setzte sich auf den nächsten Stuhl. Da saß sie, mit geschlossenen Augen, stumm, viele Sekunden lang.

Ihr Vater und die junge Frau wagten kaum zu atmen.

Wo blieb das glückselige Aufjauchzen, der Jubel?

Was war das?

Als sie lange, lange auf ihren rasenden Herzschlag gehorcht hatte, stand sie mühsam auf.

Leise, mit ziemlich fester Stimme sagte sie: „Ich will mich morgen entscheiden.“

* *
*

Schwere Nachtstunden durchlitten die beiden schwesterlich aufeinander eingestimmten Herzen zusammen.

Guda lag in den Armen der trostvollen jungen Frau,

die ihr mehr noch als Schwester, mehr noch als Mutter, sein sollte: das Weib, das aus ahnungsvollem Verstehen heraus auch das Unerklärliche begreift.

„Steh mir bei, Karen, steh mir bei."

„Nur du selbst kannst dir helfen."

„Wie denn, o Gott, wie?"

„Hab' den Mut, dir zu gestehen, daß du ihn nicht genug liebst, um..."

Guda fuhr auf. Flammte.

„Ihn nicht genug lieben?... Ich will lieber sterben, als ihn lassen, ich lieb' ihn."

Sie warf sich auf ihr Bett. Sie umklammerte mit den Armen das Kissen und legte ihr Gesicht darauf, es tief versteckend. Ihr Körper zitterte vor Leidenschaft, sie fühlte den Geliebten und seinen Kuß. Sie bebte vor Verlangen nach seiner Nähe.

Karen setzte sich auf den Bettrand und legte zärtlich ihren linken Arm um das arme Geschöpf, das zerrissen war von mächtigen Empfindungen, die einander widerstritten.

„Aber wenn du nicht von ihm lassen willst, kann es dir doch gleich sein, ob du ihm eine so kurze Zeit früher oder später folgst."

Sie mußte den Widerstreit verbergen, der in ihren eigenen Gedanken gewesen. Sie durfte nicht verraten, wie seltsam dringend in ihr selbst der Wunsch nach Frist war.

Lange mußte sie auf eine Antwort warten. Guda schien nach und nach ein wenig gefaßter zu werden. Endlich richtete sie sich halb auf.

„Wenn ich es deutlich sagen könnte! Ich will mit ihm gehen, in die Wüste, in den Tod. Wenn ich nur an ihn denke, ist es, als käme Seligkeit über mich. Aber da ist eine Stimme in mir, sie bringt mich um, diese Stimme, mir ist immer, als fragt sie mich: kennst du ihn? Kennst du ihn? Und siehst du, Karen, da war in der letzten Zeit so viel, dies und jenes unbegreifliche Wort, ich hab' sie nicht klären können, diese schmerzenden Worte. Dinge, die mir heilig sind, ewig bleiben müssen. Verzeih'! Man kann nicht alles sagen. Ich dachte, brieflich. Aber über all meine Briefe ging er hin mit zärtlichen Depeschen. Und ich fühle... Tage können wichtig sein, irgendeiner kann es bringen, daß ich richtig sprechen darf. Wenn die Frist knapper wird, ist vielleicht doch keine Gelegenheit. Ich kann so wenig allein sein mit ihm. Und dann, dann, ah!"

Ja, dann kam der Sturm seiner Leidenschaft über sie und zerbrach ihre Rede und ihre Gedanken.

Und Karen verstand.. All diese zusammenhanglosen, kurz herausgestoßenen Sätze offenbarten ihr die Qual dieses holden, gefolterten jungen Wesens. Mit dem sechsten Sinn dieses erfahrenen Weibes, das in seinen zartesten Empfindungen einst hart beleidigt worden war, erriet sie alles... Sie ahnte, daß dieser schöne, herrische Mann mit brutaler Leidenschaftlichkeit vorzeitig das Blut des Mädchens in Aufruhr gebracht, daß sie in der glühenden Untertänigkeit einer Sklavin an ihm hing. Aber daß in ihrer Seele ein Rest von Selbstbesinnung geblieben war, daß sie sich an diese verborgene Würde klammerte, die tiefes Sichverstehen in hohen Fragen ersehnte, um wahrhaft an das Glück glauben zu können.

Eine Handvoll Tage mehr Zeit konnten alles sein oder nichts.

„Liebling. Süße Guda, das ist doch einfach. Du depeschierst morgen früh, daß du willst, es bleibe beim ersten Termin."

„Ich nicht!" Guda umklammerte sie in höchster Aufregung. „Verachte meine Feigheit. Ich nicht! Er könnte zürnen. Mildred wird auf mich einreden. Sie ist so majestätisch. Ich nicht. Nimm es auf dich! Steh mir bei. Sag, es geht nicht. Du bist doch die Hausherrin. Papa sagt allen Menschen, daß du es bist. Erfinde Vorwände, für Papa und Percy und Mildred."

„Für Papa unter gar keinen Umständen", erklärte die junge Frau, „er hat mich schon ein bißchen abgekanzelt, weil ich gegen diese plötzliche Änderung war."

„Siehst du, du bist auch dagegen. Also mit Papa wirst du schon reden und ihn bestimmen können. Aber für Percy und Mildred, ach, und wenn du lügen mußt."

„Armes Kind. So wenig Mut! Aber ich will es auf mich nehmen, ja, nur, wenn er übermorgen kommt, wirst du nicht anderen Sinnes werden?"

Sie schüttelte stumm den Kopf.

„Ach", lächelte Katharina wehmütig, „ich hab' nicht für zehn Pfennig Zutrauen zu deiner Festigkeit, wenn Percy dich beschwört."

In Gudas Augen schossen Tränen.

„Die bin ich dir dann ja schuldig", sprach sie.

Und aus den Tränen ward ein jähes Aufjammern. Alle Qual schluchzte, alle Sehnsucht weinte, sie liebte in heißen Leiden, verging in notvollem Verlangen und wußte nicht, ob es sie zum Tode oder zum Leben drängte.

Die junge Frau hielt die völlig Fassungslose fest in ihren Armen.

Aber auch über ihre Wangen rannen Tränen, vielleicht Tränen des Mitgefühls, vielleicht der Erinnerung eigener Leiden, vielleicht der Rührung über einen, dessen dunkle, ernste Augen sie immer anzublicken schienen.

Am anderen Morgen hatte die junge Frau ein langes Gespräch mit ihrem Schwiegervater. Sie konnte ihm nicht alle zitternden Saiten aufdecken, nicht vor seinem Männerohr alle Töne anschlagen, die in der Nacht in offenbarendem Vertrauen zwischen ihr und Guda als schwüle und dunkle Akkorde aufklangen. Aber sie bezwang ihn doch völlig und stärkte auch sein allzu mildes Wesen, das gern die auseinanderlaufendsten Fäden noch friedlich zusammenknüpfte, dahin, daß er sich fest bereiterklärte, ihr gegen die Lightstones beizustehen.

Dann verfaßte sie ein Telegramm. Und dachte: ‚Papa könnte mich wieder kleinlich schelten.' Denn es beliebte ihr vorsätzlich nicht, Herrn Percy auf englisch zu depeschieren, weil es ihm niemals beliebte, ihr deutsch im Gespräch zu antworten. Und weiter dachte sie: ‚Er nannte nicht mal Gründe. Ich erdrücke ihn mit solchen.' Das machte ihr beinahe Vergnügen.

Von diesem Tage an schien es wirklich, als solle das strahlende Sommeridyll nutzlose Verschwendung der Natur werden. Auf Feldern und Zweigen schwoll die üppige Reife weiter. Blaugoldener Glanz strömte aus der unbewölkten Höhe herab und wollte die Menschen zu wonniger Trägheit stimmen. Aber die Kulisse und die Handlung klafften auseinander, es ging nicht zu wie auf der Bühne, wo sich zugleich mit dem Gemüt der Helden auch die Szene verdüstert. Die heiße Ruhe der Hochsommerpracht wirkte fast wie Ironie.

Katharina, die aus dem Gleichmaß ihres klaren Wesens heraus eine geordnete Abwicklung der einmal entworfenen Pläne liebte und vielleicht einen Zug nüchterner Ordnungsliebe in sich hatte, sagte, es scheine, man sei in den Umschwungsbezirk von Mühlenflügeln geraten, worin ihr Frau van Straten nur beistimmen konnte. Man fing an, gespannt auf die Post zu warten und mit Begierde nach den Zeitungen zu greifen.

Herr van Straten schrieb einen Brief, der die seit vielen Wochen feststehenden Verabredungen umwarf. Als Gast hatte er nicht nach Schloß Schönblick kommen wollen. Er mußte ja immer arbeiten, zum schweren Kummer seiner Frau, denn diese atemlose Selbstbetätigung widersprach so den vornehmen englischen Gepflogenheiten. Aber seine Proletariernatur, wie sie das still bei sich nannte, hatte nun mal das Bedürfnis. Aber der Hochzeit seines Geschäftsfreundes Percy Lightstone, der ihm auch persönlich seit so vielen Jahren gut bekannt war, wollte er doch beiwohnen. Etwa eine Woche vor dieser Festlichkeit sollten Frau van Straten und Tiny aus dem Schloß, wo dann von den herzureisenden Familienmitgliedern die Gastzimmer in Anspruch genommen wurden, nach dem Hotel Ludwigsbad übersiedeln. Dort dachte sich dann auch van Straten einzufinden, aber nur für vierundzwanzig Stunden, länger hielt er keine Ferien aus. Nun schrieb er:

„Es tut mir leid, aber kein Gedanke daran, daß ich wegen eines Festes, und seien mir so werte Menschen wie unser liebes Komteßchen Guda und Mr. Lightstone der Mittelpunkt davon, von Hamburg gehe. Meine Ansicht ist die: Es gibt Krieg! Hamburger Börse gleicher Ansicht. Nichts zu wollen. Ob bald, ob's sich schleppend entwickelt, wer kann das sagen? Wenn's zu wetterleuchten beginnt, tritt man nicht gerade einen Spaziergang an! Und ich denke so: Ihr kommt nach Haus. Die gräflich Leuckmersche Familie, der ich mich allerverbindlichst empfehle, wird es vielleicht nicht verstehen. Aber Lightstone, als politisch geschulter Geschäftsmann, begreift bestimmt, daß es in nervösen Zeitläuften für einen Mann, wie mich, nur einen Platz gibt: sein Kontor!“

Frau van Straten war sofort bereit abzureisen, obschon es sie etwas kostete! Der Baronet Bruce Lightstone und seine Frau Maud, Tochter des Lords Bredshire, wurden bald erwartet. Dieser galt als naher Freund des Königs. Sich so vornehme Leute entgehen zu lassen! Aber in der Rang- und Bewertungsliste, die im Herzen der Frau van Straten aushing, stand denn doch zu alleroberst ihr Mann! Daß er sich nicht zum Aristokraten umkrempeln lassen wollte und konnte, war ihr Kummer. Aber den trug sie, wie man die Krankheit eines teuren Menschen erträgt, man läßt sie den damit Behafteten nicht entgelten. Ihre Tochter war aber nicht zum Gehorsam, sondern zur Herrin ihrer Eltern erzogen. Tiny dachte, es wäre doch beinahe Selbstmord, abzureisen. In zehn, zwölf Tagen wurde Dr. Thomas Steinmann erwartet. Sie war durchaus verliebt in ihn. Außerdem sollten mindestens zwei von den vier „wilden Junkern von Heinzenberg" zur Hochzeit kommen. Und Tiny hatte schon oft gedacht, daß vielleicht einer von den Brüdern der Gräfin Katharina ein geeigneter Gatte für sie sein könne. Tiny war fest entschlossen zu heiraten. Sie wußte nur noch nicht wen.

Ihrer Freundin Guda gegenüber machte sie kein Hehl aus diesen Gedanken; aber im übrigen hieß es, daß sie doch bei der Hochzeit ihrer liebsten, ihrer einzigen Freundin nicht fehlen könne! Katharina stand ihr gutmütig bei, und die Frage, wo sie denn bleiben solle, wenn das Schlößchen von Gästen mit näheren Anrechten überfüllt sei, entschied Katharina dahin, daß ihre Brüder im Hotel wohnen könnten.

Mit dem gleichen Zuge, in welchem Frau van Straten über Holzkirchen nach München fahren mußte, kam Percy Lightstone aus Rosenheim an. Auf diese Weise sah er schon vom Fenster des langsam einfahrenden Zuges aus eine ganze Gruppe um die wuchtige Gestalt der Dame versammelt, die einen engen Futteralrock anhatte und einen weitgeöffneten seidenen Staubmantel. Ein ganzes Durcheinander von Begrüßungen und Verabschiedungen umgab so das Wiedersehen der Verlobten. Niemand hätte sie zwischen den anderen als solche erkennen können: Percy schüttelte seiner Braut gerade so kameradschaftlich die Hand wie Tiny. Aber das wußte man ja längst: Percy zeigte und forderte eine vollkommene Beherrschtheit des Ausdrucks.

Auch in den nächsten Tagen konnten weder Katharina noch Graf Leuckmer irgendeine Äußerung der Verstimmung bei ihm bemerken. Es schien beinahe, als habe er seine Forderung beschleunigter Heirat vergessen. Als Gudas Vater ein Wort des Bedauerns, der Erklärung äußern wollte, ging Percy so rasch darüber weg, daß man sah, er wollte diese Sache nicht berührt haben. Katharina wagte nicht, bei Guda eine Frage anzubringen. Sie sprach immer nur, wenn man zu ihr kam oder wenn ihre Seele spürte, daß die andere Seele auf ein anklopfendes Wort wartete. Aber Guda war ihr plötzlich wieder entglitten. Die leidenschaftliche Vertrautheit jener Nachtstunden war von sichtbarer Scheu abgelöst.

Soviel als es sich nur irgendwie unauffällig einrichten ließ, gewährte Katharina dem Brautpaar Einsamkeit, wußte auch Tiny mit ein paar verständigen Andeutungen von ihm fernzuhalten. Das begriff kein Mensch besser als Tiny, daß man sich unendlich viel gegenseitig noch zu beichten habe, ehe man an den Altar trat.

Die Ankunft von zweien der berühmten wilden Junker lenkte Tiny auch ganz von dem Brautpaar ab. Als die ersten Hochzeitsgäste kamen sie, und das Wiedersehen zwischen ihnen und ihrer Schwester war recht stürmisch. Sonst aber enttäuschten sie Tiny zunächst, wenigstens was ihre „Wildheit“ anbetraf.

Sie waren stattlich und kraftvoll wie ihre Schwester, nicht so blond, wirkten aber doch im ganzen hell. Gesundheit leuchtete aus ihrem Wesen. Sie hießen Hillemann und Arbogast, denn das waren die Heinzenbergschen Familiennamen. Eine schlichte Fröhlichkeit sprach aus ihnen. Und wenn nicht Arbogast einen Durchzieher auf der linken Backe gehabt hätte und Hillemann einige Schmisse am Kinn und an der Stirn, würde man sie für friedlich wie die Hirten auf dem Felde gehalten haben. Aber aus den Jugenderinnerungen, die sie mit Katharina tauschten, brauste allerlei Ungestüm auf, und man sah junge Pferde ohne Sattel einhergaloppieren, sah einen lecken Nachen mit zerfetzten Segeln vor dem Sturm auf den Kleinen Belt hinausfliegen, hörte lachende Rufe durch den schon nächtlichen Wald hallen und erlebte eine lebensgefährliche Kletterpartie auf die alleroberslen, schwankenden Zweige einer Pappel, in deren kahlen Reisern ein Rabennest hing. Auch tauchten am Rande dieser Geschichten ein besorgter, milde scheltender Vater auf und eine fröhlich-prangende Mutter, die kaum verbarg, daß sie am liebsten dabeigewesen wäre. Ein Ahn erstand in den stolzen Erzählungen aus der Gruft; das war Herr Hillemann Steen Heinzenborg gewesen, der niemals fuhr, sondern immer ritt. Und als er, dem Regenten Friedrich zu huldigen, der in Odense kurze Zeit Lager hielt, nach Fünen gemußt, ließ er sich in einer klobigen Fähre auf seinem gewaltigen Rappen über den Aarösund setzen, sprengte über die Insel Aarö und lenkte an ihrem östlichen Ufer sein Roß auf ein Riesenfloß, um nach Tharö hinüberzuschiffen. Beinahe wären alle ertrunken, aber am fünschen Strand gab Herr Hillemann Steen Heinzenborg seinem Rappen die Sporen und jagte gen Odense, als ob es gar nichts gewesen sei. In dem Herrenhause von Heinzenberg hing sein lebensgroßes Reiterbildnis, und er war unglaublich häßlich gewesen.

„Ach", sagte Tiny, „das sind Traditionen! Herrlich, solche zu haben! Was sind unsere? Vaters Vater rollte Fässer mit Schiffszwieback und Salzfleisch an Bord der Überseeschiffe. Und Vaters Bruder verkaufte noch auf 'n Steinweg in Hamburg Kurzwaren von der Karre, wenn Vater ihm nicht die Mittel gegeben hätte, sich in Bremerhaven ein Geschäft zu gründen."

„Bravo zu der Entwicklung, und bravo zu der Offenheit!" lachte Arbogast. „Das ist auch ein Zeichen von guter Rasse."

Die Brüder waren Zwillinge, aber wegen der halben Stunde, die Arbogast an Lebensdauer mehr zählte, erkannte ihn Hillemann als den „älteren" Bruder an. Sie hatten studiert und sich vorderhand dem Staatsdienst gewidmet. Sie schienen aber keine großen Ziele zu haben und waren sicher, niemals Minister zu werden. All ihre Zukunft war: Einmal die väterliche Scholle zu bewirtschaften! Von den beiden anderen Brüdern sprachen sie als den „Kleinen". Der eine „Kleine", Friedrich, war Leutnant zur See und hatte gerade ein Bordkommando auf S. M. S. „Mainz". Der andere „Kleine", Hermann, war noch Oberprimaner und in Kiel bei einem Professor in Pension; der Aufenthalt dort waren die ärgerlichen Zwischenspiele, die Ferien erst das ganze Leben. Aber weil es den Eltern immerhin nicht ganz leicht war, vier solche Söhne bis zur unabhängigen Selbständigkeit zu bringen, büffelten sie immer kolossal, um nur flink und glatt die unvermeidliche Lernerei hinter sich zu haben.

Sie wünschten glühend den Krieg. Und sie sagten, all die Wölfe, die uns umschlichen und umbellten, müßten mal endlich gründlich was auf die Schnauze haben. Sie erzählten auch vom Besuch des englischen Geschwaders in Kiel, wo sie zu jenen Tagen gewesen waren. Und sie verschworen sich: Die Freundschaft sei infame Heuchelei und das Ganze eine so freche Spionage gewesen, dergleichen in der Welt noch nicht vorgekommen.

Tiny war bezaubert. Sie hatte noch nie so kraftvolle junge Menschen mit so entschiedenen Ansichten kennengelernt. Aber es waren eben zwei! Und sie glichen einander in Erscheinung und Wesen sehr. In welchen also sollte man sich verlieben? Gar zu wankelmütig wollte Tiny vor ihrer Selbstkritik auch nicht erscheinen. Sie beschloß, die Ankunft von Thomas Steinmann abzuwarten, um zu vergleichen.

Ohne daß man sich darüber aussprach oder sich nur klarmachen konnte, wie es kam, stand zwischen dem Brautpaar und der übrigen Gesellschaft eine unsichtbare Mauer. Jedes politische Gespräch, und es gab eigentlich nur noch solche, verstummte sofort, wenn Percy und Guda sich dem Kreise zugesellten. Percy berührte die Weltlage nie. Er schien nur Gedanken für seine Braut zu haben. Er empfing Berichte und farbige Zeichnungen und zeigte Guda diese Darstellungen ihres Heims, das er in einem vornehmen Villenort, einige Meilen von Birmingham entfernt, herrichten ließ.

Aber den Honigmond wünschte Percy mit seiner jungen Frau im historischen Lightstone House zu verbringen, das grau, uralt und von Efeu ganz umpelzt, auf den Kalkfelsen des Kanalufers lag. —

Ein wunderbar klarer Sonntagmorgen beglückte jedes naturfreudige Gemüt. Die ganze Luft roch nach Nelken. Auf dem Rasen, unter stillen Obstbaumzweigen, lagen blanke grüne Äpfel. Von ihrer zweiten Blüte ermüdet, streuten Rosen aus ihren Kronen gelbliche und rosa Blätter in die unter ihren Stämmen wuchernden Reseden. Die Lust des Daseins war so groß, daß Katharinens Brüder sich irgendwie darin austoben mußten, denn sie hatten ja manchmal Anfälle von Knabenübermut. Drüben am Horizont stand wie eine friedliche Burg der Schönheit die stolze Kuppe des Wendelsteins vor dem blassen Horizont, in den zarten Farben des Fernduftes, der die Phantasie verführt. Die Brüder bekamen plötzlich Begier auf eine vielstündige Fußtour, auf den Wendelstein wollten sie, gerade weil es Sonntag war. Zwischen Burschen und Mädeln wollten sie tollen, Schuhplattln sehen, Jodeln hören, süddeutsches Volk in feiertäglicher Ausgelassenheit beobachten oder feststellen, ob die Fröhlichkeit mit einer gewissen schweren Form sich nur gebändigt äußere. Tiny war ohne Zögern bereit mitzumarschieren, trotz heimlicher schwerer Sorge um ihr Schuhzeug, das nur aus hochhackigen, schmalen und dünnen Schuhen bestand. Aber die Brüder wollten auch ihre Älteste mithaben. Sie liebten ihre Schwester mit ritterlicher Bewunderung und hätten jeden niedergeschlagen, der es ihr gegenüber an Rücksicht etwa fehlen ließe. Auch deshalb verbarg sie das Elend ihrer Ehe auf das sorgfältigste vor den Ihren. Die Eltern hatten es schon ohnedies nicht leicht; die Brüder sollten nicht feindselig gegen den Mann gestimmt werden, der doch nun einmal ertragen sein mußte. Katharina fand es unmöglich, einen ganzen Tag von Schönblick fortzugehen. Wenn man das Brautpaar nicht auffordere, sich anzuschließen, müsse sie eben zurückbleiben. Man erwog noch hin und her, als Gudas Eintritt das Gespräch abschnitt. Sie goß sich Tee ein und erzählte, daß Percy ihr soeben habe sagen lassen, er frühstücke in seinem Zimmer, weil er viele Briefe zu schreiben habe. Gestern hatte er ja noch mehr Briefe und Depeschen bekommen als sonst. Tiny sah die wilden Junker an mit sehr sprechenden Blicken, die sagten: ‚Unter diesen Umständen brauchen wir ja gar keine Rücksichten auf das Brautpaar zu nehmen.' Und Hillemann blickte zurück: ‚Find' ich auch.'

Gerade da kam Merkl, der die Post geholt hatte. Und was sie brachte, riß alle Anwesenden hinein in den Tumult großer Erregung. Graf Leuckmer las sogleich laut vor, was groß gedruckt zu Häupten des Zeitungsinhalts stand: Serbien hatte Österreichs Ultimatum teils ausweichend, teils ablehnend beantwortet. Der österreichische Gesandte, Freiherr v. Giesl, zeigte der serbischen Regierung den Abbruch der diplomatischen Beziehungen an und verließ abends halb sieben Belgrad. Die serbische Regierung hatte schon nachmittags drei Uhr die Mobilmachung des gesamten Heeres angeordnet.

Krieg!

Zunächst zwischen diesen beiden Staaten. Aber auch die jungen Menschen um den Tisch fühlten auf der Stelle, daß das, was am Horizont emporwuchs, nun nicht mehr ein Schatten war, sondern eine riesengroße, furchtbare Wirklichkeit. Und sie sahen schon Rußland nebst dem sklavisch von ihm abhängigen Frankreich, an Serbiens Seite über Österreich und Deutschland herfallen. In den Ausbruch leidenschaftlichen Zorns schnitt Graf Leuckmer mit einer Handbewegung eine Pause hinein. Er wünschte etwas mitzuteilen. Alle schwiegen sofort.

„Liebes Kind. Deine Hochzeitsgäste schrumpfen noch mehr zusammen: hier teilt mir der Baronet Bruce Lightstone mit, daß er für sich und seine Gattin noch nachträglich absagen muß. Dringende Angelegenheiten rufen sie von Wien nach England zurück."

Er reichte den kurzen Brief über den Tisch, wo Hillemann ihn annahm, um ihn an Guda weiterzureichen. Sie schien die Farbe zu verändern, aber da sie mit dem Rücken gegen Fenster und Balkontür saß, konnte man es nicht genau feststellen.

Katharina fuhr aus peinvollem Nachsinnen auf. Sie war in eine Postkarte vertieft gewesen. Die lautete: „Urlaub abgeschlagen, komme also nicht zur Hochzeit. Scheint ja ernsthaft zu werden. Bin in mein Regiment zurückbeordert. Tante Jenny untröstlich. Ihr Befinden leidlich. Gruß. Bertel."

„Dein Bruder kommt auch nicht", sagte sie langsam zu Guda.

Das Schweigen, das zuerst nur Aufmerksamkeit auf die Worte des alten Herrn gewesen war, bekam einen anderen Charakter, es wurde das schwere Schweigen vor ungeheuren Möglichkeiten.

Und die junge Frau war voll innerer Unruhe, was drängte sich ihr auf? Was wollte sie nun wieder aus der reinen Stille dieser Tage reißen? Ihr Mann war in seine Garnison zurückberufen. So mußte sie ihm anbieten, ihm dort rasch eine Häuslichkeit herzustellen. Dies war ihr keine Frage. Sie war gesonnen, ihre Pflicht zu tun. Aber wie unterschrieb er denn diese eilige Karte? Bertel? Niemals hatte ihn irgend jemand in der Familie so genannt. Woher kam ihm das, daß er sich so unwillkürlich mit einem Kosenamen unterzeichnete, den er weder von ihren noch von den Lippen der Seinen je gehört!

Und eine qualvolle Ahnung sagte ihr, daß es wohl irgendein weibliches Wesen in seinem gegenwärtigen Dasein geben möge, das ihn so nenne, und für das er sich so zu unterschreiben gewohnt war.

Fort mit diesen Gedanken, nur fort vom eigenen kleinen Leben! Jetzt gab es größere Dinge! Vielleicht kamen unerhörte Zeiten herauf. Gefahren für das Vaterland. Aber hatte ihr denn nicht einer, an den sie viel dachte, gesagt: es gibt keinen Krieg, wir, wir werden ihn nicht dulden? —

Arbogast hatte in eine der Zeitungen geblickt, nun stieß er ein Wort der Empörung aus, damit auch die Aufmerksamkeit seiner Schwester wachrufend.

„Denkt euch, die Sozialdemokraten demonstrieren gegen den Krieg!" Und er las allerlei vor: Versammlungen in Berlin, in Hamburg, Umzüge, Zusammenrottungen, das Militär war eingeschritten, in den thüringischen Kleinstaaten, überall. „Großer Gott, welch eine Freude für unsere Feinde! Wenn wir auch offiziell noch keine haben. Sie werden glauben: wir sind innerlich zerrüttet."

Katharina war still.

Sie dachte:

‚Ich muß mit ihm sprechen, ich muß!'

Aber vielleicht war er schon fort von hier, stand irgendwo inmitten dieser beängstigenden Unruhen, von denen Arbogast vorlas. Seinen Knaben hatte er ihr nicht gebracht. Aber das war wohl Bescheidenheit, Unsicherheit, vielleicht auch eine Art Trotz. Der des mühselig Kämpfenden gegen die, die in satter Ruhe zu leben scheinen. Sie konnte ihm nicht nachgehen und seinen Knaben noch einmal herbitten; nein, das konnte sie nicht, wenn er wünschte, ihrer Welt fernzubleiben. Aber ein starkes Gefühl sagte ihr doch: schweigend wäre er nicht von hier fortgegangen.

Sie nahm sich zusammen. Sie stand auf und trat an den Sessel ihres Schwiegervaters heran.

„Papa“, sagte sie, sich ein wenig zu ihm herabneigend, was ihrer Haltung einen zärtlichen Ausdruck gab, „ich werde gleich an Bertold telegraphieren und ihm anbieten, zu ihm nach Hannover zu kommen. Natürlich vor Gudas Hochzeit kann ich euch nicht verlassen. Es sind ja auch nur noch zehn Tage.“

Er griff nach ihrer Hand und küßte sie stumm. Sie sahen sich an und verstanden sich. Das Opfer, das sie bringen wollte, durfte in Gegenwart ihrer Brüder nicht als solches bezeichnet werden.

Nun aber war die Unruhe in den jungen Menschen völlig gesteigert. Hillemann sagte, er käme sich vor wie ein Akkumulator, der nicht arbeiten dürfe, oder wie ein angekurbeltes Auto, das noch stillstehen müsse. Hinaus, hinaus, wenn auch nicht weit weg, denn was konnte jede Stunde bringen! Schon war der Kaiser auf eiliger Rückfahrt aus den norwegischen Gewässern, wahrscheinlich zu eben dieser Stunde bereits in Kiel eingetroffen.

Guda lehnte die Beteiligung auch an einem begrenzten Vormittagsspaziergang befangen ab. Sie hatte, zugleich mit der Benachrichtigung, daß Percy auf seinem Zimmer frühstücke, seinen Wunsch empfangen, sie etwa halb zwölf auf der Aussichtsterrasse zu finden. Aber die Brüder mit Katharina und Tiny zogen davon. Adam zwischen seinen beiden Oheimen, seine Händchen in ihren festen Fingern. Glückselig und ein lachend dankbares Publikum für jeden Spaß, den sie mit ihm machten. Er bewunderte sie grenzenlos, und sie schienen ihm die mächtigsten und klügsten

Menschen auf der Welt, noch viel mächtiger als Alois, der Gärtnerbursche. Denn Onkel Hillemann hatte ihm eine Windklapper gemacht und an das Balkongitter vor dem Speisesaal mit Bindfäden befestigt, wo sie nun ihre Flügelchen bei jedem Windhauch drehte. Und Onkel Arbogast schenkte ihm ein kleines rotes Hufeisen, das an den beiden Enden grau war, und wenn man eine Handbreit davon eine Feder von Großpapas Schreibzeug auf einen Tisch legte, kam sie von selbst an das Hufeisen heran.

Sie wanderten durch den Ort, stiegen sacht zur bescheidenen Höhe hinan, auf der grau und hellbesonnt die Kirche aus dem dicken Grün alter Lindenwipfel hervorwuchs; aus dem Munde ihres Turmfensters quoll feiertägliches Geläut heraus und wallte in schönen Schwingungen in die Luft hinein. Sie folgten der Ellmoser Straße, die auf dem weiten, welligen Höhengelände ins Feld und zu breitangelegten Dörfern führte. Erntereif und schwer gesegnet lag das Land. Auf vielen Koppeln standen die Heere der Garbenbündel, und auf anderen strich der leise Wind über die langen Haare der Gerstenähren. Friede, Friede, in göttlichem Lächeln. —

Hillemann und Arbogast kannten das andere Landschaftsgemälde, das der ernsten Stille und feinen Wehmut der schleswig-holsteinischen Küste, und an ihre heimatlichen Buchenwälder und Roggenfelder spülten fast die blauen Wogen des Meeres. Aber sie waren bezaubert. Andere Züge, aber dennoch deutsche Züge, andere Stimmung, aber ganz und gar deutsch, Heimat auch hier. — —

In sanften Mulden ruhten reiche Dörfer, blaudunkle Wälder zogen sich, gleich breiten Satteldecken, über die Rücken mäßiger Bodenerhebungen. Das Bild des Horizontes erweiterte sich majestätisch, und neben der Anmut der Wendelstein-Berge erschien das wilde Gezack der

Schroffen des Kaisergebirges. Zwischen ihnen, in den Verschiebungen, die die Ferne mit Bergesgipfeln vortäuscht, stand ein silbrig schimmerndes, schneeweißes Stück Welt. Es ragte da herauf wie die Mauer vor einem Märchenland. Die Gletscher des Groß-Venedigers, im Glanze der Himmelsbläue. Nah, und unter ihr, schwebte ein Habicht, es schien, als liege er mit ausgebreiteten Flügeln unbeweglich in der Luft. Und von weit her kamen Sonntagsglockenklänge. Friede, Friede, in göttlichem Lächeln. —

„Es kann nicht sein!" rief Katharina überwältigt von diesem machtvollen Gegensatz.

„Es muß sein!" sagte Arbogast.

Und Hillemann, mit Adam als Reiter auf den Schultern und die kleinen Händchen mit seinen emporgestreckten Fäusten haltend, sprach:

„Wenn die Entwicklung rasch kommt, donnern die Kanonen noch in die Trauung Gudas hinein."

„Oh, Gott. Und England?!" rief die junge Frau und setzte gleich selbst hinzu: „Daran darf man nicht denken!"

„Müssen Sie mit?" fragte Tiny.

„Vorneweg. Reserve erster Klasse. Leutnants im Infanterie-Regiment Nummer fünfundachtzig. Haben nie 'ne Übung versäumt. Gestellungsbefehl für zweiten Mobilmachungstag", sagte Arbogast.

„Oh, wenn es Ernst würde, ginge ich als Rote Kreuz-Schwester mit in den Krieg!"

Mit dieser ihrer begeisterten Erklärung erntete Tiny ein schallendes Gelächter. Das kränkte sie heftig. Sie wollte wissen, weshalb man ihr nichts zutraue. Aber die beiden Junker konnten ihr nicht ins Gesicht sagen, daß sie sich in alle Verwundeten verlieben würde. Arbogast meinte:

„Gnädiges Fräulein, Sie sind ein famoser Kamerad beim Spiel und in frohen Tagen, aber bei ernsten Geschichten?“

Tiny erging sich in eifriger Selbstverteidigung. Die Junker von Heinzenberg neckten sie. Das war Adam langweilig. Er strebte zur Erde und sein Onkel setzte ihn ab.

„Mutti“, schrie er, „da ist Jürgen.“

Man näherte sich der Höhe einer Bodenwelle. Ein schmaler Feldweg führte dahin, wo eine ganz primitive Art Hütte stand, die, vorn wandlos, nur der Bretterbank ein Dach gab, von der aus man den besten Blick auf das ferne weiße Stück Gletscherwelt haben konnte. Ein sehr großes Stoppelfeld in goldbronzener Farbe, bedeckt mit Reihen von der Sense niedergestrecktem Weizen, der noch nicht zu Garben zusammengerafft war, daneben eine Koppel mit Rüben, auf deren glänzende Blätter die Sonne blanke Lichter streute, umgaben den Platz. Kümmerliche Birken reckten schief gewachsenes Gezweig über das kleine Dach, ihre Blätter bebten im Licht.

Unweit dieser Hütte kniete Jürgen und pflückte gelben Löwenzahn vom Rande des Feldes, wo die Weizenähren ruhten nach erreichtem Erntesieg. Daß das Kind hier nicht allein sein konnte, war gewiß. Und gerade kam auch schon Rüdener aus dem kleinen Bretterbau hervor. Katharina fühlte eine Art Beruhigung über sich kommen, wie jemand, der das nächste Wegesziel erreicht hat. Sie machte ihre Brüder und Fräulein van Straten mit ihm bekannt, und dann sprach sie mit der größten Unbefangenheit:

„Geht nur voran, dort den Weg, ihr seht, schließlich führt er in den Wald. Dann haltet euch rechts am Rande der Wiesen, so kommt ihr wieder nach Schönblick, ohne

Aibling zu berühren. Ich möchte mit Herrn Doktor Rüdener ein wenig sprechen."

Die Brüder nahmen das ohne Verwunderung auf. Was ihre Schwester tat, hatte immer einen vernünftigen Grund. Das stand fest.

„Und ich, Mutti?..." Adam hatte in seinem kleinen Herzen eine Anwandlung von Treulosigkeit. Er wollte lieber mit Onkel Hillemann gehen, ihm lag heute nichts am Spiel mit Jürgen, dem er sich hochmütig überlegen fühlte. Denn einen Onkel, der Windklappern machen konnte, hatte der doch gewiß nicht. Seine Mutter erfüllte ihm auch seinen Wunsch, und wichtig zog er mit den Erwachsenen davon.

„Wenn ich Sie nicht getroffen hätte, ich glaube, ich würde geschrieben haben."

„Dies war mein Vorsatz. Ohne ein Wort des Dankes konnte ich nicht gehen."

„Also Sie gehen. Ich dachte es wohl. Und wohin?"

„Nach Hamburg, zurück in meine Tätigkeit."

Sie saßen zusammen auf der grauen, alten Bretterbank. Das Dach der Hütte gab ein wenig Schatten, und vor ihnen lag in unendlicher Weite und Fülle das mittägliche besonnte Gelände. Drüben hockte der Knabe am Stoppelfeld und lebte still in den Träumen seiner Phantasie, wie Kinder pflegen, die sich aus den Siebensachen, die ihre Hände greifen können, voll innerer Vertiefung eine Welt aufbauen.

„Ich habe die Zeitungen gelesen", sprach sie. Er wußte gleich, was sie meinte. Und fügte hinzu:

„Es sind Rufe aus dem Volk, die der Kaiser nicht überhören darf. Wir vertrauen auch auf seinen so oft bewiesenen Willen zum Frieden."

„Was kann der noch verhindern, wenn die anderen den Willen zum Unfrieden haben!"

„Auch in den anderen Ländern werden die Sozialdemokraten gegen den Krieg demonstrieren, haben es schon zum Teil getan. Und wie die unsere, so müssen auch die übrigen Regierungen, vor allem die französische, auf uns hören, sich uns fügen."

„Ich verstehe nichts. Mir kommt vor, wenn das sich so erfüllt, wie Sie glauben, dann leben wir ja in einem neuen Zeitalter und waren uns dessen nicht bewußt."

Nun sprach er lange zu ihr und setzte ihr auseinander, daß der Krieg im zwanzigsten Jahrhundert nicht mehr das Entscheidungsmittel zwischen Völkern sein könne, die dazu auf einer zu großen Kulturhöhe ständen und zu internationalisiert seien, eine natürliche Folge des Weltverkehrs.

Sie hörte zu, zog nach Frauenart einen Eindruck in den Vordergrund, den, der am schmerzlichsten zu ihrem Gefühl sprach, und klagte:

„All das versteh ich so: Sie haben kein rechtes Vaterlandsgefühl."

„Ich liebe Deutschland nicht weniger als Sie!" sagte er ernst. „Ich sehe seine Entwicklung und sein Glück nur auf anderen Wegen erreichbar, als es wohl die Männer tun, die Sie hören." Ein Lächeln voll Güte und Nachsicht hellte seine Züge auf. „Sie selbst, vermute ich, haben sich nicht mit volkswirtschaftlichen und sozialen Studien befaßt."

„Ach nein", gab sie zu. „Ich bin eine sehr einfache Frau. An den großen Händeln der inneren Politik hab' ich nie sehr teilgenommen. Manchmal denk' ich: hab' immer Mutter sein müssen, Puppenmutter; dann meinen Brüdern, die vor Lebensenergie strotzten, war die Älteste ich, ja, und paßte schon früh auf, wenn sie tollten. Meine Mutter ist ja ebenso voll herrlichen Lebens, mehr Kamerad als Erzieherin. Gott ja, Vater zur Beruhigung mußt' ich immer 'n bißchen weise sein. Und nun ist da Adam und mein lieber Schwiegervater, den ich betreuen muß. Und meine arme Guda. Das füllt mein Herz aus, auch den Kopf, es ist nicht immer alles leicht."

Er dachte: ‚Ihren Mann erwähnt sie nicht.'

Plötzlich ging ein Glanz über ihr Gesicht, und sie hob ihr Haupt.

„Aber ich bin keine feige Frau. Und wenn es Krieg gibt, ich kann stolz sein auf meine herrlichen Brüder! Ja, alle vier. Ich kenn' doch unseren Kleinsten, der wird auch mitziehen."

‚Und wieder nannte sie nicht ihren Mann!' dachte er. Aber jetzt, er fühlte es, jetzt durfte er fragen.

„Ihr Gatte braucht nicht mit?"

Er fragte es so langsam, es klang soviel mit zwischen seinen Worten, darüber kam es ihr zum Bewußtsein: sie hatte sich vielleicht verraten, indem sie den beschwieg, den Liebe zuerst genannt hätte. Sie wurde rot.

„Mein Mann ist Offizier, Kavallerist, er ist bereits zu seinem Regiment zurückberufen, von dem er abkommandiert war."

Unmöglich, mehr zu sagen. Ihr kam es vor, als habe sie schon sehr viel von sich gesprochen. Und sie schwieg.

Wie er das liebte! Wie ihn das bewegte! Eine Frau, die nicht überströmte von Mitteilungsbedürfnis.

Er wagte es, ihre Hand zu nehmen. Sie ließ sie ihm. Ein merkwürdig starkes Gefühl von Zusammengehörigkeit war in ihnen.

„Es ist das schönste, das einzige Wunder meines Lebens, daß ich Ihnen begegnen durfte", sprach er leise.

„Sie — Sie — mütterliche Frau! — Nun trennt uns alles. Aber die Feier, immer an Sie zu denken, die soll mir niemand nehmen."

Katharina wehrte sich. Was war denn das, das sie gleich einer Erschütterung schmerzlich ergreifen und fassungslos machen wollte? Sie versuchte zu lächeln.

„Nein, nichts trennt uns als ein paar hundert Meilen vielleicht; ich möchte viel von Ihnen erfahren. Wie Ihre Überzeugungen vor allem, was kommen kann, standhalten. Und von Ihrem Knaben, ob er Ihnen ein Glück wird oder eine Sorge. Schreiben Sie mir."

„Darf ich, darf ich?" Er sagte es mit heißer Freude.

Sie erhob sich. Sie deutete mit der Hand hinaus. Ganz fern, auf dem gleich einem sich schlängelnden Faden hell zwischen grüne Wiesen hingelegten Weg erkannte man ein Häuflein von winzigen Figürchen. Das waren die Ihren. Sie mußte eilen, sie einzuholen. Das war ihr plötzlich so dringend, als sei es Flucht.

„Jürgen!" rief er, und das Kind kam gehorsam heran. „Nun sag der Frau Gräfin Dank und Lebewohl, wir reisen heute abend."

Sie neigte sich herab und nahm den glattgeschorenen Knabenkopf zwischen ihre beiden Hände. Sie wollte einen Kuß auf seine Stirn drücken, ihm noch liebe Worte sagen. Die dunklen Augen sahen sie an. Es waren die Augen seines Vaters. Sie erzitterte, und nur ihre Hand strich flüchtig über das feine weiche Fell auf seinem Schädel. Sie wagte nicht den Kuß. Sie richtete sich auf, verwirrt, geängstigt. Ihr Blick traf den des Mannes. Sie sah in eine Flamme. Und in eine Gefahr.

Und als sie mit eilenden Füßen den hellen Faden des Wegs zwischen dem Grün der Wiesen dahinging, rang sie mit einer Furcht.

Und hätte doch kaum die Furcht beim Namen nennen können.

Sie fühlte nur, als wolle etwas sie erfassen, das erst wirklich ihr Leben schwer machen mußte. War es denn nicht bisher, auf einmal sah sie es so, leicht gewesen? Weil sie es ruhigen Herzens bezwang? —

Zu dieser gleichen Stunde saß Guda noch einsam und wartend in der Stille des Parks, der sich in Sonnenfluten badete. Ihr gingen aber die Minuten nicht in bleierner Schwere dahin. Denn sie eilte mit ihren Gedanken durch viele, viele andere Minuten voll stürmischen Inhaltes. Und sie fand keinen Ruhepunkt. Nichts, daran ihr Herz sich tröstlich hängen konnte und Sorgen zu beschwichtigen vermochte. Wie war das eigentlich? Wenn sie mit dem Geliebten zwischen anderen Menschen sich befand, zeigte er eine kühle, hochmütige Wortkargheit, oder das Gespräch, wenn er lebhafter teilnahm, war eine gleichgültige Sportfrage. Wenn sie aber mit dem Geliebten allein sein konnte, zog er sie in die Flammenglut seiner Leidenschaft hinein, in der all ihr eigener Wille unterging. Welch eine rätselvolle, schaurige und doch über alles Maß hinaus starke Gewalt war diese Liebe. Das ganze andere Leben versank davor. Der Tod schien gar nichts neben dem Gedanken, daß diese Leidenschaft je erlöschen, daß sie nicht zur berauschenden Vereinigung führen könne.

Aber dennoch, immer wieder raunte diese heimliche Stimme in ihr, quälte sie. All das, was sie heute gehört, von Krieg und Gefahr für das Vaterland, gab der heimlichen Stimme stärkeren Klang. Sie rang mit sich um Kraft, um Ruhe, nur ein paar kurze Minuten wünschte sie seiner Zärtlichkeit zu widerstehen.

Da sah sie ihn heraufkommen und flog ihm schon entgegen und in seine Arme. Er küßte sie, aber er schien doch zerstreut. Wie ihr das half. Sie schritten eng nebeneinander auf und ab. Er hielt den rechten Arm um ihren Gürtel, und sie umfaßte seine Hand.

„Ich muß mich sehr entschuldigen, daß ich an einem Sonntagmorgen schrieb. Aber die Welt ist ein wenig in Unordnung."

„O ich weiß. Papa und die Junker von Heinzenberg, wie waren sie alle aufgeregt. Wenn es wirklich Krieg gäbe. Wenn sie über uns herfielen, diese Russen und Franzosen. Sag, glaubst du auch, daß es Krieg gibt?"

„Es wird schließlich doch keinen geben", beruhigte er sie. „Deutschland kann das gar nicht wagen. Es ist innerlich zerrüttet durch Parteihader und Partikularismus. Die Bayern hassen Preußen, Preußen verachtet die Bayern. Elsaß-Lothringen schlüge sich sofort zu Frankreich. Hannover risse sich los, Dänen und Polen würden sich gegen die Deutschen bewaffnen. Die Sozialdemokraten haben die Zuverlässigkeit der Armee untergraben und demonstrieren schon gegen den Krieg. So unfähig die deutschen Diplomaten und Staatsmänner auch sind: vor der Lage haben sie doch wohl Einsicht und werden den Kaiser, der kriegswütig ist, im letzten Augenblick zu der Nachgiebigkeit zwingen, die dem armen kleinen Deutschland ziemt. Es könnte auch gar keinen Krieg bezahlen, der Reichstag würde und könnte nie die Mittel dazu bewilligen. Und es steht ganz allein. Österreich, mein Gott, welch ein Land, in sich zerfallen und ohnmächtig!"

Guda riß sich heftig los.

„Was sagst du da!" rief sie erregt. „Ich glaube, daß das alles falsch ist. Und immer kommt's mir vor, endlich muß ich es dich fragen: du verachtest Deutschland?!"

Er fing sie sich gewissermaßen wieder ein und zwang sie lächelnd in seinen um sie gebogenen Arm.

„Aber nein, sicher nicht. Ich liebe Wagners Werke sehr, und ich habe Stirner gelesen, und ich kenne auch etwas Goethe und weiß von deutschen Philosophen, und Mildred singt manchmal deutsche Lieder. Süßes Reh, das ist ja aber alles gleichgültig. Die Hauptsache ist: wir lieben uns. Und bald, bald bist du mein. Zorn über diese deine Schwägerin, Gräfin Karen, daß du's nicht schon seit vorgestern bist. Was hatte sie für kleine Gründe: ihr Gatte, dein einziger Bruder, könne nicht früher, Tante Jenny sei sterbend, deine Aussteuer werde erst am dritten August abgeliefert, lauter Nebensachen."

Geringschätzung sprach aus seinem Ton. Und Guda hatte das Gefühl, daß sie anständig handeln und ihre Schwägerin in Schutz nehmen müsse.

„Mir selbst war es auch lieber so", gestand sie tapfer. „Mich drückte es, daß ich dich noch viel fragen müßte wegen deiner Stellung zu meinem Vaterland. Und es regte mich sehr auf, daß du auf meine Briefe nie eingingst und immer nur zärtlich depeschiertest. Daß du mich lieb hast, oh, ich weiß es, bin selig im festen Glauben daran. Aber man muß sich doch verstehen. Ich bin — jawohl — meinst du etwa, daß ich mein Land weniger liebe als du deines?"

„Aber Liebling, nein, du hast gehört: ich schätze es wohl in dem, was sein eigentlicher Charakter ist. Leider streckt es seine Hände nach Dingen aus, die ihm nicht zukommen, die durchaus unser Anspruch und erworbenes Recht sind. Aber glaub mir doch: das sind Sachen, von denen du nichts verstehst."

Guda dachte: „Das ist eine schöne Antwort. Deutsche Kunst liebt er und deutsche Literatur; hieß das nicht: die deutsche Seele lieben? Und kam es nicht allein darauf an? Oder waren da noch andere Dinge?' Durch ihr Gedächtnis schwirrten allerlei Gespräche, die sie ihren Vater und Thomas Steinmann wohl hatte führen hören. Sprachen nicht auch sie voll Zorn oder Sorge von Dänen, Polen, Welfen und Sozialdemokraten? Konnte sie sich anmaßen, die allergeringste Urteilsfähigkeit zu haben? Er liebte die deutsche Seele! Das war genug.

Und er glaubte nicht an den Krieg. Er konnte es bestimmt beurteilen, war in Wien gewesen, hatte Staatsmänner gesprochen.

„Tausendmal Gottlob!" sagte sie mit Inbrunst. „Man müßte auch verzweifeln, wenn es wahr würde! Wie sollte Deutschland gegen Ost und West zugleich Krieg führen! Es wäre zuviel! Und wenn wir besiegt würden. Wer möchte dann noch leben! Wir Niedersachsen und Friesen haben ein altes Wort: leber dodt als Sclav."

Er nahm ihr Gesicht zärtlich und lächelnd hoch, indem er unter ihr Kinn griff.

„Heldische Anwandlungen?" fragte er. „Kleine Walküre?"

Aber Guda wollte nicht wie ein holdes, törichtes Kind behandelt sein, in diesen Sorgen nicht, sie waren von so furchtbarem Ernst, es schien, als machten sie alt und reif.

Sie dachte einige Augenblicke nach, prüfte seine Erklärungen, wünschte noch viel zu sagen. Vor allen Dingen dies eine, daß sie in ihrem Herzen immer deutsch bleiben wolle. Aber wozu feierlich noch aussprechen, was sich doch von selbst verstand.

Eines mußte sie noch wissen. Es war ihr zu sehr aufgefallen, daß er ganz schweigend darüber wegging.

„Weshalb wünschtest du eigentlich, daß wir schon am vierundzwanzigsten heiraten sollten?" fragte sie plötzlich.

„Ich wußte schon, daß Bruce bald nach London zurück müsse."

„Hättest du doch den Grund angegeben. Er würde uns bestimmt haben", versicherte sie rücksichtsvoll.

Er machte eine Geste, unbestimmt, ausdeutbar, als läge nicht soviel an des Bruders Gegenwart, oder als seien noch vielerlei andere Gründe vorhanden gewesen.

„Es war Höflichkeitssache, mich zu fügen", sprach er ruhig.

Aber plötzlich verwandelte sich sein ganzes Wesen. Er preßte Guda an sich.

„Sieh mich an!"

Sein Blick, der glühend und durchbohrend aus seinen hellen Augen kam, gleich einer Stichflamme, schien bis in ihr Innerstes dringen zu wollen.

„Und deiner war ich ja sicher. Deiner bin ich sicher, komme was da wolle. Sag, gehörst du mir?"

„Ja", flüsterte sie hingegeben, „ja..." Aber das zweite Ja erstickte schon in seinem Kuß.

* *
*

Welche Stunden, um Kränze zu binden. Was hohe Lust und breit sich ausdehnende Feierstimmung bringen sollte, schien wie verbotenes Handeln. Die Nerven zitterten, die Gedanken waren überanstrengt von Spannungen. Und man sollte über den wohl zu ordnenden Inhalt eines Festtags nachsinnen.

Katharina fand dies alles so unerträglich, daß sie es auf eigene Verantwortlichkeit wagte, Percy Lightstone einen Aufschub der Vermählung bis zur Klärung der Lage vorzuschlagen.

„Nicht eine Stunde", sagte er kühl. Und er setzte hinzu, daß man nun sähe, eine Hochzeit schon am vierundzwanzigsten würde sich in freier Laune vollzogen haben.

Sie hatte das Gefühl: er hat gewußt, daß es sich zuspitzt, er weiß überhaupt mehr als wir.

Der kleine Kreis von Hochzeitsgästen, der noch zu erwarten gewesen war, verflüchtigte sich. Jede Post brachte Absagen. Die Junker von Heinzenberg wären auch am liebsten durchgebrannt. Sie ließen sich nur von der Liebe zur Schwester noch hier halten. Aber sie waren mehr in München als draußen in Schönblick, und Tiny, für die die aufgeregten Zustände einen Freibrief zu bedeuten schienen, schloß sich allen ihren Fahrten an. Percy Lightstone hatte abermals Schönblick verlassen; er sagte, daß er in Frankfurt am Main mit dem dortigen englischen Generalkonsul zu sprechen habe.

Die junge Frau konnte dem Verdacht nicht wehren, daß ihm die Stimmung hier zu unbequem sei. Ihre Brüder brannten in Kriegslust, Begeisterung für den Kaiser, Zorn auf die Feinde in Ost und West. Auch Tinys Wesen gab nur noch starke Akzente aus. Und Guda? Es war ersichtlich: an diesen gewaltigen Sorgen, diesen gigantischen Fragen, die alle Herzen erzittern ließen, zerbrach die „Hypnose“, die Percy auf die Haltung seiner Braut sonst ausübte. So beherrscht, kühl und schweigsam ihr Wesen vor den anderen geworden war, das Gespräch über den Krieg riß ihr die Maske ab. Nur daß sie, allem entgegen, leidenschaftlich die Hoffnung vertrat, daß in letzter Stunde die Dinge eine Wendung zum Frieden nähmen.

‚Wie nötig mag ihrem Herzen diese Hoffnung sein‘, dachte Katharina.

Am ersten August vormittags sollte Steinmann bei seinem Klienten und väterlichen Freunde, dem Grafen

Leuckner, wieder eintreffen. Die Junker baten, ihn mit dem Auto in München, wo er mit dem Nachtzuge von Berlin anlangte, vom Bahnhof abholen zu dürfen. Eisenbahn wurde ihrem Temperament schon zu langsam. Auto ersetzte ein wenig das Kraftgefühl der eigenen Bewegung. Schon um fünf Uhr früh hörte man das dumpfe Schüttern des davonfahrenden Autos, in dem selbstverständlich das unternehmende Fräulein van Straten mit saß.

Katharina wachte davon auf. Sie begriff das junge Volk, dem die Pulse vor Erwartung flogen. Auch durch ihr ganz und gar frauenhaftes Wesen ging jetzt manchmal ein Wünschen: Wär' ich ein Mann!

Sie erhob sich und stieß die Fenster auf. Die kräutrige, herbe Morgenluft umströmte sie. Es war, als atme man Kraft ein.

Dann saß sie auf ihrem Bettrand und las noch einmal den Brief, den sie gestern abend von ihrem Manne erhalten hatte. Wie wohl tat der Brief — zum erstenmal! Wie weh tat der Brief — zum unendlichsten Mal!

„Meine liebe Karen!" Also endlich ließ er von der grotesk gewordenen Anrede „Pusselchen". „Meine liebe Karen! Du hast mir telegraphisch angeboten, zu mir zu kommen und mir rasch eine Häuslichkeit herzustellen. Dieser Beweis von Pflichttreue hat mich beschämt. Ich danke Dir sehr. Aber ich lehne Dein Herkommen ab. Es hätte auch gar keinen Sinn und Zweck mehr. Selbst wenn Du auf der Stelle abreistest. Schwerlich fändest Du mich noch in der Garnison. Du und der Kleine, Ihr bleibt nun am besten mit Vater zusammen. Wir machen uns marschfertig, liegen in Alarmbereitschaft. Der Krieg steht vor der Tür, sein Ausbruch kann nur noch Stunden auf sich warten lassen. Man spricht von einem

Ultimatum an Rußland. Es wird nicht im friedlichen Sinne beantwortet werden, wenn überhaupt. Und so steht denn der ungeheuerlichste Kampf bevor, den je ein Volk ausgefochten. Man raunt auch davon, daß England gegen uns, auf der Seite der Feinde, zu finden sein wird. Nun, wie Gott will!

Liebe Karen, unsere Ehe hat Dir nicht viel Glück gebracht. Ich müßte in diesem Augenblick allzu reuig an meine Brust schlagen, wenn Adam nicht wäre. Aber ich weiß, der liebe kleine Kerl macht Dein Glück aus. Und er, sein Dasein, mag bei Dir für mich bitten! Wenn ich heil zurückkomme, will ich versuchen, ein anderer zu werden. Das packt einen doch mächtig, der Gedanke: Tod oder Sieg — oder durch den einen den anderen erringen! Wenn ich nicht heil, sondern zerschossen und verstümmelt heimkomme: Nimm mich in Gnaden auf, und lasse mich nicht entgelten... Aber nein, den Satz schreib' ich nicht aus. Ich kenne Dich und Dein Gemüt. Und das eine schwör' ich Dir zu: Als Gatte bin ich tadelnswert, als Sohn leichtfertig, als Vater oberflächlich gewesen, aber als meines Kriegsherrn Offizier werde ich meinen Mann stehen und mein Leben einsetzen, tapfer und freudig, für Kaiser, Volk und Vaterland. So sollst Du, ob ich falle oder lebe, doch hoffentlich noch stolz sein können auf

Deinen Bertel."

In alle Rührung, die dieser Brief auslöste, fiel wie ein Gifttropfen die unselige Unterschrift. Aber sie zwang sich, daran vorüberzukommen. Und gerade diese Morgenstunde war ihr recht, um eine würdige, herzliche Antwort zu finden. Sie saß am offenen Fenster und schrieb, während ihr über Stirn und Augen die köstliche Frische strich.

„Lieber Bertold! So mußt Du nun in den Krieg reiten. Und wir können Dir nicht unsere innigsten Wünsche noch selbst sagen. Gott beschütze Dich und geleite Dich heil zu Frau und Kind zurück. Gläubig und gern nehme ich Dein Gelöbnis an. Und nach dem Krieg wollen wir versuchen, uns zueinander zurückzufinden. Über alles, was gewesen ist — über alles! — will ich hinweggehen. Es ist vergeben! Diese große Zeit, die anbricht, soll uns ihrer würdig sehen. Gott schütze unser heiliges Vaterland. Deine Karen."

Sie weinte. Ihre Tränen taten ihr wohl. Ihre Seele war erhoben, losgelöst von allen Bitternissen, die bisher ihr Frauenlos gewesen waren.

Sie ging dann zwischen ihren reichlichen Tagesaufgaben hin und her, gesammelt, ganz die Gedanken auf sie gerichtet. Und dennoch wie in Weihen.

Etwa um zehn Uhr wünschte man sie von München aus zu sprechen. Miß Mildred. Und es war ein erstaunlicher Vortrag, den die am Telephon hielt. Ihre Freunde hatten ihr aus den deutschen Morgenzeitungen Depeschen übersetzt. Der Prinz Oskar habe sich mit der Gräfin von Bassewitz durch Kriegstrauung verbinden lassen. Sie brachte dieses schwere und vielleicht unübersetzbare Wort auf deutsch vor und mußte es dreimal sagen, ehe Katharina es verstehen konnte. Nun wollte Miß Mildred, daß Percy, den sie für diesen Abend in München erwartete oder durch Depesche dahin rufen wollte — was etwas unklar blieb —, mit Guda auch Kriegstrauung haben solle. Und gleich morgen. Es wurde so unangenehm mit der Politik. Man sollte besser alles beeilen. Für Miß Mildred war, was ein Prinz tat, und noch dazu einer, der ein Urenkel der Königin Viktoria, also vom englischen Königshaus abstammte, immer nachahmenswert.

Es schien kaum möglich, ihr klar zu machen, daß für den deutschen Offizier, Major Prinz Oskar, die Sachlage eine völlig andere sei, als für den Ausländer Mr. Percy Lightstone. Voll Ungeduld sagte Miß Mildred dann endlich: „Ob man es nun so nennt oder anders, jedenfalls müßte man die Trauung schneller bestimmen."

„Nicht eine Stunde!" sprach Katharina ebenso kühl, wie ihr Percy geantwortet hatte.

Noch erwog sie, ob sie dies Gespräch Guda mitteilen solle — noch dachte sie, ob sie nicht zu eigenmächtig gehandelt habe, da brach die Begeisterung herein — als brausender Strom, getragen von starken, jungen Herzen, kam sie in die Stille des Hauses. Die Brüder Heinzenberg stürmten daher, mit ihnen Tiny und in der gleichen hohen Erregung auch Thomas Steinmann. Auf ihren Lippen waren die ergreifenden Worte, die der Kaiser gestern abend vom Balkon des Schlosses gesprochen, sie lasen sie vor. Sie jubelten es nach: „Den Gegnern aber werden wir zeigen, was es heißt, Deutschland zu reizen!" Und Thomas war Zeuge gewesen, hatte mit einem verzehrenden Gefühl von Stolz und Zorn in der Menge gestanden, die nur aus Brüdern und Schwestern zu bestehen schien. Ein Herzschlag in Tausenden. Eine heilige Flamme in allen. In jedem Auge der gleiche heiße Glanz des Mutes. In jeder Brust die gleiche Hingabe. Und alle emporgewandt mit Blicken und Seelen zu dem einen Mann, der da oben stand, im grauen Rock, schlicht, nur ein Soldat. Der Kaiser, der Herr, der Vater aller. Mit heißen Worten erzählte Thomas und brachte ihnen, die ihm ergriffen zuhörten, die große

Stunde nah, wunderbar nah, daß sie sie nacherleben konnten.

Guda saß leichenblaß und erstarrt. Er sah es.

Und ihn, der sie liebte, griff mitten in seinem Feuer jäh der Schmerz tiefsten Mitgefühls an. Aber wer konnte ihr helfen? Niemand und nichts. Große Weltgeschicke brausten daher und zerbrachen den Glanz ihrer Liebesfeier. Denn das war es doch wohl, was sie so blaß und stumm machte? Die helle Mädchenfreude war ihr gestört, mit Musik, Kränzen und Tänzen den wichtigsten Tag ihres Lebens zu begehen. Oder war es nicht das?... Zitterte sie in anderen, tieferen Empfindungen? Trug sie an einem Zwiespalt? War es ihr vielleicht ein Schmerz, ihr Vaterland zu verlassen in seiner notvollsten Stunde?

Seine daherstürzende Schilderung stockte. Er wandte sich ab und begegnete unerwartet dem Auge der Gräfin Katharina. Wie ihn ihr aufmerksamer und ernster Blick berührte! Er fühlte sich verraten, aber es beschämte ihn nicht. Von diesem edlen Frauenherzen verstanden zu sein, es tat fast wohl. Er dachte: ‚Sie vielleicht, sie kann ihr helfen! Sie allein weiß vielleicht, was in Guda vorgeht.' Er konnte es kaum ausdenken: vier Tage noch, und sie gehörte einem anderen Mann und einem anderen Lande.

Die Welt stand in Zuckungen, aber dies eine Schicksal blieb in seiner vorbestimmten Bahn, aus der nicht einmal mehr der Krieg es reißen konnte. Denn was hatte die Liebesheirat Gudas mit Rußland, Frankreich und Serbien zu tun — nichts. —

Wie unerträglich wurden die nächsten Stunden. Es kostete den alten wie den jungen Mann harte Mühe, sich mit Zahlen und Bestimmungen zu befassen. Sie saßen in Graf Leuckmers Arbeitszimmer und sahen Gudas

Heiratskontrakt durch, ein Dokument, daß von Percy Lightstone gewünscht und nach seinen Entwürfen ausgefertigt worden war. Er sagte, als er von der Wünschbarkeit eines derartigen Papiers sprach, daß es erstens in der Lightstone-Familie immer Sitte gewesen sei, einen Heiratskontrakt zu vollziehen, und daß es sich zweitens in diesem Falle besonders empfehle, weil Guda Ausländerin sei. Er legte Wert darauf, daß ihre finanzielle Stellung auf das klarste und großzügigste festgelegt sei. Und so war denn jede Möglichkeit durchdacht: die Zinszahlung von Gudas, bereits in den Lightstoneschen Unternehmungen arbeitenden Vermögen, an den Nutznießer, den Vater; die Vermehrung dieses Vermögens zu Gudas alleinigem Nutzen; die allmähliche Rückzahlung des Kapitals, für den Fall, daß Percy vor ihr sterbe und die Ehe kinderlos bleibe; die von Lightstonescher Seite dann zu zahlende Rente an die Witwe. Es sprach aus allem die stolze Fürsorge, die zu beruhigen wünschte, ehe überhaupt je eine Beunruhigung entstehen könne.

Am Abend vor der Trauung, also am vierten August, sollten Guda und Percy den Kontrakt unterschreiben, und Graf Leuckmer und Thomas Steinmann, dieser als Ersatz für den ausbleibenden Herrn van Straten, die Gegenzeichnung vollziehen.

Graf Leuckmer hatte auch noch eine besondere Bitte an den vertrauten Freund und Berater des Hauses. Der Baronet Bruce Lightstone blieb aus. Herr van Straten kam nicht. Es lag auf der Hand, daß Thomas an Stelle dieser Herren nun als Trauzeuge eintreten müsse, und zwar für Guda, während Graf Leuckmer selbst der Zeuge seines Schwiegersohnes sein wollte.

Über das offene, männliche Gesicht des jungen Mannes ging dunkles Rot.

Zuviel! Auch noch die Geliebte, Verlorene an den Altar geleiten. — —

Er sagte, sich kaum zur Unbefangenheit zwingend, daß er schwerlich am fünften August noch hier sein werde, denn wenn die Entscheidung sich zum Kriegerischen wende, habe er sich am sechsten Mobilmachungstage bei seinem Regiment zu melden und vorher noch in seinem Büro so viel zu ordnen, daß er am vierten August abends unbedingt abreisen müsse.

‚Mögen sie sich den Zeugen von der Straße auflesen', dachte er bitter vor Schmerz. Nein, er wollte sie nicht im Kranze sehen, den sie für einen anderen tragen würde.

Und die Entscheidung war schon gefallen und flog auf bebenden Drähten um den ganzen Erdball und zuckte als elektrischer Funke in jedes deutsche Haus und Herz.

Sie saßen auf der Aussichtsterrasse und warteten auf den Sonnenuntergang. Noch lag mit starken, langen Schatten der abnehmende Tag auf den grünen Wiesen des weiten Tales. Und es schien, als schwebe über ihm mit lautlosem Flügelschlag der Friede.

Niemand mochte sprechen. Es war recht schweigsam im Kreise geworden, seit die beschwichtigende Frau Stroblmeyer Adam hinabgeführt hatte zum frühen Zubettbringen. Er regte sich mit Fragen und Phantasien auf; das Wort „Krieg!" klang auch an sein Kinderohr, und Alois und Merkl erzählten ihm, sie gingen gleich mit. Merkl hatte erst vor einem halben Jahr seine Militärzeit beendet gehabt und mußte sich sofort stellen, und Alois wollte sich freiwillig melden. Adam war außer sich und verlangte von Mutti, daß sie den Franzosen verbiete, seinen Freund Alois totzuschießen. Und seine beiden Oheime und Onkel Thomas — wie er Doktor

Steinmann nannte — plagte er mit so viel Fragen, daß man heute ganz erleichtert war, den kleinen, unruhigen Mann los zu werden.

Auch wirkte aus der Abendfeier der Natur etwas auf ihr Gemüt hinüber, das sie zur Andacht zwang und zu demütiger Stille vor dem erschütternden Gegensatz zwischen der Ruhe dieser Stunde und dem Schrecklichen, das die nächste bringen konnte.

Da kam Merkl herauf — ein anderer als sonst — seine beherrschte Dienerhaltung war von ihm abgefallen, sein Gesicht war heiß und seine Augen voll Glanz.

„Krieg!" sagte er, „Mobilmachung — hier—." Er hatte ein Blatt Papier in der Hand, mit großen Buchstaben war es bedruckt. Hillemann riß es ihm schon aus der Hand. Sie standen gleich um ihn, nahmen mit brennenden Blicken ihm die Laute vom Munde. Rußland hatte die an es gerichtete Note nicht beantwortet. Der Kaiser ordnete die Mobilmachung für das gesamte deutsche Heer an. Und von hohem Balkon herab hatte er Worte gesprochen — andere als gestern — noch stärker, Worte, die in die Zukunft hineinhallten. Gleich den Posaunen von Jerichow. Und Mauern umwerfend wie sie. Daß Ausblicke frei wurden, die jedes Herz hoch schlagen ließen. „Jede Partei hört auf. Wir sind nur noch deutsche Brüder." Die Welfen senkten ihre gelbweiße Fahne vor der schwarzweißroten. Die Sozialdemokraten erklärten, daß auch sie das Vaterland verteidigen würden, das vielleicht den letzten Mann brauche, seinen Bestand zu retten.

Die Gewalt dieser Verkündigungen fiel auf sie herab wie Offenbarungen eines heiligen Geistes.

Die Zwillingsbrüder umschlossen sich in eiserner Umarmung, sich dem Vaterlande, und wenn es sein mußte, dem Tode angelobend.

Das zerbrechliche Wesen des alten Herrn erlag fast der Wucht des Augenblickes; er legte die Linke über sein Gesicht, um seine Tränen zu verbergen. Sein junger Freund umfaßte fest seine Rechte, als wolle er sagen: Wir Jungen schützen unser deutsches Land — vertraut auf uns. Und Tiny brach an der Schulter der blonden Frau in leidenschaftliches Weinen aus. Katharina war es, als sei die ganze Luft erfüllt von rauschenden Klängen. Kaum brauste der erste Ruf durch das Land, und sogleich begaben sich herrliche Wunder. Mit welch reichem Erleben ward sie selbst begnadet. In ihres Gatten Herzen erwachte Würde. Und der Freund? Er mußte fühlen und handeln wie seine Genossen. Auch er würde sprechen: Alles für das Vaterland. Und sie sah die dunklen Augen vor sich, ein neues Licht hatte sich in ihnen entzündet.

Und auch über ihr Gesicht rannen Tränen der Ergriffenheit.

Einsam stand Guda, ohne Absicht ausgeschieden von diesem gemeinsamen Aufflammen, dieser Erschütterung, die zwang, sich an den Händen zu halten, um die Gleichheit des Pulsschlags stärker zu empfinden. Sie gehorchten unbewußt dem allereinfachsten menschlichen Verlangen, sich in hoher Not aneinander anzuklammern.

Und plötzlich floh Guda. Ein Jammer wallte in ihrem Herzen auf, wie sie noch nie empfunden, von einer Qual, daß sie hätte schreien mögen. Und um nicht vor diesen, die sie schon verstießen, laut zu weinen, floh sie davon.

Thomas sah es wohl. Er schloß sekundenlang die Augen, als wolle er seinem aufzuckenden Schmerz nicht ins Gesicht sehen, aber er hatte kein Recht, ihr zu folgen und tröstend zu ihr zu sprechen. Auch Katharina bemerkte sogleich diese Flucht. Sie schob das fassungslos schluchzende Mädchen von sich und ging der armen Guda nach.

Durch die Wohnräume des Schlosses schritt sie suchend und vergebens. Aber oben, im Zimmerchen zwischen ihren Schlafstuben, da, wo man jetzt die Aussteuer nach und nach stapelte, da war Guda.

Auf den Knien lag sie und drückte ihr Gesicht gegen die Polsterung eines Ruhebettes — auf ihm lag, sorgsam ausgebreitet, schon das Brautgewand — lang und weiß und schimmernd, fast mehr einem Totenhemd als einem Festkleid gleichend.

‚Ich muß ihr helfen', dachte die junge Frau, ‚aus ihrer Seele zu ihr sprechen.'

Sie neigte sich herab und legte ihren Arm um Gudas Schulter.

„Komm", sagte sie liebevoll, „komm, sei gefaßt. Verlier dich nicht. Wie ist denn alles? Du kannst nicht von Percy lassen — liebst ihn — zählst die Stunden, bis du sein bist. So trage auch tapfer, was nun deinen Abschied von uns schwer machen will."

Sie half der Knienden empor und sah ein bleiches, tränenloses, verstörtes Gesicht. Sie führte sie fort, weg von diesem peinlich und kalt hingestreckten Brautkleid. Im Schlafzimmer saßen sie auf dem Bettrand, und die blonde Frau zog Guda an sich.

„Du mußt mich noch schelten oder mir noch verzeihen", fuhr sie mit all ihrer sanften Ruhe fort. „Ich bat eigenmächtig Percy um Aufschub, er schlug ihn ab. Eigenmächtig lehnte ich heute früh Mildreds Ansinnen, Euch morgen eiligst trauen zu lassen, ab. Ich dachte: beides sei in deinem Sinn."

Guda nickte stumm und beinahe heftig.

„Siehst du, Liebling, als gestern der Pastor mich

fragte, was für einen Spruch er zu deiner Traurede wohl wählen könne, da hab' ich ihm gesagt, er möge ihn im Buche Ruth suchen. ‚Wo du hingehst, da will ich auch hingehen; wo du bleibest, da bleibe ich auch. Dein Volk ist mein Volk, und dein Gott ist mein Gott.'"

Da zerbrach ein Aufschluchzen die Starrheit Gudas.

„Es ist nur — der Krieg — und ihr, und Deutschland. Aber ich weiß: Er liebt die deutsche Seele, er hat es gesagt..."

„Nun, dann ist ja alles gut", tröstete die junge Frau.

„Aber die anderen Menschen dort, und wenn du seine Schwester neulich hättest reden hören. Und..."

Sie brach ab.

Sie konnte es niemandem sagen, nicht einmal vor sich selbst wagte sie es in Worte zu kleiden. Aber immer wieder sah sie den Ausdruck, der blitzschnell über sein Gesicht huschte, damals, als er von der Ermordung Franz Ferdinands hörte...

Katharina fand immer neue tröstende Wendungen.

„Junge Eheleute läßt man wohl auch in England zunächst in Ruhe. Und wenn dein Vaterland in einem schweren Kriege steht, wird man dir Zurückgezogenheit zubilligen. Aber eines darfst du ja nicht vergessen: Deines Mannes Volk ist fortan dein Volk!"

„Soll ich, darf ich nicht mit euch zittern, mit euch jubeln?" rief Guda.

„Oh, gewiß, gewiß. Und ich laß dich alles miterleben — schreib dir jeden Tag — sag dir, wie du vielleicht von fern her helfen kannst, mir ahnt, uns Frauen fallen große Aufgaben zu."

„Ja, schließ mich nicht aus."

Sie umarmte Karen.

„Oh, du, wo hast du es her, daß du einem immer wohltust."

Die andere lächelte in leiser Wehmut. Aber sie pflegte ja zu schweigen. Es war ihr nicht gegeben, viel von sich selbst auszusagen.

Sie küßten sich zärtlich. Das war wie Vorsatz und Versprechen. Guda wollte sich zusammennehmen und sich tapfer sagen, daß nicht ihr allein dieses Los gefallen sei, daß Tausende mit klopfendem Herzen nur von fern zum teuren Vaterlande hinüberschauen dürften.

Und wirklich schien sie wie befreit. Unbefangen nahm sie am Abendessen teil, und auch ihre Stimme klang mit hinein in die Gespräche, die bald in feierlichem Ernst, bald in auflodernder Feurigkeit um den Tisch gingen.

Gleich nach dem Mahl mußten die Junker abreisen. Das Auto sollte sie nach Rosenheim an den Schnellzug nach München bringen; es war die letzte Fahrt, die der Kraftwagen machen konnte, denn morgen früh mußte der Chauffeur sich stellen; von ihm erfuhr man auch schon, daß alle Fahrzeuge vom Heeresbedarf eingefordert werden würden. Merkl wartete zum letztenmal auf, und Alois hatte noch vor dem Essen beim Grafen Leuckmer angeklopft und in einem Gemisch von Stolz und Verlegenheit seine sofortige Entlassung erbeten.

Das Auflösende, das Umstürzende des Krieges zeigte sich selbst in diesem stillen Winkel der ländlichen Ruhe sogleich. Die Hausordnung fiel zusammen wie ein Kartenhaus. Es war wunderlich, sich vorzustellen, daß dies überall so sein mußte. Als habe man mit einem Stock in einen Ameisenhaufen gestoßen — alles war Eile, alles Unruhe.

Und die ersten Abschiede kamen. Merkl reichte allen

die Hand und empfing Wünsche und von seinem Herrn ein verdoppeltes Gehalt, noch für drei Monate voraus. Auch Alois trat an, er wußte wohl, die Herrschaften verstanden immer seinen Dialekt nicht und lachten darüber, als sei es ein Spaß. Deshalb brachte er nicht viel vor, sondern zog aus seiner Hosentasche noch ein wunderhübsches großes gelbes Schneckenhaus für den kleinen Grafen. Katharina nahm es hin — es war ganz warm. Und sie dankte dem jungen Menschen gerührt für all die Liebe, die er Adam bewiesen. Da wurden ihm doch die Augen naß.

Und dann kamen, zur Abfahrt fertig, die beiden Junker von Heinzenberg herein. Ein tiefes, ernstes Schweigen legte sich auf alle. Graf Leuckmer fühlte sich von zärtlicher Angst ergriffen: Wie würde dieser Abschied der armen Karen wehtun! Sie liebte ihre Brüder mit Innigkeit. Und wie er waren Guda und Thomas von Sorge bewegt. Tiny gar wußte selbst nicht, wohin mit sich vor plötzlicher Angst. Bis zu diesem Augenblick war „Krieg" ein Wort gewesen, ein aufpeitschendes Gespräch. Nun wurde er drohende Wirklichkeit. Zwei herrliche Menschen gingen. Wohin? Großer Gott, vielleicht in den Tod.

Katharina sah mit freien, großen Blicken ihre Brüder an. Wie lag noch der Nachglanz ihrer Jünglingszeit auf ihnen! Wie stolz und froh, wie reinlich und aufrecht waren sie durch ihr junges Leben geschritten bis hierher. Reich blühte eine sonnige Zukunft ihnen entgegen. Ihr Dasein lachte.

Und nun zogen sie dahin, um sich durch die Feuerlohe des Krieges zu schlagen — empor zum Sieg — hinab in ihr Grab. Ihre Augen strahlten. Und um ihren jungen Mund ging eine neue Linie. Wie von einem Eisenstift schien sie hineingezogen. So fest sprach sie von Entschlossenheit und hohem Mut.

Und als sie die Segenswünsche der beiden Mädchen, die Umarmung des alten Herrn und Thomas' empfangen hatten, standen sie vor ihrer Schwester.

Sie sahen sich an, fest, in heißer Liebe, doch beherrscht. Sie nahmen in ihre Seelen noch einmal zum ewigen, unverlierbaren, genauen Gedächtnis das Bild des teuren Geschwisters auf.

„Gott sei mit euch!" sprach die junge Frau. Und nur ein leises Beben machte ihren Stimmklang noch ergreifender.

Sie umarmten sich. Kurz, voll Kraft. Und dann kein Wort mehr und keinen Blick. Aufrecht schritten sie davon.

Die Schwester horchte ihrem Schritte nach — unbeweglich — erhobenen Hauptes. Den schmerzlich sich verklärenden Blick ins Unbestimmte gerichtet.

Und vor ihrer Seele ward ein Bild, gleich einer Vision. Sie sah eine Frauengestalt, von dunklen Floren war sie umflossen und kaum erkennbar von den düsterroten Schatten des Hintergrundes. Ihre ganze Erscheinung verschwamm fast mit ihm in eins. Nur ihre Hände waren deutlich — weiße, vorgestreckte schmale Hände — sie trugen eine Schale, aus ihr stieg eine Rauchsäule in steiler Linie empor, der Dampf heißer Tränen, die die Schale füllten.

Und sie wußte, was dieses Bild ihr sagte. Sie faltete die Hände und betete stumm in ihrem Herzen für sich und alle Frauen:

„Herr, mach' uns stark!"

Langsam ging sie hinaus, sehr bleich war ihr Angesicht, aber ein gefaßter Ausdruck von wunderbarer Würde lag darauf.

Voll Ehrfurcht sahen ihr die anderen nach.

Wie der nächste Tag verging und der übernächste, konnte man sich kaum erklären. Die Nerven waren eingespannt bis zum Zerreißen. Es gab eigentlich nur eines: Zeitungen lesen, die angeschlagenen Depeschen mit Begierde aufnehmen. Und zwischen diesen waren Nachrichten, die man Guda verheimlichen mußte. Von England her zuckte ein Wetterleuchten auf. —

Wie sollte das werden? Mußte es die junge Braut nicht in Verzweiflung stürzen, wenn ihr künftiges und ihr angestammtes Land in Feindschaft gegeneinander stehen sollten?

Thomas sprach mit Gräfin Katharina darüber. Sie kamen vom Bahnhof, wo sie letzte Nachrichten gesucht und einen sich drängenden Verkehr von Abreisenden gefunden hatten.

„Merkwürdig", sagte sie, „im ganzen deutschen Vaterlande ist man an jedem Platze dem Kriege doch gleich nahe, überall ist ganz gewiß die gleiche hohe Stimmung der innigsten Verbrüderung in demselben Zorn und Mut. Und doch strebt offenbar alles nach seiner engeren Heimat. Auch hier, aus jedem Auge blickt einen an, was man selbst fühlt. Und doch, mir kommt's auch so: ich möchte jetzt zu Hause sein, in Norddeutschland."

Mit raschen Schritten gingen sie durch den Kurpark. Sie spürten so wenig seinen tiefen, kühlen Schatten, wie sie vorher auf der ersten Wegesstrecke den Sonnenbrand empfunden hatten. Die Welt lag noch immer im Goldglanz der Schönheit. Aber niemand sah sie mehr. Thomas war in Gedanken verloren gewesen und fragte nun:

„Was glauben Sie, daß Guda täte, wenn uns England jetzt den Krieg erklärt?"

„Sie würde weinen. Aber handeln? In welcher Richtung? Ihre Heirat steht vor der Tür. In Aufschub willigt Percy nicht. Guda liebt ihn. Sie wird ihm folgen bis ans Ende der Welt, in Tod und Verderben, wenn es sein müßte."

„Sind Sie so gewiß, daß Guda ihn liebt?" fragte er langsam.

Sie war überrascht von dieser Frage. Etwas Unerwarteteres hätte niemand sagen können. Aber sie wagte nicht, ihn anzusehen. Schon ein Blick konnte unkeusche Neugier sein. Sie ahnte, wußte, wie es um ihn stand. Aber sie wußte auch, mit welcher Glut Guda liebte, fast vorsichtig sagte sie:

„Ich habe noch niemals eine Leidenschaft von ähnlicher Gewalt gesehen."

„Ja", sprach er zögernd, „das spürt man wie die Nähe eines verborgenen Brandes — irgendwie — peinvoll. Aber, vielleicht — es kann auch eine nur sinnliche Leidenschaft sein... Sie sinkt eines Tages in sich zusammen, solch Feuer verzehrt sich selbst..."

Sie wehrte ab. Mit starken Worten. Aber sie verschwieg, daß sie selbst schon von Staunen erfaßt gewesen war, besonders in den Stunden jener Nacht, wo Guda sich ihr offenbarte. Wo sie das zarte, jungfräuliche Geschöpf in schwüler Sehnsucht zittern sah. Aber gerade seit dieser Nacht wußte sie doch auch, daß Guda nach einem seelischen Sichverstehen lechzte.

Er antwortete dann nicht eigentlich. Das Gespräch war zu schmerzhaft. Es lag auch nicht im Geschmack des Mannes und dieser Frau, allzu ausführlich so dunkle und schmerzliche Dinge zu behandeln. Er sprach vor sich hin, von einer schweren Wehmut gedrückt:

„Was änderte das auch? Solche Leidenschaft kann nicht verzichten — ist die ungeheuerlichste Triebkraft im Menschen — zerstört eher alles rings um sich, ehe sie sich überwindet, geht über Leichen zum Ziel, lachend in den Tod. Selbstvernichtung ist ihre Antwort, wenn man sich ihr entgegenstellt.“

Katharina dachte:

‚Hätte Gudas Herz sich doch ihm zugewandt!‘

Sie hatte Thomas Steinmann sehr lieb. Vor sechs Jahren, als sie in die Familie Leuckner trat und ihn kennenlernte, besaß auch er viel von dem Jünglingszauber, der jetzt ihre Brüder noch umgab, er erinnerte sie oft an ihre Brüder, war so frisch, echt, frei und wahr wie diese. Aber schon gereift, kannte Welt und Menschen, war ein fester Mann. Aber vielleicht hatte Guda ihn zu gut gekannt, ihn seit ihren frühesten Kindertagen manchmal gesehen. War es nicht zuweilen, als wolle die Leidenschaft sich für ihre Zwecke der Fremdheit, der Überraschungen, des noch Verhüllten bedienen, um die Herzen besser zu verführen?

Hatte sie nicht an sich selbst die Unzuverlässigkeit einer raschen, ersten Liebesaufwallung erfahren? Wohin waren ihre Träume von Glück verweht?

Und sie seufzte. Und war von den inbrünstigsten Wünschen für Gudas Glück erfüllt.

Am Vormittage des vierten August war Percy Lightstone auf einmal wieder da. Beinahe schien es, als ob er lebhafter sich den Anwesenden nähere. Mit großer Unbefangenheit sprach er von seiner Überraschung darüber, daß Deutschland unverkennbar einig sei. Strahlend erinnerte Guda ihn daran, daß sie ihm gleich gesagt habe, seine Ansichten von Deutschlands inneren Zuständen seien falsch. Und mit der Anteilnahme eines Sportsmannes erwog er, ob Rußland wirklich all die französischen Milliarden auf Rüstungen verwendet habe, und meinte, daß er jeden Augenblick eine Wette annehmen würde auf das Vorkommen riesiger Unterschlagungen dort. Gestern abend hatte ein Freund von ihm in München eine Depesche gehabt, nach welcher das in Kalisch schon eingerückte deutsche Infanteriebataillon Konservenbüchsen, mit Sand gefüllt, in den Überresten einer Depotexplosion gefunden habe.

Graf Leuckmers scharf nervös gespannte Züge glätteten sich merklich. Percys Auftreten war ihm wie eine Bürgschaft, daß keine Kriegserklärung seitens Englands wie ein Damoklesschwert über Deutschlands Haupt schwebe. Für die Feinheit seines Gefühls stand es fest: Wenn Percy Lightstone auch nur von fern einen Krieg zwischen seinem und Gudas Vaterland fürchtete, mußte er sehr sorgenvoll sein und sehr bewegten Gemütes. Und man durfte ihn unbedingt für genau unterrichtet halten durch Vater und Bruder, durch all die engen Verbindungen, in denen die Lightstonesche Familie und ihre geschäftlichen Unternehmungen mit den führenden Männern standen. Das Vaterherz, das vielleicht uneingestanden sehr der Beruhigung bedurfte, fand sie, entgegen allen Anzeichen.

Da nun die ganze Feierlichkeit auf eine Trauung mit nachfolgendem frühem Mittagsmahl zusammengeschrumpft war, dachte Mildred nur für wenige Stunden nach Aibling hinauszukommen. Die Neuvermählten wollten dann mit ihr nach München fahren und sie auch am anderen Morgen mit auf die Reise nach England nehmen. Dies ließ sich nicht wohl vermeiden. Durch das von Militärzügen förmlich übersponnene Deutschland konnte man Mildred mit ihrer Jungfer nicht allein reisen lassen. Auf dem kürzesten Weg, über Köln, mußte man bei Maastricht die holländische Grenze erreichen und dann sofort über Vlissingen oder Hoek nach England hinüberfahren. Es war sonst nicht Percys Gewohnheit, über alle Kleinigkeiten einer Reise zu sprechen. Sein sehr geschulter Diener war als Reisekurier erfahren und sorgte für alles. Aber heute erwog er auch die nebensächlichsten Fragen. Und kam immer wieder darauf zurück, daß man Mildred nicht allein lassen dürfe. Alle sahen es ein, auch Guda, obschon es ihr etwas schwer war. Ihr schien: Im Alleinsein mit dem Geliebten würde sie ihren Schmerz, in dieser Stunde das Vaterland verlassen zu müssen, am ehesten ertragen. Katharina und Steinmann hatten den gleichen Gedanken: Percy wollte jedes Gespräch über England und dessen Haltung abwehren. Deshalb war er geselliger im Wesen als sonst, würdigte Dinge seiner Betrachtung, die sonst tief darunter standen.

Am Nachmittag unterzeichnete das Brautpaar den Heiratskontrakt. Das war für Gudas Empfindung etwas sehr Feierliches. Ungefähr der erste Akt der Vermählung.

Und das Brautpaar verlor sich gleich danach in die Stille des Parks. Zwei Menschen, die schwer nur noch die Gegenwart anderer ertrugen, in deren Adern das Fieber ungeduldigen Verlangens brannte.

Thomas Steinmann, blaß und ernst, hatte kaum von Guda noch ein warmes Wort, einen herzlichen Wunsch zum Abschied empfangen. Er dachte: ‚Die „Hypnose“ wirkt wieder.‘ Und es tat ihm weh, unerhört weh, daß sie so über ihn wegschritt, der doch auch in den Krieg zog. Die erste beste Kugel sollte ihm willkommen sein. Vielleicht, daß ihr dann einst das Herz in Reue schlug, weil sie ihn mit flüchtigem Wort hatte ziehen lassen.

Aber nein, solche Gedanken darf ein rechter Mann nicht haben, er wünscht nicht um eines Weibes willen den Tod in einer Stunde, wo das Vaterland sein Leben braucht, das fühlte er und zwang sich zur Härte.

Dennoch konnte ihm all die Innigkeit der teuren Menschen den Schmerz nicht ganz lindern. Er stand ja ziemlich allein in der Welt, besaß nur wenige Verwandte, durch weitläufige Verkettungen mit ihm verbunden. Diese hier waren ihm fast die Nächsten, in freier Neigung stand man dicht zusammen. Graf Leuckmer umarmte ihn voll väterlicher Liebe. Die junge Frau, die er als Urbild aller edlen Weiblichkeit tief verehrte, nahm schwesterlich sein Gesicht zwischen ihre beiden Hände und küßte seine Stirn, wie tat das wohl und weh zugleich.

Er hob den kleinen Adam noch einmal auf seinen Arm und legte sich das blonde Köpfchen fest gegen die Wange. Dann stand er vor der fassungslos schluchzenden Tiny.

Er wußte: sie war sehr in ihn verliebt. Aber das bedeutete für sein Herz, das so ganz und gar von einem anderen Bilde ausgefüllte Herz keine Verlegenheit. Denn er hatte wohl bemerkt, daß sie auch zuweilen in verliebten Aufwallungen zu den Junkern von Heinzenberg sich hingerissen fühlte. Ihr zärtliches Wesen zuckte und flackerte gleich einem Flämmchen im Winde. Aber er hatte doch eine gute Meinung für sie übrig und dachte: ‚Sie kommt noch zurecht mit sich, da ist ein sehr gesunder Kern.‘

„Liebes Fräulein Tiny, anstatt zu weinen, sollten Sie mir lieber einen frohen Wunsch mit auf den Weg geben", sprach er.

Sie bemühte sich und drückte ihr Taschentuch gegen die Augen und wollte lächeln und etwas Herzliches sagen. Aber es ging nicht...

Da mußte er sich begnügen, ihr die Hand zu küssen.

Als er gegangen war, rief sie verzweifelt:

„Wieder einer!"

„Und wie haben Sie ihm den Abschied verdorben!" sagte Katharina vorwurfsvoll.

„Ich, ich?" fragte sie entsetzt.

„Ja, man kann doch denen, die hinaus müssen, nur eine Freude mitgeben. Die, daß wir gefaßt zurückbleiben!"

Vor Ärger über sich selbst, vor Reue war Tiny nun ganz verstummt. Ihre Tränen waren gewiß nicht erpreßt und ihr Abschiedskummer ganz bestimmt keine Schauspielerei gewesen. Und dennoch hatte sie sich hineingesteigert im uneingestandenen Gefühl, daß ihn ihr Jammer ergreifen, ihn zu ihr heranziehen müsse... Jahre ihres Lebens hätte sie hingegeben, wenn sich das nun noch auslöschen ließe.

„Ich will ihm gleich schreiben!" erklärte sie und lief davon.

Der Abend brachte eine wundervolle Weihe. Und der fremde Mann verstand es, in achtungsvoller Haltung Zeuge zu sein.

Sie hatten ihr Nachtmahl beendet. Die Balkontür stand weit geöffnet. Man sah in die schwere Dunkelheit des Hochsommerabends hinaus. Die Stille dieser schwarzen, lauen Luft draußen wurde zuweilen unterbrochen. Verlorene Klänge bebten. Männergesang. Er zog im Tal vorbei und verhallte. Bruchstücke teurer Lieder wurden erkennbar und erschütterten die Hörer.

Da kam einer der weiblichen Dienstboten. Wieder ein Extrablatt, fortan die durchs Land flatternden papiernen Brieftauben, deren raschelnder Flügelschlag mit Begier erhorcht ward.

Und dieses brachte die heilige Botschaft von der Reichstagssitzung. Graf Leuckmer stand auf, die Töchter, die junge Freundin erhoben sich mit ihm. Als zwinge eine hohe Gegenwart sie zu ehrfürchtiger Haltung.

Und der fremde Mann, betroffen, vielleicht zum erstenmal in seinem Leben verwirrt, stand zögernd auch auf.

Mit bebender Stimme las der alte Herr den knappen Auszug aus der Thronrede, dann die überwältigenden Worte, die der Kaiser, von der Größe des Augenblicks getragen, frei hinzugefügt. Und wie er sich mit den Vertretern des Volkes durch Handschlag verbündet, in Not und Tod zusammenzuhalten. Und er las von der einstimmigen Annahme der Kriegsgelder und von der herrlichen Rede des sozialdemokratischen Abgeordneten. Und als er laut und kraftvoll dessen Schlußworte nachsprach: „Wir lassen in der Stunde der Gefahr das Vaterland nicht im Stich", da weinte Katharina auf vor heißem Glück.

Sie fühlte sich dem fernen Freunde vereint, kein furchtbarer, unüberbrückbarer Abgrund hatte sich zwischen ihnen aufgetan. Vom gleichen Geist beseelt, schritten sie, wenn auch weit voneinander getrennt, dennoch gemeinsam den kommenden Tagen entgegen.

Nach einer Pause von wenig Atemzügen nur erhob sich noch einmal die Stimme des alten Mannes, das bedruckte Blatt war ihm entsunken, er faltete die Hände. Fromme Verklärung lag auf seinem Gesicht. Und sein Herz formte ein Gebet, in einfachen, ergreifenden Worten klang es durch den Raum. Ein Gebet für Kaiser, Volk und Vaterland und Sieg.

Unbeweglich stand Gudas Verlobter. Sein stolzes,

schönes Gesicht glich einer undurchdringlichen Maske. Jede Farbe war daraus gewichen.

Welche Offenbarungen mochten ihm diese Augenblicke bringen? Was ging in ihm vor? Er ließ es nicht erraten.

Aber Guda war wie berauscht von der Gewalt des Erlebens und von Hingabe an ihr Vaterland, und das erhöhte sich ihr noch, weil er Zeuge war, weil er es nun erkennen mußte, welch ein falsches Bild er sich von dem „armen kleinen Deutschland" gemacht. Alles erlebte sie in ihm, im Widerschein ihrer Liebe, die sie emporhob zu plötzlicher Reife, die ihr alles zugleich schmerzlicher und stolzer machte. Wie jubelhell wäre ihre Begeisterung aufgeflammt, ohne diese ihre Liebe? Aber wie tief und bewußt war sie, eben durch diese Liebe!

Oh — und stolz getragenen Hauptes wollte sie, konnte sie nun Englands Erde betreten. Sie wußten es nun drüben von heute an auch, was das war: eine Deutsche!

Und nach diesem Gebet voll Größe und Einfachheit, voll Nähe zu Gott und voll Glauben zum Siege, nach diesem Gebet trennte man sich sogleich.

Schweigend ging man auseinander. Und Percy küßte seiner Braut die Hand.

Auch die Frauen unter sich mochten nichts mehr miteinander sprechen. Sie spürten es: Es gibt eine Überfülle des Gemüts, mit der man sich im Schweigen zurechtfinden muß.

Katharina schlief wenig. Auf fast ärgerliche Weise drängten sich in ihre erhebenden Gedanken die geringen Haussorgen für den kommenden Tag. Sie dachte, wie selten doch eigentlich den Frauen vergönnt sei, auf der hochgeschwungenen Linie ungewöhnlicher Tage ungehemmt dahinzuschreiten. Sie sind die Schaffnerinnen, und Pflichten der Enge belasten sie immerfort.

Wirklich der Enge? Sie begrübelte das. Undeutlich noch wollten ihr Erkenntnisse kommen, daß diese Enge doch der Herd sei, das Haus. Die Stätte, wo der Mann geboren, erzogen ward, in der er wurzelte und die ihm Heimat und Vaterland in zusammengefaßtester Form bedeutete, die zu schützen er nun hinauszog, die rein und blühend zu erhalten der zurückbleibenden Frau oblag. Eine Ahnung erwuchs schon kraftvoll in ihr von dem Anteil, der in diesem Kriege auch in Frauenhände gelegt ward. Vor unruhevoll drängender Tatkraft konnte sie nicht zum rechten Schlaf kommen.

Um sieben Uhr begann sie sich anzukleiden. Nebenan plauderte Adam schon mit seiner beschwichtigenden, fürsorglichen Frau Stroblmeyer, die er allzeit mehr fragte, als sie beantworten konnte. Wie war es gesellig und das Herz so friedvoll beglückend, diese emsige, köstlich töricht-tiefe Fragerei zu belauschen.

Als sie fertig mit ihrem Anzuge war und gerade zu ihrem Liebling hineingehen wollte, klopfte es.

Eine D-Depesche. Dringlich und „Tages". In der Nacht in Nürnberg auf dem Bahnhof aufgegeben von Thomas. Die Kunde, die empörte Herzen durch die Nacht schrien, vor deren Abscheulichkeit das am anderen Morgen erwachende Deutschland erschauerte, die Kunde, daß ein verwandtes Volk sich mit Mördern und Kosaken verbündete gegen germanisches Blut.

„Um sieben Uhr erschien Sir Edward Goschen im Auswärtigen Amt, erklärte im Namen seiner Regierung Deutschland den Krieg und forderte seine Pässe."

Ein paar Herzschläge lang war sie ohne Gedanken vor Schreck. Aber dann lief sie, wie man vor Gefahr flüchtet.

Sie kam an die Tür ihres Schwiegervaters. Aber es gab ja keinen Merkl mehr, den man hineinschicken konnte. Sie klopfte an, sprach gegen die Holzfüllung der Tür, wie man sonst in ein Telephon spricht:

„Ich bin es, Karen, ich muß dich sofort sprechen, sofort!"

Die Tür öffnete sich, auch der alte Herr hatte den Tag früh begonnen und war schon angekleidet.

„Eine Depesche, von Thomas, England hat uns den Krieg erklärt", raunte sie.

Das war zuviel für ihn. Er hielt sich am Pfosten fest, bekam ein beängstigendes Aussehen. Sie schloß hinter sich die Tür, geleitete ihn zum Sitzen, er lehnte sich gegen das Polster, atmete hart.

„Was sollen wir tun?" fragte sie, und Tränen funkelten in ihren Augen, Tränen eines Zornes, wie sie ihn in ihrem ganzen Leben noch nie empfunden. Was war alles Leid, alle Enttäuschungen ihres eigenen Frauendaseins gegen die Schändlichkeit, die dem Vaterlande angetan ward.

„Was sollen wir tun? Guda — verheimlichen — wär' wohl kaum möglich. Was sollen wir tun?"

„Du — du — sag du..."

„Nein. Diese Entscheidung trüge ich nicht allein. Dir kommt sie zu, dem Vater."

Wie er sich vor starken Augenblicken fürchtete, wenn sie von ihm Verantwortliches forderten. Sein Zorn war gewiß nicht geringer als der der jungen Frau. Aber das Mitleid mit seinem Kinde mischte sich hinein und wollte ihm das Gefühl verwirren. Dennoch, eine einzige Minute des Nachdenkens machte es ihm klar: verheimlichen konnte man seiner bräutlichen Tochter dies nicht.

„Sage du es ihr. Du bist mehr als Schwester, bist wie eine Mutter."

Als sie sich dann zu ihrer Aufgabe faßte, ging durch ihr Gedächtnis ein Wort, und sie sah den ernsten Mann vor sich, der es gesprochen hatte, zärtlich und bewundernd: „Mütterliche Frau."

War das ihr Los, immer wieder? Andere halten, tragen, lenken? Der Gedanke huschte nur eben durch sie hin. In ihrem zitternden Herzen klang diese eine Frage über alles weg: Was wird Guda tun?

Sie traf in Gudas Zimmer und fand ein kleines, rührendes Jungmädchenidyll. Die Freundin war in aller Herrgottsfrühe mit einer geschmückten Platte gekommen, darauf der Morgentee gestanden, gewissermaßen als heimliches Vorfrühstück. Und wollte ganz allein für sich einen Abschied haben, mit all den tausend Erinnerungen an die gemeinsamen Jugendfreuden und Wichtigkeiten. Voll Rosen war der Raum. Da lag auch schon Tinys Geschenk ausgebreitet, ein großes Tischtuch aus echten Spitzen, Hohlstickerei und feinster Leinwand, sie selbst hatte es gearbeitet. Auf Ehre und Gewissen zugeschworen: jeder Stich sei allein von ihr. Und Guda war, wie manches Mal unter vier Augen mit der ungebändigten Freundin, für dies Stündchen wieder die alte, unbefangene Guda geworden. Voll Dank erinnerte sie sich all der Güte, die sie in Tinys Elternhaus empfangen, als sie noch das arme Komteßchen war. Und gerade stießen die Freundinnen darauf mit den Teetassen an, daß auch für Tiny bald dieser Tag mit Kranz und Schleier käme.

Welch ein Gegensatz.

Mit eisernem Faustschlag wollte nun die furchtbare Gegenwart dieses Idyll zerschlagen...

Guda sprang auf, ihr Stuhl fiel um.

„Was ist?! Gott, Karen, wie siehst du aus?“ schrie sie.

Ganz jäh war sie aus diesem Stündchen Morgenhelle hinübergerissen in eine aufzuckende Angst. So verstört hatte sie das liebe Gesicht noch nie gesehen.

„Ja, Ernstes ist geschehen“, sprach die junge Frau. Und dachte: ‚Vorbereiten?‘ ‚Erst den Fall setzen?‘ ‚Erwägen, was dann?‘ Nein, die Wahrheit gerade heraus, denn die ersten tastenden Worte würden doch sofort alles verraten.

Sie erfaßte Gudas Hand, zog sie an sich heran, wollte sie umarmen.

„Es geht mich an?“ brachte Guda heraus und starrte in das bleiche Gesicht.

„England hat uns den Krieg erklärt.“ Sie schrie auf, stand noch, sah sich wie suchend um, schwankte und schloß die Augen.

Die beiden brachten sie auf ihr Bett, versuchten ihr wohlzutun, voll Liebe und Umsicht. Tiny sprach kein Wort. Ihre Lippen waren zusammengepreßt, streng und böse sah sie aus.

Ein paar Minuten vergingen. Guda schien bei Besinnung zu sein. Sie lag aber unbeweglich, lange. Es blieb nichts, als auf ihr erstes Wort zu warten. Und es kam. Wie aus weiter Ferne her, wie aus tiefen Träumen.

„Ich — muß — mit ihm sprechen —“

„Soll ich ihn hierherbringen?“ fragte Karen zärtlich. Aber sie sah schon: das arme, zerschlagene Geschöpf gab sich Mühe, ihren Körper zu beherrschen, wollte in die Höhe kommen.

„Zu — bei — mein Vater —"

Sie errieten es wohl: in ihres Vaters Gegenwart wollte sie den geliebten Mann sehen.

Und mit klammernden Händen hielt sie die trostvolle Frau fest, die ihr alles war: Schwester, Mutter und Weib, dem Weibe die Verstehende. An ihrem Arm trat sie den harten Weg an, wollte sie nicht von sich lassen, brauchte ihre Nähe.

‚Was wird sie, was will sie ihm sagen? Was kann sie ihm sagen?' dachte Katharina.

In dem Zimmer, dem die Frauen sich im mühsamen Schreiten näherten, stand Percy Lightstone vor dem Grafen Leuckmer. Höflich, mit zögernden und sehr vorsichtig ausgewählten Worten sprachen sie von der Kriegserklärung, die einen so schweren Schatten auf die bevorstehenden weihevollen Stunden dieses Tages werfen mußte. Und der Engländer versicherte, daß er die Lage durchaus sachlich nähme, daß sein ganzes Land sie sachlich nehmen würde, dem englischen Charakter gemäß. Und daß deshalb diese politischen Bedauerlichkeiten, die offenbar den ganzen Vorbedingungen nach unvermeidlich gewesen wären, mit ihren persönlichen Beziehungen nicht das mindeste zu tun hätten. Höchstens könnten sie ihm Anlaß sein, seine teure junge Gattin mit ganz besonderem Schutz zu umgeben, obschon selbstverständlich Mrs. Guda Lightstone niemals die mindeste Unannehmlichkeit erfahren werde.

Und da erschien sie auf der Schwelle und ließ den Arm, auf den gestützt sie herangekommen war:

Und in diesem schweren Augenblick fiel die Maske der Undurchdringlichkeit von seinem schönen Antlitz. Er erschrak.

Er eilte auf Guda zu und schloß sie in die Arme

und küßte ihre Lippen. Anders als sonst, fast scheu, gebändigt, nicht nur durch die Gegenwart von Zeugen.

„Meine süße Guda", flüsterte er. Sie löste sich sanft aus seinen Armen.

„Ich muß dich etwas fragen, Percy", begann sie und wußte selbst nicht, daß sie zum erstenmal deutsch mit ihm sprach. Er aber, er empfand es stark, und es traf ihn, als träte sie viele Schritte von ihm fort. „Als du fordertest, daß wir vierzehn Tage früher heiraten sollten, wußtest du da, was dein Land gegen uns vor hatte?"

„Aber Liebling", sprach er ausweichend, „was hat die Kriegserklärung mit uns, unserer Liebe, unserem unzerstörbaren Bündnis zu tun? Das sind politische Dinge. Sie liegen auf völlig anderem Gebiet. Sollte ich dies und das geahnt haben, durfte ich doch nichts darüber reden. Politik und Geschäft da — unsere Liebe hier."

Und er machte eine maßvolle Geste, die diese beiden Welten voneinander schied.

„Du begreifst", sagte sie leise, sehr leise, „daß ich jetzt nicht in ein Land gehen kann, das uns feind ist!"

„Guda", rief er beschwörend, „ich bin deinem Vaterland nicht feind. Ich hab' in den letzten Tagen viel begriffen, wir kannten es nicht. Guda, es wäre mir unmöglich, jetzt hier in Deutschland zu bleiben. Ganz enorme Verantwortungen und Aufgaben warten auf mich. Ich muß nach England zurück. Deinem Vater hab' ich's schon zugeschworen, dir, als der Angehörigen der Lightstoneschen Familie, wird keinerlei Feindseligkeit begegnen, ich verbürge mich dafür. Zwei Stunden noch, und du trägst meinen Namen. Mein Weib, mein Weib wird mit mir gehen."

Er trat ganz nahe an sie heran, nahm ihre Hand. Und dabei flüsterte er voll zärtlicher Verführung, mit werbenden, versucherischen Blicken ihr tief in die Augen sehend:

„Haben wir nicht die Tage gezählt?"

Sie senkte die Lider, sie atmete schwer. Er wartete.

Und er faßte sich. Sein stolzes Gesicht nahm den Ausdruck unerschütterlicher Beherrschtheit wieder an, den gewohnten Ausdruck des Mannes, der Zeugen niemals Einblick in sein Inneres gewährt. Er wußte gewiß, das nächste Wort der Geliebten, ihr Aufblick würde Hingabe und Willenlosigkeit sein, denn er war ihrer sicher. Er wußte es, wie alles in ihr brannte und sich zu ihm drängte.

Er wartete in gelassener Haltung.

Da erhob sie den Blick zu ihm und sprach:

„Ich wollte nicht von dir verlangen, daß du mit mir in Deutschland bleibst."

Eine knappe Pause, und dann:

„Jetzt kann ich nicht dein Weib werden, jetzt nicht."

In seinen großen, hellen Augen loderte etwas auf, leidenschaftlicher Zorn vielleicht. Aufzucken schwer verletzten Stolzes, die jähe, qualvolle Enttäuschung des Mannes, der vor Begier nach dem Besitz der Geliebten gebebt hatte. Wer konnte das enträtseln? Schon war seine Miene wieder beherrscht. Aber Katharina sah es wohl: die Schlagadern an seinem Halse pulsten stark und verrieten, daß sein Inneres in Aufruhr sei.

„Dies ist ein großer Entschluß, liebe Guda", sprach er ernst.

„Er ist ganz fest."

Wie einfach sie das sagte. Und das Wort umschloß doch ein ungeheuerliches Opfer.

Sie streckte ihm beide Hände hin.

„Leb wohl, für schwere Wochen, Monate, wer weiß

wie lange. Leb wohl! Später, wenn Frieden ist, ja, dann dürfen wir wieder an uns und an Glück denken."

Er hielt mit seinen beiden Händen die ihren fest, sah ihr wieder lange in die Augen, nicht zärtlich, versucherisch, forschend eher und in Staunen, daß in diesem schönen, jungen, begehrenswerten Geschöpf noch Dinge lebten, von denen er nichts geahnt, die er nicht völlig verstand, die sich nicht vom Feuer seiner Leidenschaft verbrennen ließen.

Er küßte fast feierlich ihre Hand.

Vielleicht, daß er sich noch mit gefaßten Worten von den Ihren verabschiedete, daß man noch hin und her sprach, notwendige Äußerlichkeiten beredete, Hoffnungen austauschte auf raschen Frieden, auf die dann ungetrübte Stunde, die erfüllen würde, was die furchtbare Lage heute verbot...

Guda, wie von einem Nebel umgeben, erfaßte alles nur undeutlich. Ihr kam auch nicht besonders zum Bewußtsein, daß die Ihren die Freiheit ihres Entschlusses nicht anzutasten versuchten, daß ihr Vater aber bemüht war, diesen Abschied nicht den Charakter einer feindseligen Trennung annehmen zu lassen, daß man nichts zerbrach. Gar nichts.

Vielleicht sprach der geliebte Mann auch noch liebevoll zu ihr, schmerzliche Worte, daß seine Ritterlichkeit ihm verbiete, sie zu drängen, daß ihm nichts bleibe als sich zu fügen, daß er die Tage zählen werde bis zu dem, der ihn zurückbringen konnte zu ihr, der für immer und ewig Geliebten.

Sie wußte nur dies eine. Noch einmal, ach, noch einmal fühlte sie seine Lippen auf den ihren, heiß und fest. Und ein rasender Jammer zerriß sie. Sie wollte aufschreien. Nein, nein, ich kann ihn nicht lassen. Ich sterbe am Warten, verbrenne, vergehe vor Sehnsucht. Aber mit allerletzter Kraft nahm sie sich zusammen. Und fühlte: es war entschieden. Er ging.

Da sank sie der mütterlichen Frau in die Arme.

Aber sie weinte nicht. Nur ihre Glieder zitterten. Und sie fror wie im Fieber.

Fest hielt Katharina die nun von dem ungeheuren Aufschwung ihres Opfermutes ganz Erschöpfte in ihren Armen. Voll Ehrfurcht vor diesem jungen Weibe, das sich zu überwinden vermocht. Die Stimme ihres Blutes hatte nach dem Manne geschrien, eine Stimme, die gebieterischer ist als alles, denn es ist die geheimnisvoll elementare Stimme der Natur; um ihr zu gehorchen, zerbrechen die Menschen Ehre und Recht, von ihr gerufen, gehen sie in Tod und Schande.

Aber lauter noch erklang die Stimme des Vaterlandes. Und der Ruf seines Zorns und seiner Gefahr hallte in diesem jungen Herzen wider und übertönte die Versuchungsworte brünstiger Leidenschaft.

Wieder war es Katharina, als sähe sie die kaum erkennbare, umflorte Gestalt vor dem düsteren Hintergrund und sähe die schmalen, bleichen Hände, die die Schale trugen, aus der die dünne Dampfsäule emporstieg, der Rauch heißer Tränen.

Und eine wundervolle, erhebende Erleuchtung kam ihr. Nicht Tränen, nicht nur Tränen durften diese Schale füllen.

Taten aufzunehmen war sie bestimmt.

* *
*

Eine Welt war umgestürzt, aber sie lag nicht zerbrochen. Die Welt des Friedens lag in Scherben, aber auf ihnen erhoben sich neue Gewalten. Kaum einen Atemzug des Besinnens brauchte das Land. Und dann fing es emsig, stark, freudig, fromm und voll heilig einfältigen Mutes seine neue Arbeit an. Kräfte schwirrten noch durcheinander, mußten neue Wege suchen, sich andere Plätze wählen. Niemand brauchte aufgerufen zu werden, alles drängte sich herzu. Und Wunder gewaltiger Ordnung begaben sich, und es war, als spräche aus ihnen die tröstende und beruhigende Stimme Gottes.

Bei seinem eigenen kleinen Schicksal konnte niemand stehenbleiben, es in Schmerz und Wehmut zu betrachten. Das fühlte auch Guda, als ihr nach der jähen Entsagung Kraft und Mut entglitten. Auch sie erfuhr an sich, daß eine Verwundung nur ein Schlag ist, kaum spürbar in der Erregung der Seele, daß aber die harten Leiden nachkommen. Sie verachtete sich und war doch vor Sehnsucht nach dem Geliebten krank. Sie wollte stark sein und zitterte doch in der Nacht vor Verlangen nach seinem Kuß.

Sie begriff, jetzt zwischen zwei Gefühlen stehen, war schon Unwürde, war Treulosigkeit gegen das Vaterland. Wenn sie die Entsagung nicht mit stolzem Mut ertragen konnte, hatte es gar keinen Sinn gehabt, zu entsagen. Und weil es ihr nicht sofort gelang, mit sich fertig zu werden, ward sie sich selbst zuwider.

Katharina umfaßte sie einmal sacht und flüsterte ihr zu: „Hab' nur Geduld mit dir selbst..."

Wie gut das tat, die schwesterliche Wachsamkeit der einzigen Frau zu fühlen, ihre Nachsicht, ihr Verstehen. Und dennoch: sich wieder zu der Höhe des Entschlusses zu erheben, schien fast unmöglich.

Jeder Rosenstrauch, jeder trauliche Platz unter breitem Geäst und dichtem Laub, die weite Landschaft selbst in ihrer lächelnden Schönheit, alles sprach von Erinnerungen, betäubte wie Verführung und weckte die Sehnsucht auf, die im Grunde des Gemütes ihr unsterbliches Wesen unzerstört weiterfristete.

Ein Wort ward von ihr aufgefangen, die Freundin oder der Vater lasen es aus der Zeitung laut vor, zwanzig Jahre wollte England gegen Deutschland Krieg führen, wenn es sein mußte. Und das Wort nahm ihr, in diesem leidvollen, kampfreichen Nachspiel ihrer Tat, den Rest von Fassung. Jahre? — Einerlei, ob zwanzig — Jahre? — Unbestimmt wie viele. — Das hieß: ewige Trennung, das war Tod.

Sie bereute nicht, was sie getan: mit ihm leben in Feindesland, das hätte sie nicht gekonnt. Aber für immer ihn verlieren, das war auch kein Leben mehr, lieber wollte sie sterben. Die Krisis der Entsagung erschütterte ihren Körper, der Rückschlag, den die Natur empfangen, rächte sich. Sie wollte sterben. Sie sah in der Nacht immer lockender ein Bild: das überschattete dunkle Wasser tief im Kessel, über den alte Bäume wie segnend Zweige streckten. Traum der Stille, Frieden allem Leide.

Sie spürte: man hatte sie bewacht. Es war kein Zufall, konnte keiner sein, daß sie sich den ganzen Tag nicht allein sah. Und gerade das erhitzte ihren Trieb nur mehr, diesen verwirrten Trieb zum Sterben.

Aber am anderen Morgen fanden sich unbewachte Minuten für sie. Man war seit dem ersten August nur sehr unregelmäßig in den Besitz von Post gekommen. Nun regten eintreffende Briefe allerlei Fragen an. Es war bestimmt gewesen, daß Tiny tags nach der Hochzeit heimreisen solle. Jetzt sprach ihr Vater die Bitte aus, daß Leuckmers sie behalten möchten, bis der Reiseverkehr wieder erleichtert sei. Dies war durchaus nicht in ihrem

Sinn. Sie brannte darauf, sich in das Getümmel zu stürzen, selbst auf der am Ort vorbeibummelnden Kleinbahn sah man ja Proben davon, wie großartig das sein mußte. Nur Treue für Guda hatte sie noch hier gehalten. Graf Leuckmer empfing einen Brief seines Sohnes. Während er den las, war sein feines Gesicht wie von Pein durchfurcht. Er teilte indessen aus dem Brief nur mit, daß Bertold bäte, sein Vater möge sobald als möglich zu der langsam hinsterbenden alten Stiefschwester reisen. Tante Jenny hatte den Wunsch ausgesprochen, ihn wiederzusehen. Was Bertold sonst noch schrieb, verschwieg der Vater. Der ins Feld Hinausziehende hatte allerlei letzte Beichten, mit dem Gelöbnis, daß später derlei nicht mehr vorkommen werde: Schulden, die er im Augenblick der allzu sehr von dem Abschied leidenden Tante Jenny nicht vorklagen mochte, außereheliche Verbindlichkeiten, gegen die er anständig handeln wollte. Papa möge das alles ordnen. Gewissermaßen das Geld auslegen, wozu er ja seit der Erbschaft von Onkel Leuckmer in der Lage sei. Er, Bertold, würde sehr bald selbst Erbe eines stattlichen Vermögens und könne dann dem Vater die Summe sogleich wieder überweisen lassen.

Wie wäre es sonst der jungen Frau entgangen, daß ihr der Vater den Brief nicht zu lesen gab? Aber ihre Seele feierte das Fest einer reinen, hohen Freude. Und ihre Blicke hingen an dem Blatt, das sie empfangen hatte, nahmen diese wenigen Zeilen immer wieder auf.

„Hochverehrte Frau Gräfin! Sie haben mir gestattet, Ihnen zu schreiben. Meine Mitteilung ist kurz. Alles, was sie umschließt, wissen Sie von selbst. Ich habe mich heute als Kriegsfreiwilliger gemeldet! Das Vaterland braucht jetzt meine Faust und nicht meine Theorien. Da ich seinerzeit als überzählig zurückgestellt ward, bin ich Rekrut und muß drei Monate ausgebildet werden. Die Schritte zur Adoption meines Kindes sind getan. Jürgen spricht oft von einer gütigen Frau und ihrem blonden Knaben. Ich denke an diese gütige Frau voll Ehrfurcht und schweigend.

Ihr Ottbert Rüdener."

Guda war nicht leer ausgegangen bei dieser Post, sie brachte ihr Unerträgliches, Glückwünsche von Pensionsfreundinnen, von Bekannten und Familienmitgliedern. Glückwünsche, die am Fünften hätten eintreffen sollen zu dem Feste aller Feste, das nicht gefeiert worden war, denn alle diese Briefe waren am zweiten oder dritten August abgesandt; von der Kriegserklärung Englands und der Wendung in Gudas Schicksal wußten sie noch nichts.

Von dem Einen war kein Lebenszeichen dabei! Vielleicht hatte sie heimlich auf eine Depesche gehofft, auf ein allerletztes Liebeswort, ehe er über den Kanal fuhr. Aber wer konnte wissen, ob eine solche Depesche noch den Weg zu ihr gefunden hätte, alles blieb im Ungewissen. Und das Gefühl, für immer und ewig von ihm losgerissen zu sein, stieg in ihr bis zur Sinnlosigkeit.

Sie verließ den Frühstückstisch, unbeachtet von den ganz und gar Beschäftigten. Sie eilte durch den Park. Im Sonnenschein lag er, schwer voll Blüte und Reife. Und ein heißer Wind ging durch seine Wipfel und strich den Linden die silbrig schimmernde Unterseite ihres Grüns nach außen und ließ die blanken, ledernen Blätter der Pappeln heftig zittern, so daß es aussah, als würden lauter grelle Lichtreflexe durcheinander geschüttelt.

Guda kam auf die Aussichtsterrasse. Ein letzter Blick hinaus in die Welt, darin für Glück und Liebe kein

Platz mehr. Und weiter. Oben im merkwürdig freudlos finsteren Stückchen Wald ging sie durch das Unterholz, es war ihr, als schreite Er vor ihr her, bis zu der weißen, festen Bank, wo sie so oft sinnlos vor Leidenschaft sich von ihm küssen ließ. Da war die Stelle, sie stand und starrte hinab.

Und ihr Leben, ihr ganzes inneres Leben machte eine Pause, einige Herzschläge lang war sie völlig ohne Gedanken. Wußte nicht, wo sie war, was sie wollte. Dann auf einmal sah sie.

Das dunkle Wasser da unten im tiefen, grünen Kessel war kein Traum der Stille, kein Frieden allem Leid. Trübe und moorig war es... Und ein aufgedunsener Tierkörper, schon haarlos und bläulich prall, schwamm darin, von seinem Rumpfe war ein Stück in länglicher Rundung zu sehen. Wie widerlich das war, und wie grotesk das ihr krankhaftes Wollen verhöhnte. Hätte lieblich durchsonntes, fröhlich sich schuppendes Wasser mit klarer Tiefe sie wirklich gelockt? Wer sterben will, wem kein Ausweg bleibt als der Tod, dem ist keine Flut zu schaurig.

In Guda wallte jäh Beschämung auf. Sie sah es: sie schlug der Würde und dem Sinn ihrer Tat ins Gesicht durch diese fassungslose Hingegebenheit an ihren Trennungsschmerz. Von diesem Höhepunkt ihres Jammers aus gewann sie plötzlich die Kraft zur Haltung. Und sie wußte, was sie wollte.

Als sie zurückging, hinabstieg zur Aussichtsterrasse und weiter dem Schlößchen zu, begegnete ihr Katharina, die Adam vor sich herjagte und tat, als sei es ihr unmöglich, ihn einzufangen. Laut klang sein Jauchzen durch den Sonnenschein.

„Das arme Kerlchen hat sich beklagt, muß jetzt soviel bei Frau Stroblmeyer sein, und sie hält ihn immer an der Hand. Heinzenbergsches Blut will nicht geleitet werden, will allein gehen. Das ist so Art."

„Ach ja, er ist wohl mehr Heinzenberg als Leuckmer, gottlob", sagte Guda.

Guda nahm Katharinas Arm. Sie gingen zusammen weiter. Adam hatte einen wunderschönen Stock gefunden und sprengte darauf als Kavallerist in kühnem Galopp voran.

„Höre, Karen. Ich bitte dich, steh mir bei, wenn Papa Schwierigkeiten macht. Hier tut mir alles weh. Laßt mich fort. Ich will mit Tiny reisen. Van Stratens werden mich gewiß aufnehmen."

„Mit Tiny?" Die junge Frau war betroffen. Hatte sie nicht selbst gedacht: ‚Könnte ich auch fort.' Und ihre Gedanken hatten auch wohl gewußt, wohin. „Tiny packt schon, glüht vor Unternehmungslust."

„Sprich du mit Papa", drängte Guda, „vielleicht wünscht er, in Stille und Sicherheit hier gewissermaßen mit uns im Versteck zu leben."

Aber es stellte sich heraus, daß Graf Leuckmers Gedanken von Unruhe erfüllt waren und ebenso von hier fortstrebten. Er hatte es nur nicht aussprechen mögen, weil er glaubte, die Verborgenheit bedeute für Gudas Gemüt Schonung.

Unter vier Augen mit Katharina gab er allem Wort, was ihn bedrückte.

„Daß Guda von hier fort will, kommt mir zwar überraschend ..."

„Oh, wie vollkommen verstehe ich das. Hier erinnert sie alles an ihr bräutliches Glück, an die schwere Prüfung, die ihrer Liebe auferlegt ist. Trennung aus so furchtbaren Gründen, in einem Augenblick, wo die völligste Vereinigung unmittelbar bevorstand, das ist hart. Sie hat groß gehandelt! Ich denke mir: sie braucht Arbeit, starkes Leben um sich, irgendeinen Inhalt für ihre Gedanken. Und weiter denk' ich, man kann es begreifen, da, bei den van Stratens ist sie dem geliebten Mann gewissermaßen näher, van Straten ist in Verbindung mit ihm, dort hört sie vielleicht viel. Mit der Post, mit Briefwechsel wird's wohl schwer werden, van Straten kann ihr helfen."

Nichts konnte einleuchtender sein. Und Graf Leuckmer gestand nun seine Sorgen.

„Auch mir liegt daran, mit Herrn van Straten mich auszusprechen. Bedenke: fast das ganze Vermögen Gudas ist seit einiger Zeit schon in England angelegt, arbeitet in den Unternehmungen des Lord Multon, in den Industrien des Lightstoneschen Besitzes. Wie hat Thomas Steinmann recht gehabt. Jahre meines Lebens gäbe ich, könnte ich das ungeschehen machen. Nicht, daß ich das Kapital für gefährdet halte, nicht im geringsten. Nie. Aber mach dir das klar: diese Fabriken arbeiten für das englische Heer, die englische Marine. Unser Geld, unser deutsches Geld erhöht die Leistungsfähigkeit unserer Feinde."

„Ach, Papa", sprach sie kummervoll, „mir scheint, ja, das ist schrecklich. Aber du weißt, mein finanzieller Überblick reicht nicht viel weiter, als über mein Haushaltungsbuch hinaus. Freilich, das mußte ich alles lernen. Das wurde mir klar, als Bertold mein kleines Vermögen verputzt hatte; wenn er Tante beerbt, will ich wegen Adam mir das meine zurückerstatten lassen und lernen, selbst damit umzugehen. Nur dies frage ich mich: Weshalb wurde mit der Überweisung des Kapitals nicht bis zur Hochzeit gewartet?"

„Onkel Leuckmer hatte sein Geld recht wenig vorteilhaft angelegt. Gleich nach seinem Tode traf Steinmann Vorsorge, daß bis zum ersten Juni alles flüssig werde, um es dann in neue, bessere Anlagen hineinzuleiten. Und da kam im April Gudas Verlobung und diese sehr günstigen Abmachungen mit den Lightstones, ich sah ja gar keinen Grund, das hinauszuschieben. Auch jetzt, selbst in diesem Augenblick, denke ich: unbedingt würde ich den gleichen Abmachungen zustimmen, wenn Guda und Percy nach dem Kriege heiraten. Nur daß jetzt, jetzt das Geld drüben arbeitet!"

Die junge Frau sah das ganz naiv an. Ohne die allergeringste Kenntnis von geschäftlichen Bedingtheiten und Anschauungen. Nur vom Gefühl für Ehre und Zartheit geleitet. Und so tröstete sie ihn, der in diesen Dingen nicht sehr viel klüger war als sie.

„Sprich nur mit van Straten. Das muß ein famoser Mann sein, das fühlt man so heraus, wenn Frau und Tochter von ihm reden. Und der wird schon dafür sorgen, daß Percy sofort alles zurückschickt."

So ganz und gar schien dem alten Herrn das nicht sicher, er seufzte. Am stärksten über sich. Er wußte wohl, in seiner künstlich hingefristeten wirtschaftlichen Lage, in welcher er sich so viele, viele Jahre nur dank des älteren Steinmanns Rat erhalten hatte, lernte er mit Groschen rechnen. Aus solcher Begrenztheit jäh in großen Besitz hinüberzutreten, ist schwer. Er bildete sich ein, Erfahrungen zu haben, weil er Geldsorgen kannte. Nun sah er: jede wirtschaftliche Stufe braucht andere Kenntnisse. Hätte er doch auf Thomas gehört...

Für Reue war Katharina aber nie zu haben. Immer gelassen sich in der neuen Lage zurechtfinden! Das war ihre Art. Also der Papa wollte die beiden Mädchen selbst nach Hamburg geleiten? Ganz famos für Guda, dann muß sie auf ihn aufpassen, schalteten ihre Gedanken hier ein.

„Und ich? Soll ich mit Adam hierbleiben? Stille Feste in der Natur feiern, während die Welt erbebt? O nein, das will ich nicht."

Sie wollte ihren Anteil am Kriege haben. Aufgaben würden gewiß den Frauen erwachsen, in den großen Mittelpunkten war sicher schon eine riesengroße Bewegung. Sie wünschte nicht beiseite zu stehen. Sie wollte auch mit nach Hamburg! Ganz frei heraus sagte sie es und klaren Gewissens. Jene beklemmende, bang sie durchzitternde Aufwallung war überströmt worden von der großen Flut der Ereignisse. Jetzt begriff sie nicht mehr, wie ihr die Glieder hatten schwer werden können, weil der Knabe sie mit den dunklen Augen seines Vaters ansah, verstand sie nicht, daß sie geflohen war, ohne einen Kuß auf eine Kinderstirn zu wagen. Aber sie freute sich bewegten Herzens und voll Stolz darauf, dem Freund in seinem Soldatenrock zu begegnen.

Und ebenso stark rief noch ein anderes sie nach Norddeutschland zurück. Dort war sie Vater und Mutter und der engsten Heimat näher. Heinzenberg, das alte Familiengut, lag der Insel Alsen fast gegenüber, am hellen Strand des Aarösundes. Und wenn, wenn einem der lieben Brüder etwas geschah, wenn — dann war sie in einem Tage bei den Ihren.

Im Grunde war Graf Leuckner sehr zufrieden, daß sie mitwollte. Dann war jemand da, der alles fraulich praktisch einrichten würde. Und mit allem, was es zu überlegen gab, war die junge Frau auch rasch im klaren. Schönblick mußte zugeschlossen und der Obhut der alten Gärtnersleute anvertraut werden. Es eignete sich mit seinen, vom neuen Besitzer noch nicht aufgefrischten Räumen und Anlagen nicht zu einem Genesungsheim für Verwundete. An männlicher Bedienung fehlte es ohnehin im Schloß und Park. Man konnte in Hamburg eine Wohnung mieten, recht geräumig. Katharina dachte, ihre in Hannover beim Spediteur lagernde Einrichtung nach Hamburg kommen zu lassen, ihr Schwiegervater mußte das gleiche mit seiner in Berlin verwahrten Habe tun. Man würde schon etwas Behagliches aus den vereinten Sachen zurechtstellen. Und bis das alles zur Stelle sei, suche man Unterkunft in einer Pension. Und der Vater konnte inzwischen seine arme alte Stiefschwester in Berlin besuchen. Ihren Groll, den nur allzu begründeten, gegen diese Verwandte und ihre zerstörerischen Einflüsse hatte sie geradezu vergessen. Alles ging unter in den großen Dingen, die das Gemüt beständig erschütterten.

War es nicht, als schreite ein Erzengel durch die Lande und zerträte mit seinen stählern umrüsteten Füßen, unter denen Funken hervorstoben, alles Trockene, Häßliche, der Vernichtung werte? Er schwang sein flammendes Schwert. Und das war die einzige Bewegung, die man empfand; daran hingen die heißen Blicke, die brennenden Hoffnungen.

Nach ein paar Stunden sehr zweckvoll angewandter Mühen waren die Bewohner von Schönblick reisefertig. Sie fühlten sich mütterlich betreut und somit sicher. Graf Leuckmer dachte wieder einmal: ‚Das hilft ihr über die Enttäuschung ihrer Ehe weg, dies Bedürfnis, diese Fähigkeit, vorsorglich für andere zu sein.' Adam, der glückselig in der Riesenwelt des Parkes gewesen war, wo es lauter Wunder gab und vielleicht sogar Krokodile im Teich, sprang vor neuer Glückseligkeit, weil mit der Eisenbahn gefahren werden sollte. Seine Stroblmeyer hatte immer nur zu beschwichtigen. Daß sie mitging, gab ihr ein Hochgefühl bayrischer Tapferkeit. Sie hatte sich, nach anfänglichen Besorgnissen, „bei dene Preiß" sehr wohl gefühlt. Daß Hamburg in Preußen läge, war ihr gewiß, da es sich jenseits der blauweißen Grenze befand. Sie hatte gehört, es sei dort das Meer, und sie erwartete, am Ufer stehen und einer Seeschlacht zuschauen zu können. So waren sie eine ganze Gruppe von Menschen, die sich nach Norddeutschland irgendwie durchzubringen trachten wollten.

Und eine Reise begann, die sich phantastisch unterschied von allen glatten und raschen Fahrten, die sonst Menschen von heute hin und her durch die Lande bringen. Schon dadurch wurde sie ein Abenteuer. Jede freudig ertragene Mühe gab ihr immer neues Ansehen. Jeder Eindruck machte sie zu einem unvergeßlichen Erlebnis.

In München rauschten Fahnen. Es blähten sich die breiten blauweißen Streifen. Es wallten die Banner im schweren Faltenwurf, und er brach die kleinen, weiß und blauen schrägen Vierecke in immer neuen Linien. Dicke Quasten hob der Wind und warf sie hin und her mit den Zipfeln der Flaggen, daran sie lasteten. So wogte ein helles Spiel der beiden leuchtenden Farbentöne hoch oben zwischen den grauen Mauern der Straßen. Und vor der Front der Paläste, die die weiten Plätze umschrankten, strich die bewegte heiße Luft das festliche Tuch immer wieder glatt aus. Unten aber, im satten Grün der Anlagen, rannen mit schneeigem Schäumen die Brunnen.

Und auf allen Gesichtern stand ein stolzer, lachender Mut geschrieben...

Der Tag von Lüttich...

Und Guda konnte es nicht begreifen, daß alles, was sie an seelischen Kämpfen durchlitten hatte, nur die Spanne Zeit von drei Tagen umfaßte.

Wie erhob sie, was sie sah! Es wandelte ihr Leid in Zuversicht. Die Größe dieser deutschen Bewegung mußte zu den Feinden sprechen und sie beschämen. Und wie würde sie auf den geliebten Mann wirken! Er hatte schon zugegeben, daß er viel erkannt habe. Und das waren nur die ersten Wogen gewesen, die aufbrausten. Die Sturmflut schwoll und ward gewaltiger, als jemals die Geschichte der Menschheit eine gesehen. Oh, er würde zu seinem Volke sprechen, es aufklären, ihm sagen: „Ihr wußtet nichts von Deutschland, sonst hättet ihr seine Hand genommen, anstatt die eure gegen es zu erheben."

So träumte sie. Und daneben ging auch noch das rührende weibliche Berechnen: drei — vier — fünf Tage der Trennung waren schon überstanden — jeden Abend buchten ihre Gedanken so die überwundene Zeit.

Und weiter ging die Fahrt — mit Vorsicht und nach unberechenbaren Gelegenheitsplänen rollte der Zug. Dann gab es unerwartete Pausen von vielen Stunden — Nächte in kleinen Bahnhofshotels, Rast, die zuweilen mehr peinlich als erquickend war. Nicht immer hatte man Möglichkeiten, Hunger zu stillen. Man hielt auf Bahnhöfen, und das Öffnen der Türen war verboten. Man teilte mit fremden Menschen Obst und Schokolade und sprach mit weinenden Frauen und bescheiden-stolzen Freiwilligen. Das Kind, anfangs vor Erregungen nicht zu sich kommend, erschlaffte allmählich und schlief viel auf dem Schoß bald seiner Stroblmeyer, bald seiner Mutter. Graf Leuckmer, dessen zarte Beschaffenheit sonst ein

Leben nach der Uhr und die Anwendung von allerhand Tropfen und Umschlägen nötig machte, bestand alles mit einer verklärten, gefaßten Haltung. Er war um vier, fünf Uhr früh voll zäher Geduld mit in der Schar der Reisenden, die Gelegenheit zum Weiterkommen erfragten. Oft wurden sie auseinandergerissen; die einen standen in der gedrängten Fülle mit zehn, zwölf anderen Reisenden in einem Abteil dritter Klasse, die anderen konnten ein Sitzeckchen in der ersten Klasse erwischen. Aufgeregt und beglückt fand man sich dann auf den Bahnhöfen wieder, wo das Gebot ausgerufen ward: „Alles aussteigen!" So wanden sich all die bürgerlichen Menschen durch eine andere, ungeheure, gewaltig bewegte Welt — durch das Volk, das schon in Waffen stand oder zu den Fahnen strömte. Wenn man in die Landschaft hinaussah, beachtete der Blick nicht ihre Hochsommerpracht, er folgte staunend den zu Zügen geordneten, stetig marschierenden Männern. Auf dem weißen Band der Landstraßen, die aus dem Munde grüner Täler sich herauswanden, kamen sie daher. Von Höhen stiegen sie herab — sie schritten auf den Wegen neben dem Bahndamm. In den Städten, in der Morgenfrühe, hörte man ihren Tritt unter dem Fenster des Gasthauses. Sie strömten herbei aus allen Winkeln und verborgensten Dörfern — endlos — unaufhörlich, als seien auf den Feldern statt des Korns Männer gewachsen, als seien die Stämme des Waldes verwandelt und stiegen als starke Gestalten herab.

Und auf den eisernen Schienensträngen der Bahnhöfe: vier-, sechsfach nebeneinander standen Wagenschlangen von unbegreiflicher Länge; andere glitten im Fahren vorüber, und ihr Inhalt betäubte zuletzt das Gehirn, versetzte es in Rausch. Die graue Flut des Heeres schwoll vorbei. Man sah diese Farbe zum erstenmal. Und von ihr ging eine unheimlich bezaubernde Gewalt aus — anfangs angestaunt — bejubelt, dann begriffen als geheimnisvolle Sprache, vor der kleine Menschenlaute in Demut verstummten. Diese Farbe hob die Zahl auf — sie wirkte furchtbar und schreckhaft auf die Phantasie — und sie hob auch die Waffengattungen auf — für den raschen Blick des Laien war es nicht mehr erkennbar, was da vorbeizog. Sogar die Achselklappen waren aufgerollt, um den Spionen die Art und Nummer der Regimenter zu verstecken. Aus allen Himmelsrichtungen kamen diese Züge voll von grauen Kriegern, die sangen und winkten; und die Außenwände der mit grünen Zweigen geschmückten Wagen waren mit Kreide beschrieben — kecke Inschriften voll Humor und Drohungen las man — jedes Abteil schien seinen Dichter zu haben, der ein derbschlagendes Wort gefunden hatte. In einem unbegreiflichen Hin und Her fuhren die Wagenketten, aus Ost nach West, von West nach Ost, gen Norden und gen Süden. Und das Übermaß und das Endlose machte es drückend, furchterregend, gespenstisch. Nein, es waren keine Truppenteile, das war ein Menschenmeer! Eine Einheit, vor der die Völker sich entsetzen mußten, auf die sie stürzte. Die wachgestört zu haben, ein furchtbares Wagnis, die nicht gekannt zu haben, ein Verbrechen gewesen. Und die teuren Lieder erklangen und hallten von einem Zuge zum anderen. Und das Auge, eben von der Träne der Rührung getrocknet, feuchtete sich neu vor Ergriffenheit.

Aus dem rastlosen Durcheinander, vor dem jedes Begreifen erlahmen mußte, das schwindeln machte, das zuerst beängstigte und das Gefühl erweckte, es müsse, müsse irgendwo zu fürchterlichen Zusammenstößen, grauenvollen

Stauungen, gefährlichen Knäueln kommen, aus dieser nie erlebten Bewegung trat allmählich als unerhörte Offenbarung etwas heraus, das die Herzen vor Stolz klopfen ließ, das zur ehrfürchtigsten Dankbarkeit und Bewunderung zwang: die Majestät der Ordnung! Jede Linie übersah sie klar und folgte ihr, während ein Chaos durcheinander zu fluten schien. Die große, heilige Ordnung, die der Mantel war, den das Vaterland voll Ruhe um sich schlug... Und unter ihr zog sie mit sicherer Geberde das Schwert aus der Scheide.

Und der Himmel strahlte seine lachende Bläue herab. Und auf den Feldern standen in goldener Schwere die Garben und warteten auf die Helfer, die sich vor die von Mann und Roß verlassenen Erntewagen spannen sollten, zuweilen sah man schon Knaben und Frauen auf den Stoppeln.

Das war ein stolzes Fahren von Süd nach Nord, das ganze deutsche Land, durch das der Jubel der Einigkeit brauste und der fromme Mut feierliche Lieder sang.

So kamen sie an ihr Ziel, fast ohne zu wissen, wie lange die Reise gedauert hatte, fast ohne zu bemerken, daß das landschaftliche Bild, das vorbeirollte, sich geändert hatte. Denn immer und überall umwogte sie die gleiche Stimmung, in die das Klopfen ihrer eigenen Herzen hineinklang.

Es war am Nachmittag, als sie in Hamburg ankamen. Eine Stunde, in der zu anderen Zeiten kein Zug aus der Richtung einlief. Und im Gewühl der Menge, wo Schulter sich an Schulter stieß, wo Brust sich gegen Rücken drängte und Soldaten und Reisende sich schoben, diese belastet mit so viel Handgepäck, wie sie nur eben schleppen konnten, fand Tiny ihre Eltern nicht. Vielleicht waren sie gar nicht da. Dreimal hatte die

Tochter depeschieren können, aber ob die Depeschen auch angekommen seien, blieb unsicher. Und eine bestimmte Ankunftsstunde ließ sich im voraus nicht melden.

Aber dies junge Mädchen war ja im Grunde immer beglückt, wenn es ungewöhnlich zuging. Sie geleitete die befreundete Familie erst noch in ein Hotel. Der Bahnhof war, wie überall in der Welt, von Gasthäusern umstanden. Hier aber nicht im geschlossenen Umkreis, sondern in weiter Raumverteilung. Man wählte ein Haus an der Ecke eines sehr großen und nirgends fest umgrenzten Platzes, den viele, durch Anlagen schneidende Verkehrsadern überzogen. Tiny verließ ihre Freunde im Gefühl, daß sie gut untergebracht seien, und versprach abends noch anzutelephonieren.

Sie mußte dann lange stehen, ehe sie ein Auto anrufen konnte. Schwer waren ihre zwei Handkoffer, an denen sie selbst schleppte. Aber das zu müssen war ihr eine Genugtuung. Unterwegs hatte man niemals sehr gründlich Körperpflege besorgen können, auch immer das gleiche Kleid getragen. So sah sie denn ein wenig herabgekommen aus, als sie am Hause ihrer Eltern vorfuhr. Das lag in einer sehr regelmäßigen, stillen, teuren Straße, wo alle Fronten sich fest aneinander schlossen und sich sehr ähnelten. Nach dieser Reise voll brausendem Klang wirkte sie mit herausfordernder Langweiligkeit auf Tiny.

Sie wurde mit Aufregung, Schluchzen, Fragen empfangen. Sechsmal waren seit gestern die Eltern am Bahnhof gewesen. Jedesmal erschöpfter und besorgter heimgekommen! Feindliche Flieger waren über Nürnberg gewesen. Wie leicht konnten sie Bomben auf die Bahnhöfe und fahrenden Züge abwerfen. Und nun gerade, wo die Tochter wirklich ankam, war kein Mensch an der Bahn. Und Ludwig war einberufen, und beide Autos, alle beide, hatte man requiriert. Was Frau van Straten von neuem in Tränen ausbrechen ließ. Ob es nicht schrecklich sei. Und wie alles werden würde.

Aber Tiny sagte, sie sei halb blödsinnig vor Ermüdung und sie wolle erst baden und dann furchtbar viel und sehr, sehr gute Sachen essen. Diese Befehle bewirkten, daß die Mutter und die Dienerschaft hin- und herstürzten, um nur rasch alles zu leisten, was verlangt wurde. Das „Dinner", sonst nach englischer Sitte um acht Uhr angesetzt, wurde auf halb sieben befohlen. Unterdessen hatte Herr van Straten, der heimlich auch um seinen Augapfel, das einzige Kind gezittert, sich völlig in seine gewohnte, immer vorzügliche Stimmung zurückgefunden. Mit Vergnügen sah er die Leckerbissen auf dem Tisch, und den Appetit, mit dem Tiny ihnen zusprach.

Er war ein großer, breiter Mann, mit einem so merkwürdig offenen Gesicht, daß auch nicht der leiseste Zug von Hinterhältigkeit darin hätte unentdeckt bleiben können. Wer mit ihm sprach, mochte ihn gleich leiden. Er hatte ja zwei Eigenarten, die seiner Frau noch neben dem Proletarierbedürfnis zur Arbeit eine schwere Prüfung bedeuteten: er konnte so kurz und schallend auflachen. Freilich sagten seine Bekannten, daß vor diesem Auflachen sich jegliche Angst und jeder etwaige Zweifel auflöse. Und außerdem hielt er bei wichtigen Gesprächen die Hände in den Hosentaschen und wühlte dort zwischen allerlei metallischen Gegenständen herum, daß es ein leises Klirren gab. Und wenn seine Frau ihm die an der Kette vereinigten und sich in die Tiefe der Tasche bergenden Kleinigkeiten fortnahm, kaufte er sofort Zigarrenabschneider, Schreibstift, und was es sonst war, neu ein.

So gab sie es endlich auf, um keine Sammlung solcher Dinger sich aufspeichern zu lassen.

Jetzt aber war er selbst mit Messer und Gabel beschäftigt und fragte nun endlich zwischendurch:

„Warum denn, um Gottes willen, bist du nicht in Schönblick geblieben?"

„Weil Leuckmers hierherreisten. Ich wär' aber auch allein hergekommen."

„Guda ist verrückt!" bemerkte Frau van Straten dazwischen. „Percy war vorgestern hier, mit Miß Mildred und der Dienerschaft, sie haben eine Nacht bei uns logiert."

„Hier?" schrie Tiny.

„Na — ja — er hatte wichtig mit mir zu sprechen", sagte der Vater.

„Wie war er denn?"

„Sehr bleich, sehr ernst. Er ist ja nicht der Mann, zu verraten, was er fühlt. Aber Miß Mildred war empört. Worin ich ihr nur beistimmen konnte. Unsere Freundschaft hat sich noch befestigt. Das kann ich wohl sagen. Sie küßte mich beim Abschied. Das brauchst du aber Guda nicht wiederzuerzählen."

Tiny dachte: ‚Das tue ich ja doch!'

„Auch Graf Leuckmer hat wichtig mit dir zu sprechen."

Ihr Vater sah sie so fragend an, daß sie gleich hinzusetzte:

„Ich glaube wegen Gudas Geld."

„Na, das muß er unbefangen nehmen!" meinte van Straten mit gemütlichem Ton. „Aber ich werde morgen früh mal gleich zu ihm gehen."

„O Gott, o Gott! Wie ist alles schrecklich! Man weiß ja gar nicht, wohin man gehört!" klagte seine Frau.

Tiny legte ihre Gabel hin. Fest sah sie ihre Mutter an und sprach:

„Das wissen wir wohl! Wir sind Deutsche!"

„Kind, du bist in Birmingham geboren!" rief die Mutter.

„Und wenn ich auf den Malediven oder in Patagonien geboren wäre! Vater ist Friese, du bist Hanseatin, reineres deutsches Blut kann es gar nicht geben! Oder ist Vater nicht in Cuxhaven geboren? Oder hatten deine Eltern nicht auf'n Grasbrook 'n Kramladen?"

„Du bist manchmal entsetzlich! Dein Vater hat sich naturalisieren lassen. Das hat seine deutsche Staatsangehörigkeit aufgehoben!"

„Staatsangehörigkeit! Na ja. Unbezweifelbar. Das ändert ja aber das Blut nich, da hat ja unsere Tiny recht. Und ich bin der Letzte, der ihr das verwehren will, sich deutsch zu fühlen. So ganz simpel is die Sache für unsereinen ja nich, wo man all seinen Wohlstand in England gemacht hat, und da den einen und anderen Freund sich weiß, und noch viel an Werten aushängen hat. Aber so in meinem Herzen. Und wenn ich noch dran denke, wie das war, als ich zum erstenmal ein deutsches Kriegsschiff sah und die deutsche Flagge wehen, Gott verdamm' mich, aber man stand auf der ‚Alten Liebe' und schrie und hatte nasse Augen ..."

Und die hatte er auch jetzt, seine Tochter sah es wohl.

„Papa, ich hab' es selbst gehört, wie du mal zu einem Geschäftsfreund, einem Herrn vom Rhein, sagtest, ich glaub', er machte dir 'n leisen Vorwurf, daß du dich nur aus Geschäftsgründen habest naturalisieren lassen, weil das viel erleichterte."

„Ja, mein Deern, du hast immer naseweise Ohren gehabt, so'n unzukömmliches Aufhorchen. Aber was wahr ist, soll wahr bleiben. Was tut man nicht ums Geschäft." Dies war der Augenblick, wo Tiny ihren Entschluß verkünden mußte.

„Ich beabsichtige, mich als Schwester ausbilden zu lassen. Ich will mich den Verwundeten widmen und mit ins Feld."

Mit solcher Ruhe sagte sie es, daß ihr Vater sie ganz perplex ansah. Aber die Mutter schrie auf und begann mit Rufen, Reden, Klagen einen Widerstand, der ganz gewiß aus ihrem tiefsten Herzen kam. Ihr einziges, vergöttertes Kind! In Gefahr und Schrecknissen! Es würde Cholera ausbrechen, Pocken, Typhus. Alles konnte sie bekommen. Und draußen im Felde konnte sie verwundet werden, elend umkommen. Bei den modernen Kriegsmitteln war ja nicht einmal mehr Sicherheit hier im friedlichen Bürgerhaus, gleich im nächsten Augenblick konnte eine Fliegerbombe hereinfallen und sie alle töten. Wieviel schrecklicher war die Gefahr in den Feldlazaretten.

Herr van Straten steckte seine Hände in die Hosentaschen, und man hörte das leise Klirren. Er sagte ernst: „Kind, du bist zwanzig Jahre alt, da war ich schon von der Heimat weg und im dollsten Lebenskampf, hätt' mir auch so mit zwanzig Jahren von keinem Menschen mehr was vorschreiben lassen. Aber immerhin, bist ein Mädchen, klein büschen anders is das ja doch. Ich mein': das läßt du bleiben! Du, alte Deern. Wir haben ja bloß die eine."

Er war gerührt. Ihren Vater weich zu sehen, war für Tiny immer überwältigend, sie sprang auf, legte ihren Arm von rückwärts um seine breiten Schultern und ihr feines, keckes Köpfchen Wange an Wange gegen sein großes Haupt. Beinahe war das, was in ihr aufwallte, die Versuchung, ihm nachzugeben, der Wunsch, mit ihm liebevoll zu beraten...

Aber da ließ sich die Mutter von ihrer Angst über Grenzen wegpeitschen, die sie sonst der Tochter gegenüber, aus Furcht vor deren übler Laune, nie überschritten hätte. Die größere Sorge siegte eben, und ihr war jedes Mittel recht, das Kind von Gefahren zurückzuhalten.

Mit heißem Gesicht und spröder Stimme sagte sie: „Dich reizt nur das Abenteuerliche dabei. Du denkst an interessante verwundete Offiziere. Und an junge Ärzte. Sonst bist du doch nicht so aufopfernd. Davon hab' ich nie was gemerkt, wenn ich mal Kopfweh habe und so... Weil du mit all deinen ewigen Verliebtheiten immer noch keinen Mann gekriegt hast, denkst du, da findet sich schon einer. Und schließlich kommst du uns noch mit Gott weiß wem an, gar mit einem Kriegskrüppel."

Und sie weinte.

Tiny wurde leichenblaß. Der Zorn machte sie stumm. Ihr war übel zumut, denn vielleicht, vielleicht war da in ihrem begeisterten Herzen eine leise Unterströmung, vor sich selbst verleugnet. Und nun wiesen plumpe Worte darauf hin und — trafen. Ja, sie trafen. Mit trotziger Haltung ging sie hinaus.

Van Straten aber warf seiner Frau bitter grollend vor: „Na, damit hast du's glücklich ganz verpatzt! Nun hält kein Gott sie mehr! Ich kenn' doch meine Tochter!"

Und er stand auch auf und ging zornig hinaus.

So saß sie denn allein und weinte Tränen tiefster, aber ungeschickter Liebe und war unglücklich, halb über die Tochter, halb über sich selbst.

Die Frische, nach solcher Reise gleich die nächste Umwelt in Bewegung und Aufregung versetzen zu können, wie Tiny das vermocht, besaß von der Familie Leuckmer niemand.

Sie kamen auch nicht in ein wohlgeordnetes Heim, sondern mußten in einem fremden Haus, darin auf den Treppen Kommen und Gehen von Ordonnanzen war, sich leidlich zurechtfinden. Drei Schlafzimmer brauchten sie und einen Wohnraum. Das Kind wollte sein Recht und weinte vor Erschöpfung. Nach den ersten Worten, die mit der Hotelverwaltung gewechselt waren, wandte sich die Bedienung mit jeder Frage an die junge Frau. Denn alle fühlten sofort, daß sie die Dinge in der Hand hielt. Es dauerte lange, bis sie zu einem einfachen Abendessen kamen. Und fast schweigend saßen sie um den Tisch. Der alte Herr sank jetzt förmlich in sich zusammen. Guda war blaß und matt. Katharina mußte ihre Nerven anspannen, um alle zu stützen. Sie spürte: man lehnte sich an sie. Und abgespannt, wie sie, besonders auch durch die Fürsorge für ihr Kind und seine bei guter Stimmung zu erhaltende Pflegerin, war, überkam sie ein Staunen, dem es nicht an leiser Bitterkeit fehlte. Es mußte wirklich irgendwo in den Sternen geschrieben stehen, daß sie zur Vormünderin aller bestellt sei, die ihr im Leben nahekamen. Sie dachte an eine verstorbene alte Verwandte, die war sehr großmütig und schenkfreudig gewesen. Zuletzt vergaßen alle Empfangenden, daß die Gaben Gunst waren und standen ihr immer mit Erwartung, Kritik und Forderungen gegenüber. Wahrscheinlich ging es im Seelischen ebenso. Wer dazu neigt, sich selbst hintanzusetzen, dem wird zuletzt nicht mehr das Recht vergönnt, an sich zu denken. Und durch ihre Seele, die jetzt die Flügel hängen ließ, weil der Körper müde war, zog eine weiche, tiefe Sehnsucht. Wonach? Sie wußte es selbst nicht klar. Vielleicht nach ein wenig Liebe, in der sie sich ausruhen könne.

Sie schrak zusammen. Das Zimmertelephon ließ seinen schwirrenden, hellen Ton erklingen. Auch Guda wachte förmlich auf aus ihrem stumpfen Grübeln.

Das mußte Tiny sein.

Guda, etwas belebt, nahm den Hörer und sprach in das Mundstück hinein. Und man hörte jene wunderlich abgerissenen Sätze, die doch sogleich erraten ließen, was der unsichtbare Sprecher ungefähr sage.

„Ja — ich — Guda — ja — ganz ordentlich sind wir untergebracht — natürlich — Haus fast voll Militär — dein Papa will uns morgen vormittag um elf Uhr besuchen? — Papa wird sich sehr freuen — du kommst mit? — Schön — was? Rote-Kreuz-Schwester? Ja, das glaube ich... Was sagst du? Hier? — Hier? Oh — laß — Schluß — ja, Schluß..."

Ihr Wesen war wie auferstanden. Es glühte, bebte, war voll Leben, voll Jammer, voll Glück.

Hier war der geliebte Mann gewesen! Vorgestern noch! Diese Luft hatte er geatmet! Über diese Straßen war er geschritten! Über diese Mauern, diese Bäume, dieses Menschengewühl war sein Blick hingeglitten. Hier, wo sie sich gefunden hatten, wo ihre Liebe in Flammen emporschlug. Wo alles zu ihm von seligen Erinnerungen sprach. Hier! Und sie sah ihn nicht mehr. Er war schon weit. Dieses Wissen zerriß sie wie ein nochmaliger Abschied.

Aber in diesen Tumult fiel eine Erleuchtung, groß, schön, ihre ganze Seele mit Helle füllend. Sie sprach berauscht, gläubig: „Vorgestern noch war er hier! Oh, begreifst du? Dann hat er alles erlebt, was wir erlebten. Er hat gesehen, was wir sahen! Wie Deutschland aufgestanden ist. Und die grauen Heere. Und er hat gehört — all die Lieder gehört — alles Jauchzen — Soldaten und Volk. Es hat ihn überwältigt, gewiß, auch ihn. Und er wird es in seinem Lande verkündigen, wie groß, wie stark wir sind. Er hat den deutschen Mut gesehen! Er wird es in England sagen!"

Sie fiel der jungen Frau um den Hals. Unklar erhoben von erschütternd törichten Phantasien. Als könne, als werde der geliebte Mann aus stark erwachter Ehrfurcht vor Deutschland dem Rade des Krieges in die Speichen greifen.

So außer sich war sie.

Und der jungen Frau feuchteten sich die Augen — in Rührung — in ahnungsvollem Mitleid.

* *
*

Am anderen Morgen punkt elf Uhr wurden Tiny und van Straten gemeldet. Guda stürzte sich förmlich auf die Freundin — auf sie, die vom Geliebten wußte, von seinen letzten Stunden in Deutschland! Van Straten mußte sich selbst bekanntmachen; aber in seiner gemütlichen Art konnte er auch gleich freundschaftlich dem Grafen Leuckmer die Hand schütteln und der Gräfin Katharina herzlich vertraute Worte sagen. Er meinte, die nahe und langjährige Freundschaft der beiden Mädchen habe die Familien in die genaueste Verbindung gesetzt und so völlig übereinander unterrichtet, daß man über Vorreden glatt hinweggehen könne. Auch habe der Ernst der Gegenwart für unnütze Förmlichkeiten keinen Platz mehr gelassen.

„Wir müssen uns wohl zurückziehen?" fragte die

junge Frau; „es soll doch von Geld und Geschäften gesprochen werden."

„Mit Erlaubnis des Herrn Schwiegerpapas wäre ich dafür: die Damen bleiben. Es soll doch von Komteß Gudas Vermögen geredet werden. Das ist so 'n Unglück in den deutschen Familien — falsche Taktik — die Frauen wissen nie was von ihrem Hab und Gut, und wenn sie dann mal auf sich allein gestellt sind, stehen sie da wie Hühner, wenn's donnert — bitt' um Verzeihung — is aber meist so."

So gruppierte man sich denn um den Mann herum, der immer, wo er auftrat, etwas von einer Hauptperson an sich hatte.

„Wie Sie mich hier sehen, wenn ich morgen die Augen zumach', weiß meine Alte Bescheid. Kein Papier, was sie nicht kennt, keine Anlage, von der sie nicht weiß", erzählte er, indem er sich setzte. „So 'ne Kraftmenschen wie mich streckt ja mal plötzlich was hin. Während Sie als zarte Konstitution die bekannte Methusalem-Anwartschaft haben. Trotzdem und obenein weil nun alles 'n büschen verzwickt gekommen ist, unser Komteßchen muß Bescheid wissen."

Er nickte ihr liebevoll zu, denn er war ihr erklärter Gönner. Und Guda strahlte. Sie war so gewiß, nun Stolzes, Beruhigendes, Vornehmes von dem Geliebten zu hören.

„Ich bin in keiner Weise besorgt, daß das Kapital verlorengehen könne..."

Ein schallendes Auflachen unterbrach den Grafen Leuckmer.

„Verlorengehen?! Vermehren wird es sich! Und das tüchtig! Sind mit Aufträgen überhäuft! Haben sehr, aber sehr vorteilhafte Kontrakte mit der Heeresverwaltung und der Marine."

Graf Leuckmer wurde sogleich etwas verwirrt. „Vorteilhafte Kontrakte? Wann abgeschlossen?

Es ist mir, ganz sicher auch Guda und meiner Schwiegertochter — ja, eine entsetzliche Empfindung ist es — unser Geld — in feindlichen Unternehmungen — als wär's Landesverrat."

„Verehrter Graf", sagte van Straten beruhigend, „wo Geschäfte anfangen, hören die Empfindungen auf."

„Hier nicht. In diesem nicht. Ich hoffe, Percy wird es begreifen. Er ist ein Ehrenmann."

„Der vollkommenste Gentleman, den ich kenne!" sprach van Straten mit feierlicher Hochachtung, ganz und gar von Anerkennung für Percy Lightstone durchdrungen.

„Dann", meinte Leuckmer und hatte schon ganz heiße Bäckchen vor Aufregung, weil er seine Unsicherheit diesem Manne mit dem gänzlich abgerundeten und nirgends angreifbaren Wesen gegenüber fühlte, „dann wird sich mit Percys Entgegenkommen auch ein Ausweg finden — das Kapital könnte inzwischen irgendwie — ich möchte sagen — neutralisiert werden — zum Beispiel — ich hab' mir gedacht — in Holland deponiert — später, bei der Heirat, dann wieder..."

Van Straten war ein paar Augenblicke förmlich starr. Von nun an sprach er schonend, geradezu liebevoll mit dem Grafen. Denn daß der auch nicht die geringste Ahnung von Geschäften hatte, lag für ihn auf der Hand. Gerade wollte er etwas sagen, da erhob sich Gudas Stimme, etwas bebend, aber heftig, bestimmt, hochfahrend.

„Du brauchst es nur durch Herrn van Straten sagen

zu lassen. Percy selbst wird es erwünscht sein, so zu handeln."

Da kam wieder das schallende Auflachen. Es war ihm selber unangenehm, daß er es eben nicht unterdrücken konnte. Aber diese Menschen! — Köstlich — wie Kinder waren sie.

„Nein, Komteßchen, das wird und kann Percy nicht, und am allerwenigsten jetzt, wenige Tage nach Kriegsausbruch."

„Sie nannten ihn eben selbst den vollkommensten Gentleman, den Sie kennen", sprach sie. Und man spürte, wie sie in Aufruhr war.

Van Straten wurde ganz betroffen. Die holde, liebe Guda in all ihrem Unverstand tat ihm so leid.

„Ja, was hat denn das mit Geschäft und Politik zu tun?" sprach er. „Das ist ja ein ganz anderes Feld! Aber die Deutschen — freilich — das sind so schnurrige Kerls — sind in gewissen Lagen imstande, Gefühl ins Geschäft zu mengen."

„Und du, Papa?" rief Tiny aufgeregt. Er wurde etwas verlegen.

„Du Naseweis! Na ja, bei mir hat's drolligerweise immer so gepaßt, daß sich keine Konflikte ergaben. Hab' den Engländern, glaub' ich, manchmal Spaß gemacht, nahmen mich als fröhlichen alten Burschen. Vielleicht gerade, weil ich nicht von ihrer Art war. Na, aber genug, Percy Lightstone kann das Geld jetzt nicht abstoßen, wo sollt' er in diesem Augenblick anderes Kapital hernehmen? In Friedenszeiten, ja, bei der Solvenz des Hauses und bei normalem Betrieb. Aber jetzt, wo der Betrieb versechsfacht ist! Hab' selber 'n guten Batzen drin..."

„Ich denke, die Lightstones sind Großkapitalisten?"

sprach Leuckmer. Er litt sehr schwer. Das Gespräch war ihm fürchterlich. Er sah, wie die Augen seines Kindes brannten.

„Schätze sie auf etwa dreißig Millionen. Ein großes Haus. Aber kein Welthaus. Es dazu zu machen ist Percys Ehrgeiz. Und ich taxiere: es gelingt. Die Konjunktur, die für Lightstones gerade der Krieg mitbringt, ist enorm. Man wird sie auszunutzen verstehen. Nun müssen Sie aber nicht denken, daß so ein Haus immer viel überschüssiges Barvermögen disponibel hat. Das Kapital steckt in sehr vielerlei Unternehmungen. Als das Haus im Mai die riesigen Kontrakte mit der Regierung abschloß, mußte es alle Betriebe kolossal vergrößern und alles Kapital dazu flüssig machen, auch noch fremdes Geld aufnehmen. Ihr Kapital, verehrter Graf, bedeutete immerhin auch 'n paar willkommene Blutstropfen in dies verzweigte Adernsystem. Strömt alles während des Krieges wieder herein. Und nachher wird sich das Gesamtvermögen vielleicht als verdoppelt erweisen, auch Ihr Anteil; wird Percy große Genugtuung sein Ihnen gegenüber ..."

„Sie sagten — im Mai?" brachte Guda heraus.

„Freilich, ganz Europa rüstete ja, warum sollte die englische Flotte es nicht tun? Schließlich ist es ja nun ein paar Wochen früher losgegangen, als es wohl gerade Percy lieb sein konnte, was sich in einer Hinsicht begreifen läßt."

Er stockte. Er wollte nicht mit deutlicher Hand an die Wunden des lieben, armen Komteßchens streifen. Er verstand durchaus ihre Tat. Und doch war's ihm leid. Der stolze Mann hatte nicht gut ausgesehen! Mit Unnahbarkeit war er wie bewaffnet gewesen. Die drohte förmlich: Wage nicht, mit mir davon zu sprechen! Und seine hellen Augen schienen fast ohne Glanz. Es hatte einen sehr bedeutenden Eindruck auf van Straten gemacht.

Jetzt fühlte er sich von einem beklemmenden Schweigen umgeben.

Und die Guda — ja, wahrhaftig — leichenblaß war sie. —

Gutmütig tröstete er: „Ich rate Ihnen ab, sich Gedanken zu machen. Wirklich — ist völlig überflüssig — Ihr Geld — oder anderes — darum ändert sich die Produktion nicht im geringsten."

Immer noch schwiegen sie, wie Geschlagene. Van Straten erhob sich.

„Unnötig zu sagen: Wenn Sie mich brauchen, Graf — jederzeit, zu jeder Form von Rat und Tat bereit — selbstredend auch in Geldsachen — bin stets zu Ihrer Verfügung mit jedem Betrage. Aber immerhin. Will Ihre Gedanken an Percy Lightstone mitteilen. Wir haben einen Weg zum Austausch verabredet — über Holland."

Der alte Herr stand mit Haltung da. Eine feine, leise Würde sprach aus seinem Wesen. Er fühlte die aufrichtig gute Meinung des anderen. Aber der hatte in seiner Jugend und in seinem Geschäftsleben Dinge und Menschen mit so derben Händen anpacken müssen, daß ihm darüber wohl die feinsten Tastempfindungen verlorengegangen waren.

„Ich bitte Sie", sprach er, „Percy gegenüber unser Gespräch nicht zu erwähnen. Nach allem, was Sie erklärten, muß ich annehmen, daß er mich nicht verstände."

Nun endlich sprach auch die junge Frau noch in den Abschluß des Gesprächs hinein. Tröstliche Worte, an die sie in ihrem Herzen selbst nicht glaubte.

„Wir können vielleicht doch hoffen, daß Percy deine und Gudas Empfindungen errät, ähnliche hat und aus eigenem Antrieb Auswege findet. Wir sollten es mit Geduld abwarten.“

Sie dachte frohe Zustimmung zu finden, ein aufleuchtendes Auge zu sehen. Aber Guda blieb blaß und stumm.

Herr van Straten sagte noch zu seiner Tochter, als sie fortgingen:

„Es sind famose Menschen, die Leuckmers. Aber es sind unpraktische Menschen. Wie das mal mit Percy und Komteßchen endet, na, da würd' er selbst ja wohl keine Wette drauf annehmen, völlig unberechenbar. Große Liebe. Aber ungünstige Konjunkturen. Wenn Deutschland siegt, verzeiht er das nicht. Und wenn England siegt, verzeiht sie das nicht.“

„Was glaubst denn du, wer siegt?“

„Du hast einem schon immer Löcher in 'n Kopf fragen können. Wie sollte es möglich sein, daß Deutschland siegte? Total unmöglich ist es.“ Er bückte sich ein wenig zu ihr hinab und raunte: „Aber, Gott verdamm' mich, mir schwant, es tut es doch!“

„Und, Gott verdamm' mich“, jauchzte Tiny, seinen Ton nachahmend, „das täte dir himmlisch wohl!“

Sie hing sich an ihres Vaters Arm, und einträchtig gingen sie zusammen bis an die Schwelle seines Kontors, das im lautesten und düstersten Teil Hamburgs lag, nämlich in der Neustädter Fuhlentwiete. Da fühlte er sich am deutlichsten an die Umwelt seines Kontors in Birmingham erinnert, wo er ohne viel Luft und Licht im Gedränge lauten Geschäftslebens sich sein Vermögen erkämpft hatte.

Das Gemüt des Grafen Leuckmer war nach dieser Unterredung noch belasteter als vorher. Auch er glaubte nicht an die Möglichkeit, daß Percy sich peinlichen Gedanken hingäbe. Allerlei unklare Sorgen schwebten ihm vor. Das Geld eines deutschen Staatsbürgers konnte und durfte doch niemals dazu verwendet werden, Waffen gegen das Deutsche Reich herzustellen, den Krieg gegen das Vaterland mit zu ernähren. Er wollte sich über die Rechtslage unterrichten. Er beschloß, an Thomas Steinmann zu schreiben. Wahrscheinlich befand sich dieser noch in seiner Garnison. Man durfte es annehmen.

Katharina aber blieb nicht einen Tag müßig. Auch Guda zeigte einen festen, unermüdlichen Willen. Sie wollte dienen. Wer konnte von ihr verlangen, daß sie es mit leuchtenden Augen tue? Niemals wagten die Ihren, auf jenes Gespräch über das Geld in England zurückzukommen. Auch nicht, als Wochen und Monate dahingingen, ohne daß Percy Lightstone jemals ein Wort darüber verlor.

Neben der Aufgabe, ein behagliches Heim für die Familie zu gründen, ein Heim, von dem man nicht wußte, ob es für Monate oder Jahre Obdach gewähren sollte, galt es jetzt, Anschluß an die gewaltige Bewegung der Kriegshilfe zu suchen. Guda dachte nicht daran, dem Beispiel ihrer Freundin zu folgen. Tiny war schon nach wenigen Tagen Teilnehmerin eines Kursus, der zunächst theoretische Ausbildung gewährte. Und wirklich, sie war doch immer noch die frühere Tiny: sie vertraute Guda an, daß der unterrichtende Arzt entzückend sei, total war sie in ihn verliebt, der Kursus war brennend interessant. Guda fürchtete alles, was sie in zuviel Berührung mit Menschen bringen mußte. Sie ahnte auch, ohne es selbst Karen gegenüber auszusprechen, daß der Anblick schwerer Leiden ihr zerrissenes Gemüt widerstandslos fände.

Es kam jetzt auf standhaftes Mitleid an. Weinendes Mitleid durfte sich nicht zeigen!

Die beiden Gräfinnen Leuckner, die bescheiden und dienstwillig mit offenen, gebefreudigen Händen erschienen, fanden überall offene Türen. Es zeigte sich rasch eine Tätigkeit für Guda, die sie mit stiller Entschlossenheit auf sich nahm, eine, die nicht nach außen besonders bemerkt werden konnte und keine laute Bewunderung eintrug, die eine zähe, selbstlose Ausdauer verlangte und in der es selten erhebende Aufwallungen gab, die zur Entschädigung hätten werden können.

Wie ein grauer, endloser Strom flossen diese Aufgaben an unzähligen Frauen des ganzen Landes vorbei, der Strom des Unglücks, der Trauer, der Sorge. Und mit nie ermüdenden Händen versuchte liebevolle Tatkraft ihn auszuschöpfen.

Von früh bis spät, außer einer festbegrenzten Mittagspause, saß Guda mit anderen weiblichen Wesen in einem Hinterzimmer eines großen Saalbaues, der, sonst Festen dienend, jetzt eine der Arbeitsstätten des Roten Kreuzes war. Hinter einem Geländer saßen sie an Pulten, als seien sie Kontoristinnen und müßten gebückt bei düsterem Licht Tag um Tag atemlos arbeiten, um ihr bescheidenes Brot zu haben. Und an dem Geländer schob sich, mit Aufenthalten voll Klagen und Erklärungen, der endlose Zug von Frauen vorbei, deren Männer keine Arbeit hatten oder ins Feld gezogen waren. Ungeduldige und Törichte, die nicht vertrauensvoll die schon im Fluß befindliche Hilfe des Staates abwarten mochten oder sich mit den klaren und genauen Vorschriften der Behörden nicht zu benehmen wußten; Eifrige und Tapfere, die Verdienst suchten und mit allen Kämpfen und Entbehrungen mutig fertig werden wollten, wenn man ihnen nur zeige wie, denn sie wußten: Deutschland dürfe nicht zugrunde gehen. Unaufhörlich waren Personalien in Listen einzutragen, Vorschriften zu erläutern, Anweisungen auszufüllen.

Und wenn Guda so saß und den Bestand und die dringendsten Bedürfnisse einer kinderreichen Familie eintrug, in der Krankheit und Not herrschten, ob dann zuweilen ein Traum davon durch ihre Seele zog, daß sie in eben diesen Tagen mit dem geliebten Mann das erste Glück der Vereinigung hatte erleben sollen? Ob vor ihrem geistigen Auge der alte, efeuumsponnene Herrensitz erstand, hoch über dem steilen Ufer der weißen Kalkfelsen von Southdowns, gegen die die grauen Wogen des Kanals wühlten? Dies romantische, von stolzen Sagen umklungene Schloß, wo glühende Liebe sie auf einen Thron erhoben hätte? Wo durch den silbernen Mondschein von fernher die Flöte des Hirten erklang, der gelassen unübersehbare, grauwollige Herden zu den Hürden trieb? Wo man nachts aus den Fenstern in der schwarzen Finsternis an den rauschenden Wassern von weither die Blinkfeuer der Leuchttürme aufblitzen sah?

Und später, als sie einer anderen Schreibstube zugeteilt ward, wo weinende Frauen um Nachricht flehten über ihre Männer oder Söhne, die als vermißt gemeldet waren. Später, in der Zeit, wo das Leid zur Erweckerin der Phantasie auch in den nüchternsten Herzen einfacher Frauen wurde. Wenn sie jammerten, daß ihr Geliebtester vielleicht einsam, zerrissen von Wunden, hilflos zwischen Büschen und Erdschollen verkommen sei oder, grausamsten Martern anheimgefallen, in Frankreich oder Rußland nach Erleichterung schmachte. Wenn Weinende ihren Gram bis zu Schreikrämpfen steigerten, weil sie den Tod des Teuersten nicht glauben wollten, sich verschworen, daß Namensverwechslungen vorlägen. Wenn von den helfenden, geduldigen Herzen das Unmöglichste gefordert ward. Wenn kein Wort der Vernunft und des Trostes mehr ausreichte, vielfach Beraubte aus ihrer Verzweiflung zu erheben.

Dachte Guda dann wohl daran, daß sie eben in dieser Zeit als junge, von jedem Luxus umgebene Frau auf den Landsitzen der höchsten britischen Aristokratie Tage voll Festen und Glanz hätte genießen dürfen?

Sie sprach niemals davon. Ihr Gesicht war weiß und still. Aber es schien auf ihrer Stirn die Weihe der Zufriedenheit zu liegen, als sei ihr geheimstes Wesen voll Sicherheit darüber, daß sie einem heiligen Gebot folgte, als sie ihr üppiges Glück in die große Opferschale legte. Sie wußte bald, erfuhr es tausendfach, andere Frauenherzen mußten größere Opfer bringen.

Und was sich auch begab in den nächsten Monaten, ihr und der Ihren Dasein erschütternd, immer und mit der stetigen, zähen Kraft wie in den ersten Tagen erfüllte sie die übernommenen Aufgaben der genauen Ordnung, auch in Trost und Hilfe. Wie ein Weg war diese Arbeit, den man sicher dahinging, während sich rings Abgründe öffneten und Vulkane donnerten.

Gräfin Katharina mußte erst noch andere Aufgaben erfüllen, ehe sie die von ihr erwählte und dem dafür zuständigen Ausschuß auch schon angemeldete Arbeit auf sich nehmen konnte. Sie wollte zwölf Knaben ernähren, an ihrem Tische speisen, sich erzieherisch, mütterlich um sie bemühen.

„Meine Neigung, auch vielleicht ein bißchen Begabung liegt so in der Richtung", sagte sie. „Aber ich bin arm wie eine Kirchenmaus, Papa, und du mußt es erlauben und mir das Geld schenken. Daß Bertold mir von seiner Kriegsgage was schickt, darf ich kaum hoffen. Und wenn auch, das sind ja bloß Kleinigkeiten."

„Ich habe dir nichts zu schenken. Du hast zu fordern. Und wir sind deine Schuldner."

Aber da war vorher und auch gerade mit für dieses Teilchen Kriegshilfe eine eigene Häuslichkeit herzurichten. Die Umzugsgüter hatte sie sogleich von Berlin und Hannover herbefohlen. Von der Eisenbahn durfte man jetzt gar nichts verlangen. Die hatte nur die eine gewaltige Aufgabe. Aber die junge Frau hoffte, daß es wohl überall ein paar kriegsuntüchtige Gäule gäbe, die noch imstande seien, auf gute, vorzeitliche Art Lastwagen die Landstraßen entlang zu ziehen, und alte Fuhrleute, die mit Hü und Hott und der Peitsche gemächlich daneben herwandern mochten.

Aber die Wohnung! Da war denn die Gelegenheit für Frau van Straten, auch hilfreich zu sein, ohne sich nach der deutschen oder englischen Seite zu weit vorzuwagen, was zu vermeiden sie in der possierlichsten Weise bedacht war. Sogar ein ganzes Haus konnte sie in Vorschlag bringen. Und sie erzählte Gräfin Katharina, vor leidenschaftlicher Mitempfindung oft fröstelnd und mit Tränen kämpfend, von der Familie Möhring. Möhring, Lister & Comp. Am vierten August morgens waren sie noch als mehrfache Millionäre aufgewacht. Am fünften morgens wußten sie nicht, ob sie noch irgend etwas besaßen, das ihre Zukunft sicherte. Sie hatten große Kokosplantagen in der Südsee. Es stand bestimmt zu erwarten, daß England, durch Australien oder wie immer, sich dieser Kolonie bemächtigen würde. So gab es viele, sehr viele große Häuser in Hamburg. Sie wußten nicht: Kam Zusammenbruch? Oder handelte es sich nur um einen Zwischenzustand? Aber auch ein solcher bedeutete in jedem Fall ungeheure Einbußen an Vermögen. Und er mußte überwunden werden, mußte es, ohne Kredit. Denn der, ein unsichtbares, aber fast das schätzbarste Gut großer Häuser, war sogleich dahin, wie weggeblasen von der englischen Kriegserklärung. Frau van Straten konnte es nicht fassen, sie fand es heroisch! Aber ob man dies nun glauben wolle oder nicht: Die Möhrings hatten kein Wort der Klage gehabt! Weder Mann noch Frau noch die verwöhnten Töchter. Sie sagten: Auf uns kommt es nicht an, wenn nur Deutschland sich durchschlägt. Und die völlige Veränderung ihrer wirtschaftlichen Lage sei nicht auf Spekulationen, Verschwendung oder sonst schimpfliche Ursachen zurückzuführen. Die Ehre des Hauses, selbst wenn es fallen müßte, sei unangetastet. Jetzt gäbe es für sie nur eine Art von Haltung. Nämlich, ganz einfach zu leben. Und sie dachten sofort mit Klarheit und Ruhe nach, wie sie sich ganz bescheiden einrichten konnten, um auch eine lange Kriegsdauer bestehen zu können und dennoch Mittel für Hilfszwecke flüssig zu haben. War es nicht fabelhaft? Sie, Frau van Straten, fürchtete von sich, daß sie sich zu solcher Fassung im gleichen Fall nicht würde aufraffen können, das gestehe sie offen. Also die Möhrings wollten ihr Haus vermieten und einige Kunstwerke verkaufen. Sie besaßen viele. Frau van Straten hatte ihnen gleich zwei Gemälde abgekauft. Aber es schien ihr unsicher, ob sie scheußlich oder großartig seien. Das Urteil über solche Dinge wechselte doch so sehr mit der Mode. Deshalb sollten sie erst mal in den Fremdenzimmern aufgehängt werden.

Sie erzählte alles sehr aufgeregt. Katharina spürte wohl: sie erlitt die Angst, daß auch ihr großer Vermögenswandel bevorstehen könne, obschon ihr Mann ihr vorgerechnet hatte, daß ihnen das gar nicht passieren könne. Sie wußte es überdies auch selbst. Aber es war so ein unbestimmtes Gefühl in ihr, daß sie auch irgendwie mit einer Angst kokettieren müsse. Und zwischendurch schimmerte die Genugtuung heraus, daß sie Leuten aus so altem Hause, so guten Familien habe helfen können.

Die Möhrings waren jede Stunde zum Auszug bereit. Ein wenig erschrak Katharina vor dem großen Mietpreis. Aber ihr Schwiegervater hatte ihr freie Hand gelassen; sie kannte seine Einkünfte, und sie dachte auch an ihren Knaben. Sein Gesichtchen war schon etwas weniger frisch, seine Munterkeit ließ nach. Das Möhringsche Haus, dem van Stratenschen gegenüber, hatte doch einen schmalen tiefen Hintergarten mit alten, etwas dünn hochgeschossenen Bäumen. Da konnte Adam sich besser ausleben als auf den Wegen der Anlagen, wo Frau Stroblmeyer ihn nicht von der Hand ließ und beständig zu beschwichtigen hatte.

Inmitten all ihrer Tätigkeit dachte Katharina wohl an den Freund. Bei jedem Soldaten, den sie entgegenkommen sah, hoffte sie: Das ist er! Aber der nächste Schritt des Herankommenden belehrte sie dann schon: Er ist es nicht. Sie hatte ihm noch nicht geschrieben: Ich bin hier, ich freue mich auf Ihren Besuch. Wenn sie an den Mann dachte, der sie beschäftigte, wie noch kein Mensch sie gefesselt hatte, war in ihr eine frohe, dankbare Sicherheit. Welche Bereicherung: Es gab eine Seele, mit der ihre Seele sich auf seltsam beglückende Art verstand. Genügte dies Wissen nicht? Es eilte nicht so sehr, seine Hand zu drücken. War sie ihm nicht nahe in ihren Gedanken?

Er sollte erst kommen, wenn die Häuslichkeit eingerichtet war. Es schien ihr, als würde in ihrem Rahmen sich sogleich die Stimmung wiederfinden, die zwischen ihnen schwebte, als die große, durchsonnte Stille der Natur um sie war.

Graf Leuckmer sprach davon, nach Berlin zu fahren. Seine alte Stiefschwester ließ dringlich nach ihm rufen. Nun, da ihr Abgott Bertold ihr unerreichbar war, erinnerte sie sich wieder an den schlecht von ihr behandelten Bruder. Ihm selbst eilte es, sie zu sehen. Konnte sie nicht sterben, ehe ein letztes Wort der Versöhnung zwischen ihnen gesprochen war? Das mußte er um seines eigenen empfindlichen Gemütes willen verhüten. Sein Bedürfnis nach Friedlichkeit war immer so groß gewesen, daß es ihn ja manchmal etwas feige gemacht hatte.

Aber er wünschte erst Steinmanns Ansicht über die englische Geldangelegenheit zu erfahren. Und die Antwort auf seinen Brief, den er sofort nach Herrn van Stratens Besuch geschrieben, blieb aus. So lange, daß er voll Unruhe beim Mittagstisch davon sprach. Er beschloß, an die Geschäftsstelle von Thomas Steinmanns Bataillon zu schreiben. Dort in seiner Garnisonstadt mußte man von ihm wissen. Die Auskunft kam schnell. Der Oberleutnant der Reserve Steinmann sei bei der Mobilisierung in das Halberstädter Infanterie-Regiment Nr. 27 versetzt worden und sofort mit ihm ins Feld gerückt. Ob nach Ost oder West, sagte die Auskunft nicht. Das durfte sie nicht. Auch Katharinas Brüder waren verstummt seit den ersten, leidenschaftlich hochgestimmten Postkarten von der Fahrt nach dem Westen. Man mußte Geduld haben. Das Heer rückte zu rasch vor. Die Post wickelte ihre Aufgaben noch nicht glatt ab. Vielleicht war auch Postsperre, wer konnte es wissen? So setzte Graf Leuckmer denn seine Reise nach Berlin für den anderen Morgen fest.

Er war mit Guda in dem gemeinsamen Wohnraum. Draußen auf dem weiten Platz, der einst die Vorstadt St. Georg von Hamburg geschieden, zog das Leben dahin, gerade so wie es sonst an dieser Stelle strömen mochte: die elektrischen Bahnen glitten emsig hin und wieder, die Menschenmenge bewegte sich in unberührter Gelassenheit auf den Bürgersteigen, die den Platz nach allen Richtungen überschritten. Man konnte hinübersehen auf die vielen Fäden der blanken Eisenschienen im Hohlweg zwischen den Stadtteilen. Die große Brücke, die ihn überschlug, war noch im Gesichtsfeld. Ein unablässiges Her und Hin von Fußgängern und Fuhrwerken belebte ihren Zug. Drüben, hinter scharf durch Wege in Schrägstücke geteilten Rasenflächen und vor Gebüschanlagen stand der graue Palast der Kunstgewerbeschule.

Die hellen Sommerkleider der Frauen machten das Bild noch frischer. Die Wagenschlange, die, gerade weißen Dampf aus den Kiefern ihrer Lokomotive fauchend, durch den Hohlweg davonzog, war ein Beweis ungehemmten Verkehrs. Und der Abendhimmel stand heiter und in verblassendem Blau über dem Bilde geschäftigen, unbesorgten Friedens. Graf Leuckmer stand am Fenster und sah hinaus. Daß irgendwo in der Welt Krieg sein sollte, schien wie eine schreckliche Lüge. Die Gedanken mußten sich förmlich darauf sammeln, um sich das vorzustellen.

Guda saß am anderen Fenster. Sie hatte ein Zeitungsblatt in den Händen. Es war eine Nummer der „Times“. Als sie vor einigen Minuten, von ihrem Dienst zurückkommend, eintrat, sah sie gleich das Kreuzband auf dem Tischchen am Fenster und sah auch, daß van Stratens Hand es mit ihrem Namen beschrieben. Sie zerriß den umschließenden Papierstreifen, und beim Auseinanderfalten der engbedruckten, riesengroßen englischen Zeitung sprang ihr der dicke Blaustiftstrich in die Augen, mit dem van Straten ihr kenntlich gemacht, was sie lesen solle.

Heiße Freude im Herzen, las Guda. Triumph erhob ihr Wesen. Oh, sie hatte es gewußt, daß der Geliebte für ihr Land eintreten werde. Diese Kundgebung hervorragender englischer Gelehrter gegen einen Krieg mit Deutschland hatte er veranlaßt! Das wollte, mußte sie glauben! Kamen nicht Worte darin vor, die an seine anklangen? Ganz gewiß, er stand hinter diesen gerechten, besonnenen Äußerungen:

„Wir erblicken in Deutschland ein Volk, das in Künsten und Wissenschaften führend ist, und wir haben alle von deutschen Forschern gelernt und lernen noch immer von ihnen."

Und: „In der augenblicklichen Lage halten wir uns für berechtigt, Einspruch zu erheben gegen die Hineinziehung in den Kampf gegen ein Volk, das uns so nahe verwandt ist und mit dem wir so vieles gemeinsam haben."

Sie wollte aufjubeln. Flammte in dem Wahn auf, daß solche Erklärung der größten englischen Geister die englische Regierung noch jetzt zwingen könne, zurückzugehen. Da wandten ihre Finger das Blatt, um nach ähnlichen Stellen darin zu suchen. Und ihr Blick fiel auf den Kopf der Zeitung. Von den strahlenden Höhen, die ihre Seele eben erklommen, sank sie zurück in graue Tiefen der Enttäuschung. Das Blatt war vom 1. August! Veraltet! Durch irgendeinen Zufall erst jetzt nach Deutschland oder in van Stratens Hände gelangt. Überholt! Nur ein wertloses Stück Papier noch. Und Percy konnte nichts, nichts damit zu tun haben. Seine Stimme klang nicht heraus aus diesen Reden. Eine Leere kam in ihr Herz, ganz verarmt und stumm war es.

Der kurze Wahn losch hin. Mit vorsichtigen Fingern, geradezu schonend, faltete sie das Blatt zusammen und legte es beiseite. Und schloß ein paar Sekunden die Lider.

Sie dachte nach. Das Denken war so mühsam, als sei sie zu matt dazu. Sie meinte eine Stimme in sich zu hören, die zur Gerechtigkeit mahnte. Wie konnte sie enttäuscht sein! Um die Zeit, da diese Erklärung erlassen ward, befand sich Percy gar nicht in London. Wie hätte er damals schon für Deutschland eintreten können?! Aber er würde es noch tun, war vielleicht schon in solchem Sinne tätig. Und sie fühlte sich geschlagen, weil sie eben eine Enttäuschung durchlitt? Sie mahnte sich selbst: Gerecht bleiben, gläubig bleiben!

Da kam die junge Frau herein. Noch den Hut auf dem Kopfe. Kam nach rastloser Tagesmühe mit eigenem Zugreifen und fremden Handwerkern aus der im Werden begriffenen Wohnung. Aber ihre Züge zeigten nicht jene Frische und Ruhe, die sie schön machten für alle, die sie liebten.

„Mich zwang was", sagte sie, „abergläubisch könnte man werden. Kam an einer Buchhandlung vorbei, da war ein Aushang, sie erbot sich, den Bezug der Verlustlisten zu vermitteln."

„Oh, natürlich, wir müssen sie regelmäßig haben."

„Gewiß, ja, Papa, ich hab's veranlaßt, hier sind die ersten sechs. Und Thomas, er ist schwer verwundet, er war offenbar dabei zwischen Metz und den Vogesen."

Sie legte die Hand über die Augen und weinte auf.

„Thomas!" wiederholte der alte Herr schmerzlich. „Thomas!" Wie traf es ihn!

Guda saß vor Schreck betäubt.

War der Krieg nicht bis hierher nur ein furchtbar großes, erhebendes Schauspiel gewesen, dem man aus sicherer Ferne folgte? Mit einem Male schlug seine blutige Hand nach einem Menschen, der ihnen teuer war. Aus fiebernden Zuschauern wurden sie plötzlich Miterleidende.

Das Gefühl davon schwang mit in ihrem Schreck. Furcht lief fröstelnd durch ihre Adern. Es war wie ein Anruf des Schicksals: Merkt auf, ich bin auf dem Wege, auch zu euch!

Eine Erinnerung ging durch den Schmerz der jungen Frau. Sie trat auf Guda zu. Zürnend sprach sie:

„Und du, du hast ihn hinausgehen lassen ohne einen Segenswunsch, ohne einen Händedruck."

„Ich? Ich?" stammelte Guda.

„Und gerade von dir ein Wort noch, noch ein lieber Blick, oh, es hätte ihm so wohl getan..." Sie bezwang sich, sie war im Begriff gewesen, ihn zu verraten... Das wollte sie seiner mannhaften Seele nicht antun.

Auch Gudas Erinnerung erwachte. Sie erlebte in sich mit vollkommener Deutlichkeit noch einmal jene Augenblicke. Wie sie vor Liebessehnsucht kaum noch die Gegenwart anderer ertrug. Wie gleichgültig ihr Thomas' Abreise in den Krieg gewesen, wie lästig die Pflicht, ihm noch Lebewohl zu sagen. Wie in ihr nur das Verlangen brannte nach den Küssen des Geliebten.

Und nun, in dieser Erinnerung, die sich mit dem Schreck über Leid und Gefahr eines teuren Mannes vermengte, nun, wo schon viel Zeit vergangen war, Ewigkeiten von Arbeitstagen, Ewigkeiten von gedankenschweren Nächten, nun durchrann ein neues Gefühl sie, wie das Heraufdämmern vernichtender Erkenntnisse. Als sei ein Unrecht an ihr geschehen. Als habe die schwüle Glut, mit der Percy sie umflammt, die er in ihr geweckt, etwas zerstört. Reine, zarte Träume hatte sie versengt. Ihr etwas fortgenommen.

Und sie versteckte ihr erglühendes Gesicht mit tief gesenktem Haupt in ihre beiden Hände.

Katharina klagte. Das sei das schwerste, daß man dem lieben, lieben Menschen nicht beistehen könne. Die Liste sagte es aus: „Granatschuß, linker Arm und Hüfte schwer verletzt.“ Sie wollte gleich schreiben. Wenn er reisefähig sei oder werde, sollte er herkommen. In zwei, drei Tagen sei das neue Heim fertig. Dort war Platz für Pfleglinge, die es gut haben sollten. Sie mußte noch ihren Schwiegervater trösten, der mit Ergriffenheit aller Freundschaft dachte, die Thomas' Vater ihm bewiesen. Möchte man sie an dem Sohn vergelten können! Und er hatte auch eine selbstische Sorge. Wie sollte er sich behelfen ohne Thomas' Beistand?

Am anderen Tage fuhr er nach Berlin. Eine Reise, die in den ersten Kriegswochen mehrere Stunden länger dauerte als sonst. Katharina mit ihrem Blondkopf an der Hand brachte ihn bis an sein Abteil und verhieß ihm für seine Rückkehr nach drei Tagen eine gemütliche Häuslichkeit.

Aber er kam nicht zurück nach den drei Tagen. Er schrieb, daß seine alte Schwester unmittelbar vor ihrem Ende stehe. Die Ärzte gaben ihr noch zwei Wochen vielleicht.

„Gott mag sie sanft erlösen!“ sagte Katharina. Damit ging dann ein Kapitel ihrer eigenen Ehegeschichte zu Ende. Wunderbare Fügung, daß dieser Abschluß gerade jetzt kommen wollte...

In München sahen sie damals auf der Durchreise das Wallen blauweißen Tuches in durchsonnter Luft. Im scharfen Winde, der allezeit über Hamburgs Wasserstraßen und Becken fährt, hatten nun schon manches Mal die rotweißen Flaggen der Hansestadt, untermengt mit den schwarzweißroten Fahnen des Vaterlandes geweht. Und es war ein Bild von stolzer, jubelnder Schönheit, wenn von all den monumentalen Gebäuden rund um die Flut, die bis ins Herz der Stadt vorstieß, auf hohen Masten die Zeichen des Sieges in schön bewegten Linien mit den Lüften spielten.

Gerade am Tage, wo Katharina den Hotelaufenthalt abschließen konnte und mit dem Kinde und Frau Stroblmeyer nach dem fertigen Heim fuhr, war wieder ein rotweißes Farbengeleucht vor dem blauen Himmel. Und der in der Luft sich beständig verändernde Faltenwurf der Flaggen kündete den Fall von Namur und Longwy. Es war der 27. August.

Das Kind jauchzte den bunten Dingen des Stadtbildes zu. Den Flaggen hoch oben, den eiligen, menschenbesetzten Schiffchen unten auf der Alster, den vorbeimarschierenden Soldaten. Auch Frau Stroblmeyer schien nicht unbefriedigt. Man mußte ihr immer etwas den Hof machen, weil ihre Enttäuschung über Hamburg zu groß war. Sie hatte doch ganz fest erwartet, hier das Meer zu finden.

Die junge Frau aber konnte sich nicht an der Freude ihres Kindes erquicken. Es war ein Tag, der es schwer machte, fröhlichen Mut zu behaupten. Und fest und froh mußte er bleiben! Keine Sorge durfte ihn trüben. Sie konnte annehmen, daß Bertold mit vor Namur sei. Von ihren beiden ältesten Brüdern, den lachenden Siegfrieden, wußte sie, daß sie in einem Garde-Infanterie-Regiment standen, vielleicht waren sie in der Kronprinzenarmee und bei Longwy dabeigewesen. Über die „Kleinen" schrieb die Mutter einen Bericht, gerade an diesem Tage hatte Katharina ihn erhalten. Ihr Bruder Friedrich war zum Unterseebootsdienst übergetreten. Und Hermann wollte ein Notexamen machen. In wenig Wochen hoffte auch er einzutreten, der Benjamin des Hauses, der jüngste von den Junkern von Heinzenberg, deren unbändige Fülle an Kraft, Frohsinn und Mut ihre Umwelt in Atem hielt. Auch er mit seinen achtzehn Jahren... Angst, Stolz und Rührung bewegten ihr Herz...

Und gerade jetzt gönnte ihr der Zufall, wonach sie seit fast drei Wochen oft ausgesehen. Ihr Wagen war mitten auf der Lombardsbrücke, da sah sie einen Soldaten mit einem Knaben an der Hand, verstand nicht, wie sie manches Mal hatte denken können: Er ist es. Nun sie ihn wirklich erkannte, war es so freudig sicher. Sie ließ den Wagen halten.

„Herr Doktor Rüdener!"

Er wurde dunkelrot. Die Überraschung war zu jäh. Seine Gedanken suchten die Frau in jener breiten und übersonnten Natur, wo sie sich gefunden hatten. Sein Herz wußte: Ein Sichfinden war es gewesen. Er verstand ihr Schweigen. Eine Welt trennte sie. Nichts konnte die Kluft überbrücken. Rang und Reichtum konnte diese Frau wohl hinwerfen. Aber sie war verheiratet! Und er wußte nichts von ihrer Ehe. Daß sie nicht ein Bund beseligender Liebe war, hatte er gefühlt. Aber es konnte ein herzlich freundliches Bündnis sein. Das auch eine Art von Glück gab. Um des Kindes willen hielten die Gatten vielleicht fest und treu zueinander. Soviel Arten von Ehen gab es, zwischen Glück und Leere erträgliche Mitte haltend. Nein, nichts wußte er von ihrer Ehe. Aber er glaubte: dieser Ehe wegen habe sie geschwiegen.

Und nun war sie hier und rief ihn froh und unbefangen an.

So unbefangen, daß in seine Überraschung sich eine merkwürdige Empfindung mengte, als zerflösse ein Traum.

Sie trat aus dem Wagen und bückte sich sogleich zu seinem Knaben herab.

„Gerad' heute, Jürgen, gerad' heute wollte ich deinem Vater schreiben, daß ihr kommen sollt, uns besuchen. Wir haben nun ein Haus hier. Siehst du, da ist dein kleiner Freund Adam. An die gute Frau Stroblmeyer erinnerst du dich wohl noch, und wie sie dich damals so fürchterlich abgeschruppt hat."

„Sie wohnen hier, jetzt?" fragte Rüdener. Das ließ doch Freude in ihm aufbrausen.

„Ja. Vieles ließ es so am besten scheinen. Ich erzähle Ihnen das mündlich. Sie besuchen uns bald."

„Wann kann ich? Der Dienst ist scharf."

„Und gehen heut doch in einer Vormittagsstunde spazieren?"

„Ich hatte am Gericht zu tun, Vormundschaftsbehörde, Sie denken wohl, in welcher Sache? So erbat ich einen Urlaubstag."

„Und wie schmeckt der Dienst?" fragte sie heiter. Sie sah ihn an, prüfend, auf sein Soldatentum. Braun war sein Gesicht geworden, und das kleidete die kühnen Züge gut. Die dunklen Augen schienen noch beredter als sonst. Die Uniform war der einfache Soldatenrock der früheren Zeit. Noch trugen ihn die Rekruten und die Soldaten des Garnisondienstes.

„Es hat eine Überraschung gegeben", sagte er mit

seinem gutmütigen Lächeln, das so warm zu ihr sprach. „Überraschung für mich selbst, meine ich, es scheint, daß ich mich nicht ungeschickt anstelle, mein Unteroffizier hat schon durchblicken lassen, daß ich es noch zum Gefreiten bringen könne."

„Nun, das sind die Gliedmaßen und der Wille, sie zu regieren. Aber da gibt es noch andere Dinge. Wir sprechen heute abend davon. Sie haben heute Urlaub. Und abends ist doch wohl nie Dienst? Keine Ausflucht wird angenommen. Sie essen heute abend bei uns."

„Ja, auf Wiedersehen!" Was sollte er sonst sagen? Sein Leben war plötzlich voll Licht! Das konnte er dann in seinem Herzen mitnehmen, wenn er hinauszog in den Krieg.

Und im Wagen gab die junge Frau ihrem Knaben einen Kuß. Wie froh war mit einem Male ihr Mut. Und wie befreiend, nicht mehr auf ein paar enge Hotelzimmer angewiesen zu sein. Geräumig war das Haus und all der Möbelkram geschickt verteilt. Adam, durch den neuen Schauplatz sehr unterhalten, interessierte sich am meisten für das große Zimmer gleich rechts neben dem Hauseingang. Da standen zwölf Stühle um einen lang ausgezogenen Tisch, und an der Wand hingen sonderbare Bilder, von denen Mutti sagte, es seien Landkarten. Auch Bücher und Spiele lagen auf einem Gestell, und Mutti sagte, da sollten von morgen an jeden Tag zwölf Knaben essen und arbeiten und spielen, von zwölf Uhr mittags bis abends nach sieben. Auf der anderen Seite des Flurs war ihr eigenes Eßzimmer. Und oben in den Wohnstuben kannte er allerlei Stücke wieder; auch sein Bettchen in seinem Schlafzimmer. In der Küche hantierten weibliche Wesen, zu denen Adam sich noch etwas scheu verhielt. Der Garten besaß einen großen

Sandhaufen und ein kleines Turnreck. So hatte das Kind denn wieder eine Welt um sich, darin Entdeckungen zu machen und Körper und Geist zu bewegen.

Frau van Straten kam herüber, aber ganz feierlich mit Hut und Handschuhen. Alle Leute würden jetzt so formlos, klagte sie; sie sähe nicht ein, warum es erlaubt sein könne, im Morgenkleid auf die Straße zu rennen, um an der nächsten Ecke Depeschen zu lesen.

Und gegen Mittag kam Tiny. Sehr aufgeregt. Sie hatte etwas für Guda. Einen Brief von Percy. Den ersten. Welch ein Augenblick für Guda! Es würde Ohnmachten und Weinkrämpfe geben. Und dann: Tiny selbst litt! Thomas Steinmann sei verwundet?! Darüber sei ihre Schwärmerei wieder aufgeflammt, sie fühle deutlich, der Arzt, der sie ein bißchen beeindruckt gehabt habe, sei doch nicht von fern so sympathisch wie Steinmann. Sie verwünschte die Langsamkeit der Ausbildung. Nun bekam sie sicherlich noch nicht die Erlaubnis, zu ihm zu reisen und ihn zu pflegen. Aber da kam ja Guda — Gott, wie war es unsäglich spannend.

Auch Katharina blieb nicht unberührt von diesem Briefe. Wie konnte er wirken? Welche Sprache würde der Mann wählen, um zu der Braut zu reden? Vorwürfe? Bitten? Liebe? Zorn?

Guda veränderte die Farbe. Es sah erschreckend aus. Sogar ihre Lippen wurden weiß. Sie hielt den dünnen, kleinen Brief zwischen ihren Fingern, die zitterten. Und sie fragte, ein wenig spröde klang ihre Stimme:

„Wie kam der Brief?"

„Percy hatte Gelegenheit, einem Vertrauensmann nach Rotterdam allerlei mitzugeben. Von dort kam heut früh ein anderer zuverlässiger Mensch. Geschäftsfreund von Papa", erzählte Tiny. „Du könntest auf dem gleichen Weg antworten, läßt Papa dir sagen. Aber es muß sofort sein. Der Betreffende fährt um vier Uhr schon wieder zurück. Man hatte nur besprochen, was sich nicht schreiben ließ, es ist doch jetzt Briefkontrolle."

Guda sah sich etwas verwirrt um. Sie hatte eben zuerst dieses Haus betreten — all die Gegenstände rundum waren so vertraut — und doch wußte sie nicht, wohin sich in Einsamkeit flüchten. Die junge Frau erriet sie.

„Komm in dein Zimmer" — und brachte sie die Treppe hinauf. —

Das dünne Blättchen — darauf seine großen, markigen, gleichmäßigen Schriftzüge — endlich, endlich Worte aus seinem Herzen — ein Ruf der Liebe. Die Augen strömten ihr über. Sie konnte erst nach Minuten lesen.

„Süße Guda, mein Liebling! Groll ist oft in meinem Herzen, daß Du mich hast zurückstoßen können an der Schwelle des Paradieses, das schon für uns geöffnet stand. Aber stärker noch ist die verzehrende Sehnsucht nach Dir. Ich war vor einigen Tagen in Lightstonhouse. Vom hohen Balkon, um dessen Sandstein dick der Efeu hängt, sah ich im silbernen Mondschein hinaus auf die schwarzen, überflimmerten Fluten des Kanals. In allen Räumen war glanzvolle Bereitschaft, die holde Herrin zu empfangen, die nicht kommt — ich ging in Dein Schlafgemach, und mir war, als sähe ich auf diesem Lager von heller Seide und köstlichen Spitzen Deine herrlichen Glieder gelöst in seliger Ruhe. Ich verbrannte vor Verlangen. Liebling, wenn Du begriffen hast, daß Deine Tat ein Verbrechen an unserer Leidenschaft war: Komm! Meine Wünsche rufen Dich! Ich käme Dir nach Holland entgegen. Dort in der englischen

Gesandtschaft im Haag können wir verbunden werden. Komm! Beselige durch solchen Entschluß Deinen Percy."

Schauer überflogen sie — wie unter seinen Küssen — als sei er hier — als würde sie wieder zur Sklavin vor der Gewalt seiner Mannpersönlichkeit, die das Weib beseligen wollte.

Oder vielleicht auch — erniedrigen?!

Welch ein Gedanke! Wie konnte das durch ihre Seele huschen? Sie entsetzte sich davor — faßte sich — ward mit einem Schlage wunderbar ruhig. —

Da war ja ihr kleiner alter Schreibtisch — alles lag bereit zum Schreiben. Umsicht und Fürsorglichkeit hatten hier gewaltet — Guda fühlte es dunkel wie in einer Nebenempfindung — die aber doch etwas Tröstliches hatte.

Und mit fester Hand schrieb sie hin, was auf diesen Brief zu sagen war.

„Lieber Percy, lieber! Nein, meine Tat war kein Verbrechen an unserer Liebe. Sie war eine Notwendigkeit. Alles, was sich seitdem begab, bezeugt es. Du schreibst nichts vom Kriege. Und dennoch ist er es, der zwischen uns steht. Aber ich will von ihm sprechen. Wenigstens dies. Mein Vater und Karen verbergen mir oft Zeitungen. Ich bin im Dienst des Roten Kreuzes beschäftigt. Aber in freien Stunden will ich immer lesen, wie unsere Siege weiter wachsen. Und dann fehlen manchmal Blätter. Und ich habe es begriffen: sie wollen mir verhehlen, welche Flut von Verleumdungen und Lüge aus Deinem Lande heraus und dort erzeugt, über uns ergossen und in der ganzen Welt verbreitet wird. Ich höre aber die Frauen und Mädchen, zwischen denen ich arbeite — zahlreiche sind es, aus allen Ständen, wir mögen keine Rangunterschiede mehr betonen — wir sind alle eines Gefühls. Sie haben harte Worte des Zornes über diese Lügen. Sie zittern vor Empörung über die Schmähungen auf unser Heer, das aus unseren Vätern, Söhnen, Brüdern besteht. Sie weinen vor Haß, wenn sie vorlesen, wie die englische Presse von unserem edlen Kaiser spricht. — Ich weiß, alles empört auch Dich. Denn Du kennst das Vaterland Deiner Guda — vielleicht liebst Du es in mir. Ich bin ein deutsches Mädchen. Du hast es auch in der Stunde unserer Trennung gesagt: Du hast uns begriffen. Steh' auf! Wirf Dich gegen diese Flut. Du bist ein weithin angesehener Mann in England. Man wird auf Dich hören, wenn Du Deinem Volke die Wahrheit über meines sagst. Jedes laute Wort, was Du in der Öffentlichkeit drüben sagst oder schreibst, wird als Ruf der Liebe zu mir dringen. Es wird beseligen Deine Guda."

Sie war sehr still und bleich, als sie ihren Brief der Freundin gab. Und Tiny wurde sehr gerührt. Beherrschung ergriff sie, die Leichtbewegliche, immer sehr stark. Als habe sie eine Ahnung davon, daß die Leiden der Gefaßten in die Tiefe gehen. — — —

Schweigend aßen dann die beiden schwesterlichen Frauen zusammen ihr erstes Mahl in diesem Heim, das ihr Obdach und ihre Werkstatt während des Krieges sein sollte. Katharina machte keinen Versuch, in Gudas schwere Grübeleien mit zerstreuenden Gesprächen einzudringen. Sie war immer der Ansicht, daß man Achtung vor Erlebnissen haben und sie ausklingen lassen solle. Guda dankte ihr dafür, als sie wieder ihrem Dienst nachging, mit einem schweigenden Kuß. Sie umarmten sich und sahen sich tief in die Augen.

Später kam dann die Post. Sie war noch beim Hotel eingelaufen und wurde von dort durch einen Boten gebracht. Freudig nahm Katharina sie an — Feldpostkarten lagen obenauf. Grüße von Arbogast und Hillemann. Von französischem Boden! Sie hatten oft nichts zu essen. Was schadete es? Auf den Feldern wuchsen Rüben und Kartoffeln, manchmal konnte man sie sogar kochen. Die Schokolade in der Tasche mußte sparsam verwaltet werden. Und wo blieben die Nachrichten von zu Hause? Wo die Zeitungen? Die Post und die Gulaschkanonen fanden das Heer noch nicht. Und Frau Schwesterlein, die Mütterliche, Sorgende, sollte schicken — schicken. —

Ach, man lief ja täglich an die Schalter und fragte, ob man Pakete schicken dürfe — aber es war noch unmöglich. —

Den Brief aus Berlin ließ Katharina bis zuletzt liegen. Wie nebensächlich waren die Nachrichten von der sterbenden alten Frau. Ein unnützes Leben losch hin. Man durfte es gar nicht messen an dem wichtigen, starken Dasein junger Helden, die das Vaterland schützten. Aber auch dieser Brief wollte gelesen sein. Und die junge Frau erfuhr doch aus ihm, was neue Unruhe brachte. Guda sollte sofort nach Berlin kommen, ihrem Vater beizustehen. Wahrscheinlich sei Tante Jenny schon erlöst, wenn diese Zeilen in Hamburg einträfen. Sie habe sich voll Liebe und Reue gezeigt — habe noch die Absicht geäußert, ihrem Testament ein Kodizill anzufügen. Das adelige Fräuleinstift sollte ganz ausgeschlossen und Adam zum Nacherben seines Vaters eingesetzt werden. Er, der Bruder, mochte nicht drängen und nicht andeuten, daß Eile not täte. Wie konnte er! Und gerade als endlich nach dem Notar geschickt war, verlor die Sterbende ihr Bewußtsein.

Die junge Frau teilte die Rührung ihres Schwiegervaters gerade nicht; sie war von nüchternem Verstand und sah in einer solchen allerletzten Reue nur ein Zeichen von Todesangst. Aber es war ihrem Gefühl doch eine Art Beruhigung, daß, wenn nun Adam dereinst mal seinen Vater beerbe, es nicht gegen den Wunsch einer Toten sein würde. Ihr fiel es sehr auf, daß der alte Herr nicht nach ihr, sondern nach Guda rief. Sie dachte gleich: ‚Da sind Dinge, die mir verborgen gehalten werden sollen.'

Schulden — Eheirrungen — Unregelmäßigkeiten Bertolds?! Noch aus der Zeit seines Lebens, die mit dem Kriegsausbruch abgeschlossen sein sollte? Nicht mehr zurückdenken! Sich fest und gläubig an seine guten Vorsätze halten!

Sie verständigte sich telephonisch mit Guda, die Urlaub nehmen, heute abend sich auf die Reise rüsten und morgen früh abreisen mußte.

Das war ein Tag gewesen! Ein Wirbel von Dingen. Welch Geschenk, daß er mit schönen Stunden abschließen durfte. Um sieben Uhr erwartete sie Rüdener.

Als er ihr gegenüberstand, war ihr ganzes Wesen wie von Freude durchleuchtet. Er fühlte es wohl. Es nahm ihm die innerliche Freiheit — beglückte ihn — war zugleich Angst. Wenn sie aus ihrer Unbefangenheit erwachte? Sie würde scheu vor ihm zurückweichen — als sei in seiner Nähe verbotenes Land. Und das Licht, das so wundervoll sein hartes Leben umgoldete, losch aus. —

Sie erzählte — war lebhafter, als er sie sonst wohl gesehen. Aber von sich sprach sie auch jetzt nicht. Als habe sie gar keine eigenen Erlebnisse und kein Eigenleben. —

Er erfuhr, daß Graf Leuckmer in Berlin sei und warum. Daß es ihren Brüdern im Felde gut gehe. Daß Guda noch eine Viertelstunde auf sich warten lassen müsse, sie packte ihre Sachen, man hatte neue Leute, die einem noch nicht solche Mühen abnehmen konnten.

„Gräfin Leuckmer? Sie ist hier?" fragte er. „Mir ist — man sagte in Aibling — sollte sie nicht ins feindliche Ausland heiraten?"

„O ja — sollte, wollte. — Das ist wohl ein bitterer Kampf gewesen — sie liebt voll Leidenschaft, beinah erschreckend — und lehnte doch im letzten Augenblick ab, jetzt ihr Vaterland zu verlassen — jetzt gerade zu unseren Feinden zu gehen."

In seinen Augen blitzte starke Anteilnahme auf.

„Das war eine Tat!" sprach er voll Bewunderung. „Schopenhauer hat Kluges und Tiefes davon gewußt, was eine solche Selbstüberwindung bedeutet. Sie ist die größte, die ein Mensch sich abringen kann. Eine Braut entsagt schwerer als eine Frau — Verzicht vor dem ersehnten Besitz. — Das ist Widerstreit gegen die gebietende Natur. Ihre Bezwingung ist es." Er hielt plötzlich inne, schien weitere Worte zurückzubehalten und fuhr dann mit einem Klang von Staunen und Andacht in der Stimme fort:

„Aus welchen Urgründen kommt ein Gefühl herauf, das stärker noch ist als selbst die Geschlechtsliebe?! Abgewandelt, erweitert, wissend lebt in ihm der Instinkt, der schon zu primitivsten Zeiten die Menschen sich an ihren Herd flüchten ließ. — ‚Heilig ist mein Herd', singt Hunding — wir nennen es Vaterlandsliebe!"

Sie sah ihn an, bewegten Herzens und mit feuchtem Blick.

„Und um dieser Liebe willen haben auch Sie auf die Fahne geschworen."

„Und erlebe einen Zustand, den meine Kritik nie für möglich gehalten hätte. Man kann nicht immer begeistert sein — nicht wahr? Die Kehle würde heiser, wenn der Mund von früh bis spät ‚Deutschland über alles' sänge. Und dennoch — während man zur Maschine wird und sich drillen läßt und oft kaum denkt — immerfort ist eine Unterströmung da — ein Bewußtsein, kaum mehr gedankenvoll bewußt — ich sag' das mit Absicht so — es scheint Widerspruch in sich, ungedachtes Bewußtsein. Aber man ist immer von etwas wie getragen — davon, daß es um unseres Volkes Zukunft geht, um den Fortbestand unseres Vaterlandes, um die deutsche Kultur. In einem wunderbaren Doppelzustand ist man. Alles, was man will und glaubt, steht unverändert — fast unverändert da — aber es ist zurückgestellt — wartet auf künftige Tage. Und man will eigentlich nichts als niederschlagen, was uns angefallen hat. Das ist ungemein einfach. So sehr voll Einfalt, daß es eine Erhabenheit wird — dennoch wachsen einem, indem man ganz nur Empfindung scheint, fortwährend neue Einsichten zu. Man begreift, daß vieles, was man bestritt, sein gewaltiges Recht hat. Vor allem Heer und Landwirtschaft. Oh —" schloß er, und ein leidenschaftlicher Wunsch durchglühte seine Worte, „wie sollte es mich reich machen, mitarbeiten zu dürfen an der neuen Gestaltung des Vaterlandes — wo nun alle einander vertrauen."

„Das werden Sie! Das müssen Sie!" rief sie hingerissen.

Ein seltsam wehmütiges Lächeln ging um seine Lippen. „Wunderlich — mir ist, als stehe die Zukunft tot und stumm vor mir — gleich einem verschlossenen eisernen Tor ist sie — kein Blick, kein Ruf dringt hindurch. — Vielleicht ist mir bestimmt zu fallen..."

„Nein", sprach sie — „nein!" — — —

Und der Jammer des Krieges faßte sie an und bebte durch ihre Nerven mit tausend Ängsten.

Da wurde die Tür aufgerissen — Guda kam herein — verstört — mit fliegendem Atem — eine Depesche in der Hand.

„Für dich", stammelte sie, „für dich!"

„Meine Brüder?" schrie die junge Frau auf. — Sie stürzte sich förmlich auf Guda, entriß ihr die Depesche — las — stand versteinert — ihren Fingern entglitt das Papier — es sank geräuschlos zu Boden. Es schien, als horche sie in die Ferne hinaus — ihre Augen schlossen sich — sie hob das Haupt, daß es sich in den Nacken bog. Es war die Gebärde eines stummen, harten Kampfes. So stand sie schweigend ein paar Herzschläge lang. Und dann schritt sie hinaus — nachtwandlerisch.

Guda brach in Tränen aus.

„Bertold ist gefallen."

Sie sank in einen Stuhl und schluchzte und wußte ungefähr, daß ein fremder Mann im gleichen Raum sei.

Der fremde Mann aber fand den rechten Augenblick, leise zu gehen. Und er nahm in seinem von schwerem Ernst erfüllten Herzen die Frage mit:

„Zerbricht oder befreit sie dieser Tod?"

* *
*

Sie konnte nicht schlafen. Es wäre ihr auch gewesen, als würde Schlaf sie um das Nacherleben eines großen, des bisher wichtigsten Teiles ihres Daseins bestehlen. Es tat wohl, in der Stille der Nacht zu wachen, denn dieses dunkle Schweigen ringsum hatte die Feierlichkeit eines Tempelraumes und gab schonungslos ihrer Seele Sammlung.

Als die erste Erschütterung überwunden war, die der Tod eines nahen, nächsten Menschen auslöst — diese Erschütterung, in der unbewußt Furcht vor der Unsicherheit des eigenen Daseins mitschwingt —, dachte sie klar und milde über ihren Mann nach. Sie wußte: sie hatte nichts verloren! Denn vor scharfer Prüfung hielt der Glaube nicht stand, daß er später ein anderer geworden wäre, seinem Vorsatz gemäß. Das Leichte, Lustige, Flotte zog ihn zu stark an, war seiner Art gemäß die einzig mögliche Lebensluft für ihn. Später, wenn erst die grauenvollen Bilder des Krieges nach und nach in ihm verblaßten, wenn der schwere Ernst und Schmerzensdruck wieder vom Volke wich, dann würde unbesorgt und munter Bertolds eigentliche Natur sich wieder herausgewagt haben, er hätte den Ernst abgelegt wie andere ein schwarzes Kleid am Ende eines Trauerjahres...

Aber ihr Herz war doch voll Dankbarkeit, daß aus seinen letzten Worten Einsicht und guter Wille herausklangen. Das machte es ihr leicht, später zu ihrem Knaben liebevoll von seinem Vater zu sprechen und vor seinem Kinde sein Bild so zu errichten, wie es nach seinen Vorsätzen hätte werden können!

Sie dachte auch an die Zeit, die sie und ihn zusammengeführt hatte; es war ein Truggeschäft der Natur gewesen, wie es die Geheimnisvolle so oft anzettelt, ganz junges Blut war zwischen Frühlingswundern eines köstlichen Maien in Aufwallung gekommen, eine Siebzehnjährige und ein Vierundzwanzigjähriger hatten ein paar Monde geglaubt, in Liebe füreinander bestimmt zu sein. Das Erwachen focht den Mann in keiner Hinsicht an. Er nahm es nicht tragisch und fand das Dasein weiterhin sehr unterhaltend und wurde in seinem forschen Lebenstempo ausgiebig unterstützt von der alten törichten, in ihn verliebten Frau.

Sie aber, die junge Frau, fand einen Trost, einen Ausgleich im Besitz ihres Knaben. Das holde Kind machte es ihr leicht, Schmerz und Zorn niederzuringen. Der Gedanke an dies ihr Glück erhob sie auch in dieser Nacht, ward zum Fürsprecher für den Gefallenen. Er, der Schwache, Leichte, hatte einen starken, schweren Tod gefunden.

Und so, als eines Helden, wollte sie seiner immer voll Herzlichkeit denken. Auf sein Grab nur Lorbeeren legen, nicht den Dornenkranz von vergangenen Bitterkeiten.

Was für eine unbegreifliche Zeit war dies! Die Persönlichkeit ausgelöscht. Anrechte, Forderungen des einzelnen durften nicht mehr selbstisch aufpochen. Nur das winzige Teilchen war man eines übergewaltigen Ganzen. Seiner heiligen Unzerstörbarkeit galt es zu leben oder mit ihm unterzugehen.

Und dennoch ging der Alltag weiter. Ganz dicht neben der ungeheuerlichsten Erregung, die je durch die Menschheit bebte, standen bei jedem einzelnen in der Heimat die gewohnten Erscheinungen des bürgerlichen Daseins. Während die Nerven vor Hochspannung zu zerreißen drohten, mußte man die Kraft haben, die wirtschaftliche Ordnung stark zu erhalten. Dies Durcheinander der Dinge wollte betäuben — alle Harmonie des Lebens aufheben. Immerfort — unaufhörlich mußte man der Wichtigkeit auch der geringsten Tagesarbeit eingedenk bleiben — sich immer sagen: Alles sind Schuppen — und aneinandergefügt, werden sie der Panzer, der unser Land undurchdringlich umhüllt. Und wenn es unerhörter Anstrengung gelungen war, sich zu den Aufgaben zu sammeln — fiel vielleicht ein neues Unglück herein. Umdroht war man — dem Unberechenbaren anheimgegeben und sollte doch leben wie im Frieden — Zwiespalt zwischen Tat und Möglichkeiten — stetig handeln, während über einem das Schicksal mit dunklem Flügelschlag rauschte. — Das höchste Pathos stand unmittelbar neben der einfachsten fraulichen Beschäftigung.

Und ganz wunderlich, jeder Erkenntnis, ja, dem einfachsten Verstand auf das tollste widersprechend war es, daß man es als unbegreiflich empfand, wenn der Sensenschwung des Todes ganz wie sonst aus den Reihen der Greise, Frauen, Männer, Kinder die niederstreckte, die er für seine Ernte auserkoren. Viele Menschen und auch die junge Frau, die jetzt in der Nacht mit einem gefallenen Helden gütig und wehmütig abrechnete, hatten das seltsame Gefühl, als müsse das Sterben der stillen Unbewaffneten nun eine Pause machen — als habe der Tod auf den Schlachtfeldern zu ungeheure Arbeit, um sich noch um die anderen zu bekümmern, die die Friedhöfe der Städte und Dörfer versorgten. — Aber er blieb am Werk — auch hinter den Heeren und zwischen den Schlachten.

Welche Fügung eigentlich, daß die alte Frau und ihr Liebling — er, ohne dessen Lachen und Leichtsinn ihr Leben gar keinen Reiz gehabt haben würde —, daß sie um die gleiche Zeit starben.

Und da plötzlich zuckte ein Gedanke durch den Kopf der einsam Wachenden. Sie richtete sich auf, drehte das

Licht an, nahm die Depesche, die auf dem Schränkchen neben dem Bett lag, zum unendlichsten Male vor.

„Schmerzlich bewegt teile mit, daß Oberleutant Graf Leuckmer Heldentod für Vaterland fand. Auf Patrouillenritt Gegend Namur gefallen.

Oberst v. Bärwaldtstein."

Die Adresse lautete: „Gräfliche Familie Leuckmer." Und sie war an das Hotel gerichtet, wo man bis gestern morgen gewohnt hatte. Vielleicht fand man sie in Bertolds Tasche. Sie war am Siebenundzwanzigsten, also gestern früh aufgegeben — fast um dieselbe Zeit, als der Brief aus Berlin in Hamburg ankam, in dem Graf Leuckmer aussprach: „Wenn Ihr diesen Brief erhaltet, ist Tante Jenny wohl schon erlöst."

Die junge Frau wurde ganz verwirrt. — Wer war nun früher gestorben — die alte Dame oder Bertold — die Erblasserin oder der Erbe? Welche sorgenvolle Frage stieg da aus der Versenkung empor — höhnte sie an — dies unselige Testament, das seit den letzten drei Jahren soviel in der Familie besprochene, das noch in letzter Stunde geändert werden sollte — zu spät war der gnädige Vorsatz gefaßt worden, zu spät — das Testament bestand zu Recht.

Sie suchte sich zu beruhigen. Die näheren Angaben würden kommen. — Welche groteske Fügung wäre das, wenn nun Schwierigkeiten, Unklarheiten entständen?

Förmlich betäubende Vorstellungen kamen ihr: Wenn man bedachte, durch welche Unmenge von Fäden die Millionen von Soldaten mit der Heimat verbunden waren — wie der Bestand aller Verhältnisse durcheinander geriet — auch der des Rechtes. — Gerüttelt und geschüttelt wurde die bürgerliche Welt wie ein Gefäß voll Sandkörner — tausend, aber tausend Händel und Mühen würden sich ergeben.

Sie und ihre Angelegenheiten waren eben nur ein Sandkörnchen in der Menge.

Aber man lebte ja in Deutschland! Die heilige Ordnung mit den sicheren Händen würde walten — alles schlichten.

Doch umkreisten, dem Verstande zum Trotz, ihre Gedanken immer wieder diese Frage. Für ihren Knaben mußte sie ihr von der größten Bedeutung sein. Ihr eigenes Erbteil von ihren Eltern war ihr vorweg ausgezahlt worden und hatte ihr Aussteuergut dargestellt, auf welches hin sie und Bertold heiraten konnten. Er hatte es vertan. Von seiner Erbschaft nach Tante Jennys Tod wollte er es ihr ersetzen; sie forderte es auch, — um Adams willen. Sie wollte nicht unverdient in Armut versinken oder auf Familienunterstützung angewiesen sein! Dagegen lehnte sich ihr Stolz auf. Und Adam sollte einmal seinen Weg nach Wahl, nicht nach Brot machen. Wenigstens ihr eingebrachtes Geld wollte sie zurück. Das war ihr Recht! Überdies bedeutete ihr ihr kleines Vermögen einen Gegenstand der Dankbarkeit und des Respektes: Ihre tüchtigen, anspruchslosen Eltern hatten es nicht ohne Mühe flüssig gemacht. Die ahnten nicht einmal, daß es verloren sei. Das hätte ihnen Schmerz bereitet. Aber auch darüber hinaus: Wie herrlich mußte es sein, jetzt viel Geld zu haben! Kriegsanleihen würden vom Volke geopfert werden — mit stattlichen Summen dem Vaterlande zu dienen — wie beglückend. — Und all die Not, die man stillen, all die Waisen, die man erziehen, all die armen Eltern, denen man helfen konnte!

Und so hoffte die junge Frau denn mit einer Inbrunst,

die sie noch niemals für Geld empfunden hatte, daß das Vermögen zu segensvoller Verwendung in ihre sonst leer bleibenden Hände käme und nicht in die übervollen Geldschränke jener adeligen Fräuleins, wo es dem Testament nach nur das Stiftsvermögen unantastbar vermehren sollte. Jetzt — totes Geld?! Ein Unrecht am Vaterlande! Und sie beschloß, ohne Sentimentalität um dies Vermögen zu kämpfen — falls es nötig werden sollte. Um ihres Kindes Zukunft und um der großen, fordernden Gegenwart willen. —

Sie stand schon früh an Gudas Bett und weckte sie für die Reise nach Berlin. Guda hatte angeboten, hierzubleiben. Aber die junge Frau wußte: Der Vater in Berlin konnte nicht allein ernsten Pflichten standhalten, um so weniger, wenn sein Gemüt nun noch durch den Tod des Sohnes beschwert ward. So reiste Guda ab. Still und matt von den Erregungen des gestrigen Tages. Und gleich der Schwägerin voll Gedanken über die Erbschaftsfrage.

Für die Gefallenen, die in fremder Erde schlummerten, war es die frommste Ehrung, tätig zu sein! Nicht Tränen — Arbeit hieß das Opfer, das man ihrem ernsten Gedenken zur Weihe in die Schale legen mußte, die das verhüllte Schicksal den Frauen vorantrug. Ohne Zögern nahm die junge Frau die ihre auf. Und am Mittag, als zwölf fremde, verschüchterte Knaben mit einem Ausweis erschienen, der sie als die erkorenen Pfleglinge der Gräfin Katharina Leuckmer bestätigte, fanden sie eine gütige, lächelnde Frau, zu der sie schon in der ersten Viertelstunde Zutrauen faßten. Sie verstand sich auf den Ton, der in Kinderherzen widerhallt. Schon die Feststellung aller Namen dieser kleinen Schar wußte sie zu einem erheiternden Vorgang zu machen.

Und als das kräftige Essen auf den Tellern dampfte, sahen sich die Kinder allein und konnten ohne Verlegenheit schmausen. Nachher im Garten durfte Adam ihrem Spiel zuschauen, wobei ihn Frau Stroblmeyer vorerst noch nicht von der Hand ließ; denn sie konnte es nicht begreifen, daß diese Knaben aus dem Volke so ohne weiteres mit ihrem Grafenkind in Berührung kommen durften.

Während die junge Frau ihre „Kriegskinder" beobachtete und herauszufinden trachtete, von welcher Art wohl der eine oder andere von ihnen sein könne, dachte sie auch an den kleinen Jürgen, nun seines Vaters anerkannter Sohn — Jürgen Rüdener. Was würde aus dem Kinde werden, wenn der Vater ins Feld zog? In diese Schar der Armen, Bedürftigen konnte sie ihn nicht einreihen! Man war ein Volk von Brüdern — Standesunterschiede schienen hinweggelöscht — das ja — aber Zartheit nicht — Gefühle nicht, die stark sprechen und für die man doch keine Worte finden kann. Sie hatte den Freund offen fragen wollen, wie er sich die Lage des Kindes denke. Aber das eben begonnene Zusammensein zerriß die ernste Nachricht...

Guda hatte ihr berichtet, mit welchem Takt Dr. Rüdener es verstanden habe, sich zurückzuziehen.

Und Katharina wußte: Er würde auch die rechten Worte finden, zu ihr zu sprechen, obgleich er nichts von ihrer Ehe wußte...

Aus Berlin kamen am späteren Nachmittag Depeschen. Worte der Liebe und der Ergriffenheit von Bertolds Vater. Auch die genaue Feststellung, daß Tante Jenny am 26. August, nachmittags drei Uhr zwanzig Minuten, verschieden sei. Und die Mitteilung, daß der

Aufenthalt in Berlin sich wohl noch nach der Beisetzung um mehrere Tage verlängern werde.

Wunderlich! Was hatten sie dort so lange zu tun? Die Verstorbene führte schon seit Jahren keinen eigenen Hausstand mehr, hatte gleich vielen alten Einsamen ihr Behagen in den Hotels großer Städte und Kurorte gesucht und war nun seit Monaten im Sanatorium gewesen. Also aufzulösen gab es nichts. Und die Formalitäten rechtlicher Art konnte doch der Anwalt erledigen, der Thomas' Geschäfte übernommen hatte.

Bei diesen Erwägungen fiel ihr ein, daß ihrer selbst auch noch allerlei Schwierigkeiten warteten. Adam mußte nun einen Vormund haben. Aber vielleicht durfte sie selbst sich zur Vormünderin bestellen lassen? Wo war man denn eigentlich zuständig? Sie, das Kind der Scholle, die seit Jahrhunderten der gleichen Familie gehörte, fand die Heimatlosigkeit der Leuckmers unerträglich. Ihren armen Schwiegervater hatten Geldsorgen vom letzten Landbesitz der Familie vertrieben und zu kümmerlicher Verborgenheit in der Weltstadt gedrängt. Sie selbst war als Gattin eines Offiziers in ihrer kurzen Ehe in zwei verschiedenen Garnisonen gewesen. Fortan hieß es, schon aus Rücksicht auf Adams späteren Bildungsgang, einen festen Wohnsitz sich einrichten. Und für Sommertage würden ja sie und ihr Kind immer willkommene Gäste auf Schloß Schönblick sein.

Solange der Krieg dauerte, mußte man sich in vorläufigen Einrichtungen zufrieden fühlen.

Ihre Voraussicht, daß ihr Freund ein wohltuendes Wort finden würde, erfüllte sich. Er hatte es geschrieben, ehe er die Wahrheit über ihre Ehe wußte — jene Art von Wahrheit, die von ein paar äußerlichen Linien zutreffend etwas auszusagen vermag. Am Abend nach dem Dienst trug er selbst seine Zeilen in die Klopstockstraße, um sie in den Briefkastenspalt der Haustür zu werfen. — Er fühlte wohl, es war knabenhaft. — Aber er dachte: ‚Nur einen Blick über ihre Fenster — auf die Mauern, hinter denen sie atmet.‘ Er hatte geschrieben:

„Hochverehrte Frau Gräfin, sehr ernste Erschütterungen bringen nun Ihr Gemüt aus dem Gleichgewicht. Mit tiefster Teilnahme denke ich daran. Aber ich weiß, daß Ihr Wesen, ganz der mütterlichen Fürsorge für andere zugewendet, rasch seine edle Ruhe wiederfinden wird in der Fülle der Aufgaben, die Sie sich stellten.

Sie sind in diesem Augenblick allein hier und sind hier vielleicht ganz fremd. Wenn Sie meiner bedürfen sollten, stehe ich, soweit der militärische Dienst es zuläßt, zu Ihrer Verfügung. Ungerufen zu kommen erlaube ich mir nicht. Aber meine Gedanken suchen Sie mit dem Wunsch, daß in Ihrer Seele Frieden sei.

Ihr Ottbert Rüdener.“

Als er gedankenvoll seinem Ziele zuschritt, empfand er die Abenddämmerung gleich einer Wohltat. Das Leben war jetzt so laut und rasch. Wenn die Stille des sinkenden Tags vom perlgrau sich färbenden Himmel herniederströmte wie Segen, besänftigten sich die Nerven...

Plötzlich störte ihn in der wenig belebten Straße Anrede und Aufenthalt. Er beachtete nicht die junge Dame, die ihm entgegenkam. Aber als sie zwei Schritte vor ihm war, merkte er aus einer Handbewegung, daß sie ihn begrüßen wolle oder von ihm gegrüßt zu sein wünschte. Sie kam ihm zugleich auch bekannt vor. Und indem er die Finger zur Mütze führte, wußte er schon: In Aibling hatte er diese Dame gesehen, allein oder mit Gräfin Guda Leuckner und zwei blonden, lebhaften jungen Männern, die Gräfin Katharina ihm dann als ihre Brüder nannte — an jenem prangenden Sonnentag, als sie Abschied voneinander nahmen. Damals war auch diese junge Dame dabei gewesen. Ihren Namen hatte er nicht behalten.

Tiny wußte aber ganz genau, wer er sei. Für einen Mann mit so schönen, wunderbar sprechenden Augen hatte sie ein scharfes Gedächtnis. Sie war sehr aufgeregt über den Tod des Grafen Bertold Leuckmer und vom Bedürfnis erfüllt, sich auszusprechen gegen jeden, der nur irgend davon hören wollte. Es war der erste Fall in ihrem näheren Kreise. Und sie steigerte sich in eine Art von Mitbetroffenheit hinein — wie viele Frauen in der ersten Zeit des Krieges, wenn sie auch nur lose Beziehungen zu einem der Gefallenen hatten. Es war ein Sichherzudrängen zum Leide, mit einer Unterströmung von Eitelkeit...

„Guten Abend — Herr Doktor Rüdener? Nicht wahr? Ich erkannte Sie sofort. Trotzdem die Uniform ja fabelhaft verändert. Wundervoll — daß auch Sie — Kriegsfreiwilliger?"

„Ja. Schlichter Musketier."

„Sie kennen mich doch auch?" Aber sie sah ihm an, daß es nicht der Fall sei. „Ich bin doch Tiny van Straten — beste Freundin von Komteß Guda Leuckmer. — Was sagen Sie denn — Bertold Leuckmer gefallen? Wissen Sie es schon? Sie sind doch mit Gräfin Karen gut bekannt geworden seit der Geschichte mit Ihrem Jungen."

„Ja. Ich weiß es", antwortete er kurz.

„Er war ein entzückender Mensch", schwärmte Tiny. „Er besuchte Guda mehrmals bei uns, kam dann auch, wenn er zum Hamburger Derby hier war, allein zu uns. Entzückend! Aber wissen Sie — ein leichtsinniger Mensch — bös konnt' man ihm ja nicht sein. — Er stak ewig in Schulden — hat seiner Frau und seiner alten Tante viel Geld gekostet. Und auch sonst... Dolle Geschichten. — Weshalb Gräfin Karen sich nicht hat scheiden lassen, versteh' ich nicht. Gründe hatte sie in Fülle. Schon im ersten halben Jahr ihrer Ehe soll sie eingesehen haben, daß sie betrogen war. — Und nun ist er tot. Das geht einem doch nahe. — Wenn so jemand, den man gut kannte, wie weggelöscht ist. Und wer weiß — nach'm Krieg wär' er vielleicht solid geworden."

Wie ihm dies Gespräch peinlich war! Und trotzdem horchte sein Herz den Worten nach — die ihm von tragischen Leiden der herrlichen Frau viel sagten.

Nun wußte er es: Dieser Tod hatte sie befreit. Aber dieses Wissen tat dennoch nicht gut. Eine innige und reine Trauer mußte wohltätiger für eine Frau wie sie sein als solch zwiespältiges Zurückschauen.

Es war ihm ganz unmöglich, auf die Mitteilungen des offenherzigen Mädchens einzugehen. Unmöglich, sich mit ihr über die Ehe der Einen, Einzigen auszusprechen, Fragen zu stellen.

Er antwortete mit einer allgemeinen Bemerkung.

„Manchen Dramen wird der Krieg den Schlußakt schreiben, aber hunderttausend neue wieder schaffen."

„Ja", sagte Tiny, und ihre Augen wurden feucht, „ich fang' an hineinzusehen in solche Dramen — bin seit gestern im praktischen Kursus — bald werden Sie mich in der Tracht der Roten-Kreuzschwestern erleben — oh — ich bin so stolz — der Arzt hat mich gelobt — denken Sie — meine Hand sei sehr leicht! Ich bin glückselig."

Ihr darüber etwas Herzliches zu sagen war natürlich.

Dann trennten sie sich, als seien sie seit langem gute Bekannte. Er staunte das an. Das war sonst nicht seine Art gewesen. Er kannte sich als abgeschlossen von den Menschen, die ihn im Tagesverkehr streiften. Jetzt brauchte nur eine Gefühlsseite berührt zu werden, und ein bewegtes Vertrauen zitterte hin und her. Seltsame Überraschungen erlebte man an sich. Einige Augenblicke später schob er den Brief unter die schmale Messingklappe des Briefkastens in ihrer Haustür.

Er wußte nun, die Worte, die er ahnungsvoll gewählt, waren die rechten gewesen.

Die junge Frau saß und schrieb an den Oberst von Bärwaldtstein und bat um möglichst genaue Angaben. Ob das Ende ihres Mannes rasch und leicht gewesen und ob man später sein Grab würde finden können. Sie bat auch um ganz genaue Angaben der Todesstunde, deren Zeitpunkt für ihren Knaben und seine Erbrechte von Wichtigkeit werden könne.

Da brachte man ihr den Brief des Freundes.

Voll Ruhe nahm sie ihn entgegen. Sie sah ja gleich, von wem er kam. Der Inhalt war ihr wie etwas Erwartetes. Daß er verstehen würde, zu ihr zu sprechen, hatte sie gewußt. Und ihre Gedanken sagten ihm: Ja, es ist Frieden in meiner Seele. Obgleich sie niemals von sich und ihrer Ehe zu ihm gesprochen hatte, war ihr, als müsse sich durch irgendeine geheimnisvolle Übertragung das Wissen davon ihm mitgeteilt haben. Sie wollte ihn auch zu sich berufen, bald vielleicht, sie wußte noch nicht. Und dachte wieder: ‚Auf den Händedruck und das gesprochene Wort kommt es nicht an. Der Trost und Reichtum, sich in seelischer Gemeinschaft mit einem Freunde zu wissen, ist alles.‘

Die Rückkunft der Ihrigen aus Berlin zögerte sich

noch tagelang hin. Aber sie hatte keine Zeit mehr, darüber nachzudenken, durch welche Umstände Guda und ihr Vater dort zurückgehalten werden mochten. Die Stunden wirbelten nur so an ihr vorüber.

Sie mußte ihren Eltern mitteilen, daß Bertold gefallen sei — er, von dem Mutter und Vater dachten, er sei ein liebevoller Gatte voll Pflichttreue gewesen. Sie mußte Trostbriefe ertragen, die unwillkürlich wie bitterste Ironie wirkten. Sie las, daß Mutter und Vater ihre wirtschaftliche Lage berechneten: Außer der Kriegspension als Oberleutnantswitwe hatte sie die Zinsen ihres im voraus empfangenen Heinzenbergschen Erbteils. Das war bescheiden — aber wie die Eltern ihre Tochter kannten, würde es ausreichen, auch wenn das Vermögen von Tante Jenny nun Adam noch entgehen sollte. Sie selbst konnten jetzt nicht kommen, ihre Tochter zu umarmen. Es mangelte an Arbeitskräften, der Hafer war noch nicht herein, die Kartoffelernte würde sich anschließen, die Feldbestellung war das wichtigste. Vater selbst griff mit zu auf den Feldern, wie die Mutter im Haus, damit robuste Magdarme für den Acker frei würden. Jetzt hieß es: Ernten und säen. Und nicht: Weichmütig sein in Trauer.

Ja, das waren ihre Eltern! Und daß sie so zu ihr sprechen konnten, zeigte ihr: sie dachten, die Tochter sei von ihrem Schlag. Das machte sie stolz und sicher. Kein Wort der Angst um ihre vier Söhne hatte in den Briefen gestanden. Sie waren in Gottes Hand. Wie es dem Vaterlande nottat, würde er verfahren. Ja, das waren ihre Eltern!

Durch die zwölf „Kriegskinder" kamen Aufgaben in solcher Fülle, daß die junge Frau wohl sah, ganz allein ließe sich das nicht bezwingen. Sie suchte eine junge

Kriegerwitwe, die vielleicht Kindergärtnerin oder Volksschullehrerin gewesen sei und sich nun Geld zu verdienen wünschte. Eine solche Kraft konnte das Rote Kreuz ihr gleich nachweisen. Und nach zwei Tagen, nachdem sie die Notwendigkeit solcher Hilfe erkannt hatte, kam ein zartes, verweintes Menschenkind bei ihr an. Frau Marta Flügel. Ihr junges Glück war zerbrochen, ihr Mann in Löwen von feigen Franktireurs erschossen. Da hieß es: Aufrichten und die Fähigkeit zu tapferem Ertragen wecken. Die Hilfe lud also neue Aufgaben auf. Aber Katharina hoffte, daß es der armen Frau Marta nach und nach verständlich werden würde, wie völlig Dienen erhob! Denn schon im ersten Gespräch klang so etwas mit von bitterlicher Enttäuschung: Durch die Ehe hatte sie die Sorgen für ihr Brot dem Mann übertragen; nun sollte sie wieder wie vorher Verdienst suchen; was der Staat gab, konnte nur die Notdurft decken.

Alles, was hier an den Kindern geschah, mußte zum größten Teil als weggeworfen betrachtet werden, wenn man nicht Einblick in ihre häuslichen Verhältnisse gewann. Da war ein Junge, der hatte keine heilen Stiefel, aber Geld für Kinobesuche in der Tasche und war mürrisch, nun von seinem Vergnügen abgehalten zu sein. Ein anderer erzählte unbefangen, daß seine Mutter nicht kochen könne; sie bekamen immer nur Kaffee und Schmalzbrot mittags oder Pellkartoffeln und Suppe von Suppenwürfeln. Ein dritter lehnte das zusammengekochte Essen ab und hatte sich gedacht, es gäbe immer Braten und Schokolade. Der vierte trug stolz ein ganz neues Wams, von der Dame sei es geschenkt, wo seine Mutter wusch. Als Katharina ihn fragte, wo das etwas zerrissene und unsaubere von gestern geblieben sei, das man flicken und waschen könne, sagte er, das habe seine Mutter weggeworfen, zum Flicken habe sie keine Zeit. Und so taten sich fast bei allen Kindern ganz überraschende Umstände auf. Sie wollte nach und nach all diese Mütter aufsuchen, auch Frau Marta schicken, die in der Hauptsache die Arbeiten und Spiele der Kinder leiten sollte.

‚Ich muß mit Rüdener darüber sprechen', dachte sie. ‚Diese Unwirtschaftlichkeit der Frauen des Volkes muß besser erkannt, ihr muß abgeholfen werden.'

Und sie schrieb ihm. Sie brauche Rat, Belehrung, Hilfe. Freilich nicht für ihre Person, sondern für eine soziale Angelegenheit.

Am nächsten Abend kam er. Und diese erste Wiederbegegnung nach dem Tode ihres Gatten ward für ihn zu einem Wunder. In ihrem schlichten schwarzen Kleid erschien sie älter als sonst. Der Ausdruck ihrer Züge war der gleiche wie immer. Nur ihre Gesichtsfarbe war sehr matt.

Die Unbefangenheit, mit der sie ihm die Hand reichte, empfand er als etwas Edles. Als er fragte, ob sie Näheres über den Heldentod ihres Gatten schon erfahren habe, antwortete sie:

„Noch nicht. Mir ist aber eine große Wohltat widerfahren. Die letzten Worte, die Adams Vater mir schrieb, waren voll Würde und voll heldenhaften Sinnes."

Er hatte auf der Stelle das Gefühl, daß sie diese Worte als Abschluß sprach und auch wie eine Schranke aufrichtete. Niemals würde sie über den Dahingegangenen klagen, nie vertraulich von ihrer Ehe sprechen. Von dem Gefallenen sollte nichts leben als das gute Andenken, das ihre kurze Mitteilung ihm errichtete. Er wandte sich ab, um eine aufwallende Rührung zu verbergen.

„Dieser Krieg", sprach sie noch, „ist ja eine völkergeschichtliche Notwendigkeit zur Erfüllung von Entwicklungsgesetzen. Das sagte Papa Leuckmer, und man muß es denken. Sonst ginge es gegen göttliches Walten und menschliches Begreifen. Aber für jeden einzelnen ist es nun so unheimlich. Immer hat man von Zufall reden gehört als von etwas Törichtem, in der Kunst, scheint mir, war er verachtet, und ein Ziegel, der vom Dache fiele und den Helden tötete, das wäre da unmöglich. Und nun ist der grauenvolle, bizarre Zustand da. Und der Zufall regiert fast jedes persönliche Schicksal. Ob eine Kugel trifft oder vorbeisaust. Man darf nicht zu sehr darüber nachdenken. Ja, dem dämonischen Zufall sind wir einzelnen preisgegeben..."

„Damit das Ganze kraftvoll und für alle Zukunft unangetastet bestehe", vollendete er.

Und dann lenkte sie hinüber zu den Fragen, die sie mit ihm besprechen wollte. Ganz sachlich vertieft in ihr wichtiges Gespräch saßen sie. Er war überrascht durch ihr starkes soziales Empfinden und ihre Einsicht in die hauswirtschaftlichen Fehler der armen Familien. Sie erklärte es ihm, sie sei vom Lande. Auf den großen Gütern gäbe es für die Töchter und Frauen der Besitzer immer viele und ernste Aufgaben.

Und er hatte das Gefühl: Mit ihr arbeiten, sich ergänzen dürfen, einander Kenntnisse vermitteln von bisher aus falschem Gesichtswinkel gesehenen Stücken des Lebens. Herrlich mußte das beglücken. Welch segensvolles Wirken konnte das werden.

Er war auch erstaunt über die Einfachheit all der Räume. Wohl gab es alte, solide Möbelstücke da und dort an den Wänden. Aber nirgends irgendein Zeichen von Pracht. Das Zimmer im ersten Stock, wo sie ihre

Unterredung führten, konnte wohl ihr eigenstes Bereich sein. Aber spielerische Eleganz fehlte auch hier. Auf der breiten Chaiselongue lag eine dunkelbunte Decke und allerlei Kissen. Da war ein hübscher Schreibtisch mit einigen Photographien bestellt und einem Schreibzeug von Silber. Eine Ecke mit Sofa, Tisch und Stühlen. Irgendwo an der Wand noch ein Zierschrank. Das war, was er unwillkürlich bemerkte und als Bild von ihrem Zimmer mit hinwegnahm. Behagen ohne Prunk, doch voll Anmut.

Erst als er sich verabschiedete, fragte sie nach seinem Knaben. Er gestand, daß er noch nicht wisse, wie für Jürgen das Leben einzurichten sei, wenn er ins Feld müsse. Die alte Frau, die ihnen jetzt ihre kleine Wohnung in Ordnung halte, könne unmöglich zur alleinigen Erzieherin Jürgens bestellt werden. Es sprachen auch Geldfragen mit. Seine Ersparnisse waren natürlich nur bescheiden, denn die Einnahmen hatten nur in glücklichen Ausnahmefällen über das Nötige hinaus gereicht. Es kam dem Kinde eine Kriegsunterstützung zu. Dies Sümmchen reichte kaum, ihn dafür in irgendeiner kinderreichen Arbeiterfamilie unterzubringen. Aber vielleicht, daß einer seiner Freunde Jürgen in seinem Familienkreis aufnähme. Er mußte sich bemühen, hatte schon leise angeklopft, freundliche Bereitwilligkeit gefunden. Aber da, wo er sie finden sollte, gab es gesundheitliche Umstände zu bedenken, eine tuberkulöse Hausfrau. Es war recht schwer. Aber ganz gewiß: Irgendeine Lösung würde sich finden.

In ihr wallte ein Wunsch auf.

„Geben Sie mir Ihr Kind!" wollte sie sagen. Aber sie hielt dies rasche Wort zurück. Wie durfte sie es sprechen, ehe sie wußte, ob ihre Lage ihr wirtschaftliche Selbständigkeit erlauben würde?

Und war es nicht zuviel gefordert? Würde er ihr dies Zutrauen schenken? „Ja, ja!" rief eine Stimme in ihr.

Aber dennoch, sie fühlte, heute, in diesem Augenblick durfte sie es nicht sagen...

Ihre Blicke hatten sich unwillkürlich getroffen. Und er glaubte in ihren Augen das zu lesen, was ihr Mund noch nicht zu sprechen wagte.

Dieser ihr Gedanke, so flüchtig er sein mochte und wenn sie ihm niemals Worte geben sollte, er beschenkte den Mann.

Als er ging, hatte er versprochen, Sonntagnachmittag mit Jürgen zu kommen.

„Sie müssen doch endlich meinen Schwiegervater kennenlernen. Seine Daseinsform wird Ihnen unbegreiflich sein. Er hat nie wirklich gearbeitet, ich meine mit Nutzen für andere, war immer zu zart. Aber doch ist sein Leben kein unnützliches. Er ist die Friedfertigkeit in Person und wirkt auf alle mildernd", erklärte sie ihm.

Noch einige Tage, und Guda und ihr Vater kamen aus Berlin zurück. Sie schienen abgespannt und brachten allerlei Auskünfte mit, die beklemmend lauteten. Das Gericht, bei welchem Tante Jennys Testament hinterlegt war, würde dem kleinen Adam keinen Erbschein ausstellen, auch nicht wenn die Vormundschaftsangelegenheit geordnet sein werde. Es müßte ein Totenschein oder ein ihm gleichwertiges Dokument beigebracht werden, welches das Ableben des Grafen Bertold Leuckmer und die genaue Stunde dieses Todes gerichtsnotorisch machte.

Die junge Frau war darüber bekümmert. Wer konnte wissen, was für Schwierigkeiten, langwierige Verfahren und gar Prozesse mit den adeligen Fräuleins des Stifts sich noch ergäben. Vielleicht kam man in Besitz des Kapitals, wenn es ganz gleichgültig war, ob man es habe oder nicht. Jetzt, jetzt, in diesen Tagen, wo man immer deutlicher erkannte, welche Anforderungen der Krieg stellte, jetzt brauchte man es. Viele Not war zu stillen, mancher Kummer zu lindern, indem man die Folgen des Todes in dürftigen Familien erleichterte. Und man las von der Kriegsanleihe, der ersten. Sie hatte schon gehofft, von ihres Knaben Vermögen viel dem Vaterlande darbringen zu können. Und sie sagte, sie sei neidisch auf Papa Leuckmer, er könne einen stattlichen Posten zeichnen...

Graf Leuckmer lächelte ein wenig künstlich. Er wechselte einen Blick mit Guda. Ach, heucheln und mit rascher Entschlossenheit glaubhafte Ausreden finden, war nie seine Sache gewesen.

„Das Geld, was ich zurückbehielt, ist ein zu kleines Kapital, als daß ich es angreifen und festlegen darf. Es muß zu unserm Lebensunterhalt dienen."

„Aber ich dachte doch..." Sie war etwas betroffen. Eine ziemlich stattliche Zahl klang in ihrem Gedächtnis. Sie mochte sie nicht aussprechen. Und dann, am ersten November waren doch die Zinsen aus England fällig? Die füllten die Kasse mit kräftigen Summen.

Wie hätte sie sonst, als erwählte Vorsteherin des Hauses, alles so reichlich einrichten dürfen: eine teure Wohnung, eine breit angelegte Kriegshilfe.

Der Blick zwischen Vater und Tochter fiel ihr auf. Nach den Erfahrungen der letzten Jahre gehörte nicht viel Phantasie dazu, in ihr einen Schreckensgedanken erstehen zu lassen.

„Bertold?" fragte sie. „Immer wieder, noch jetzt?"

Guda umarmte sie schweigend und küßte zärtlich ihre

Wange. Und der Vater sprach leise, fragend, in jedem Wort klang eine Bitte um Vergebung mit...

„Es scheint ja, er sah Tante Jenny ihrem Ende zugehen, sah die Erbschaft schon förmlich in seinen Händen, da hat er im letzten Vierteljahr wohl ungewöhnlich... Es war recht viel zu ordnen. An die Erbschaft konnten wir nicht heran. Sie hängt ganz in der Luft, vielleicht geht sie verloren. Ja, sag', sollte ich da nicht eintreten? Und wenn noch mehr draufgegangen wäre? Sollten Flecken auf seinem Namen bleiben?"

„Du hast recht gehandelt", sagte sie mit ganz spröder Stimme. Und dann, nach einer Pause, die ihr ihre heiße Erregung aufzwang, gewann sie die Festigkeit, zu bitten:

„Laßt uns alles vergessen, vergeben. Sein Heldentod löscht alles aus."

Sie fragte nach keinen Einzelheiten, nicht heute und nicht später. Und dafür war ihr das Herz des Vaters dankbar. Er hätte peinvolle Dinge beim Namen nennen müssen: Spiel; ein Weib, das ihn für unverheiratet gehalten hatte; Rechnungen für Luxus aller Art.

Aber wie er auch gelebt hatte — groß zu sterben wußte er. Und der Schwung seiner letzten Tage und das lodernde Feuer seines Mutes schenkten ihnen den Toten zurück.

Nun rannen die Tage mit all ihrem Inhalt, den mit Kopf und Herz zu fassen, zu bewältigen, oft unmöglich schien. Von den Schlachtfeldern des Ostens und Westens hallten die Siegesnachrichten herein ins Land, und Flaggentuch blähte sich im Winde, und von den Kirchtürmen wallten die runden, pomphaften Glockentöne durch die Luft. Und hart neben dem dankbaren Jubel stöhnte das Leid auf, das so wahllos, so unberechenbar herabfiel auf die Frauen. War es nicht, als kreise das Schicksal hoch oben im blauen Äther gleich einem Flugzeug, das Bomben abwarf? Nicht mehr aus inneren Gesetzen, aus der Art der Charaktere heraus entwickelte sich der Lebensgang. Und die Gerechtigkeit schien aus den Fugen. Wenn die Kräfte einer Erregung erlagen, peitschte eine neue sie wieder auf. Die Zeit verlor ihr gewohntes Maß. Acht Tage schienen oft eine kaum mehr zu überdenkende Spanne.

Als Katharina vom Oberst von Bärwaldtstein Antwort bekam, es mochten zwei Wochen vergangen sein, seit sie ihn um Auskunft gebeten hatte, konnte sie es gar nicht fassen, daß der Tod Bertolds erst so kurze Zeit zurückläge. Waren es denn nicht schon Jahre? Freundliche Worte fand der Oberst, wie die Heiterkeit und der tapfere Schneid Bertolds im Regiment gewürdigt worden seien, wie schmerzlich man seinen Verlust beklage. Einen Tag vor der Einnahme der Forts von Namur habe Oberleutnant Graf Leuckmer einen Rekognoszierungsritt auszuführen gehabt, zu dem er sich freiwillig meldete, gleich den sechs Leuten, die mit ihm waren. Leider seien sie von einer großen Übermacht belgischer Infanterie erst aus dem Hinterhalt beschossen und dann angegriffen worden. Ein bald nachher anrückendes Regiment deutscher schwerer Artillerie fand den Oberleutnant Graf Leuckmer und vier seiner Leute tot, einer der beiden Überlebenden konnte noch den Bericht geben und starb dann auf dem Transport zum Feldlazarett. Der letzte Überlebende der Patrouille Leuckmer läge im Kriegslazarett zu Lüttich schwer darnieder. Er allein könne Auskunft über die genaue Todesstunde geben. Der ungefähr bemessene Zeitraum sei zwischen ein Uhr mittags und sechs Uhr abends am 26. August. Der Name des Ulanen sei: Heinrich Stieve.

‚Ja', dachte die junge Frau, ‚die Menschenlose sind in einen ungeheuren Würfelbecher geraten. Die Riesenfaust des Krieges schüttelt ihn.'

Ein Ulan, der in Lüttich schwer darniederlag, dessen Aussage entschied nun über die ganze zukünftige Lebensgestaltung ihres Knaben. Und es gab gar keine Gewißheit, daß das Gedächtnis dieses Mannes, der durch furchtbare Verwundungen gelitten hatte, dessen Gedanken verwirrt sein mußten, auch zuverlässig sei...

Würde sie Erlaubnis bekommen, hinzureisen? Ihr Schwiegervater wäre nicht der Mann, dem man solche Fahrt zumuten durfte. Ihre Brüder? Im Felde. Ihr Vater mit der heiligsten Arbeit beschäftigt: Brot zu säen. Der Gedanke an den Freund drängte sich ihr auf. Würde Rüdener Urlaub bekommen zu solcher Reise? Man mußte es versuchen.

Gerade an diesem Tage, mit der gleichen Feldpost vom Westen, kam endlich auch die Antwort von Thomas Steinmann.

„Ohne Bedenken", schrieb er, „von Herzen gern nehme ich an, was Sie mir geben wollen: Pflege und Ruhe in Ihrem Heim. Meine Hüftwunden bestehen nur aus ein paar zerfetzten Muskeln. Ich denke, bald am Stock herumhumpeln und in wenig Wochen wieder gut gehen zu können. Aber mit dem linken Arm kann es wohl Monate dauern. Die Wunden waren unrein. Phlegmone kam dazu, die Lebensgefahr ist überwunden. Doch bin ich verzweifelt, nicht bald wieder ins Feld zu können. Heute noch werde ich nach einem Reserve-Lazarett nach Aachen überführt. Sobald ich mich leidlich allein bewegen kann, komme ich nach Hamburg. Man ist so hilflos, ist wie ein Kind, das macht ungeduldig, erträgt sich schwerer als die Schmerzen. Ausgeschaltet sein aus der Reihe der Tätigen.

Daß Graf Leuckmer in Unruhe ist, zeigte mir sein Brief, der mich auf allerlei Umwegen erst vor einigen Tagen erreichte, zugleich mit dem Ihren — der so wohl tat, liebe Gräfin — so wohl. Als hätte meine Mutter ihn geschrieben. — Sagen Sie doch dem Grafen: Wenn ich jetzt auch nur ein elender Krüppel bin, der Kopf ist wieder leidlich wach und klar. Ich kann mit ihm über alles sprechen. Aber beruhigen Sie ihn nur, bitte, gleich über den einen Punkt. Anklagen oder auch nur Peinlichkeiten werden ihm nicht daraus erwachsen, daß er seiner Tochter Kapital, dessen Nießbrauch ihm zusteht, in England anlegte. Da dies mehrere Monate vor dem Kriege geschah, ist es natürlich keine landesverräterische Handlung. Daß es dazu dient, Heeres- und Flottenbedarf des Feindes zu finanzieren, ist ein Schmerz für ihn. Wie ihm zumute ist, kann ich mir wohl vorstellen! — Recht gespannt bin ich, wie die Lightstones sich zur Pflicht der Zinszahlung stellen werden. Da können noch große Ärgernisse im Hintergrunde lauern. Mir kam ein englisches Zeitungsblatt heute in die Hand. Es ist im Werke, daß England Auszahlungen an deutsche Gläubiger verbietet."

Kein Wort schrieb er über die Wendung in Gudas Leben. — Von dem Eindruck, den ihr Entschluß, die Hochzeit bis nach dem Kriege aufzuschieben, auf ihn gemacht haben mußte, schwieg er völlig... Es mußte ihn tief bewegen.

Die letzten Zeilen seines Briefes beunruhigten sie so sehr, daß sie zu den Ihren davon nicht zu sprechen wagte. Ihre Gedanken aber waren sorgenvoll. Schien es nicht, als griffe der Krieg von allen Seiten an die

Grundlagen ihres Lebens? Sie dachte sich: ‚Über diese Dinge wird doch Herr van Straten eine Ansicht haben müssen.‘ Und am Abend ging sie hinüber in das befreundete Haus.

Der joviale, lebensfrohe Mann mit dem offenen Gesicht steckte die Hände in die Hosentaschen, und man hörte das leise, metallische Klirren, das seine in den kleinen silbernen Taschengerätschaften wühlenden Finger hervorriefen. Er ging auf und ab und war schrecklich verlegen. Er sprach allerlei davon, daß es noch unverbürgte Nachrichten seien; aber man sah ihm ohne weiteres an, daß er sie für zutreffend erachtete. Katharina sagte bedrückt, daß sie dann in böse Verlegenheiten kämen und sich beinahe in der Lage der Möhrings befänden, deren Haus sie gemietet hätten und die auch nicht mehr wüßten, ob sie reich oder arm seien, aber den Vorteil bescheidener Wirtschaft hätten, während sie sich nun sehr beluden.

Da endlich lachte van Straten schallend auf, was diesmal sogar seiner Frau lieb war, zu hören.

Kokosplantagen in der Südsee war 'ne andere Sache als anderthalb Millionen in den Lord Multonschen Unternehmungen haben. Und wenn die Zinsen ausblieben, würden sie einst nach dem Kriege mit Zins ausbezahlt — derweilen wäre ja er da. Graf Leuckmer habe hohen Kredit bei ihm. —

„Nun", sagte Katharina, „das wäre bitter und unwürdig — alles in allem — wenn es so käme."

Davon wollte ja nun van Straten nichts wissen. Er begriff durchaus nicht, was dabei für Bitterkeiten sein sollten. Wenn doch das Gesetz spräche — — —

Und er war auf dem besten Wege, die Geduld zu verlieren mit diesen unpraktischen Menschen, die keinen richtigen Standpunkt einzunehmen imstande waren, sobald nur von Geschäften die Rede ging. Er äußerte einige kräftige Worte.

Die junge Frau wollte recht scharfe Sachen antworten. All ihre ausgeglichene Ruhe kam ihr immer abhanden, wenn das Gespräch nur irgendwie an die Lightstones streifte. In ihnen verkörperte sich ihr ganz England. Und sie haßte es — und dachte manchmal: ‚Immer heißt es, ich hätte nicht viel Temperament — nun weiß ich, ich hab' es doch.' — War dieser Haß nicht beinahe erhebend? Sie kam sich stärker vor, als sie bisher gewesen. Dieser Haß war Kraft... Sie war jetzt durchaus von der Lust ergriffen, Herrn van Straten, dem naturalisierten Engländer, zu erklären, daß eine unüberbrückbare Kluft ihn von ihr trenne.

Aber da kam Tiny herein. Und alle waren stumm vor Staunen. Wie sah sie denn aus? Auf dem braunen Scheitel lag, gleich einem schmalen Diadem, der weiße, steife Rand der schwarzen Schwesternhaube mit dem schleierartig herabhängenden Stück schwarzen Stoffes. Sie trug ein blau und weiß gestreiftes Kleid von Waschstoff und um den Hals einen weißen Kragen, den eine weiße Brosche mit rotem Kreuz schloß.

Als die Mutter ihr Kind nun zum erstenmal in dieser Tracht sah, brach sie in Tränen aus. Auch dem großen, breiten Mann wurden die Augen feucht. Wie sein Mädchen schön aussah! War es zu glauben? Noch einmal so schön wie in all dem Chiffon und Flitter, den seine Frau ihr sonst angehängt hatte. Und nun, in der neuen Tracht, war's auch klar: All die letzten Wochen dachte er oft: ‚Was denn? Hat sie sich verändert?' Ja, sie hatte sich verändert, und in ihrem Gesicht war allerlei Neues, was man nicht verstand.

Aber Tiny blieb überraschend ruhig. Sie schien den Eindruck kaum zu bemerken, den sie hervorrief. Sie fragte nach Guda. Man hatte so viel zu tun — selten sähe man einander noch, trotzdem man sich gegenüberwohnte. — Und Gräfin Katharina sagte, daß sie aus Guda nicht mehr ganz klug werde. Morgens und nachmittags gehe sie in Ruhe und Pünktlichkeit zu ihrer Arbeit, und es läge so etwas wie verklärte Zufriedenheit über ihrem Wesen. Abends komme sie immer mit einem ganzen Packen englischer Zeitungen nach Hause. Und nach dem Abendessen wende sie Blatt um Blatt und überfliege diese langen Spalten, in denen man sich kaum zurechtfinden könne und deren schmale Streifen mit dem blassen, augenverderbenden Druck bedeckt seien. Und dabei gerate sie immer von neuem in kaum bezwingbare Erregung — das sähe man ihr wohl an. Wahrscheinlich, daß ihre arme Seele leide und sich noch härter getroffen fühle als alle anderen Menschen — wie Peitschenhiebe müßten doch gerade sie diese aufschäumende Wut der englischen Presse treffen, diese an Wahnwitz grenzenden Verleumdungen des Deutschtums. — Diese grauenvollen Lügengeschichten von den bluttriefenden Untaten deutscher Soldaten. — Diese pöbelhaften Abbildungen nie vorgefallener Grausamkeiten. —

„Ich hab' so 'ne Ahnung, was sie sucht; neulich traf ich sie gerade am Zeitungsstand auf der Brücke am Jungfernstieg — ich sagte ihr: ‚Lies doch den ekelhaften Schmutz nicht' — da bekam sie ganz sonderbare Augen — blank und scharf, möcht' ich sagen — so was Fanatisches — und sagt zu mir: ‚Oh, er wird auftreten und seinem Lande die Wahrheit über uns erklären'", erzählte Tiny. „Nun glaub' ich: sie sucht danach, daß er dergleichen unternimmt..."

„Wenn er das täte…" meinte die junge Frau zögernd — nachsinnend. —

Aber da lachte Herr van Straten wieder schallend auf — und das vertrieb sie — war ihr unerträglich — schnell verabschiedete sie sich. Tiny folgte ihr auf den Flur hinaus. — Da war jeder Schritt, als ginge man auf Moos, und um den dicken roten Teppich standen Spiegel und Riesenvasen an den Wänden. — Da sah man gleich, daß man zu sehr reichen Leuten kam…

Mit ihren „naseweisen Ohren" hatte das Mädchen genau die Klangfarbe der Stimmen eingeschätzt und fühlte, daß Gräfin Katharina verstimmt gegen ihren Vater war.

„Denken Sie nur immer gut von Papa", bat sie, „auch wenn Sie ihn mal nicht verstehen. Er ist die Herzensgüte selbst — und so wahr und klar. — Ich hab' ihn unmenschlich lieb, meinen prachtvollen Papa — aber wissen Sie — er hat sich 'raufgearbeitet — hart — und Geschäft ist Geschäft — ist ihm ganz was für sich — das ist ihm in England ja wohl so eingehämmert. Aber doch — ich schwör' drauf: Unredlichkeiten oder bloß was Unfaires — nein, das gibt's nicht bei ihm —"

Das rührte nun Katharina.

Mit einemmal fiel ihr Tiny aufschluchzend um den Hals.

„Na — na", sagte die junge Frau voll wohlwollender Nachsicht und hielt der stürmischen Umarmung stand, „wieder aufgelöst vor Gram? Wer ist es denn diesmal? Immer noch der Arzt? Wie hieß er gleich noch?"

Das Mädchen ließ sie los. Auf der Stelle hörten die Tränen auf zu fließen. Und voll leidenschaftlicher Inbrunst sprach sie — glühend im wahrhaftigen Feuer einer erhebenden Neugeborenheit:

„Niemals mehr — ich flehe Sie an. Nicht wahr —

nie mehr necken Sie mich mit meinen albernen Verliebtheiten. Oh, wie weit weg ist das. Ich bin heute zum erstenmal bei den Verwundeten gewesen — bloß als bescheidenste Handlangerin noch. Und da — ich weiß nicht — knien hätte ich mögen. All diese bleichen Männer — mit den wunderbar unirdischen Augen — da war einer ohne Hände, und er klagte nicht — und andere — Schrecken an Schrecken — grauenvolle Leiden. — Aber es war, als litten sie nicht — keine Klage — heiliger Mut. Und mir kam es so vor, als seien es keine Männer — verstehen Sie — Männer, die man so ansieht, ob sie anziehend sind, ob man ihnen gefällt — ob sie wohl verheiratet sind, ob man sie selbst möchte — Menschen waren sie nur. — Nein, auch nicht — Helden und Märtyrer..."

Sie war außer sich, das Schluchzen und Weinen wollte sie durchaus nicht wieder über sich kommen lassen.

„Oh — hätt' ich verzehnfachte Kraft, zu helfen — könnt' ich ihnen die Qualen abnehmen — die zerstörte Zukunft. — Dienen will ich — nur dienen. — Ich danke Gott von ganzem Herzen, daß ich es darf..."

Und nun brachen die Tränen doch wieder hervor. Und sie hielten sich wieder umfaßt — ergriffen und doch beglückt. — Denn sie fühlten es stark: Was sie erlebten, adelte sie und erhob. —

Und ohne daß sie es in klare Gedanken oder gar Worte zu fassen gewußt hätten, war in ihnen doch eine Empfindung davon, als trage diese gewaltige Zeit die Frau über ganze Strecken ihrer Entwicklung und ihrer Kämpfe hinweg — fort von irreführenden Wegen, vorbei an falschen Zielen — und erhebe sie wieder auf den Thron der reinen Weiblichkeit.

*

„Ja, du warst in abgelebten Zeiten
Meine Schwester oder meine Frau."

Wie klangen ihm diese Verse Goethes in der Seele wieder...

Und manches Mal während des Tages kam ihm sein Zustand ganz unglaubhaft vor. Fuhr er wirklich als Reisebegleiter der geliebten Frau durchs Land? Im wühlenden, unruhvollen Hinundherströmen von Feldgrauen, die von der Front kamen und dorthin strebten — in diesem dichtgedrängten Durcheinander von Menschen aller Art, die auf den Bahnsteigen wie eine Mauer standen, die einlaufende Wagenschlange erwartend, aus deren Türen dann neue Scharen hervorquollen und die Mauer der Wartenden zu durchbrechen strebten. Soldaten, Schwestern, Frauen in schwarzen Schleiern, Reisende, ihren bürgerlichen Aufgaben und Zwecken ganz wie sonst nacheilend. — Mitten in all dem Gewoge wie Inseln der Festigkeit lange Tische, auf denen Kessel standen; ihrem offenen Rund entstieg Kaffeedampf. Und darum ein Herandrängen von Soldaten und Marinemannschaften, die von jungen Frauen und Mädchen mit einem Trunk erquickt wurden. An ihren Armen leuchtete das rote Kreuz auf weißer Binde. — Und dieses unaufhörliche Durcheinanderwühlen des kriegerischen Lebens und des Ablaufs gewohnten Reiseverkehrs gab dem Treiben auf den Bahnhöfen geradezu die Wucht des Symbolischen — stellte auf begrenztem Platz den neuen Zustand des Vaterlandes dar. Es war überall das gleiche Bild, umrauscht vom Chaos verschiedenster Geräusche. Das Knallen von Wagentüren, die die Schaffner zuwarfen, das dumpfe Puffen des Rauchs aus den Lokomotiven, das Rufen und Sprechen der Menge, das brausende Nahen eines Zuges auf einem Nebengeleise — all dies Getön betäubte das Ohr, all dies beständige Verschieben der Bewegung quälte das Auge.

Und jedesmal, wenn der Zug wieder in Bewegung kam, wurden in seinen überfüllten Abteilen alle Menschen von dem Gefühl getäuscht: es sei Ruhe eingetreten. — Die Musik des Räderrollens, die Wohltat, einen Platz gefunden zu haben, gaben so etwas wie eine Sicherheit. — Das Vorwärtskommen war erobert und konnte nicht mehr gefährdet werden. — Jeder Reisende hatte dann seinen stillen, kleinen Triumph. — Hemmnisse waren besiegt. — Der Kampf des einen mit der Masse war bestanden. — Der Genuß der Bewunderung kam über die glatte Entwirrung, die das scheinbar unauflösliche Durcheinander doch noch gefunden. —

Und inmitten dieses Trubels war er mit der Einzigen allein. —

Als sie ihn bat: „Wollen Sie nach Lüttich fahren und den Ulan Heinrich Stieve suchen, seine Aussagen von einem Notar aufnehmen lassen?" antwortete er freudig zustimmend. Aber er gehörte nicht mehr sich selbst an. Seine Freiheit hatte er geopfert, um die Freiheit des Vaterlandes erkämpfen zu helfen. Der schlichte Soldat hatte Vorgesetzte zu fragen. Eigene wichtige Angelegenheiten konnte er nicht als Grund eines Urlaubsgesuches angeben. Dem Feldwebel schien der militärische Wert der ganzen Kompanie in Frage gestellt, falls der Kriegsfreiwillige Rüdener mitten in den Schießübungen vier oder fünf Tage Urlaub bekäme. Erst als Rüdener sich beim Hauptmann meldete und die Notwendigkeit darlegte, die Todesstunde des Oberleutnants Graf Leuckner festzustellen, wurde ihm seine Bitte gewährt.

Graf Leuckmer war nicht wenig erstaunt, als Katharina ihm mitteilte, daß Dr. Rüdener nach Lüttich zu reisen bereit sei und daß sie sich entschlossen habe, Thomas aus dem Reserve-Lazarett in Aachen zu holen. Beides ließ sich auf das günstigste verbinden. Von Hamburg nach Aachen könnten Rüdener und sie im gleichen Zuge fahren. Dann bliebe sie in Aachen zwei, drei Tage, bis Rüdener von Lüttich zurückkomme und ihr behilflich zu sein vermöge bei der Überführung des lieben Verwundeten. Er, Papa Leuckmer, möge die Güte haben, Rüdener als Reisemarschall ihr zu bestellen und alles mit ihm zu besprechen. — Aber was sollte er dagegen haben? Er war glücklich über die Aussicht, daß Thomas ins Haus kommen sollte. Die ganze Anordnung war sehr wohl bedacht. Praktisch wie alles, was Katharina unternahm. Jetzt in Kriegszeiten konnte man nicht nach gesellschaftlichen Vorurteilen handeln, sondern nur der Forderung des Augenblicks gemäß. Über diesen Dr. Rüdener hatte er sich noch kein rechtes Urteil bilden können. Zweimal saß der Mann als Gast an seinem Tische ihm gegenüber, zwischen Katharina und Guda, und an Gesprächen fehlte es jetzt nie — Verbindungen stellten sich zwischen allen Menschen immer sogleich her. — Das waren Oberströmungen, die setzte der Krieg in Bewegung. — In der Tiefe konnte deswegen ja immer schwer und unverrückbar das Gewicht einer ganz anderen Weltanschauung liegen.

Aber das war für die gegenwärtige Lage völlig gleichgültig. Seine Schwiegertochter stellte den Mann offenbar hoch, mochte ihn in ihrer geistigen Nähe haben. Das mußte dem alten Herrn genug sein. Ihn drückte immer das Gefühl, daß er viel gutzumachen habe an der jungen Frau. — Der, dem dies heilige Aufgabe hätte sein oder werden müssen, schlief den ruhmvollen, ewigen Schlaf. —

So kam es, daß Graf Leuckmer selbst die Gräfin Katharina und den Dr. Rüdener an den Schnellzug brachte. Wenn auch das Gesetzbuch des Verkehrs, das Wunderbuch des Zeitalters, das Reichskursbuch noch nicht seine befehlshaberische Gewalt wiedergewonnen hatte, gab es doch zweimal am Tage eine gute und rasche Verbindung nach Köln. Man war etwa zwei Stunden länger unterwegs als in Friedenszeit und hatte sogar bald Anschluß nach Aachen. Dort wollte dann die junge Frau aussteigen, während Rüdener bis zur Grenze noch weiterzukommen hoffte. —

Sogleich als der Wirbel von Menschen und Lärm um sie her zog wie unwiderstehliche Flut, die alles auseinanderreißen wollte, kam ein Gefühl der Zusammengehörigkeit über sie, das sich in der Sorge äußerte, sich nur um Gottes willen nicht zu verlieren, nicht etwa getrennt und in verschiedene Wagen geschoben zu werden, wenn man einmal ausgestiegen war oder das Gebot eines Zugwechsels sie überraschte.

Und der Mann war von einem Glücksgefühl getragen, dessen er sein Herz nicht für fähig gehalten hätte. Immer hatte er gedacht, es sei herbe geworden in den Leiden seiner Jugend, in der ersten und einzigen Erfahrung mit dem Weibe. Es hatte sich noch nicht einmal in voller Liebe seinem Knaben erschlossen. Noch war er mehr vom Gefühl für Vaterpflicht als von Vaterglück erfüllt.

Welche vollkommene Vertrautheit zwischen seiner Seele und der ihren. Ein Blick genügte dem Verständnis. Eine leise Handbewegung sagte dem anderen, was gemeint sei. Als habe man seit Jahren das Leben geteilt. Als seien Zusammenhänge da, unerklärlich, aus der

Tiefe, aus verschleierten Vergangenheiten heraufgewachsen. —

„Ja, du warst in abgelebten Zeiten
Meine Schwester oder meine Frau …"

Das klang ihm immer wieder durch die Gedanken. Ihre vollkommene Unbefangenheit ergriff ihn. Sie war wie ein Gebot. Mahnte ihn fort und fort, sich nicht zu verraten — mit keinem Blick, keinem Lächeln die Hingebung aufleuchten zu lassen, in der sein ganzes Ich sich ihr schenkte. — Einmal drückte sie das blonde, mit einem schwarzen Schleier lose umschützte Haupt in die Ecke und schloß die Augen, etwas ermüdet vom gehetzten Eilen und der nervösen Beweglichkeit der Menge auf einem Bahnhof, den man wieder verließ, nachdem ein förmlicher Ansturm von Menschen auf den Trittbrettern emporgebrandet.

Wie wunderbar war der Ausdruck dieses Angesichts. Soviel klare Friedfertigkeit hatte er noch nie gesehen. Nur ein Mensch, der ganz mit sich im reinen war, konnte solche Züge haben. Welche Sicherheit in all ihren Handlungen. Woher kam ihr die? Er wußte doch: sie war nicht verwöhnt gewesen vom Glück. Ihre Ehe dauerte nur einige Monate und ward dann ein nur äußerlich sie fesselndes Band. Solche Art Verbundenheit ist die schwerste von allen. Er hatte auch allmählich, ohne daß sie je ausführlich und zusammenhängend davon erzählte, sich ein Bild ihres Jugendlebens im Elternhaus machen können. Wieviel Heiterkeit! Und wie einfach die Formen des Lebens dort, wieviel froh erfüllte Pflichten. Ja, der Grund, aus dem sie erwuchs, in dem ihr Wesen wurzelte — der hatte ihr die Gesundheit gegeben — die Natur — das Wissen, auf eigener, altererbter Scholle zu stehen — gut geboren — gut erzogen. —

Er dachte an seine eigene Jugend — verglich — aber ohne Bitterkeit — die hatte sie ihm entwunden. — Er begriff es. — Und eine heiße Dankbarkeit wallte in ihm auf. Nur wer ein Leben lang im Schatten stand, kann die Wonne des wärmenden Lichts ganz empfinden — dachte er. Gesegnet sollten alle Entbehrungen und Demütigungen seiner Jugend sein. Sie hatten sein Herz zum rechten Gefäß geschmiedet, nun als beseligenden Inhalt die Liebe aufzunehmen. —

‚Und wenn ich es ihr niemals sagen darf!‘...

Er fühlte: Liebe trägt ihr Glück in sich. Der von ihrer Glut erfüllt ist, wandert als ein unsichtbar Gesegneter zwischen Nüchternen. — Welch herrliches Wissen — zu lieben, zu lieben. —

Und während sie die Lider geschlossen hielt, sagten seine Blicke ihr leidenschaftliche Geständnisse. —

Diese Reise, die laut bis zur Brutalität, unruhig bis zur Erschöpfung war, während welcher man sich im Gedränge einer Volksversammlung auf Wanderschaft zu befinden schien, war für diese beiden Menschen ein heimliches Idyll.

Die junge Frau gab sich dem Glücksgefühl hin, ohne es zu prüfen, ohne davon bedrängt zu werden. Der Mann aber genoß jeden Augenblick mit heißer Seligkeit, die zu bändigen, vor ihr zu verbergen, nur seiner Ehrfurcht vor ihr möglich war. — Welch ein Tag — zehn Stunden — zehn Stunden war sie mit ihm, als zutrauliche, fügsame, zufriedene Gefährtin — fühlte kein Ungemach — weil er es mit ihr trug. —

Das ward ihm zur Gewißheit — gerade in ihrer

Unbefangenheit verriet sie sich. — Und er saß zuweilen schweigsam, um auf den Schlag seines Herzens zu lauschen. — Es schlug dem Glück entgegen. —

Im Licht des Abends kam der Abschied.

Draußen die niederrheinische Landschaft mit ihren weiten Ebenen und dem verstreuten Heer der Fabrikschornsteine, die überall aus dem Flachland aufragten wie Wachtposten der Arbeit, lag schon im bläulichen Dämmer. Der Rauch aus Hüttenwerken und Essen durchwebte den Abenddunst mit feinen Schleiern. Man war an Schutt- und Gesteinhalden vorbeigekommen, hinter denen die Gerippe von Schwebebahnen sichtbar waren. Und nun fuhr man in die Bahnhofshalle von Aachen ein. Das elektrische Licht grellte über dem Menschengewoge. Die Strahlen schnitten durch die sich ineinanderkeilenden Schallwellen. —

Katharina wollte ein Wort des Dankes sagen. Da standen sie nun. Er hatte ihr noch einen Träger für ihren Handkoffer erkämpft. Er konnte jetzt nichts mehr für sie tun. Um sie war der Strom der Menge. Über ihnen das häßliche Licht. —

Aber das Wort wollte sich nicht finden. Er faßte nach ihrer Hand. Er hatte höfliche, freundschaftliche, sehr für den Augenblick des Abschieds geeignete Reden auf der Zunge — aber er vermochte nicht, sie vorzubringen. —

Ganz jäh waren sie beide von einer Vorstellung ergriffen — dieser Abschied für zwei, drei Tage war wie ein Vorspiel, war eine Probe für den wirklichen, großen, schweren Abschied, der kam, wenn er ins Feld zog. — Sie erlebten plötzlich die Stunde vorweg, die nach Wochen, nach Monaten kam, kommen mußte — von ihnen beiden voll Mut ersehnt war und dennoch das

Herz beschwerte — der Abschied, der dann für ewig sein konnte. —

Sie sahen sich an...

Und aus seinen dunklen, fanatischen Augen flammte ihr die ganze Fülle seiner Liebe entgegen...

Ihr Gesicht veränderte sich — es wurde blaß — die Erschütterung, die sie durchlebte, spiegelte sich darauf wieder.

So schieden sie. Nur ein fester, fester Händedruck sagte, wofür sie keine Worte fanden. —

Jetzt floh die junge Frau nicht vor dem, was ihr wieder das Blut in den Adern schwer und die Knie unsicher machte, wie damals, als Sonnenglanz die reifenden Felder überflimmerte und die Welt in Sommerherrlichkeiten lachte. Langsam ging sie oder stand, geduldig wartend, wenn sie sich völlig zwischen Menschen eingepreßt sah, und kam dennoch vorwärts, dem Ausgang zu, fast ohne es zu merken — so ganz war sie erfüllt von einer gewaltigen Offenbarung. —

„Wir lieben uns — wir haben uns geliebt seit dem ersten Blick, den wir füreinander hatten." —

Sie neigte ihr Haupt wie unter einem Segen. — Und ein feierlicher Ernst war in ihrem Herzen. —

Nun trugen sie die große, furchtbare Zeit zu zweien. Welch ein reiches, erhebendes Wissen, im schweigenden Verstehen. —

Die Anforderungen der nächsten Stunden und des anderen Tages konnten ihre Andacht nicht zerstören. Die trug sie in sich herum, als geheimen Reichtum. —

Sie fand ein Unterkommen. Sie ging tapfer am anderen Morgen an die Stätte der Leiden und der segensvollen Hilfe. In ihrem mütterlichen Herzen hatte sie es wohl bedacht, daß in ihrer und des Freundes Geleitschaft der Verwundete die Reise viele Tage, ja vielleicht Wochen früher unternehmen könne, als es ihm allein möglich sein würde. Sie glaubte auch an die fördernden Kräfte, die aus einer vertrauten, liebevollen Umgebung zuwachsen können.

Der Beginn dieses Tages war von Jubel umbraust. Vor der machtvollen, hellgrauen Front des alten Rathauses schwangen sich Flaggen im schweren Faltenwurf an ihren Stangen hin und wieder im Winde. Auf dem viereckigen Kurplatz, der zwischen Mauern eingeklemmt lag und wo die Anlagen und Bäume vom Herbst angekränkelt waren, kreiste frohbewegtes Leben, und Verwundete schleppten sich mit strahlenden Augen durch Gruppen beglückter Menschen. Vom Dom, dem alten Kaiserdom, wo der steinerne Sessel Karls des Großen stand, schwangen sich Glockentöne wie Dankgesang: Antwerpen war gefallen — am neunten Oktober.

Und dann fand sie den lieben Menschen, der zu den Ihren gehörte, als sei er vom Blute der Familie.

Sie lächelte ihn an über seiner gesunden Hand, die sie, tief herabgebeugt, mit ihren beiden Händen umschlossen hielt. Und ihre Seele weinte.

War das Thomas, der junge, kraftvolle Mann, der in Gesundheit geblüht?

Aber er war guter Zuversicht. Er lag im gestreckten Stuhl, nun, wo sie ihn fand. Aber er konnte schon recht ordentlich herumhumpeln, war schon im Freien gewesen und im Dom, hatte den alten Kaiserstuhl gesehen, sprach mit heißen Tönen von dem tiefen Wunder, daß der erhalten sei, als ob er gewartet habe, daß einst ein anderer Kaiser wieder darauf throne, dessen Zepter auch weit, weit, weit reiche.

Und wenn er nun in das Haus der Freunde käme,

würde es sehr schnell mit seiner Genesung vorwärts gehen. — Die Nerven vor allem — ja, die flatterten und wollten noch nicht sich wieder straff beherrschen lassen.

Nach Guda fragte er nicht. Nicht, ob sie noch liebe und leide, noch jenes Mannes Braut sei oder ihm für immer entsagt habe. — Er war ganz verändert — erregt — voll von innerer Unruhe — wünschte sofort, noch heute, noch in dieser Stunde abzureisen.

Sie sprach mit dem Arzt. Wenn für die Reise Handreichungen und alle Fürsorge gesichert seien, habe er nichts dagegen, daß der Oberleutnant Steinmann entlassen werde. Die militärischen Schritte zur Erlaubnis, die voraussichtlich lange Rekonvaleszenz in Hamburg abzuwarten, hatte Thomas schon gleich erwirkt, als er den Brief von ihr bekam.

Wie ein Kind wartete der Verwundete nun auf die Depesche aus Lüttich. Er rieb sich vor Ungeduld auf. Und Katharina fragte sich sorgenvoll: War das die heimliche Hoffnung, eine äußerlich und innerlich befreite Guda zu finden? Oder war sein ganzes Wesen vom Grauen des Krieges und den durchlittenen Schmerzen so erschüttert, daß es noch seine gewohnte Gefaßtheit nicht wiedergefunden hatte? — Vielleicht zitterte das alles zusammen durch seine Nerven hin, gleich einem elektrischen Strom, der ihn in ständigem Beben erhielt.

Der Arzt sprach ihrem Kummer Mut zu. Das ebbte langsam aus. — Es würden wieder Zustände der Beherrschung kommen. — Nur Geduld — die Wunden selbst seien oftmals das geringere Leiden. — Der Krieg hieb mit seiner Axt an Wurzeln — mehr als ein Tapferer sei geradeso schon umgesunken.

Es schien, als habe Thomas Steinmann mit seiner

Ungeduld das Telegramm herbeigelockt. Es kam schon am zweiten Tage. Und es lautete sehr entmutigend. Dr. Rüdener meldete, daß er am nächsten Morgen in Aachen auf dem Bahnhof sein werde. Klare Nachrichten bringe er nicht mit.

Darüber erwachte der Jurist in Thomas. Er beschäftigte sich mit der Angelegenheit, warf ihre Möglichkeiten hin und her, brannte vor Verlangen, in die Sache einzugreifen. Fast als habe man einem kranken Kinde ein Spielzeug gegeben, über das er seine Zustände vergaß.

Die Heimreise ward dann kein geringeres Wunder, als die Herfahrt es gewesen war. Mit dem gleichen festen Druck wie beim Abschied fanden sich ihre Hände. — Oft in der nächsten Zeit fragte sich der Mann, ob er niemals mehr wagen dürfe, als dies Erfassen der lieben Hand — ob sie ihm niemals mehr schenken werde, als den aufleuchtenden Blick, der ihm sagte: Ich weiß es, daß wir eins sind. Jetzt sah er sie in all ihrer schwesterlichen Mütterlichkeit um den Verwundeten sich mühen.

Als er auf dem Bahnhof in Aachen stramm stand, er, der Musketier Rüdener, vor dem Oberleutnant Steinmann, lächelte sie. Er meldete sich als Bursche für diesen Tag beim Herrn Oberleutnant... Thomas stützte sich rechts auf ein krückenartiges Gestell. Neben seinem linken Arm, den er in der Binde trug, schritt die junge Frau und hielt ihren Arm schützend um ihn, damit kein Stoß ihn treffe. Und mitten im beklemmendsten Gewühl fanden die Menschen doch immer auf irgendeine Weise die Möglichkeit, voll Ehrfurcht den Verwundeten Platz zu machen. Es war immer, als hätten sie unsichtbare Schrittmacher, Schutzengel, die ihnen voranzogen und ihren Füßen den Weg bereiteten.

So kam auch Thomas glücklich bis zu einem Sitz im Zuge, und als er sich, erschöpft von dem Überstandenen, zurücklegte, die Lider schließend, sah Katharina unter seinen Wimpern eine Träne hervorquellen. Das ergriff sie unbeschreiblich. Ob es nun eine Träne der Schwäche war, ob eine der Dankbarkeit über die Rückkehr ins Leben —, sie mußte sich zusammennehmen, um nicht aufzuschluchzen. Ihr Blick suchte wieder den Freund. —

Lange sahen sie sich an. Gedanken an Tod und Qual waren in ihnen. Und sie fühlten über ihrer stummen Liebe das Flügelrauschen großer Schicksale.

Später kam etwas Frische über Thomas. Er sprach von einem jähen Fortschritt seiner Kräfte. Und sogleich gingen seine Gedanken mit den ernsten Sorgen um, die die Zukunft der jungen Frau und ihres Knaben bedrohten. Rüdener hatte den Ulan Heinrich Stieve gefunden. Aber der Mann war noch sehr schwach und verwirrt. Er hatte den Tag des Patrouillenrittes ganz anders angegeben als der Oberst von Bärwaldtstein und war der Ansicht, es müsse am 24. August im Morgengrauen gewesen sein. Es war Rüdener, dank seines Ausweises als Bevollmächtigter der gräflichen Familie Leuckmer, geglückt, auf der Kommandantur zu erfahren, daß der Oberst von Bärwaldtstein sich mit einer leichten Verwundung in einem belgischen Kloster befinde. Durch welchen Zufall man gerade davon wußte, blieb ihm verborgen. Aber er konnte an den Oberst depeschieren. Ihn selbst aufzusuchen reichte der knappe Urlaub nicht aus. Und der Oberst wiederholte die erste Angabe, verwies auf seinen Adjutanten und auf die Eintragungen in das Tagebuch des Regiments. Man mußte also an der Hand dieser unbedingt zutreffenden Aufzeichnungen später das Gedächtnis des Ulans Stieve stützen, der nun schon seit dem 26. August zwischen Leben und Tod sich hinquälte.

Thomas sagte, daß er bald so weit sein würde, diese Sache durchzufechten; daß Tante Jennys Geld dem kleinen Adam und seiner Mutter entgehe, wolle er nicht zulassen — der andere Mann dachte:

‚Was soll ihr das Geld! Oh, wer für sie arbeiten dürfte! — Darf ich es einst? Wird sie mir je das Recht geben?‘

Er wagte nicht, dieser Frage weiter nachzusinnen. Da türmten sich Schranken auf! Konnte diese neue Zeit — konnte große Liebe selbst all diese Schranken niederwerfen? —

Und dann hörte er, wie sie mit ganz energischen Worten von der Wichtigkeit dieses Geldes sprach, um das sie kämpfen wolle. — Er sah es: Es war gar keine Sentimentalität in ihr und gar kein Pathos. — Hatte denn er selbst vielleicht ein wenig davon in sich? — Wünschte er nicht im Grunde seines Herzens, sie möchte das Geld nie erlangen? Als risse es eine der vielen Schranken nieder, wenn sie arm bliebe. — Welche selbstsüchtige Torheit, das zu wünschen. — Und gab es ihrem Wesen nicht höchste Zuverlässigkeit, daß ihr Sentimentalität fehlte? Er wußte wohl, die weichen Reize, die sie geben kann, umstricken manchen Mann. Er aber — er konnte sich nur ein Weib als Gefährtin denken, das klar um sich und in sich hinein sah. —

Die beiden Männer schienen sich im Laufe des Tages näher zu kommen. Die selbstverständliche Fürsorge Rüdeners für den Verwundeten nahm dieser mit dankbarem Blick und gelegentlichem Lächeln hin — mit diesem belohnenden Lächeln, das Hilflose haben können. Rüdener erzählte von seinen Arbeiten im Vorstande seiner Partei, von seinen Studien und einer wissenschaftlichen Vorliebe für die Erforschung der altenglischen Hirtenliteratur — seine Doktorarbeit hatte einst in diesem Rahmen gelegen —, und wie verwunderlich es erscheinen möge, daß er eine solche Liebhaberei pflege und sich gelegentlich literarisch in ihr betätige, wo doch die umfangreiche volkswirtschaftliche Literatur, die er kennen müsse, so starke Ansprüche an seine Zeit stelle. Aber er habe den Wahn — wenn es ein Wahn sei —, daß eine wissenschaftliche oder künstlerische Liebhaberei immer eine Quelle der Frische sei.

Er sprach eigentlich für sie — die Eine, damit sie sich ein immer deutlicheres Bild von seinem Leben mache. Sie fühlte es wohl.

Wie flogen die Stunden — und wieder neigte sich der Tag, als man in Hamburg einfuhr. — Der Bahnhofsdienst der Sanitätsbeamten harrte des Zuges, in dem Thomas Steinmann nur einer von den vielen gewesen war. Als die angekommene Menge sich vom Bahnsteig wie ein Heerwurm treppan schob, zur großen Empfangshalle empor, und es vor den Wagen leerer wurde, sahen die Angekommenen auch den Grafen Leuckner. Thomas streckte ihm mit einer leidenschaftlichen Gebärde schon von weitem den gesunden rechten Arm entgegen. — Rückkehr — Rückkehr — lebende, hoffnungsvolle Rückkehr, Geschenk Gottes! Für das Vaterland geblutet, aber leben dürfen, um für es zu wirken.

Das überwältigte ihn. Er schloß den Arm um den alten Mann, als sei der sein Vater.

Und der zarte alte Herr, der dem Dasein ja nur als ein Zagender gegenüberstand, war diesem Augenblick kaum gewachsen. Die Erinnerung an seinen Sohn überwältigte ihn auch, der niemals wiederkam, den er, Rätsel der Liebe, nun jeden Tag inniger als sein Blut empfand, in dem er noch einmal wieder all die Hoffnungen liebte, die die erste Jugend des Verlorenen einst erweckt. Über dessen Sünden der Lorbeer lag und sie so tief zudeckte.

Sie fühlten es, was alles in diesem Wiedersehen, in dieser Heimkehr aus dem Felde einbeschlossen war. Geradeso weinten und jauchzten Tausende. Wer hatte noch ein Erlebnis für sich allein? Aber das war ja eines der Wunder der Zeit, daß Hunderttausende die gleichen Tränen weinten, Millionen in den gleichen Erhebungen sich emporrichteten.

Die junge Frau konnte dem Freunde noch sagen: „Morgen oder bald!" Dann glitt das Auto davon. Im vorbeihuschenden Licht, im Kampf zwischen Dämmer und jäher, scharfer Belichtung konnte man Thomas' Gesicht nicht genau beobachten. Es schien noch blasser und gefurchter als vorher. Und er war stumm. Sie ahnte, daß die Erwartung ihn ganz übermannte. Jede Sekunde brachte ihn dem Wiedersehen mit Guda näher. Und das plötzliche Halten des Gefährtes bedeutete für ihn Schreck.

Hände halfen und stützten. Aus einer Tür, zu der drei Stufen emporführten, quoll taghelles Licht. Im Flur standen Gestalten. Eine Dame, eine Schwester, eilte heraus, dem Verwundeten entgegen. Er sah sie nicht prüfend an, erkannte sie nicht. Viele Schwestern hatten sich im Laufe der letzten Zeit um ihn bemüht, von einer zart sorgenden Hand zu der anderen war er gekommen. Er versuchte nur immer dankbar zu lächeln.

Tiny spürte es wohl. Sie war unpersönlich geworden, auch sie, wie Ungezählte, die ihr ganzes Wesen dem Dienst des Krieges hingegeben. Ein leises Wehgefühl wallte auf in ihr wie ein letzter verlorener Klang fern verhallender Musik, die einst die Tage durchrauscht hatte. Aber schon war es überwunden. Und in ernster Gefaßtheit, das heiße Mitleid kraftvoll tief in sich verbergend, half sie dem Schatten dessen, der vor wenig Monaten der frische, mannhaft-stattliche Thomas Steinmann gewesen war... Sie konnte ihn nicht pflegen. Ihr Amt hielt sie in einem Lazarett fest. Aber für diese erste Stunde hatte sie gebeten, Hilfe leisten zu dürfen.

Und vor der Wand des Flurs stand Guda. Von einer unbegreiflichen Angst gefoltert. Sie lehnte sich mit dem Rücken gegen die Wand und hielt die Hände vor sich gefaltet. Sie wagte kaum ihm entgegenzusehen. Wie kam er wieder! Und sie hatte ihn einst gehen lassen, ohne Wunsch, ohne ein Wort der Treue. Wenn er nun mit bitterem Vorwurf dessen gedachte? Wenn ihm die Erinnerung daran in diesem Augenblick käme, wo er sie wiedersah. Er, der auch für sie geblutet... Sie fühlte, als müsse sie sich ihm entgegenwerfen und vor ihm knien. Aufschreien: „Verzeih!" Aber das Entsetzen hielt sie gebändigt. Da kam an der Krücke und von Karen und Tiny gestützt ein alter Mann. Scharfe Furchen durchzogen sein graubleiches Angesicht. Auf seiner Brust warf das graue Tuch Falten. Gerade auch da, wo das schwarze, weiß gerandete Band durch das Knopfloch geschlungen war. Wie diese Falten seine Gestalt eingefallen, kümmerlich erscheinen ließen! Und was für Augen hatte er! Augen mit unirdischem Ausdruck. Furchtbarer Ernst war in ihnen und ein geheimnisvolles Licht. Augen, die das Entsetzen gesehen hatten und den Tod, vor denen immer noch gräßliche Bilder standen, deutlicher als alles, was das Leben ihnen wieder zeigen wollte.

Nun war er gerade bei ihr. Hielt auf seinem mühsamen Gange vor ihr inne. Sie handelte ganz mechanisch, streckte ihm die Hand hin. Er wollte sie nehmen, aber es schien, als wandle ihn plötzlich eine Schwäche an.

Er hatte den Ring an ihrem Finger gesehen.

Und als er endlich, schwer erschöpft von allen Anstrengungen und Erschütterungen der Reise, in einem köstlichen Bett lag, von Leinen und federleichten Seidendecken umhüllt, spürte er kaum den lindernden Genuß. Seine Lider waren geschlossen. Aber durch seine Gedanken blitzte immer das Gefunkel dieser Steine an ihrem Ring. Den hatte Percy Lightstone ihr gegeben, als sie seine Braut wurde. Der goldene Reif trug einen großen, rundgeschliffenen dunkelblauen Saphir, den Brillanten umgaben. Diese Steine lagen viel zu groß und schwer auf der zarten, schönen Hand.

Sie war noch jenes Mannes Braut! Nun wußte er es.

Und wußte auch, was ihn eigentlich hergetrieben.

Die Hoffnung zerbrach, Tränen rannen über seine Wangen. Er merkte es. Seltsam, wie leicht jetzt Männer weinten. Er hatte Wunderbares gesehen: Rasenden Mut in der Schlacht, Tod und Teufel entgegenlachend im siegreichen Bezwingerwillen. Und nachher Tränen der ergriffensten Weichheit, wenn der geliebte Führer zerschossen auf der Bahre lag oder teuren Kameraden ein Grab gegraben werden mußte. Lebten ihre Seelen nur noch in Gegensätzen?

Und ihn selbst riß es in diesem Augenblick aus heißem Schmerz empor zum Verlangen nach Genesung, Kraft, neuer Heldentat.

Tage gesunder Ordnung hoben an. Das Haus war wie erfüllt von dienender Arbeit. Das mit anzusehen ward dem Verwundeten bald die beste Medizin. Ein

Arzt kam jeden Morgen und verband seine Wunden und erörterte die späteren Maßnahmen zur Anregung der Muskeltätigkeit der zerfleischt gewesenen Hüfte. Tiny, Schwester Albertine wie sie nun hieß, hatte den Mann empfohlen, mit einem kleinen Lächeln in den Mundwinkeln, denn es war der Arzt, für den sie während des theoretischen Kursus geschwärmt hatte. Zu diesem Dr. Fredenburg faßte Thomas gutes Zutrauen. Er war ein ansehnlicher Mann mit klugen Forscheraugen und einem ernsten, bärtigen Gesicht. Sein Besuch hinterließ jedesmal zuversichtliche Stimmung. Tiny selbst fand auch jeden Tag einige Minuten, Thomas zu besuchen. Er begriff es nicht so leicht, daß dies Wesen von freundlicher, gleichmäßiger Haltung Tiny van Straten sein sollte. Dann rührte es ihn. Ja, sie war doch ein ganzes, prächtiges Menschenkind, hatte all ihre triebmäßigen Geschmacklosigkeiten überwunden, als die große Stunde rief. Und herzlich-zutraulich ging er mit ihr um.

Die Aufsicht über sein Wohlbefinden am Tage führte Gräfin Karen selbst. Die Pflege bestand ausschließlich darin, durch pünktlichste und beste Ernährung die Kräfte zu heben. Als die Anstrengung der Reise überwunden war, durfte er auch kurze Spaziergänge wagen. Und es war rührend zu sehen, wie Graf Leuckmer den Verwundeten dabei geleitete und stützte. Niemand dachte, daß dieser Verwundete sehr bald in die Lage käme, seinen Begleiter wiederum seelisch zu stützen. Mit dem vorschreitenden Krieg wurde Graf Leuckmers Kummer um das Geld in England immer größer. Er hatte gelesen, daß in der Tat Auszahlungen in das feindliche Ausland hinaus dort untersagt worden waren. Sein feines Ehrgefühl lehnte immer noch ab, zu denken, daß die Lightstones die Zinsen zurückbehalten würden. Außer dieser traurigen Sache hatte der Graf die noch viel ernstere zu begrübeln, was geschehen werde, wenn sich Bertolds Todesstunde niemals genau feststellen ließe. Und wenn man es recht bedachte, konnte jede Unterredung mit dem Ulan Stieve, jeder Versuch, an der Hand der Aufzeichnungen des Regiments-Adjutanten das Gedächtnis dieses Mannes zu stärken, schon wie Beeinflussung wirken. Aber Thomas sprach ihm ermutigend zu. Er hoffte in drei, vier Wochen so beweglich zu sein, daß er, mit einem Heilgehilfen als Pfleger für den linken Arm neben sich, wohl den Dingen forschend und verhandelnd nachreisen könne.

In der ersten Nacht hatte er gefürchtet, daß Guda seine Pflege übernehmen würde. Furcht war das geworden, was auf der Herreise brennende, bezaubernde Hoffnung gewesen. Als er Dr. Rüdener und Gräfin Katharina von den „Kriegskindern" sprechen hörte, die ernährt, unterrichtet und in ihren häuslichen Verhältnissen gehoben werden sollten, dachte er: ‚So hat nur Guda Zeit, sich um mein Ergehen zu mühen!' Und vor ahnungsvoller Seligkeit konnte er kaum den Augenblick erwarten, wo er ihrer Fürsorge anheimgegeben sein werde.

Dann sah er den Ring. Und zitterte vor dem, was er ersehnt hatte.

Aber schon der nächste Tag belehrte ihn, daß Guda still und stetig, gleichförmig, nie endenden Pflichten nachging, mit einem gefaßten Mut dem eigenen Leid trotzte. Sie nahm auch teil an seinem Befinden auf eine scheue, bescheidene Art, als käme es ihr nicht zu, nach dem Schlaf seiner Nächte und den Schmerzen in seinen Wunden zu fragen. Sie schien immer beherrscht, wie sie es einst unter der Macht des geliebten Mannes gewesen war, der sie gelehrt hatte, sich vor den Blicken von Zeugen zu umhüllen mit Undurchdringlichkeit.

Nur am späten Abend, wenn man nach dem letzten, einfachen Mahl noch um den Tisch versammelt blieb und die Zeitungen las und besprach, dann fiel diese Maske der unbewegten Stille von ihr ab. Sie brachte jeden Abend viele englische Zeitungen mit. Und ihre schmalen, blassen Hände blätterten ruhelos die großen Papierbogen um, wendeten sie, falteten sie wieder. Und ihre Wangen wurden heiß, und auf ihrer Stirn bildete sich eine Falte wie von bitterer Enttäuschung. Was mochte sie suchen? Den Namen des Geliebten? Gab es eine verabredete geheime Verständigung zwischen ihm und ihr durch die bedruckten Spalten?

Thomas haßte den Anblick dieser englischen Zeitungen!

Dr. Rüdener konnte sich nicht täglich zeigen. Sein Dienst war schwer, die Glieder abends müde, der Weg von der Kaserne weit. Aber Sonntags war er nun mit seinem Knaben der stets erwartete Gast. Und Thomas Steinmann, mit dem überfeinen Gefühl des hoffnungslos Liebenden, mit den noch empfindlichen Nerven und der wunden Seele, die von all den Eindrücken des Grauens noch bebte, er sah nun deutlich, was ihm auf der Reise entging, weil er zu erregt gewesen war. Die junge Frau und dieser Mann lebten füreinander in einem wundervollen, schweigenden Verstehen. Ihn wollte Mitleid ergreifen. Nahm die Tragik im Dasein der teuren, selbstlosen Frau nie ein Ende? Welche Hoffnungen konnten dieser Liebe blühen?

Wenn das Vermögen der verstorbenen alten Verwandten verlorenging, besaßen Katharina und ihr Knabe nichts, als was Graf Leuckmers und Gudas Güte ihnen gewähren würde. Das konnte sie aber nicht mehr nehmen, wenn sie Rüdeners Weib ward. Und wenn man das Vermögen zu retten vermochte, gehörte es doch immer dem kleinen Adam. Rüdener schien aber nicht der Mann, der von den Geldern eines Stiefsohnes hätte leben mögen. Und wie konnte er jemals mit seiner wissenschaftlichen oder parteipolitischen Schriftstellerei Weib und Kind ernähren, wenn dies Weib Katharina verwitwete Gräfin Leuckmer, geborene Freiin von Heinzenberg war? Und wer wußte, wie der Krieg die Überzeugungen des Mannes noch abwandeln mochte? Ob er, in noch gar nicht vorauszusehenden politischen Neugestaltungen seiner und vielleicht aller Parteien, rasch den von innerer Sicherheit getragenen Platz finden würde zum Wirken?

Aber fort mit diesen Gedanken! War jetzt die Stimmung des bürgerlichen Alltags, der immer genau den Holzvorrat bedenkt, ehe er das Herdfeuer entfacht?

Höhere Werte waren jetzt entscheidend, andere Maße wollte die Stunde.

Er hatte den Krieg erlebt, und seine Donner zitterten noch als drohender Nachhall in seinem Ohr. Er hatte das Stöhnen der Sterbenden gehört und den Ruf der Fiebernden nach Mutter oder Weib.

Heilig jede Stunde des Glückes, die in diesen Zeiten am Rande der Schlachtfelder für Herzen erblüht! Selig, wer liebt, geliebt wird!

Für die Vorurteile und Sorgen und Gesetze nüchterner Tage war jetzt kein Raum in einer Brust, die unter dem grauen Tuch atmete, denn der Tod war immer der unsichtbare Wandersmann, der neben dem Glücke ging.

Und der jungen Frau, die so schwesterlich für ihn

sorgte, seinen heißen Dank zu beweisen, wußte er jetzt die rechte Art. Er brauchte nur dem Mann ihrer Liebe mit großer Herzlichkeit entgegenzukommen, förmlich um seine Freundschaft zu werben. Rüdener fühlte gleich, was ihm da erwachsen wollte. Seine Abgeschlossenheit zauderte leise. Aber um der geliebten Frau willen gab er sich dann gern.

Manchmal beschäftigte sich Thomas auch mit den beiden Knaben. Jürgen zeigte sich in allem vorgeschrittener als der kleine Adam: er war größer, selbständiger und unterrichteter, als die drei Vierteljahre, die er voraus hatte, erklären konnten. Derber in allem, klug und ein wenig vorlaut. Ihm fehlte die kindliche Poesie, die Adams lichte, kleine Gestalt so hold umfloß. Adam konnte noch nicht lesen; er hatte noch nichts gelernt. Aber er wußte von Feenländern und Märchenreichen viele geheimnisvolle Dinge und hatte mehr Phantasie als zehn Dichter zusammen und ahnte noch gar nichts davon, daß solche Phantasie soviel wie möglich später vom Leben totgeschlagen wird. Es war schön zu beobachten, wie Gräfin Katharina den klugen, unfrohen Knaben des Freundes mit leiser Hand zu einem kindlichen Glücksgefühl zu leiten suchte. Und es war merkwürdig, wie in diesem Knaben die Liebe zu dem Spielgefährten stärker und freudiger schien als die zu seinem Vater, dem ihm erst seit einem halben Jahr vertrauter Gewordenen.

Von seiner engsten Umwelt so immer und anregend beschäftigt, kamen seine Nerven nach und nach zur Ruhe. Und von da an zeigte sich auch die Wirkung der Pflege an seinem Körper. Seine Farbe wurde besser, die scharfen Furchen glätteten sich. Sein Angesicht gewann die Jugend zurück.

Draußen im Feld war man ein Teilchen der ungeheuren Kräfte gewesen, die in steter, zweckvoller Anspannung gegen ein gemeinsames Ziel vorwärts brandeten. Danach kam die Stille des Lazaretts, sobald man sich nur etwas zur Besinnung und zum Lebensgefühl zurückgefunden hatte, wie der Druck einer Verbannung über einen. Man war ausgeschlossen von der Tat.

Thomas hatte nicht gedacht, daß dieser Druck von ihm genommen werden könne, solange er noch unfähig zur Rückkehr ins Feld bleibe. Und doch war es nun der Fall. Er sah auch im Vaterlande selbst ungeheure Kräfte in äußerster Anspannung. Soweit sie der Kriegshilfe galten, waren sie wie ein einheitlicher Strom von unübersehbarer Gewalt. Aber daneben gab es noch andere Bewegungen. Ansätze, Keime, Vortasten, Versuche überall. Man spürte es in jedem gedruckten und gesprochenen Wort: Das Reich hatte seine Lehrjahre hinter sich und bestand nun eine Prüfung, dergleichen die Geschichte der Menschheit nicht gesehen.

„Ja", sagte Rüdener ihm einmal, „tausend Fragen stehen auf. Man kann auf keine eingehen, ohne sogleich sich weitere aufwerfen zu sehen. Gräfin Leuckmer wollte nur zwölf Knaben speisen. Und schon sind ihr aus den Zuständen dieser Familien neue Erkenntnisse und Aufgaben zugewachsen. Wenn ihre Geldmittel es gestatten, will sie eine Haushaltungsschule für Arbeiterfrauen errichten. Und so geht es auf allen Gebieten. Oft hab' ich das Gefühl, wir leben gewissermaßen zwischen Titeln, zwischen Überschriften. Die Taten dazu können erst nach dem Kriege in Angriff genommen werden."

„Welche Aufgaben harren dann auch Ihrer!"

Über das ernste Gesicht des anderen ging lächelnde Wehmut, wie ein Widerschein vollkommener Ergebenheit.

„Ja", sagte er, „stolze Lust wär's wohl, zu leben, zu wirken. Aber wunderlich..."

Er schwieg ein paar Atemzüge lang und zitierte dann:

„Drüben am Grabenrand
Hocken zwei Dohlen,
Sterb' ich am Donaustrand?
Fall' ich in Polen?"

„Man muß an sein Glück glauben!" sagte Thomas mit starkem Ausdruck. —

Der Oktober ging zu Ende. Immer unruhiger wurden die Gedanken des Grafen Leuckmer, und auch Thomas Steinmann konnte sich einer peinigenden Spannung nicht erwehren. Wie würden sich die Lightstones verhalten? War es denkbar, daß sie den Termin der Zinszahlung schweigend übergingen? Lag hier nicht der Fall vor, wo die Übertretung eines Gesetzes anständiger ist als seine Erfüllung? Die Lightstones konnten immer durch van Straten eine Form und eine Möglichkeit finden, ihre Pflicht gegen den Grafen Leuckmer zu erfüllen. Hier handelte es sich nicht allein um Geld, sondern um sehr zarte Begleitumstände. Selbst eine Strafe, ihnen von ihrer Regierung etwa in schärfster und empfindlichster Art auferlegt, mußte ihnen die geringere Peinlichkeit bedeuten!

Manches Mal, erst an seiner Krücke, bald an seinem Stocke, bewegte Thomas sich über die Straße, um die van Stratens zu besuchen. Aber wenn er die Ansichten des Herrn van Straten hervorlocken wollte, traf er auf eine gewisse Hartnäckigkeit. Das Ehepaar war verstimmt gegen die Leuckmers, das heißt, gegen den Grafen und die Gräfin Katharina.

Sie sei überspannt, sagte van Straten. Sie sei prosaisch und hetze wahrscheinlich Guda gegen die Lightstones auf, sagte Frau van Straten. Aber sie wagten diese weit auseinandergehenden Urteile nur, wenn ihre Tochter nicht zugegen war. Er sei ein redlicher Kerl, sagte van Straten von sich. Aber wenn geschäftsunkundige Menschen keine Einsicht annehmen wollten, käme man sich ja nachgerade vor, als sei man Hehler. Thomas spürte bald: Das war die Form seiner Verlegenheit.

Als er an einem der letzten Tage des Monats wieder einmal zur Nachmittagszeit hinüberkam, fand er das Ehepaar in einer bemerkbaren Unruhe. Das war sonst nicht die Stimmung des auf den gelassensten Lebensgenuß eingerichteten Paares. Der joviale Mann und die etwas derb zugeschnittene Frau gaben sich so deutlich dem Gefühl hin, im Hafen der Sorglosigkeit ihr Lebensschiff fest verankert zu wissen. Daß sie reiche Leute mit höchst sicherer Kapitalanlage seien, verkündigte nicht nur der Flur mit den moosdicken roten Teppichen und den dicken Goldrahmen um zu viel Spiegel. Das leuchtete beruhigend aus ihrem ganzen Wesen. — Sie saßen beim Kaffee, und Thomas konnte sich kaum des starken Trunkes und der noch stärkeren Zigarren erwehren, die man ihm aufdrängen wollte.

Ganz heimlich in seinem Herzen hatte van Straten gehofft, der Krieg würde sich in ein paar ungeheuren Gewittern entladen; die Deutschen würden eins-zwei-drei Paris und Calais nehmen und den Engländern mittels der „dicken Berta" einige gute Lehren über Bescheidenheit über den Kanal hinüberrufen, was ihnen, so sehr er sie sonst schätze, durchaus nur bekömmlich sein würde. Und nun — es sei verdammt — nun merke man: der Krieg werde lang und schwer. Was dann aus dem Handel werden solle? Und aus dem Hamburger Hafen? Ob Thomas schon dagewesen sei?

„Nein." Er wolle aber nächster Tage mit Dr. Rüdener hinfahren.

Und van Straten schalt weiter. Diese Engländer fingen an, Deutsche und Österreicher zu internieren. Und man sah schon in deutschen Blättern das Verlangen auftauchen nach Gegenmaßregeln! Und wo er naturalisierter Engländer sei...

„Unsinn!" sagte seine Frau mit Entschiedenheit. „Für dich ist keine Gefahr. Wo du jeden Monat die fünfhundert Mark ans Rote Kreuz gibst und geben willst, solange der Krieg dauert — wo man deinen Namen in allen Listen der verschiedensten Arten Kriegshilfe findet — mit stattlichen Zahlen — dich internieren?! — Niemals!"

„Ich rate immerhin", meinte Thomas, „die Hamburgische Staatsangehörigkeit eiligst zu erwerben."

Aber Frau van Straten machte eine völlig wegwerfende Handbewegung, während man das leise Klirren der Taschengeräte hörte, in denen ihr Gatte nervös mit den Fingern wühlte.

Und nun fragte Thomas geradezu: „Werden die Lightstones übermorgen die Zinsen zahlen?"

„Weiß nicht!" antwortete van Straten und riß ein Streichholz an und vertiefte sich in das Anbrennen einer neuen Zigarre. Aber da Thomas Steinmann ganz einfach schwieg, fühlte er: Das war ein Warten auf mehr Auskunft, und wenn nicht auf Auskunft, so doch auf Ansichten. So mußte er wohl etwas sagen:

„Ein richtiger Engländer würde unter gar keinen Umständen die Anordnung seiner Regierung in dieser Sache übertreten. Er würde rechnen: Wenn ich praeter propter vierzigtausend Mark halbjährlicher Zinsen an eine Person in Deutschland zahle, stärke ich damit immerhin irgendwo und -wie ein bißchen die feindliche Kraft. — Dies Geld wird sich zum größten Teil in Kriegshilfe umsetzen, bedeutet einer Handvoll Menschen wirtschaftliche Stütze. Also ist es gegen Englands Interesse! Es ist unpolitisch, auch nur einen einzigen Angehörigen des Feindes wirtschaftlich zu stützen oder ihm Mittel zur Kriegshilfe zu verschaffen. Ja, mein Bester — was wollen Sie? — Fabelhaft politisch geschultes Volk, die Engländer — erst mal England, dann die Ehre, oder was man so nennt — ist ja nich allemal das gleiche. — Was nu aber Percy Lightstone anlangt — bei seiner dollen Leidenschaft für unser Komteßchen —" Er zuckte die Achseln. „Abwarten! Sie wissen ja selbst: Im Kontrakt ist ausgemacht, daß die Deutsche Bank die Auszahlung zu bewirken hat. Weiß nicht, ob die Lightstones ihr haben Order zukommen lassen. Hätte sich, auch bei Umgehung meiner, über Holland machen lassen. Aber wie immer: Verloren geht kein Pfund! Wird sich noch riesig vermehren, das Leuckmersche Geld. — Enormen Kriegsverdienst werden die Lightstones haben ... das steht bombenfest."

„Ohne mich mit Graf Leuckmer darüber ausgesprochen zu haben, kann ich Ihnen für gewiß sagen, daß jeder Pfennig, der aus England später als Vermögenszuwachs ausgezahlt würde, keine Stunde in der Hand meines väterlichen Freundes bliebe! Die Hinterbliebenen unserer Helden — die armen Verstümmelten — sie würden — sie allein ..."

‚Gott, wie ist er doch schwach und leicht erregt', dachte Frau van Straten zu diesem heftigen Ausbruch, der nicht zu Ende gesprochen wurde, weil die Stimme versagte.

Herr van Straten machte ein unglückliches Gesicht. Er verfluchte wieder einmal den Krieg mit so kräftigen Ausdrücken, daß er sie lieber nur in Gedanken sprach. Aber er mußte doch etwas eingestehen.

„Hatte heute durch Gelegenheit — geheim — na ja — also hatte Nachricht von Percy Lightstone — die Sache erwähnte er nicht — keinen Ton davon — nich 'ne Silbe. Er hat aber einen Brief für unser Komteßchen beigelegt. — Sei'n Sie so gut — Tiny hat heute Nachtwache — kommt abends nicht nach Hause —, nehmen Sie den Brief mit 'rüber."

Mühsam stand Thomas auf. Mit blassen Lippen und mit spröder Stimme sprach er: „Den Liebesboten für Herrn Percy Lightstone zu machen, lehne ich denn doch ab..."

In van Straten kochte Ungeduld auf. Ja, ja, — es waren alles überspannte Leute — die Leuckmers samt ihren Freunden — famose Menschen, aber unbegreiflich! Warum, in aller Welt, konnte denn dieser Dr. Steinmann nicht einen Brief ihres erklärten Verlobten an Guda mitnehmen? Na, also denn nicht. Man schickte einen Dienstboten. Auch gut...

Und als Guda an diesem Abend mit ihrem Bündel englischer Zeitungen unter dem Arm, wie immer zu Fuß, im schlichten langen Paletot schnell und unangefochten die Straßen hinschritt, war ihr, als peitschte eine Ahnung sie zur Eile. Sie fühlte voraus: es wartete etwas auf sie. Gerade solche Ahnung hatte zwar gestern abend auch ihre Füße beflügelt. Das war vergessen. Einmal, einmal mußte doch wieder Nachricht von ihm kommen. Und dies war die Zeit. Sie wußte von den

Zinsen, die fällig wurden. Das stand nur in ihrem Gedächtnis, weil die Gewißheit damit verbunden schien: Wenn nicht früher, findet er zum 1. November die Möglichkeit, zu mir zu sprechen. Ihre Ahnung war also aus den Umständen erwachsen, schwebte nicht in der Luft. Aber sie brannte und war wie im Fieber.

Und als Guda dann in ihr Zimmer kam und das Licht aufdrehte, sah sie in der jähen Helle nur einen einzigen Gegenstand. Alles ringsum verschwamm in Nebel und kreisenden Unklarheiten. Aber auf ihrem Tische lag der Brief!

Irgend etwas bändigte sie... Eine Angst? Der Wunsch, die schaurig-süße Ungeduld zu verlängern? Wunderlich war ihr zumute — rätselvoll war ihr der rasende Schlag ihres Herzens. Der Anblick seiner Schriftzüge zauberte die Erinnerung an seine Gegenwart herauf — sie sah sein schönes, stolzes Gesicht deutlich vor sich — fühlte seine Hände, von denen magnetische Gewalt auszugehen schien, wenn er langsam und zärtlich über den dünnen Stoff ihres Kleides strich. — Und doch — Furcht? Abwehr?

Endlich öffnete sie den Brief. —

„Süßes Herz! Mein Reh! Endlich, endlich kann ich Dir durch einen sicheren Boten schreiben, Dir Antwort geben auf Deine lieben, törichten Zeilen, die solche bitterliche Enttäuschung für mich brachten. Noch einmal beschwöre ich Dich: Komme nach dem Haag. Meine Arme sind Dir voll Verlangen entgegengestreckt — ich zittere vor Begierde, mein süßes Weib zu besitzen. Wir können in Holland verbunden werden! Ich rufe Dich dringend; denn der Krieg wird viel länger dauern, als wir ahnen konnten. Deutschland wehrt sich stark, bis unsere Verbündeten es überwältigen, nicht ohne Hilfe unsererseits, mögen noch Monate vergehen. Wollen wir so lange sehnsuchtsvoll schmachten? Nein! Ich erwarte Dich bestimmt. Herr van Straten kann Dich begleiten. Er wird es Dir nicht abschlagen. Süßes Herz — o komm!

Du batest mich in Deinem Briefe, den Lügen entgegenzutreten, die unsere wie auch die französische Presse verbreiten. Mein holdes Reh — solche Bitte konnte nur der bezauberndste Unverstand aussprechen. All diese Geschichten von deutscher Grausamkeit und Barbarei, von dem Blutdurst Seiner Majestät des Kaisers, von den Diebstählen und Ausschreitungen Seiner Kaiserlichen und Königlichen Hoheit des Kronprinzen (ich hatte einmal die Ehre, mit Mildred ihm und seiner wunderlieblichen Gattin, der Kronprinzessin, vorgestellt zu werden; ein bezauberndes Paar. Mildred schwärmt für den Urenkel unserer Königin Viktoria) —, all diese Geschichten glaubt natürlich in der ersten Gesellschaft kein Mensch! Also sei ganz ruhig, mein süßes Herz. Solche Art Mittel sind politisch. Man kann sie nicht gut entbehren. Die Menge muß aufgestachelt werden. Wie könnte man Krieg führen ohne eine Parole! Kümmere Dich nicht um Politik.

Dein Reich ist die Liebe, die Anmut. Und in ihm bin ich Dein erster Diener — Dein Herr — wie es das süße Spiel der Leidenschaft will.

Eine Stelle hat mich aber ganz entsetzt in Deinem Briefe. Du erzählst mir, daß Du im Roten Kreuz arbeitest! Du pflegst doch keine Verwundeten? Der Gedanke ist mir furchtbar, daß Deine schönen Hände, die ich anbete, die Haut, das Fleisch irgendeines anderen Mannes berühren könnten! Aber bis zur Raserei könnte es mich bringen, wenn ich gar annehmen müßte, Du pflegst Gefangene. Ihr Deutschen seid immer so ‚ethisch‘ — habt immer solchen Ballast von Gedanken über Menschlichkeit; vor Plaisier über Eure närrische Großmut kann man manchmal lachen. Ihr seid imstande und pflegt die Gefangenen und seht sie als Menschenbrüder an. Oh — ich meine nicht die gefangenen Engländer — jeder Engländer ist ein Gentleman und muß verlangen, so behandelt zu werden! Ich meine die farbigen Bestien, die Neger und die Inder. Es sind auch Gurkhas unterwegs, höre ich, oder sogar an der Front angelangt. — Das sind nur Tiere — niemals, unter keinen Umständen darf die Hand einer Dame diese Geschöpfe berühren — ich verbiete der künftigen Mrs. Percy Lightstone, solchen Bestien auch nur einen Blick zu gönnen.“ —

Sie las nicht weiter. Sie sah wohl, da standen noch Zeilen — vielleicht Beschwörungen der Liebe — Flüsterworte der Leidenschaft — der Ruf: Komm! Sie las nicht weiter. —

„Das sind nur Tiere ...“

Und sie sah ein fahles, von Leiden gefurchtes Angesicht — sie sah eine verfallene Gestalt — mühsam an einer Krücke auf sich zuwankend. — Und wenn es auch wieder jung und frisch geworden war, dies Angesicht eines deutschen Ehrenmannes — wenn auch seine Gestalt sich wieder aufzurichten begann —, sie vergaß nie — nie — nie jenen Augenblick, da ein lieber, teurer Mensch wie ein Schatten seiner selbst auf sie zugekommen war. —

„Das sind nur Tiere ...“

„Aber ihr schämt euch nicht, sie auf deutsche Männer zu hetzen.“

Sie sagte es laut — ganz laut. Der Hall ihrer

Stimme ging durch das Zimmer und kam zu ihr zurück. Sie erschauerte — wie vor etwas Gespenstischem. —

Ein Zwang war über ihr — sie mußte gehorchen — sie schrieb mit großen, festen Buchstaben unter den Brief: „Ihr aber schämt Euch nicht, diese Bestien auf deutsche Männer zu hetzen."

Nicht mehr — kein Wort mehr.

Ganz langsam zog sie ihren Ring vom Finger und legte ihn auf den Brief. — Wie flimmerten die Steine und warfen Regenbogenbuntheit in verstreuten Funken auf das weiße Papier.

Ihre glühende Leidenschaft, die in ihrem Blute gebrannt — sie hatte sie in die Opferschale gelegt, die das Schicksal den Frauen hinhielt. — Strömte dafür aus jener Schale Segen zurück auf die Opfernde? Jetzt spürte sie ihn — als Gnade kam er über sie. — Die erste Entsagung forderte höchste Selbstüberwindung — ein Ersticken des stärksten Schreies, den die Natur hat. — Jetzt aber war ihr Herz fest und von einem ruhigen Stolz erfüllt.

Sie nahm den Brief und den Ring und ging treppab.

Da saß ihr Vater — da war Karen — da war auch Thomas —, wartend saßen sie, der vierten Teilnehmerin an der Abendmahlzeit entgegensehend.

„Hier", sagte sie, „hier — schick den Ring und den Brief zurück — nach England." —

„Kind!" rief ihr Vater. „Weißt du, was du tust?"

„Nur was ich muß!"

Thomas legte die Hand über die Augen — er hatte noch nicht die Kraft zu mannhafter Beherrschung. — Diese Erschütterung war noch zuviel — sie traf ihn zu unvorbereitet. — Und er wollte die Träne verbergen, die ihm die Blicke verdunkelte.

* *
*

Immer stärker wurde Katharina von dem Verlangen erfaßt, ihre Eltern zu umarmen. Sie sprach davon, für einige Tage nach Heinzenberg zu fahren. Und ihr Schwiegervater, dessen kleines Vergnügen es war, Fahrpläne zu durchforschen und die besten Verbindungen mit Abfahrt und Ankunft auf die Minutenzahlen aus dem Kopfe zu wissen, schrieb ihr die Reise auf. Sie mußte nach Hadersleben hinauf mit der Bahn — und von dort nach Aarösund gab es eine Kleinbahn. Aber auch ein Dampfer befuhr die flußartig sich zum Kleinen Belt hinauswindende Haderslebener Förde. Wie die Heimat vor ihr erstand beim Betrachten dieser Namen und Zahlen auf einem Zettelchen! Auf dem weißen Papier blühten Bilder — Buchenwälder und ein altes Herrenhaus, warm und wuchtig, von rotem Backstein mit einem Riesendach von schwarzen Pfannen, die stumpf waren vom Alter. Und da und dort gleißte auf ihrer grünlich-grauen Patina ein blitzblanker Fleck, schwarz wie Steinkohle — die mit neuen Pfannen ausgebesserten Stellen. Und an den zehn Fenstern des einzigen Stockwerks waren alle Vorhänge herabgelassen. Hinter dem Glase hingen diese altmodischen, grau in grau gestreiften Stoff-Flächen, die das Licht von jenen Räumen fernhielten, wo einst so viel sorglos tollendes Leben rumorte — da hatten die Kinder des Hauses ihr Reich gehabt, und nun waren sie draußen in der Welt.

Nichts ergriff die junge Frau so sehr wie der Gedanke an diese verhüllten Fenster. Sie erzählten von einsam gewordenen Eltern — von dem Abschluß seliger Jugendzeiten. — Das Haus war zu groß, der Rahmen zu weit, und ein Mann und eine Frau, beide noch gar nicht alt, gingen nun still darin ihrer Arbeit nach und wohnten in Ruhe zu ebener Erde und horchten wohl manchmal, ob denn über ihrem Haupte nicht das Laufen schneller Füße durch die Decke klang — und ob nicht mit Lachen und Hallo eine wilde Jagd treppab gepoltert kam. —

Mit was für eiligen Schritten das Leben dahinläuft! Und wie es ihm förmlich auf den Nägeln brennt, den Menschen ins Alter, in die Einsamkeit hineinzustoßen. — Wenn die Pflichten kommen, meint man, sie füllen das Dasein aus. Und wenn sie getan sind, steht man mit leeren Händen. —

Aber ihre Eltern, die eigentlich noch jugendlichen, waren besser daran als viele. Die Kinder zwar hatten sich aus erziehungsbedürftigen Hausgenossen in Gäste verwandelt, für die man kochte und briet und backte, denen alles erlaubt war, deren strahlende Mienen, deren Entzücken über die Heimat wie eine Belohnung empfunden wurde. Sie waren erwachsen, man hatte in sie hineingepflanzt, was Einsicht, Liebe und Verantwortlichkeitsgefühl nur vermochte. Und nichts verkümmerte — aufrecht und gesund wuchs die kleine Schar empor — heraus aus den formenden Händen.

Diese aber brauchten nicht leer zu bleiben und nicht im Schoße gefaltet zu ruhen. Da war ja die Scholle, die immer wieder besät und abgeerntet werden mußte. Die Lebendigkeit der Erde gab täglich erneuernden Ersatz für die Flüggegewordenen. Klug und in stetiger Mühe hieß es ihr soviel abzugewinnen, als sie nur irgend hergeben mochte — in immer frischem Werden.

Glücklich, wem das Geschick diese Aufgaben zugewiesen. —

Die Eltern äußerten nie ein Wort der Sehnsucht nach der Tochter und dem kleinen Enkel. Aber die junge Frau kannte die Gedanken, von denen sie sich oft förmlich gerufen fühlte — Vater und Mutter waren so fest. Sie wußten: Die Tochter gehört nicht mehr uns allein und zuerst. Und sie hielten jeden Ruf nach ihr zurück. —

Das Bild der verhüllten Fenster ließ sich gar nicht wegscheuchen — es war von einer schmerzlichen Wehmut umflossen. Die Stille dieses nun so leeren Stockwerks wirkte förmlich von fern her auf ihre Phantasie und ergriff sie — bang und schwer. — Würde je ein Tag kommen, wo die frohe, laute, stattliche Schar aller Kinder des Hauses wieder durch die vertrauten Räume lachte — aller? War nicht vielleicht zu eben dieser Zeit die Reihe schon kleiner geworden — war vielleicht schon ein lachender Mund verstummt?

Unwiderstehlich ward der Wunsch, die Einsamen zu umarmen. Warum zögerte sie noch?

Sie war hier fast unentbehrlich. Aber für einige Tage konnte sie wohl ihre Kriegskinder der Frau Martha anvertrauen, die mit sichtlich wachsender Anteilnahme sich den weinend übernommenen Pflichten hingab und an Zuversicht immer mehr gewann. Adam, den seine Mutter nicht mitnehmen wollte, um seine kleine Seele nicht mit zu häufigen Reiseeindrücken zu verwirren, war bei Frau Stroblmeyer sicher aufgehoben und hatte durch seinen Großpapa und „Onkel Thomas" Unterhaltung und eine Art sich von selbst ergebender Oberaufsicht.

Warum zögern? Die Verstörtheit ihres Schwiegervaters konnte sie nicht aufhellen. Sie teilte ja seine Empfindungen! Mit einem Lächeln der Verachtung hatten sie es erfahren: Die Lightstones zahlten die Zinsen nicht. Thomas erfuhr in der Deutschen Bank, daß keinerlei Anweisungen eingelaufen seien. Über Holland oder durch Herrn van Straten wäre der Weg zu finden gewesen. Lightstones hatten ihn nicht gesucht.

Und gerade in jenen Tagen jauchzte das Vaterland über den Sieg deutscher Kreuzer bei Koronel — wie hallte er kräftig wieder im Herzen der jungen Frau! Sie wünschte glühend, daß ihr Bruder hätte dabei sein können. Wenn irgendwo sich irgend etwas Starkes, Stolzes begab, war immer der brennende Gedanke in ihr: Wären doch meine Brüder dabei gewesen!

Durch einen holländischen Berufsgenossen hatte dann Thomas Steinmann in Birmingham anfragen lassen. Die Antwort lautete, daß das Haus sich niemals erlauben würde, den englischen Verordnungen, die der Krieg nötig gemacht habe, zuwider zu handeln. Es würden Zins und Zinseszins nach dem Kriege verrechnet werden; dann sei auch der Augenblick, über allmähliche Rückzahlung des Kapitals zu verhandeln, die, im Hinblick auf die gelösten persönlichen Beziehungen, wohl beiden Teilen erwünscht sei. Man sprach vor Guda nicht davon — aber sie wußte es doch! Sie spürte es aus dem Schweigen heraus — gerade daraus schloß sie. — Und ihr Gesicht war wie versteinert.

Thomas stellte seinem väterlichen Freund vor, daß jede Bank ihm genügende Mittel vorstrecken werde; daß er es auch nicht als Peinlichkeit zu empfinden brauche, Herrn van Straten in Anspruch zu nehmen; schließlich bot er von seinen eigenen Mitteln, die recht ansehnlich waren, an. Graf Leuckmer entschied sich für Aufnahme eines Darlehns bei einer großen Bank — sobald die Notwendigkeit dazu vor der Tür stehe. Er litt schwer von diesen Dingen. Niemand konnte ungeeigneter sein, als er mit seiner Nerven- und Gefühlszartheit für die Beschäftigung mit unerfreulichen Geldfragen. Aber es schien nun einmal sein Los, davon verfolgt zu werden — oder vielleicht auch, sie herbeizurufen. Denn immer wieder sieht man es, daß gewisse Menschen von sich immer ähnlich wiederholenden Schicksalen aufgesucht werden, als zöge ihre Art, die Dinge anzupacken, das herbei — dachte Katharina.

Sie gestand sich, was ihr den Entschluß schwer machte und ihr zuflüstern wollte, die Fahrt in die Heimat noch aufzuschieben. Als sie flüchtig ihres Planes erwähnte, sah sie in den dunklen, so wunderbar sprechenden Augen des Freundes Schreck aufblitzen. Und sie fühlte: Er rechnete mit den Tagen. — Ach, sie selbst rechnete nicht weniger — die Daten auf ihrem Kalender wurden Drohungen. Bald kam der Tag, der ihn ins Feld rief. Vorausbestimmen konnte er ihn nicht. Morgen mochte es sein — in einer Woche — in einem Monat — wer wußte es! Und wie, wenn er gerade hinausziehen mußte, während sie bei ihren lieben Eltern war! Ein Gedanke, der ihr ein Gefühl von Schwindel, von unaussprechlicher Angst gab...

Zehnmal war sie entschlossen, erst zu reisen, wenn er hinausgezogen sei — von ihrem Segen gefeit, von ihren heißen Wünschen umschwebt — diesen Wünschen, denen Inbrunst die Macht von Schutzengeln verleihen mußte — mußte.

Und doch hing das, was sie in die Heimat, in die Arme von Vater und Mutter trieb, auch gerade mit ihm zusammen. Ihr war, als müsse sie sich dort irgend etwas erobern. Eine Bestätigung heiliger Rechte vielleicht; die seelische Sicherheit für das Ungewöhnliche.

Ihr Herz verlangte danach, die Übereinstimmung mit ihrem Geschlecht und den Zusammenhang mit seiner Scholle neu bestätigt zu fühlen — auch wenn sie eines Tages allen Überlieferungen zuwider handeln würde. — Sie mußte sich prüfen, ob das Hoffen und Lieben, das in der neuen Luft der großen, herrischen Zeit erblühte, einst in die unzerreißbaren Fäden hineinzuknüpfen sei, die sie mit dem Elternhaus verbanden.

Dies alles war nicht ganz deutlich in ihr — mit Worten hätte sie es nicht sagen können — aber es waren die Empfindungen, denen sie schließlich gehorchte.

Und so rüstete sie sich zur Fahrt. Es war ein Novembertag voll von düsterer Färbung, an dem sie die Reise antrat. Ihre Seele trug an dem schweren Druck, der sich über das Vaterland gelegt, seit der Krieg den Charakter des Beharrens angenommen hatte. Und vor einigen Tagen zum erstenmal hingen im feuchten Nebel die Flaggen halbstock, wie von Tränen durchnäßt, keine entfaltete sich in freiem Faltenwurf: Tsingtau war gefallen — das mußte kommen — war erwartet gewesen, wie der Tod eines geliebten Menschen, dessen Hinsiechen keine Kunst mehr Hilfe zu bringen vermag — über dessen Sterben man dennoch weint — trotzdem man sich innerlich gefaßt und darauf vorbereitet fühlte.

Das Alleinsein tat ihr gut. Viele Stunden lagen nun vor ihr, in denen niemand etwas von ihr wollte. Sie gehörte sich und ihren Gedanken. Aber sie grübelte nicht allzu viel — die Gegenwart lag unter dem Damoklesschwert — die Zukunft war eine große Frage — und das Eine, Beglückende, noch Unausgesprochene erfüllte ihre Seele mit Dank und Frieden. Sie sah hinaus in die Landschaft, die vorbeiflog. Auf schweren, dunkelbraunen Koppeln lag schon als grünlicher Flaum die sprossende Wintersaat. In den Knicks saßen noch letzte Überreste von grünem und braunem Laub. Die Wälder zeigten noch rostfarbige Wipfel zwischen dem schwarzen Geäst herbstlicher Kahlheit. Immer liefen neben dem Schienenstrang hoch von Stange zu Stange die Telegraphendrähte. Sie waren mit Nebeltröpfchen behangen und sahen silbern aus; aufgeplustert und eng nebeneinander saßen irgendwo Spatzen darauf und flogen entsetzt auseinander, als durch den Draht, den ihre kleinen Krallen umklammerten, ein elektrisches Beben zog.

Die junge Frau sah das im Vorbeigleiten und ahnte nichts davon, daß auf diesen selben Drähten ein Ruf an sie hinzitterte, daß eben jetzt, wo sie auf der Fahrt in die Heimat war, sich den Eltern als Überraschung und Freude zu bringen, Vater und Mutter nach ihr verlangten...

Die vom Kriege und dem Winterfahrplan eingeschränkten Verbindungen machten es ihr zur Notwendigkeit, in Hadersleben zu übernachten. Sie wußte gut Bescheid in der kleinen Stadt mit dem dänischen Einschlag. Und frohe Jugenderinnerungen kamen ihr da entgegen, wie weißgekleidete Jungfrauen mit Rosen in den Händen. Wie glückselig einfach war doch ihre Kindheit gewesen! Mit Vater zum Viehmarkt nach Hadersleben dürfen, dort Einkäufe machen, im Hotel essen — Erlebnisse von Wichtigkeit und unvergleichlichem Reiz. Sie dachte an das Leben in den großen Städten, das sie seitdem kennengelernt, an Südlandsreisen, an Kleiderpracht, an das anspruchsvolle Luxusbedürfnis, an die Ästhetenliteratur, an alle verzärtelten und übertriebenen und krankhaften Erscheinungen, die vor Kriegsausbruch getan hatten, als seien sie die deutsche Kulturblüte und waren doch nur Krankheitsbeginn gewesen.

Und das stolze Landkind in ihr wurde ergriffen. Sie dachte, wie auf dem Lande die starke, deutsche Art unangekränkelt bewahrt geblieben sei, und daß von der deutschen Erde aus ein neuer Atem von Reinheit, Frische und Kraft durch das Vaterland wehe...

Am anderen Morgen früh bestieg sie den kleinen Dampfer, um zwischen den malerischen Ufern der Haderslebener Förde dem väterlichen Strande zuzufahren. Der Nebel war vergangen. Die fast nordische Sonne schien so merkwürdig hell und weiß, aber doch hatte die Gegend starke Farbentöne. Blau war das Wasser, blau der Himmel. Die schweren Wolken, die sich vor ihm dahinschoben, waren so silberweiß, daß sie das Auge förmlich beizten, wenn man lange zu ihnen emporsah. Dann mußte man den Blick beruhigen und auf das Herbstbraun der Ufer heften. Der kleine Dampfer hatte so etwas Wichtiges; ernsthaft und eilig stampften seine Maschinen. Was trug er nicht auch alles auf seinem Deck und in seinem Bäuchlein, zu dessen Seiten die Räder das Wasser schaufelten und zu Eischnee zu schlagen schienen. Fässer, Körbe, Ballen drängten sich aneinander. Auch ein paar Menschen froren an Deck herum. Ein Schafbock war angebunden und blökte alle paar Augenblicke einen Jammerschrei in die Luft, denn Seefahren war ihm wider die Natur. Zwei Bauern, ältlich, breit und schwer von Gestalt, standen in seiner Nähe und besprachen seinen Wert.

War denn Krieg? Wo? Mein Gott — war alles nicht Traum? Welch ein ländliches Küstenidyll in dieser herben Morgenfrühe.

Die Fahrt war nicht eben kurz. Aber Katharina langweilte sich nicht. Ihr kamen alle Gesichter bekannt vor — es waren alles die von Leuten, denen man auf der

Landstraße, in der Bahn, auf dem Schiff oft begegnete — vertraute Gestalten der Heimat, ein Stück von ihr.

Die junge Frau schwelgte im Hochgefühl. Sie dachte an Schwiegervater und Schwägerin. Und wie merkwürdig es ihr immer gewesen war, als hänge den Leuckmers etwas von Nomadentum an — sie bemitleidete deshalb die von ihr geliebten beiden. Die eine Zacke, die ihre Krone mehr bekommen hatte durch den Grafentitel, erschien ihr nicht als Gewinn, nicht als Standeserhöhung. Sie aber, sie war eine Heinzenberg! Und jenes Gelände dort, das als sanft ansteigendes Ufer nun am Ausgang der Förde in den Kleinen Belt erkennbar war, schon Boden ihres Geschlechtes.

Wie gesichert blühte dies Geschlecht. Die nächste Erbfolge war sogar durch ein Zwillingspaar befestigt. Und diese beiden, die sich noch niemals auch nur eine Stunde ihres Lebens voneinander getrennt hatten, wollten dereinst auch zusammen die Herren sein. Sie würden sich immer als solche vertragen. Selbst wenn einmal die allergefährlichste Prüfung an ihre Zusammengehörigkeit herankäme — durch die Frauen, die sie sich erheiraten würden.

Immer deutlicher sah sie die Brüder vor sich. Ihr war, als müßten und müßten sie, wie bei ihrem vorjährigen Besuch, auf der kleinen Landungsbrücke stehen, wenn der Dampfer mit viel Umstand und Lärm dort festmachte. All die Scherze gingen durch ihr Gedächtnis, mit denen sie einander hänselten. Wie Arbogast mit seiner soviel größeren und älteren Lebenserfahrung aufpochte und Hillemann sich in Demut davor neigte. Wie sie ihre Ähnlichkeit benutzten, um andere Menschen zu necken und zu verwirren. Wie es ihr Kraftgefühl hob, doppelt zu sein. Jeder genoß in der Person des anderen das Leben noch einmal. Das eigene Glücksempfinden wurde auf das wunderbarste gesteigert, durch das Wissen, daß die Bruderseele das gleiche fühle. Wie waren sie reich...

Und nun kam die Brücke in Sicht. Die Räder verlangsamten ihren Umschwung, und der schneeige Schaum, den sie so eifrig gepeitscht hatten, begann sich zu beruhigen, zerrann, ward zu glasigen Wasserblasen. Auf der Brücke standen Menschen. Der kleine Dampfer war immer dringlich erwartet; sein Dasein hatte Bedeutung für die Gegend, und der Kapitän war ein wichtiger, hochangesehener Mann. Vielerlei Verantwortung plagte ihn, und er kam am weitesten mit Grobheit, dem notwendigsten Ausdrucksmittel der meisten Bordgewaltigen. Er brüllte auch jetzt mit allen Anzeichen des Zornes die Befehle zum Anlegen von seiner Kommandobrücke herunter, und als die Geschichte nicht gleich mit militärischer Glattheit vonstatten ging, spuckte er sein Priemchen erbost mit solchem Schwung aus, daß es weithin in die Wasser des Kleinen Belts sauste; eine Kritik von der wundervollsten Deutlichkeit.

Welches Vergnügen für die junge Frau. So ähnlich war dies alles immer gewesen, als sie noch im Backfischkleidchen neben dem Vater hier manchmal wartend gestanden und Arbogast und Hillemann den wütend um sich herum kommandierenden Kapitän überwältigend treffend nachmachten. Besonders Hillemann war Künstler im Kopieren rauher Stimmen, während Arbogast sich mehr mimisch zum Parodieren veranlagt gezeigt. Entzückend, freudvoll, köstlich beruhigend, Bilder und Töne unverändert wiederzufinden, jedesmal, wenn man kam. Aber heute sprach dies noch stärker als sonst...

War Krieg? Wo? Es war Traum. Seine Schrecken

nur eine düstere Erzählung. Klang aus unbestimmter Ferne …

Hier schmunzelte der allerliebste, trauliche Friede der Enge, hier kündete die kleine, niedliche Wichtigkeit des Lebens im gewohnten Lauf nichts von Erschütterungen.

Wer war denn das da auf der Brücke? Zwischen dem alten Hausknecht vom Kolonialwarenhändler Bagesen und dem Bauern Tjalk Jensen? Sah beinah wie Lotti aus. Lotti in Trauer?

Katharina dachte, wie falsch Lotti sie wohl einschätzen müsse. Jeden Verkehr mit der weiteren Verwandtschaft hatte sie vorsätzlich einschlafen lassen, schon in jener Zeit ihrer jungen Ehe, als sie einsah, ihr Glück sei gescheitert. Sie wollte keine Zeugen, keine Familienbesuche, die nach vierundzwanzig Stunden schon hätten merken müssen, wie es mit Bertold bestellt sei. Es kostete schon Seelenmühe und kluge Haltung genug, vor den Eltern und Brüdern die Wahrheit zu verbergen. Gerade um Lotti hatte es ihr aber sehr leid getan. Es war ihre liebste Base, zwei, drei Jahre jünger. Aber von echter Heinzenbergscher Art. Lottis Mutter war ihres Vaters Schwester, die den Pastor Windelbrand geheiratet hatte. Einst wirkte er als Hauslehrer bei den Heinzenbergs. Später fiel ihm, durch Förderung von hohen Stellen, wo er Verbindungen besaß, ein sehr großes Pastorat im Holsteinischen zu. Da hatte er sich denn die längst aus scheuer Ferne geliebte und schon etwas abgeblühte Charlotte von Heinzenberg in sein Haus holen können. In der Familie wurde gesagt, daß Charlotte ihn genommen habe, weil sonst kein Bewerber mehr zu erwarten gewesen. Diese herabmindernde Unterstellung schien aber unzutreffend, denn die Windelbrands hatten allemal, wenn man sie sah, jene Atmosphäre des Glücks um sich, die sich nicht erheucheln und vortäuschen läßt. Sie besaßen vier Töchter, und Lotti war die Älteste, die in Kindheitszeiten stets die Ferien auf Heinzenberg verbringen durfte.

Seit den letzten Jahren wußte Katharina nun nichts mehr von Lotti. Auf ihrer Hochzeit hatte sie sie zuletzt gesehen. Aber damals thronte sie selbst in Kranz und Schleier zu Häupten der Tafel, während der Backfisch Lotti mit den Brüdern und anderem halbwüchsigen Volk an einem Katzentisch saßen. ‚Wie soll ich ihr nun sagen, daß ich sie immer lieb hatte und habe wie einst, wo ich nichts von ihrem Leben und ihren Plänen weiß?‘ dachte die junge Frau. Daß Lotti nun offenbar auf Heinzenberg zum Besuch sei, freute sie von Herzen. Aber sie hier auf der Landungsbrücke stehen zu sehen, war doch merkwürdig. Es befand sich niemand an Bord, von dem Katharina hätte denken können, er werde mit dem Fuhrwerk abgeholt. Denn dort stand ja auch der Jagdwagen mit den beiden alten Schimmeln bespannt, und in sich versunken, mit runder Rückenlinie, saß Kuffsack auf dem Bock, er wurde eben auch recht alt, so gebeugt und krumm hatte er sich das vorige Jahr noch nicht gehalten, der drollige alte Kuffsack! Er war immer noch leidenschaftlich dänisch gesinnt, und wenn irgendein Unglück sich begab, Feuersbrunst oder Krankheitsepidemien, sagte er: „Unter Kong Frederik wäre das nicht passiert.“ Eine Quelle des Vergnügens für ihre Brüder! Denn wenn eine Kuh verkalbte, ein Schwein den Rotlauf bekam, die Meierin sich den Finger quetschte oder Nero von einem fremden Hund angegriffen wurde, kamen sie Kuffsack mit der Bemerkung: „Unter Kong Frederik wäre das nicht passiert.“ Was er mit knurriger Nachsicht hinnahm.

Gab es denn in der Heimat überhaupt Menschen oder Dinge, um die sich nicht Geschichten von den Brüdern woben?

Die beiden jungen Frauen konnten aber noch nicht rasch zueinander gelangen, auch als das dicke Schiffstau schon vielmals um den Pfosten der Brücke geschlungen war. Erst mußte der Schafbock von Bord, auf den der Bauer Tjalk Jensen hier wartete, der noch gröber als der Kapitän werden konnte und der deshalb die Leute im Schach hielt, mit denen er zu tun hatte. Auch das machte der jungen Frau Spaß. Und ohne Ungeduld wartete sie, bis der Befehl über Deck geschrien wurde, daß die Passagiere von Bord gehen dürften.

Lotti umfing sie mit einer schweigenden, innigen Umarmung.

„Wie freute ich mich, als ich dich sah! Bist du schon lange bei meinen Eltern? Aber, wirklich, du hast mich erwartet? Kuffsack hat meinetwegen anspannen müssen? Ja, woher ...?"

„Graf Leuckmer hat depeschiert, daß du heute morgen ankämst."

Sie war ärgerlich. Man hatte ihr die Überraschung verdorben. Wahrscheinlich hatte der liebevolle und überängstliche Schwiegerpapa doch Sorgen ihretwegen gehabt. Rührend. Aber unangebracht!

„Ich bin ein Eiszapfen, ganz klamm. Ist dir's recht? Gehen wir erst ein Streckchen? Bis zum Dänenkreuz? — Guten Tag, Kuffsack. Na? Immer noch fix? Fahren Sie nur voran. Am Dänenkreuz dann warten."

„Djewoll, Fru Gräfin", sagte er, „als es befohlen wird. Bloß das lange Warten, das mögen Fritz und Liese nich mehr ..."

Die lieben alten Schimmel. Einst hatten die Brüder

auf ihnen gesessen, beim Einfahren, und sie selbst, schon fast ein Fräulein, lag oben im Heu mit den beiden „Kleinen". Daß die Schimmel an ihrer Gnadenbrotgrenze noch Kutschpferde spielen mußten, hatten sie sich in ihren grünen Ackertagen auch nicht träumen lassen. Aber natürlich, die Füchse würden wohl requiriert sein. Sie klopfte den beiden alten Freunden wohlwollend die Krupen.

Lotti staunte still bei sich und dachte:

‚Wie ist sie froh! Und hat doch ihren Mann erst vor elf Wochen verloren. Und sie waren doch glücklich. Beherrschung?'

Aber Lotti fühlte, daß es nicht Beherrschung, sondern Stimmung sei.

Nun begannen die beiden ihre Wanderung, während Kuffsack mit den Schimmeln vorweg fuhr, klapperig der alte Wagen, nickend und mühsam die alten Pferde, gebückt der Kutscher.

Lotti und Karen ähnelten einander durchaus. Und doch war jeder einzelne Zug in den Gesichtern und in den Gestalten verschieden. Aber die unbestimmbare Gleichartigkeit der ganzen Erscheinung machte sie sofort als Familienzusammengehörige kenntlich. Alles was zum Geschlecht der Heinzenberg gehörte, war stattlich und kraftvoll. Deshalb wirkten viele von ihnen als schöne Menschen, ohne es im strengen Sinne zu sein.

„Du bist still, Lotti. Bist du böse mit mir?"

„Ach, nein — böse? Nein", sagte Lotti. „Und wenn ich es mal war, jetzt, jetzt ist nicht die Zeit. Nachtragen? Nein."

„Du mußt mich doch für treulos gehalten haben. Aber sag..."

„Laß das doch jetzt", bat Lotti. Aber ihre Unfreiheit

wurde von Katharina für Verstimmung gehalten. Wer hatte denn auch mehr Ursache, verstimmt zu sein, als Lotti?

„Ich müßte mich verteidigen", beharrte sie, „aber glaube mir: Ich möchte es nicht. Hältst du mich für wahr?"

„Ja, gewiß, ja; aber laß das nur, es ist doch Vergangenheit."

Katharina blieb stehen, nahm die Hand der anderen und sah ihr gerade in die Augen.

„Glaube mir ohne Begründung und entgegen dem Schein: Ich bin dir nicht untreu gewesen. Die Dinge des Lebens kann man nicht immer offen ausbreiten. Ich hab' dich immer von Herzen lieb behalten."

Lotti fiel ihr um den Hals, unterdrückte ein Aufschluchzen; sie küßten sich.

Arm in Arm gingen sie ein paar Minuten schweigend. Das kleine Gedränge der Häuser blieb zurück. Über freies Feld zog sich der Landweg hin. Es war ein stolzer Wurf in den Linien des weiten Geländes, als käme es dem Boden hier nicht auf Beschränkung und Maß an. Auch der Himmel schien in freieren Höhen seine unendlichen Räume weiter zu öffnen.

Sie gingen langsam, und die Entfernung zwischen ihnen und dem Gespann vergrößerte sich. Weit voraus, in der beinahe unwahrscheinlichen Klarheit der Luft, erkannte man am Wege die Stelle, wo das Dänenkreuz stand, vom Schlehengebüsch umgeben. Aus uraltem, bemoostem und schon körnig werdendem Granit war es zusammengefügt, und die Geschichte von einem dänischen Ritter, der unter König Hans dort von den Brüdern seiner Geliebten erschlagen sein sollte, entzückte die Brüder. Hillemann hatte als Junge von vierzehn Jahren eine Ballade darüber gedichtet. Die Stätte war eine Marke am Wege, und beim Fahren oder Wandern, hinaus und herein, hieß es immer: Wir sind schon am Dänenkreuz. Also halbwegs.

„Bist du schon lange bei meinen Eltern?“ fragte Katharina.

„Seit Anfang Oktober.“

„Und das schrieb mir Mutter nicht!“

„Ich bat sie, von mir zu schweigen, war empfindlich, dachte mich ja vergessen.“

„Sag mal, du, ganz in Schwarz, ist das für mich, weil Bertold ...“

„Mein Mann ist gefallen“, sagte Lotti mit einer ganz mühsamen, spröden Stimme.

Nun aber stand Katharina tief erstaunt, sehr schmerzlich berührt.

„Verheiratet?! Du? Und nicht einmal das erfuhr ich ...?“

„Ach, das war, als rase das Schicksal über mich hin. Nicht jetzt davon sprechen, nicht. Heute abend, später, nachher; ich erzähle dir alles. Du erlittest fast auf den Tag das gleiche, nur daß mein Glück ... Ich weiß nicht, ich glaube, es dauerte nur Stunden, oder ich habe geträumt ...“

„Lotti!“ rief die junge Frau erschüttert. Denn sie sah wohl, die andere war wie stumpf vor Gram, gebändigt von zu vielem Leid.

„Ich klage nicht, nein. Es ist nur — dieser Augenblick. Und ich bin dir entgegengeschickt. Deine Eltern riefen dich gestern. Das war wie ein Wunder, als dein Schwiegervater zurückdepeschierte, du seist schon unterwegs.“

„Sie riefen mich? ... Wozu? ... Mein Gott, sprich,

Lotti... Meine Eltern? Krank? Oder, doch nicht... die Brüder?"

Sie griff förmlich zornig nach ihrem Arm.

Lotti rang mit sich. Die Worte wollten ihr nicht von den Lippen, sie neigte ihren Kopf, als drücke eine harte Hand ihr gewaltsam den Nacken...

„Wer... wer...", schrie die junge Frau.

„Beide."

Das kam kaum hörbar. Und hallte doch als Donnerschlag im Herzen wider.

„Beide", sprach sie, wie ein Echo klang es zurück. „Beide..."

Wie betäubt stand sie... Und dann geschah etwas Seltsames. Sie weinte nicht, starr waren ihre Blicke, bleich und gespannt ihr Gesicht, und ihre Füße wanderten. Sie ging und ging, unaufhaltsam, als riefe sie etwas. Da war der Wagen am Dänenkreuz, sie sah ihn nicht. Fast neben ihr war die Gefährtin, sie merkte nichts mehr von ihrer Nähe. Sie wanderte zu Vater und Mutter, dem großen Leide zu.

Die gewaltigen Himmelsräume über ihr strahlten von Glanz und Licht. Die weite Erde rings ruhte in Friedenstille. Und durch diese frische, kraftvolle Helle wanderte die schwarze Gestalt mit einer erschütternden Stetigkeit.

Der Wald, vom Meerwind immer durchsaust, der die Stämme zu spukhafter Verschrobenheit geformt und die Wipfel alle ein wenig westwärts abstrich, kam nun an den Weg. Sehr durchlichteter Wald, der in Herbstkahlheit zu frieren schien. Und die Frau wanderte durch ihn hin. Dann breitete sich wieder das offene Land. Und das Riesendach ward sichtbar zwischen den steilen Pappeln mit ihren steif emporstrebenden Reisern. Auf dem alten Dach mit seinen angegrauten Pfannen entzündete die Sonne da und dort einen grellen Lichtreflex, wo sie mit ihren Strahlen auf die ausgebesserten Stellen und die blanken, steinkohleschwarzen neuen Pfannen traf. ... Das Dach, unter dem das Glück gewohnt...

Die schwarze Gestalt wanderte weiter, weiter.

Nun stand, nicht mehr fern, ein großes Tor und schloß den Weg ab.

Öffnete es sich von selbst? Stießen die Hände der Wandernden es auf? Ihre Füße trugen sie weiter, ohne Zaudern, im steten Gleichmaß des Schreitens.

Die Umwelt ihrer Jugend war hier, sie sah sie nicht. Drüben vor der Wand der großen Ställe verzweifelte Nero und strebte mit rasendem Gebell auf sie zu, aber seine Kette hielt ihn. Sie hörte ihn nicht.

Da war das Haus, würdevoll und traulich wie immer. Unberührt von dem Schlag, der es traf. Fester stand es als die Männer, die in ihm die Augen dem Leben entgegen öffneten und im Tode wieder schlossen. Aber nun war ein Unnatürliches geschehen, und strahlende Blicke waren fern von hier erloschen.

Die Tür des Hauses wartete geöffnet auf die Tochter, die herangeschritten kam, sich ihren Anteil am Leid zu holen. Und als sie die Schwelle überschritt, traten ihr zwei entgegen.

Zwei hohe Menschen, ungebeugt. Ein Mann, schön vielleicht nur durch den Adel seiner Haltung und den milden Ernst seiner Augen. Eine Frau, noch blond und vom wunderbaren Nachglanz kaum entschwundener Jugendlichkeit umflossen. Um ihre blauen Augen die tiefen Schatten eines unendlichen Schmerzes.

Die Tochter streckte die Arme aus, wollte die Mutter umfassen, sank in die Knie und umschlang so die Hohe, die sich ein wenig zu ihr herabbeugte.

Und der Mann wandte sich ab und legte seine beiden Hände vor sein Gesicht.

Später saßen sie zusammen um den runden Tisch in Mutters Stube, wo an der Wand über dem Sofa eine sehr große Photographie hing. Auf ihr bildete Karen als Älteste den unverkennbar zu respektierenden Mittelpunkt; zu ihren Füßen saß der kleine Friedrich, an ihre Knie lehnte sich der etwas größere Hermann, hinter ihr, gleich einer doppelten Schildwache, standen umschlungen die Zwillinge, schon Studenten und sehr forsch in der Haltung. Ein rührendes, steif gestelltes Bild, das schon seit ein paar Jahren humoristisch auf die Dargestellten wirkte. Nun wagten die Blicke kaum, es anzusehen...

Und die Begier des Wissenwollens ward wach in der jungen Frau. Der Ferne, dem Kriege mußte sie das Bild der beiden Geliebten abringen. Vor dem Rauch brennender Dörfer wollte sie sie deutlich sehen, sie erkennen, zwischen den herniederplatzenden Schrapnells, den von Granaten emporgerissenen Erdaufwürfen, sie lechzte danach, ihre Stimmen zu hören über dem Donnern und Krachen des Kampfes. Noch einmal, noch einmal sollten sie ihr nahe sein. Das genaue Wissen von ihren letzten Stunden mußte ihre abgeschiedenen Seelen mit denen verbinden, die um sie weinten. Mußte über die Ohnmacht trösten, die den Leidenden, Blutenden nicht hatte helfend nahe sein können.

Der Vater hatte einen Brief, seit gestern morgen war er so oft gelesen worden. Aber immer wieder sprach er zu ihnen mit der gleichen Wucht. Er war die letzte Kunde von zweien, die nie mehr kamen.

„Lies vor!" sagte die Mutter. Sie wollte es nun von der Stimme der Tochter hören, vielleicht konnte sie es dann endlich glauben. Ihr Herz war voll Ergebenheit, aber es hatte Anwandlungen von Zweifel, es wehrte sich gegen die Kunde. Sie selbst lebte doch! Wie konnte es denn sein, daß Blut, von ihrem Blut entsprossen, daß von ihr Geborene, ein Teil ihres eigensten Daseins, tot sein sollten? Die Natur schrie laut auf in ihr und bäumte sich gegen die Wahrheit, die Natur, die alles, was lebt, unter ihr Gesetz der Entwicklung gestellt hat. Die immer gegen ihren eigenen Gang zu handeln scheint, wenn sie Kinder vor den Eltern abwelken läßt. Und diese beiden Herrlichen in all ihrer zukunftsicheren Lebensfreudigkeit, die anzuschauen noch ein Entzücken für das Auge der Mutter hätte sein sollen, ehe es dereinst bräche, sie, denen es vorbestimmt war, mit treuen Händen und wehmutsvollen Herzen einmal die Eltern zu bestatten, ihre Söhne, Fleisch von ihrem Fleisch, sie sollten dahin sein? Und sie selbst lebte? Das war grauenvoller Widersinn. Ihre Seele mühte sich, ihn zu fassen, und konnte nicht...

„Lies doch, Karen!" sagte sie noch einmal. Der Major hatte geschrieben. Er mochte wohl wissen, was solche Briefe in die Heimat zu tragen haben, daß aus ihren dünnen Blättern Ströme von Jammer flossen, aber daß auch lindernde, tröstende Stimmen zwischen ihren Zeilen zu flüstern schienen... Zum Vater hatte er gesprochen, der Mann zum Mann.

Und die junge Frau las. Seltsam verfloß ihr ganzes übriges Leben mit all seinem Leid, seinen zarten Träumen. Wie weit weg alles! Sie empfand sich nur als Kind geschlagener Eltern, als verarmte Schwester. Ihre Stimme brach zuweilen, und ihre Augen waren so sehr mit Tränen gefüllt, daß sie manchmal warten mußte, bis sie tapfer weiterzulesen vermochte...

„Schweren Herzens muß ich Ihnen eine Nachricht

geben. Hätte Gott mir doch diese Pflicht erspart! Sie ist hart. Ihre Söhne haben dem Vaterlande das hohe Opfer ihres jungen Lebens bringen müssen. Es entspricht dem ausdrücklichen Wunsch beider, daß ich Ihnen dieses schreibe und nicht, wie es üblich ist, wenn Offiziere fallen, eine Depesche an Sie absandte. An irgendeinem Abend, als wir im Unterstand zusammen waren, äußerte der Ältere des strahlenden Zwillingspaares, daß man, falls ihnen einmal etwas zustoße, seine Eltern nicht mit einem Telegramm erschrecken, sondern ihnen brieflich Nachricht geben möge.

Ich glaube den tiefen Sinn dieses Wunsches dahin ausdeuten zu dürfen, daß ein knappes Telegramm den nach schmerzlichem Wissen sehr verlangenden Herzen keine Nahrung und keinen Trost geben könne. Deshalb habe ich ihm gehorcht und kann Ihnen mit der grausamen Kunde gleich von den letzten Erlebnissen Ihrer Söhne erzählen.

Was sie waren, brauche ich Ihnen und Ihrer Gattin nicht zu sagen! So viel aufrechte, stürmische und von Reinheit leuchtende Jugend sieht man nicht oft. Wir haben sie lieb gehabt, sehr lieb. Noch über die treuhingebende Kameradschaft hinaus, die der Geist und Segen des deutschen Heeres ist. Sie waren unser Sonnenschein. Immer heiter, immer froh. Ermüdung oder Niedergeschlagenheit schienen sie nicht zu kennen. Ihre Tapferkeit war verwegen und riß alle mit sich fort. Zu jeder gewagten Patrouille meldeten sie sich. Und nicht immer konnte man ihre mutvolle Bereitschaft annehmen. Denn es ging nicht immer an, zwei Offiziere einzusetzen, wo die Aufgabe von einem zu erfüllen war. Aber sie hatten einander geschworen, sich nie zu verlassen. Und hierauf wurde Rücksicht genommen, wo es irgend ging. Diese ihre Zusammengehörigkeit war bekannt und rührte alle, selbst der Kommandierende General nahm gelegentlich voll Herzlichkeit Notiz davon. Sie schienen wie gefeit. Aus was für Gefahren gingen sie unversehrt hervor! Es war oft wie ein Wunder! Sie waren so erfinderisch und gewandt, und in jeder Form unsers Troglodytendaseins oder Buschmännertums fanden sie die beste und rascheste Art heraus, die Lage erträglicher zu machen. Sie erzählten oft lachend von ihren Knabenabenteuern, die ihnen diese Erfahrung im Naturleben gegeben und sie zu wahren Indianern gemacht habe. Die freie Haltung vor den Vorgesetzten, die kameradschaftliche Güte zu den Leuten wies sie immer und immer als adelige Menschen aus. Wie sollten wir alle, alle sie nicht geliebt haben!

Nun ruhen sie in flandrischer Erde, wie sie es wohl gewünscht haben würden, in einem Grab! Und um ihre Ruhestätte erhebt sich eine Schar von Kreuzen. Von Kameraden sind sie auch im Tode umgeben. Unsere Verluste sind schwer in all diesen Kämpfen um die letzte belgische Ecke. Sie werden später die Stätte finden. Und Treue über das Grab hinaus pflegt sie, trotz Gefahr und Not. Von Roulers südwestlich, an der Landstraße nach Ypern, dort ist der Platz.

Die Stunde, die uns die beiden raubte, war ernst für das ganze Bataillon. Wir hatten die Gewißheit erlangt, daß die Engländer, es sind in der Hauptsache farbige Engländer, die uns gegenüberstehen, einen Angriff gegen uns planten, und kamen ihrem Unternehmen zuvor. Unter dem Schutz unserer Artillerie gingen wir los. Im Vorwärtsstürmen waren, wie immer, Ihre Söhne voran, mit einem wahrhaft rasenden Zorn stürzten sie gegen den Feind. Es umwitterte sie dann etwas.

Ich bin ein nüchterner Mann, aber ich muß es sagen. Wie Erzengel waren sie, als seien sie nicht mit Degen und Revolver bewaffnet, nein, als leuchte ein Flammenschwert in ihren Händen.

Es ergreift mich bitterlich, daß wir diesen stolzen, hinreißenden Anblick nie mehr haben sollen, daß wir es heute morgen zum letzten Male erlebten, dies Unvergeßliche ...

Der Nebel stand. Er war aber nicht sehr dicht. Er verschleierte nur leicht das ganze Gelände und umgab alles mit einer phantastischen Dämpfung. Die Fackeln brennender Baumstämme leuchteten rötlich düster. Das Aufblitzen der sich entladenden Granaten zerriß zuweilen den Nebel, in den sich das Gewölk der platzenden Geschosse mengte.

Eine Übermacht, die wir nach vorangegangenen Flieger-Erkundungen nicht hatten erwarten können, prallte gegen uns an. Das Gefecht wogte hin und her. Wir nahmen ihren ersten Graben und wurden wieder zurückgedrängt. Verstärkungen für uns waren bald zu erwarten, weshalb wir weiter zurückgingen, um dann den zweiten Stoß mit volleren Kräften zu wagen. Bei diesem strategischen Rückzug geschah es, daß Ihr Sohn Hillemann mit seinen Leuten gewissermaßen die kleine Nachhut bildete, die wie besessen und voll Erbitterung gegen das farbige Gesindel focht. Es wich, es floh. Aber da tauchte drüben über dem Grabenrand ein Haupt auf, einer unserer Leute sah alles genau, wie es denn immer wieder sich ereignet, daß im ganzen furchtbaren und wildbewegten Bilde der eine und andere nichts sieht, sich nachher an nichts erinnert als an eine Einzelheit. Ein Haupt mit der flachen, großen Tellermütze der Engländer. Ein Gewehrlauf blitzte, ein Schuß fällt. Leutnant Heinzenberg sinkt. Die paar Leute, die noch mit ihm sind, werfen sich auf die Erde, um kriechend zu uns zurückzugelangen. Zwei von ihnen mühen sich um den Gefallenen und sind in den nächsten Sekunden auch getroffen. In diesem Augenblick begreift der ältere Heinzenberg, was geschehen ist. Er hatte seine Leute in Deckung gebracht, späht nach seinem Bruder und sieht ihn liegen. In Feuerstellung liegen, in der Mitte zwischen unseren und den feindlichen Gräben. Unsere Verstärkung ist nahe, in einer Viertelstunde vielleicht können wir wieder vorwärtsgehen. Dann wird es möglich sein, die Gefallenen zu bergen. Aber Ihr Sohn will sofort zu seinem Bruder hinüber. Fast ringt Hauptmann Mehrens mit ihm. Es wäre ja beinahe Wahnsinn. Vielleicht ist auch der Bruder tot, auf der Stelle erlöst gewesen von wohlgezieltem Schuß. Aber da, da hebt der Gefallene den Arm. Arbogast schreit es heraus. Niemand außer ihm hat es gesehen. Vielleicht war es nur eine Täuschung — hinter den Schleiern des Nebels. Vielleicht auch die letzte Zuckung des Sterbenden, dessen Hand empor in die Luft griff. Er lebt, er lebt, glaubt der Bruder. Und kein Gebot der Welt hätte ihn zurückgehalten. Mit Sprüngen, als jage ein edles Wild davon, setzt Arbogast Heinzenberg über das nackte, freie Gelände... Er kniet bei seinem Bruder, hebt den Leblosen auf, als sei er keine Last, hält ihn in seinen Armen, wie Frauen wohl ein Kind tragen, zärtlich, schonend. Gott allein weiß, ob die Brüder noch einen letzten Blick, noch ein letztes Wort der Liebe einander geben konnten.

Drüben mag man ein, zwei Minuten verdutzt gewesen sein von soviel Kühnheit. Oder man war mit den eigenen Verwundeten beschäftigt. Eine wunderliche Stille hat sich für die Dauer von ein paar Atemzügen über die Stätte gebreitet. Einer von den Unseren habe ein weißes Tuch geschwenkt, sagte man mir. Schon war der Bruder mit seiner edlen Last am Rande unseres Grabens, da pfiff wieder ein Geschoß durch die Luft. Und es traf. Von rückwärts her, mitten ins Herz.

Als unsere Leute die beiden Helden stürzen sahen, wurden sie wie von Raserei erfaßt. Sie mußten Rache nehmen, und koste es, was es wolle. Sie stürmten vorwärts. Viele Minuten früher als es vorgesehen war. Aber Mann wie Offizier, alle hatten nur den einen Trieb: Rache! Und schon rückte auch die Verstärkung an. Ihr voraus schwoll der aufpeitschende, an die Nerven greifende Trommelwirbel — Ton gewordene Drohung ... Sturm!

Und die Rache hat sich sättigen können. Der Graben wurde genommen, und was nicht gefallen war, führten wir gefangen ab.

Am späteren Tage haben wir die Brüder bestattet, zusammen in einem schnell gezimmerten letzten Bett. — Treue hatten sie einander gehalten bis in den Tod. Und so schlummern sie nun vereint der Ewigkeit entgegen.

Es blieb wohl kein Auge tränenleer bei dieser Feier. Und als unser Feldgeistlicher laut und mit bebender Stimme den Segen über die offene Gruft sprach und voll Leidenschaft Gott zum Zeugen anrief, daß nicht wir den Krieg gewollt, da schluchzten bärtige Männer, wie sonst nur Kinder weinen.

Ich brauche Ihnen nicht zu sagen, daß das Andenken der edlen Brüder nicht erlöschen wird, solange das Regiment besteht.

Ihr Eigentum und ihre Eisernen Kreuze, die seit einigen Tagen ihre Brust schmückten, und was sie sonst an Wertsachen an sich trugen, wird Ihnen möglichst bald zugesandt werden.

Gott stehe Ihnen und Ihrer Gattin bei in Ihrem tiefen Schmerz.

Ihr sehr ergebener

v. Hartmeister."

Nun verstummte die lesende Stimme, erstickte in den Mühen, ein bitterliches Aufschluchzen zurückzuhalten.

Lange saßen sie schweigend.

Und da fand die Mutter das Wort, das den tiefsten Inhalt jeder Trauer um Hingeschiedene aussagt.

„Es ist nur", sprach sie ganz leise vor sich hin, „daß man ihnen nie mehr Liebe zeigen kann..."

Der Vater sah sie an — lange — als sähe er nicht nur in ihr Angesicht, sondern zugleich auch in eine Welt schöner Erinnerungen. — Seine Seele dankte ihr.

„Als sie noch unser waren, gabst du ihnen herrliche Jugendzeiten und unendliche Liebe. Sie sind glücklich gewesen — sehr glücklich."

Da weinten die beiden jungen Frauen laut auf. —

Aber die Mutter blieb aufrecht. Sie erhob sich, mit langsamen Schritten ging sie an das Fenster — sie legte die Rechte um den Griff, als wolle sie es öffnen. — So stand sie, ohne sich zu rühren. Und sah in die besonnte, vom Wind durchbrauste Landschaft hinaus, die die geliebte, gesegnete Heimat ihrer Söhne gewesen war. — Und ihre Gedanken waren wie eingeengt — und doch von heißem Stolz erfüllt...

Sie dachte immer nur dies: ‚Wie froh war ihr Leben — wie stark war ihr Tod...‘

Und die feierliche Würde ihrer Fassung weckte Andacht und Mut in den Herzen der Ihren. —

Stunden, die in Trauer gehen, haben bleierne Füße.

Am späteren Abend deuchte es der jungen Frau, sie sei schon Wochen hier. So völlig hatte die Welt ihrer Jugend, die nun von schwerem Leid durchströmt war, sie hingenommen.

Sie sollte in ihrem einstigen Jungmädchenzimmer schlafen wie immer, wenn sie hier als Gast weilte. Lotti kam von nebenan noch herein. Sie konnten keine Ruhe finden, ihre Gedanken machten weite Pilgerfahrten zurück ins Kinderland.

Draußen war die drückend dunkle Novembernacht. Und sie sprachen von den märchenhaften hellen Nächten der Frühsommertage, die erfüllt schienen von Nordlandzauber, und wie sie mit den Brüdern heimlich dann durch Park und Wälder streiften. Und mitten aus diesen Gesprächen heraus, die nur wie Vorwand und Hinhalten waren, fragte Katharina: „Hab' ich dein Vertrauen nicht mehr?"

Lotti saß im Großvaterstuhl am verhangenen Fenster, hatte die Hände auf die Lehnen gelegt und den Haarknoten gegen das Rückenpolster gedrückt. So sah sie in die halbdämmerige Stube hinein, die die Lampe vom Tisch her nur bescheiden erhellte. In ihrem Lichte hatte Karen einen Brief nach Hause verfassen wollen. Aber die Feder lag still neben dem Bogen, der unbeschrieben blieb.

„Wie wenig kann ich sagen. Und ist doch ein ganzes Menschenleben", sprach Lotti vor sich hin. „Mein Leben. — Aber ich weiß: Es soll, es darf, es wird nicht zerbrechen."

„Weißt du noch", fuhr sie fort, „von deinem letzten Besuch bei uns — einmal Ostern — du warst wohl sechzehn Jahre alt, ich dreizehn —, die Familie Randow, sie saßen schon zwei, drei Generationen auf Suhlhof — es ist ein kleines Gut, in Vaters Pastorat eingepfarrt —, vielleicht hast du damals Michael Randow gesehen. Er war noch Student, hing sehr an Vater, der ihn in Latein und Geschichte unterrichtet hatte, bis er nach Flensburg aufs Gymnasium kam. Seine Mutter, die es als Witwe auf dem verschuldeten Gütchen nicht leicht hatte, war böse mit ihm — Landmann hätte er werden sollen — er, ihr Einziger — und reich heiraten, sobald es den Jahren nach nur irgend gehe. — Aber ihn rief die Neigung auf andere Wege — Botaniker und akademische Karriere. — Wo sollten die Mittel herkommen? — Es war alles schwer. Schwer auch gleich die Stunde, da wir erkannten, daß wir uns liebten. Denn ich habe kein Geld — oder doch viel zuwenig. Was die Heinzenbergschen Töchter mitbekommen, weißt du. Als meine Mutter heiratete, mag's noch weniger gewesen sein. Und wir sind vier Schwestern. Es hieß wohl entsagen. — Wir kämpften: Michael wollte allen wissenschaftlichen Forscherplänen entsagen und Lehrer werden. Ich wollte solches Opfer nicht annehmen. Und gerade als wir zerrissen waren von Liebessehnsucht und Schmerz der Entsagung, da kam der Krieg. — Michael eilte nach Hause — für zwei, drei Tage noch — mit seiner Mutter die Zukunft zu besprechen, für alle Fälle. Und da — da, als wir uns sahen, da gab es nur noch eine Wahrheit. — Wir konnten, wir wollten uns nicht trennen, ohne uns zu gehören. — Zukunft?! Das Wort war wie ein ferner Klang und alle kleinen Menschensorgen von ihm ausgeschieden. Es gab nur die heilige, große Gegenwart. Und mein liebster Mann, er, für den ich leben und sterben wollte, sollte nicht in den Krieg gehen mit unerfüllten Liebeswünschen. Ich wollte nicht zurückbleiben, ohne ihm verbunden zu sein, auch über seinen Tod hinaus. — Ich wollte als sein Weib das Recht gewinnen, ihm beizustehen, für ihn zu arbeiten, falls er verstümmelt und elend heimkäme. —

Seine Mutter war außer sich und wollte nicht in eine Kriegstrauung willigen. Nach dem Kriege säßen wir dann da mit verpfuschten Existenzen. Auch mein Vater weigerte sich, uns zu verbinden.

Da sagten wir, daß wir uns selbst vor dem Altar einander angeloben würden. — Wir wußten es, Gottes Segen war mit uns. — Menschenstimmen — Satzungen — die sind nichts mehr in dieser Zeit — das Vaterland rief ihn und mich — mich, damit ich sein Weib sei und meine Pflicht auf mich nähme! — Vater ist uns nachgeschlichen — und als er belauschte, wie wir niederknieten und unsere Hände einten, trat er hervor. Seine Augen weinten, aber seine Stimme war wie von Erz, und er gab uns zusammen mit starken Worten.

Vierundzwanzig Stunden bin ich meines Gatten Weib gewesen — selige, heilige Stunden. — Nun ruht er in Wavre bei Lüttich — dort errichten die Regimenter den Gefallenen ein Mal."

Sie richtete sich auf. Glanz lag über ihrem Gesicht, und ihre Augen schienen in überirdische Gefilde zu blicken.

„Auf diesem Mal wird mit unauslöschlichen Lettern stehen:

Deutscher, entblöße dein Haupt,
Du stehst an heiligem Orte.
Kreuze, von Lorbeern umlaubt,
Verkünden gewaltige Worte.
Helden, gefallen im Ringen
Um Deutschlands Ehre und Sein,
Nie wird ihr Name verklingen,
Geheiligt soll er uns sein."

Sie erhob sich; gleich einer Prophetin war sie anzusehen, und sie sprach: „Ein Tag wird kommen, wo ich meines Gatten Sohn an diese Stätte führe — zu einem rechten deutschen Mann will ich ihn erziehen — würdig dieser Zeit — würdig seines Vaters..."

„Lotti!" schluchzte die andere junge Frau auf. Sie nahm sie in ihre Arme.

„Ist es wahr?"

Stumm nickte die andere. — Langsam sank ihre Seele wieder herab von den Höhen des leidenschaftlich-schmerzlichen Aufschwungs.

Und dann sprach sie vor sich hin — ergeben — leise: „Im Frühling wird es sein — vielleicht, daß Michaels Mutter sich mir versöhnt, wenn ich ihr den Enkel bringe und sie bitte: Laß mich mitarbeiten — wie eine Magd will ich's, damit wir seinem Sohn die Heimat retten..."

„Wenn ich kann, helf' ich dir sie retten", versprach Katharina.

Vor Erschütterung konnte sie kaum ein wenig zerbrechlichen Schlummer finden. Es hallten Worte des Briefes in ihr nach.

„Gott allein weiß, ob die Brüder noch einen letzten Blick, noch ein letztes Wort der Liebe einander geben konnten."

Und ein geheimnisvolles Wissen kam über sie — als flüstere Gott selbst es ihr zu. — Dem Sterbenden hatten die Augen nicht brechen können, ehe sein Blick noch einmal in den des Bruders versank...

Und dann hörte sie wieder Lottis Stimme: „Ich wollte nicht zurückbleiben, ohne ihm verbunden zu sein, auch über seinen Tod hinaus."

Und als kleinlich besorgter Menschenwitz sich weigerte, den Bund zu segnen, waren sie bereit, Gott als

Zeugen aufzurufen und ihre Liebe über Satzungen zu stellen...

Sahen nicht aus dem Schweigen der Nacht zwei leidenschaftlich flehende Augen sie an? Dunkel und tief — voll Liebe und strengem Ernst... Und es war, als frage eine feierliche Stimme sie: „Hast du weniger Liebe? Weniger Mut?"

— — — — — — — — — — — —

Am anderen Morgen sah die junge Frau, daß die emsige Musik der Arbeit um Haus und Hof schallte. In der großen Scheune plauderte und knatterte die Dreschmaschine, beim ersten Tageslicht zogen Gespanne mit Pflügen und Eggen hinaus. In der Meierei war man am Werk.

Die Mutter aber, gefaßt, waltete in der Küche und griff zu, um derbere Mädchenkräfte für Scheune, Stall und Hof frei zu machen. — Lotti war mit ihr als hilfreiche Hand.

Katharina hing sich an den Arm des Vaters und ging mit ihm aufs freie Feld. Er sah so jung und kräftig aus in seinen hohen Stiefeln und seiner kurzen, pelzgefütterten Lederjoppe. Schweigsam war er sonst, ein fast wortkarger Mann. Nun aber, wo seine liebe Älteste neben ihm war, löste sich allerlei aus seinem Gemüt. Es war so beschwert von Leid und Erstaunen...

„Ja", sagte er, „so ist es mit Mutter — sie hat kaum eine Stunde die Arbeit verlassen — und sie sprach davon, daß tatenlose Trauer wie Verrat am Vaterlande sei. — Wer hat den Brüdern die glühende Liebe zur Heimat ins Herz gesät? Sie! — Sie war ja immer lebhafter als ich in allem — trug mehr auf euch über. — Nun bleibt sie aufrecht in all den vielen Aufgaben, die sie sich auflud — Sparsamkeit bis auf den Pfennig

— um mehr geben zu können —, Fürsorge für all die Arbeiterfamilien. — Es ist viel."

Hin und her gingen seine Gedanken. — Die Tochter kam ja aus der Welt — vielleicht konnte sie etwas erklären.

„Ich bin ja immer nur 'n einfacher Landedelmann gewesen — mit merkwürdig wenig politischen Interessen. — Vielleicht grad', weil die hier herum nicht allen immer gut bekommen sind. — Kann sein. — Ist hier oben nicht immer alles richtig angefaßt worden — um so schöner war's, das zu erleben: auch hier warf sich für das Vaterland auf, was noch Tage zuvor dänisch gesinnt schien. Mag sein, daß alter Haß gegen England still unterm Wandel der Zeiten weiterglomm — kein Däne hat die Beschießung Kopenhagens je verziehen — du weißt wohl, achtzehnhundertsieben! Mag auch sein, daß Angst und Widerwille gegen Rußland mitspricht. — Wenn ich dir sage, daß sogar Kuffsack am liebsten noch mitgegangen wäre, und daß Tjalk Jensens Sohn Kriegsfreiwilliger..."

Aber er kam ab von dem, was er hatte sagen wollen, besann sich und fuhr traurig fort: „Hab' mich also nie viel umgetan. Nach Stufe und Sinn anderer Völker nun schon gar nicht. — Aber jetzt — starr ist man — hat man ein Gefühl, als würde einem immerfort stinkender Unrat ins Gesicht geworfen. — Wie ist das nur möglich? — Mitten in Europa sitzen wir — wie so'n Kern davon —, und man hat uns nicht gekannt."

„Ach, Vater, das ist das Furchtbare des Kriegsrätsels, das keiner löst — die Frage, die niemand klar genug beantworten kann."

„Uns Älteren vergiftet's den Lebensrest — ihr Jüngeren erlebt, so Gott will, noch die Klärung. — Wenn sie das deutsche Heer beschmutzen wollen, ist mir's immer: sie beleidigen mir ja meine herrlichen Jungen."

Und seine Stimme wurde unklar. Wie zu seinem Troste schmiegte sich die Tochter enger an ihn.

Auf einem von wintermüdem Gras bewachsenen Weg gingen sie dahin, den Räderspuren furchten und von dem rechts und links sich große Koppeln dehnten; frei und kahl war das Gelände, auf sanfter Bodenerhebung. Auf der einen Koppel wurde geeggt, und Frauen führten die Gespanne. Die Schweife der beiden guten alten Schimmel wehten westwärts; und das andere Gespann bestand aus zwei kleinen Finnländern, die mit ihrem rauhen Fell putzig aussahen und in Friedenszeiten nie gewürdigt worden wären, auf einem ansehnlichen Acker Arbeit zu tun. Die andere Koppel war schon fertig, zur Winterruhe bereitet, und der Vater erzählte, daß sie und auch noch die vier Morgen große Koppel am Hasenkamp mit Kartoffeln bestellt werden sollten. Aber er war heute doch nur mit halber Teilnahme bei diesen Dingen.

„Sieh mal, meine alte Deern", sagte er. „Ich hab' immer so das Gefühl gehabt, Mutter ist mehr als ich. Du weißt wohl noch, was für Leben in ihr steckte und wie man es ihr anmerkte, daß sie am liebsten mit ihren Jungen losgezogen wäre, wenn die auf irgendwas unternehmungslustig aus waren. — Und wie sie mit ihnen lachen konnte. — Es sah ja manchmal aus, als wär' sie mehr Spießgeselle als Erzieherin. — Und hat sie doch so wunderbar zu lenken gewußt. — Ja, das ist nun vorbei. Vom Tage an, als der Krieg ausbrach, war solche Stille in ihr — sie hat sich vielleicht schon immer bereit gemacht in ihrem Herzen, Opfer zu bringen. —

— Nur eins ist mir als Mann nicht so ganz verständlich ..."

„Was denn, Vater?" fragte sie. — Und sie sahen voneinander weg, damit der eine nicht die Träne im Auge des anderen sähe.

„Sie quält sich so sehr um dich — ich muß es mir wohl so erklären: Hillemann und Arbogast — das ist nun zu Ende. Wir dürfen nicht murren, wir tun's auch nicht. Sie standen in Gottes Hand, und Er wollte ihren Tod. — Das Vaterland muß durch Blut zur Höhe schreiten — es ist das Geschick, das wir durchleiden müssen — der Zukunft zum Heil. — Ein abgeschlossenes Leid — daran kann man nicht rütteln — da sind keine Fragen mehr. Aber du — du hast dein Glück verloren und bist noch jung. Und daran hängen sich viele Fragen — das ist kein abgeschlossenes Leid. So versteh' ich Mutter. Sie hat nachts oft keinen Schlaf, um deines Kummers willen. Und ich — ich — ich muß wohl sagen — es geht mir wie Mutter, mein Kind. — Du — das kannst du wohl denken — warst immer so ein bißchen mein Allerbestes — Vaterskind — ja, das warst du ..."

Die junge Frau stand ergriffen. Treues Vater-, treues Mutterherz! Sie litten Leiden der Beraubten mit! Wunderlich hatte die fromme Lüge ihre Wirkung umgekehrt — war zur verwundenden Waffe geworden.

Und die Frage tat sich auf: Welche Forderung war heiliger? Ehre dem Toten? Oder: Trost den teuren Eltern?

Sie fand das rechte Wort. Sie zog ihren Arm aus dem des Vaters, und unwillkürlich blieben sie stehen.

„Was du sagst, Vater — ja, das zwingt mich — du wirst verstehen — ich wollte euch keine Sorgen aufbürden und keine schmerzlichen Gedanken. — Aber es war so: Bertold und ich — nein, wir hätten nie heiraten sollen. Es war Jugendtorheit — wir gehörten nicht füreinander — unsere Ehe war ein Irrtum. Wir waren noch kein halbes Jahr verheiratet, da wußten wir, wir paßten nicht zueinander. Sieh — das kommt ja vor — zwischen den besten Menschen. — Ist an sich nichts Schuldvolles — Bertold nahm noch zuletzt mit so schönen, würdigen Worten von mir Abschied. — Ich hab' auch, wegen Adam, nie daran gedacht, mich scheiden zu lassen — unsere Ehe aber bestand seit langer Zeit nur noch zum Schein. — Sag es Mutter einmal — wenn du fühlst, es ist besser, sie erfährt es."

„Kind — Karen — mein Kind — du bist unglücklich gewesen!" rief er.

Sie lächelte ein wenig. — Wieviel Entsagung und Milde war in ihrem Lächeln.

„Vielleicht — eine kurze Zeit — es war doch sehr drückend. — Ich stand ratlos — aber siehst du, Vater — dann hatte ich Adam. — Und er ist wie meine Brüder — das erzählt sein holdes, wahrhaftiges, frohes, kleines Dasein mir jeden Tag. — Ja, das war genug Glück — schien genug — lange — lange — bis..."

„Nein", sagte der Vater, „nein. — Ein Glück mußtest du haben, wie deine Mutter hatte — hat." Er rang mit einer großen Erschütterung, mühsam nur fuhr er fort: „Ein Dankgebet hatt' ich im Herzen diese Nacht. Ich lag schlaflos. Merkte wohl, daß auch Mutter wachte. Mit einemmal tastet sie im Dunkeln nach meiner Hand und spricht ganz leise, wie ich ihr Glück gewesen sei. Und wie ihre großen Söhne das gerührt verstanden hätten. Und welch ein Trost ihr es sei, daß unsere herrlichen beiden das gewußt haben, ihre Mutter sei eine glückliche, sehr glückliche Frau. — ‚Wenn sie sterbend noch einen letzten Gedanken für mich hatten‘, sagte sie, ‚haben sie den gehabt: ‚Mutter hält sich an Vaters Hand...‘ Mir strömten die Augen über — ich konnte nur still beten.“

„Lange Jahre sonnigen Glücks — ob unsere Zeit vielen die Gnade gibt?“ sprach die junge Frau in schwerem Sinnen vor sich hin.

In starker Aufwallung stieg ihr das Blut ins Gesicht. Sie faßte ihres Vaters Hand. Sie sah ihn gerade an.

„Vater“, begann sie, „wenn vielleicht eines Tages — wenn mein Herz, erfahren, wie es nun ist — sich einem Mann geben will, dem es gehören muß — dem jeder Schlag entgegenklopft — es ist noch alles wie Traum und Schweigen — ein stummes Wissen — aber voll heiliger Sicherheit. — Er ist ein Mann in ganz anderen Lebensumständen, als sie je in unserem Kreise vorkamen — auch ein bürgerlicher Mann.“

Ihr Vater streichelte ihr die Hand.

„Adelig — bürgerlich — gibt's jetzt was anderes als den Adel der Tat und der Treue zum Vaterland? — Du sagst, ihr steht noch im Schweigen — so will ich nichts fragen. — Das Glück ist rar worden in der Welt. — Gibt er es dir — und sei es noch so kurz — er sei gesegnet...“

Sie schlang ihre Arme um den Hals des Vaters. Vor Dank und Liebe stumm.

* *
*

Nichts konnte der jungen Frau überraschender kommen, als daß sich, nach der Heimkehr von so feierlichschmerzlicher Fahrt, in ihre ersten Abendstunden der Humor hineindrängen würde.

Sie sah auf dem Bahnsteig die kleine Gruppe der Lieben, die sie erwarteten. Da stand Thomas auf seinen Stock gestützt, und sein Arm ruhte in dem großen weißen Tuch, das hinten im Nacken zusammengeheftet war — das gleiche Bild wie vor vierzehn Tagen beim Abschied? Nein, merklich blutvoller schien sein Gesicht, und die Augen blickten nicht mehr aus so ergreifender Eingesunkenheit heraus. Neben ihm stand Guda. Und über ihre feinen, blassen Züge ging ein Schein von Freude, als sie die schwesterliche Frau wiedersah.

Und noch einer war da. Zum erstenmal in Feldgrau. — Bisher hatte das Ersatzbataillon noch immer die alten Uniformen getragen. Ihr Frauenherz erlag einer kurzen Anwandlung weiblichster Schwäche — wie kleidsam war der ernsten Erscheinung des geliebten Mannes der graue Rock. — Aber sogleich versank dieses eitle Wohlgefallen an einer Äußerlichkeit in einer schreckhaften Aufwallung. — Hieß das nicht: marschbereit?! Sie wußte wohl: Die Bekleidungsämter und die Waffenfabrikanten arbeiteten Tag und Nacht mit einem Heer von Hilfskräften, um den ungeahnten Bedarf zu beschaffen. Hatte auch gehört: Der und jener neu zusammengestellte und fertig ausgebildete Truppenteil mußte den Abmarsch ins Feld um Tage hinauszögern, weil es irgendwie noch an vollkommener Ausrüstung fehlte. — War sein Bataillon nun fertig?

Sie wagte nicht zu fragen, ließ sich von Guda umarmen, von Thomas die Hand küssen und nahm dann erst den festen Händedruck an, der beim Kommen und Gehen ihre bedeutungsreiche Sprache war und ihnen immer wieder sagte: Wir sind Eins!

Die Ihren hatten keine weinende, zerstörte Frau erwartet, die erbittert über den Heldentod der teuren Brüder klagen werde. Aber doch waren sie überrascht — Katharina wirkte wie eine, die von einer hehren Andacht kommt, von einem weihevollen Gottesdienst, der ihre Seele hoch emporgetragen hatte, über Tränen und Gram.

„Sie kommen mit zu uns?" fragte sie.

„Ja. Komteß Guda hat die Güte gehabt, es mir zu erlauben", antwortete Dr. Rüdener.

Sie nickte Guda dankbar zu.

Das war nun Wohltat, die Nähe des geliebten Mannes empfinden zu dürfen. Sie konnte nicht in seine dunklen Augen sehen, ohne der Worte ihres Vaters zu denken...

„Er sei gesegnet!"

Und ihr war, als müsse er es spüren, daß es zwischen ihnen keine Kluft gäbe. —

Im Auto konnte man gar nichts sprechen. Guda, die neben der jungen Frau saß, kuschelte sich an — wärmebedürftig? — Trostbedürftig? — Und Katharina bemerkte wohl, daß Thomas, ihnen gegenüber neben Rüdener, mit liebevollstem, werbendem Blick Gudas Blick suchte — aber sie schlug die Augen nieder, als der warme, bittende Strahl sie traf. —

Im Hause war Papa Leuckmer. Mit sehr viel Rührung und auch mit sehr viel Zufriedenheit. Denn sein Herbsthusten plagte ihn, und Katharina, mit ihren Hausmittelchen vom Lande, wußte immer dies und das. Und er mochte gern alle paar Tage neue Heilmethoden versuchen. — In seinem Bettchen sprang Adam, und keine Beschwichtigung der guten Stroblmeyer hatte ihn bewegen können, einzuschlafen, bevor Mutti ankäme. Nun war er zufrieden und nahm sich vor, viel flinker zu schlafen als sonst, damit es rascher der andere Tag werde und er mit den Muscheln spielen könne, davon Mutti ein Säckchen voll mitgebracht hatte. Er erklärte auch, daß er Jürgen, wenn der morgen, am Sonntag, käme, die Hälfte abgeben wolle. Die schmale, blasse Frau Martha erstattete Bericht über Betragen und Erlebnisse der zwölf Kriegskinder. Und so hatte die gewohnte Umwelt gleich ihre ganze Persönlichkeit wieder eingefangen.

Am Abendtisch wandelte sich ihr dann die geheime Angst, deren Gewalt sie sich kaum zu gestehen wagte, in dankbare Freudigkeit. Rüdener erzählte, daß sein Bataillon morgen oder übermorgen, allen unbekannt, ob nach dem Westen oder Osten, abgehe. Er bleibe noch zurück. Nachdem er schon vor längerer Zeit die Gefreitenknöpfe erhalten hatte, sollte er, neben einigen anderen Reservisten, noch zum Unteroffizier weiter ausgebildet werden. Er sagte, daß es ihm eine große Genugtuung sei, mehr Verantwortlichkeit auf sich nehmen zu dürfen.

Zugleich sagten seine Augen der geliebten Frau: Und dich — dich noch zu sehen — welches Glück...

Eine wunderliche, verborgene Gespanntheit bebte wie ein leichter elektrischer Strom zwischen diesen vier jungen Menschen hin und her. Thomas empfing die dienende Hilfe Gudas, die ihm, der nur eine Hand gebrauchen konnte, hier und da nützlich zu sein suchte. Er schien auch nur für sie zu sprechen. Und doch war all ihr Wesen Ausweichen — wie von Schuldbewußtsein war ihr Haupt gesenkt. — Und zwischen der jungen Frau und dem Manne ihrer Sehnsucht flammte, nach der Trennung von vierzehn Tagen, fast unverhüllt in Blick und schmerzlichem Lächeln die Erkenntnis der Zusammengehörigkeit auf.

Der alte Herr merkte nichts davon. Er war sehr dankbar, liebe Menschen um sich zu haben, und sehr voll Zweifel, ob er sich noch ein Stückchen Fleisch und einen Löffel Gemüse über sein gewohntes Maß hinaus gönnen dürfe, ohne seine Nachtruhe zu gefährden.

In diese Szene hinein kam das Stubenmädchen und meldete, daß Herr und Frau van Straten, trotzdem es fast zehn Uhr sei, noch bäten, hereinkommen zu dürfen. Guda sprang auf. War Tiny etwas zugestoßen? Man dachte jetzt immer gleich an schwere Ereignisse. Das Ehepaar kam herein. Frau van Straten war gewiß keine Erscheinung von zartem Umriß. Aber wenn sie so neben ihrem breiten, großen Gatten auftrat, schien sich ihr Maß zu vermindern. Jetzt zeigten sie alle Linien der Zerstörtheit in ihren gesunden Gesichtern. Nein, nein, Tiny war nichts geschehen. Gottlob. Die Sorgen dämmerten aber doch schon herauf. Bald durfte sie ins Feld hinaus. Sie war soweit. Man traute es ihr zu.

Van Stratens reihten sich der kleinen Tafelrunde ein, und der sichtlich erschöpfte Mann nahm gern ein Glas Wein an, und die Frau bat vielmals um Verzeihung: sie wisse wohl, an noch nicht ganz abgegessener Tafel ließe sich kein Mensch gern stören.

„Aber wir mußten Doktor Steinmann noch sprechen! Und wir bedurften überhaupt der Aussprache. Und Gräfin Katharina hat immer so klaren Rat..."

„Ich?" fragte die junge Frau. Und wußte doch, daß sie seit längerer Zeit nicht sehr in Gnaden stand bei den van Stratens.

„Die Sache ist", sprach Herr van Straten, „die in Deutschland befindlichen Engländer sollen interniert werden. Ich hab' Befehl bekommen — soll mich zur Reise nach Ruhleben bereithalten."

„Und wo wir doch Deutsche sind!“ rief die Frau aufweinend.

Das schlug ein! Alle Anwesenden waren verdutzt. Sie verstummten vor Erstaunen — Thomas sah lächelnd Guda an — aber sie schien peinlich berührt — verwirrt. ‚Ach, dieses unselige England‘, dachte er erbittert, und sein Lächeln verging.

„Seit wann denn das?“ fragte Katharina trocken.

„Bin seit Mittag unterwegs — an amtlicher Stelle war ich — in den Privatwohnungen der in Frage kommenden Herren — konnte mir Empfehlungen von den betreffenden Dezernenten verschaffen — war sehr verbindlich, der Herr Rat — aber nichts zu machen. — Ich bin Engländer, und das muß ich nun ausbaden!“

„Vor etwa fünf Wochen riet ich Ihnen, sich die Hamburgische Staatsangehörigkeit zu erwerben“, erinnerte Thomas.

„Meine Frau wollte nicht — war ja immer begeisterte Engländerin ... Ja, das ist nun deine Schuld!“ fuhr er sie vorwurfsvoll an.

„Ich dachte — o Gott — wir hielten uns so vorsichtig. Unsere Tochter Rote-Kreuz-Schwester. Und welche Summen für alle Arten Kriegshilfe“, klagte sie.

„Aber wenn Siege waren, haben wir dann geflaggt? Nicht einmal. Nicht mal ’ne schwarzweißrote Fahne haben wir angeschafft. Aber vor’m Krieg, wenn König Georg oder Königin Mary Geburtstag hatten — ja, dann mußte die englische Flagge ’raus“, schalt er. „Und die Herrschaften können sich wohl ausmalen, was ich für ’n Schreck bekomme, als ich in dem Herrn Rat, der das meiste zu sagen hat, einen Mann erkenne, der in unserer Straße wohnt und dessen Gesicht mir daher ganz bekannt war.“

„Wenn man das geahnt hätte. Natürlich ist es ihm ärgerlich aufgefallen, daß wir nie flaggten — aber ich dachte immer, das stelle so 'ne Art Gleichgewicht her in unserer Haltung..."

„Sie glauben doch nicht im Ernst, daß das Nichtflaggen auch nur den allermindesten Einfluß auf den an Ihren Gatten ergangenen Befehl hatte?" fragte Thomas. „Sie sind in Deutschland, gnädige Frau! Dem Lande der Sachlichkeit. Herr van Straten muß sich dareinfinden."

„Ja — und dann — man fragte mich, ob ich nicht noch geschäftliche Verbindungen in England unterhalte. Konnt' ich nicht leugnen — hab' ja gut und gern ein Drittel meines Vermögens noch drüben, zumeist in den.."

Er stockte eine Sekunde. Jeder glaubte den Namen zu hören, den er in plötzlichem Schreck nicht auszusprechen wagte.

„Und dann", fuhr er fort, „dann rührte mich fast der Schlag. Ich wurde gefragt, ob ich nicht einige Male die kurzen Besuche eines englischen Agenten empfangen habe! Kann wohl sagen, es war ein scheußlicher Augenblick."

Guda hatte ein heißes Gesicht und mußte kämpfen, um einen leidenschaftlichen Tränenausbruch zurückzuhalten. Sie und alle, die hier zusammensaßen, wußten es ja: Dieser Agent hatte außer als mündlicher Berichterstatter für van Straten auch als Percys Liebesbote gedient. — Und sie alle waren von der peinlichen Furcht erfaßt, daß daraus noch Unannehmlichkeiten erwachsen könnten.

„War grad', als hätte man einen leisen Verdacht. Oh, mein Gott — ich und Spionage gegen mein altes, liebes, gutes Vaterland. Ich erzählte alles — bot Belege an — Einsicht in meine Bücher — flehte geradezu um Haussuchung. — Na, zuletzt lächelte der Rat in sich hinein. — Und was ich mir nun gedacht habe: ob Sie nicht als mein Anwalt — ich bitte Sie, es zu werden — noch einmal mit den maßgebenden Persönlichkeiten Rücksprache nehmen könnten. Wenn man davon absähe, mich zu internieren, wäre ich bereit, dem Roten Kreuz eine sehr bedeutende — eine ganz ungewöhnlich bedeutende Zuwendung zu machen."

Graf Leuckmer schüttelte still für sich den Kopf. Und Thomas erklärte, daß er eine solche Aufgabe nicht übernehmen könne; deutsche Behörden pflegten keine Handelsgeschäfte zu machen. Herr van Straten versenkte seine Hände in die Hosentaschen, und man hörte deutlicher als je das Klirren der Taschengeräte. Er war demnach in der außerordentlichsten Weise aufgeregt.

„Wir dachten auch", nahm Frau van Straten wieder das Wort, „wir glaubten — ach, liebste, beste Gräfin — ist nicht ein Onkel oder Vetter von Ihnen in Berlin in hoher Stellung im Auswärtigen?"

„Ja, mein Onkel Friedrich Heinzenberg — was soll das?"

„Wenn Sie sich bei ihm für meinen Mann verwendeten?"

„Unmöglich!"

Herr van Straten war wirklich soweit, daß er gar nichts mehr sagen konnte. Er mußte die Verhandlung seiner Frau überlassen. Es war das erstemal in seinem wahrhaftig nicht schlicht verlaufenen Leben, daß er die Fassung verlor.

„Was soll aber mein Mann in Ruhleben?" sprach sie weinerlich. „Von seinem Kontor weg! Er hält das ja einfach nicht aus — wird mir krank..."

„Im Grunde sehe ich nur lauter Genugtuungen für Sie", sagte Katharina kaltblütig. „Sie legten Wert darauf, für eine Engländerin gehalten zu werden. Nun bestätigt es Ihnen die deutsche Regierung selbst, daß Ihr Gatte Engländer ist. Sie waren so oft unglücklich, daß Herr van Straten sich nicht von seinem Kontorsessel trennen könne. Nun werden Sie die Freude haben, ihn auf die vornehmste Weise mit zahlreichen Landsleuten zusammen faulenzen zu sehen."

Rüdener lächelte vor sich hin — daß sie auch gelegentlich kleine Waffen führen könne, hatte er nicht gedacht. Aber es machte ihm Vergnügen...

Jetzt war auch Frau van Straten am Ende ihrer Fassung. Sie weinte. Und bat unter Schluchzen Steinmann, doch alles zu versuchen, daß ihr Mann noch in letzter Stunde die hamburgische Staatsangehörigkeit erwerben könne. Ihrem Bekannten, dem Konsul Wangen, sei es gestern noch geglückt. Thomas riet, sich an einen hiesigen Anwalt zu wenden, und wußte eine angesehene Firma, der vier erste Anwälte angehörten. Er selbst stehe auf dem Sprunge, abzureisen.

Und da zum erstenmal blickte Guda auf. Sie hatte in sich versunken still gesessen, jedes Gespräch, was irgendwie und noch so leise England streifte, war ihr höchste Qual.

‚Abreisen?' dachte sie. ‚Ach, das ist gut, ja — das — macht alles erträglicher.'

„Abreisen? Sie?" wiederholte Frau van Straten mißtrauisch. Und sie dachte: ‚Er will uns nur nicht helfen!' — „Abreisen? Wo Sie noch so sehr des Stocks bedürfen und Ihr linker Arm noch gar nicht gut ist?"

Auch die junge Frau war erstaunt. Und ihrem fragenden Blick antwortete er:

„Ich habe einen famosen Mann gefunden, Sekretär, Pfleger, Masseur, Reisemarschall in einer Person. Landsturm, zweites Aufgebot, war bis vor wenig Tagen an einen gelähmten alten Herrn gebunden, der nun starb. Gerade wollte er sich zum Eintritt ins Sanitätskorps melden, als er meine Anzeige las, die solchen Mann suchte. So will er sich mir widmen, bis ich selbst wieder ins Feld kann. Wenn's auch noch nicht zur Front langt, kann ich doch, hoffe ich, in etwa einem Monat vielleicht Etappendienst tun oder finde in Belgien Aufgaben; man wird mich schon irgendwie brauchen können, selbst wenn ich noch 'n wenig krüppelhaft bin. Und vorher muß ich das Erbe für den kleinen Adam und seine Mutter retten."

„Es eilt ja nicht. Zum Reisen sind Sie noch zu schwach. Ich darf, ich kann es nicht annehmen!" rief die junge Frau.

„Es eilt doch. Das Wort ‚morgen' hat einen sehr unsicheren Klang bekommen."

Das wußten sie — bedrohlich genau. Und eine schwere Stimmung sank plötzlich wie eine Wolke herab.

Die van Straten fühlten, daß niemand mehr recht bei ihren Nöten und Sorgen war. Und eine Art Beschämung kam in die Seelen der beiden Menschen. Uneingestanden noch. Aber es wandelte sie Unsicherheit an, ob ihre Klagen wichtig seien, ob es nicht klüger sei, sich recht bescheiden damit zu verstecken. Hier war doch Leid, hier bluteten ganz andere Wunden. Und Frau van Straten stand auf.

„Verzeihen Sie mir, liebe Gräfin. Sie haben so Schweres durchgemacht. Ihre lieben, schönen Brüder. Tiny hat herzzerbrechend geweint, auch wir — glauben Sie auch an unsere Teilnahme..."

Ja, das war nun unglücklich und sehr ungeschickt, jetzt erst damit zu kommen. In die Erde hätte sie sinken mögen vor Ärger. Sie hatte doch ein Herz! Dessen war sie sich durchaus bewußt. Kein Mensch hier würde es ihr mehr glauben.

Aber die junge Frau sagte sanft und ergeben, daß sie an die aufrichtige Teilnahme gern glaube.

Aufatmend nahmen van Stratens nun ihren Rückzug. Frau van Straten trug zwar die heimliche Sorge mit hinweg, daß man hinterdrein ihre selbstsüchtige Haltung kritisieren werde. Darin irrte sie aber völlig.

Eine kurze halbe Stunde blieben die fünf Menschen noch zusammen. Katharina war beharrlich in ihrem Abraten von dem zu großen Wagnis einer Reise, die unberechenbar viel Arbeit und Unruhe bringen könne. Rüdener stand ihr darin bei. Warum? Er wußte es nicht klar. Aber er spürte wieder in sich diese Feindseligkeit gegen das Geld und als würde der Besitz eines gewissen Reichtums ihm die geliebte Frau noch unerreichbarer machen.

In den vierzehn Tagen der Trennung war für ihn die Welt ohne Licht gewesen. Seine Leidenschaft für sie war unbezwinglich. Seine Nächte verzehrende Sehnsucht, seine Tage ein unaufhörlicher innerlicher Kampf.

Er hatte das peinvoll überreizte Ehrgefühl des armen Mannes von umschatteter Herkunft. Seine Wiege war nicht umjubelt worden von stolzen Eltern. Ein armes, verratenes, mißbrauchtes Mädchen hatte seinen ersten Schrei mit bitterlichen Tränen gehört. Dies Wissen lag immer, immer wie Eisenlast im Untergrunde seines Gemütes und hemmte ihm freudig gläubigen Aufschwung. Und dennoch, dennoch gab es Stunden, wo er von einem Tag träumte, der ihre Hand in die seine legen könne.

Und deshalb haßte er dies Geld. Als eine Schranke mehr! Das Glück, zu lieben, war oft kaum zu ertragen. Es warf ihn nieder in die wonnigste Verzweiflung. Es machte ihn schwindeln, als sei das Leben aus allen vernünftigen Zusammenhängen gerissen und ein Wunderland geworden, in dem man sich nur tastend bewegen könne, schreckhaft süßer Freuden gewärtig oder tödlicher Streiche.

So ging er durch die Nacht heim. Wie errettet aus gefährlicher Nähe und schon voll Sehnsucht nach dem Morgen, der ihn zu ihr zurückführen durfte.

Guda aber saß noch lange auf dem Bettrand bei Katharina und hatte ein Herz voll Fragen, die sich nicht recht herauslösen wollten aus ihrer Bedrängnis.

„Ich bitte dich, halte ihn doch nicht gewaltsam zurück!"

„Warum nicht? Soll ich zugeben, daß sich der Halbhergestellte meinetwegen Gefahren aussetzt?"

„Siehst du denn nicht, daß er gewissermaßen fliehen möchte, wie ihm mein Anblick unerträglich ist, wie er es mir nie, nie vergeben kann, daß ich ihn ohne liebevollen Abschied in den Krieg gehen ließ, jeder Blick, den er an mich richtet, ist ja Vorwurf!" sprach sie leidenschaftlich.

„Vorwurf?" wiederholte die junge Frau in großem Erstaunen und dachte: ‚Ist sie so blind? Sieht sie denn nicht, was seine Blicke ihr sagen, daß jeder einzige eine flehende Bitte ist?'

„Ich glaube, du irrst dich. Niemand auf der Welt ist dir ergebener als Thomas", sagte sie vorsichtig.

„Und ich, und ich! Ich kann ihn nicht gerade ansehen. Allen Menschen gegenüber ist mir, als sei ich schuldig, als müsse ich mich verstecken. Aber vor ihm am meisten. Wie muß er mich verachten! O Karen, du weißt es. Du hast geahnt, was das für eine Leidenschaft war. Mir schien, nicht weiterleben könnt' ich ohne seinen Kuß. Und jetzt ist mir, als habe dieser Liebe was Verbotenes angehangen, als habe sie mir irgend etwas weggenommen, das sich nie ersetzen läßt, nie! Nur Sinnlichkeit war sein Verlangen nach mir. Er suchte nicht meine Seele. Das alles hat er erraten, herausgefühlt, ich weiß es, als ob er es mir gesagt hätte. Er verachtet mich."

Sie beugte sich herab und versteckte ihr Gesicht auf dem Kissen, dicht neben dem ruhenden blonden Kopf.

Diesen Ausbruch, in dem die heftigen Worte bald den einen Mann meinten, bald den anderen, hörte Katharina voll stiller Rührung an. Wollte da etwas werden? Sie hatte einmal gelesen, daß ein verwundetes Herz sich leichter dem Trost einer neuen Liebe öffnet als ein schon von Narben verhärtetes. Wenn das wahr wäre? Aber welche Vorsicht, welche Zartheit forderte solches Keimen von erkennenden Zeugen. Scheinbar daran vorbeisehen. Sonst ward man zum Zerstörer.

Und sie versprach, Thomas ohne weitere Einwände reisen zu lassen. Eine überraschende Begebenheit hielt ihn aber doch noch einige Tage in Hamburg fest. Und wieder war es die Familie van Straten, die sich mit ihren Angelegenheiten dazwischendrängte. Tiny kam für ein Nachmittagsstündchen zum Tee herüber und fand die Behaglichkeit, die Graf Leuckmer „unser winterliches Sonntagsidyll" nannte. Er selbst, nach langem Mittagschlaf sehr erfrischt, spielte mit Dr. Ottbert Rüdener Schach, neben sich hatten sie als kritischen Zuschauer Thomas. Von seinem Platze aus konnte er durch die offene Tür im anderen Zimmer Guda beobachten, die um den Teetisch bemüht war. Über den Flur herüber klang zuweilen gedämpft Lachen und Rumoren. Dort beschäftigte Katharina die „Kriegskinder" mit frohen Spielen, zum Lohn für eine voll Ordnung vergangene Woche. Adam und Jürgen durften mitmachen und hatten heiße Gesichter vor Eifer. Aber nun rief Guda zum Tee.

Es zeigte sich, daß Tiny schweigsam war. Man hätte sagen können: verlegen. Wenn ein solcher Zustand nicht allen Erfahrungen mit ihrem Wesen widersprochen haben würde.

„Es geht dir nahe, daß dein Vater interniert wird?" fragte Guda.

„Nicht eigentlich. Es wird ihm nichts Schlimmes geschehen. Ruhleben wird kein südafrikanisches Konzentrationslager sein! Mama zwar tut vor der Hand, als ob's was Ähnliches würde. Die Engländerei bei uns im Haus hat aber nun ein Ende. Na, das liegt ja auf der Hand, daß mir das paßt. Aber nur, daß Papa jetzt wegkommt, das hat eine Sache beschleunigt, die sonst noch nicht..."

Sie wußte nicht mehr ein noch aus.

„Was denn? Für Spannungen bin ich nicht", sagte Katharina. „Nur heraus! Wir sollen's doch erfahren, nach der Vorrede scheint es so."

„Ich schäm' mich ja halbtot", erklärte Tiny, „aber es ist wahr. Ich will heiraten!"

„Das glaube ich nicht", sagte Thomas.

„Doch. Und gerade Sie wird's interessieren. Und gerade Sie sollen Brautherr sein!"

„Kriegstrauung?" fragten Katharina und Guda wie aus einem Munde.

Das Herz der jungen Frau klopfte. Welche Gedanken bestürmten sie! Vorstellungen von Möglichkeiten eines Glücks, eines unaussprechlichen Glücks, und gerade in diesem Augenblick wagte sie nicht den geliebten Mann anzusehen, weibliche Befangenheit legte sie in Ketten.

Sie hätte die Hände nach ihm ausstrecken mögen, um ihm zu sagen: „Nimm mich hin, ehe du gehst." Aber sie wagte es nicht, die Lider zu erheben. Und er, von dem Wort entzündet ebenso wie sie, faßte sich gewaltsam, um nicht zu verraten, was in ihm aufwallte, daß eine Hoffnung ihn berauschen wollte, die sich doch nie erfüllen durfte. Nie! Er sah förmlich angestrengt nur Tiny an.

„Und warum soll es denn gerade mich interessieren? Und wie komme ich zur Ehre der Brautherrnschaft?"

„Weil Sie ihn, nächst mir, am besten kennen. Es ist nämlich Doktor Fredenburg!"

Nun war es heraus. Nun konnte Tiny wieder lachen.

„Ah ja, da wünsche ich von Herzen Glück und stehe zur Verfügung."

„Also doch!" meinte Katharina. Das war nun ein wenig gedankenlos gesagt und ihr nur entschlüpft, weil sie sich dazu zwingen wollte, den Tumult ihrer Empfindungen zu besiegen. Tiny mit ihrem raschen Verstand erriet sogleich die ganze Gedankenkette, die an diesem: „Also doch!" hing. „Also ohne Verliebtheit ist es auch im Lazarett nicht abgegangen."

„Nicht so!" sprach sie ohne Empfindlichkeit mit einem sehr merkwürdigen sachlichen Ernst. „Wir haben herausgefühlt, daß wir ganz wundervoll zusammen arbeiten können, oft ist es gerade, als wüßt' ich vorher, was Karl Fredenburg anordnen, wünschen, sagen wird. Wir verstehen uns immer, mit jedem Wort und Blick. Nun geht Karl ins Feld. Wird als Chefarzt ein Feldlazarett übernehmen, ich gehe mit. Er hat es durchgesetzt. Und wir können als Ehepaar einander und damit auch immer der Aufgabe besser dienen. Deshalb lassen wir uns trauen. Diese Feldlazarette erfordern viel Organisationstalent, sind nicht stationär; eben eingerichtet, müssen sie oft schon wieder der Front an eine andere Stelle folgen. Fredenburg meint, da könnte mein bißchen Umsicht gute Dienste tun. Wir kommen nach dem Osten."

„Gott segne Sie und Ihren Entschluß, liebes Kind", sprach Graf Leuckmer voll Herzlichkeit.

Guda hielt still die Hand der neben ihr sitzenden Freundin in der ihren. Sie war sehr bewegt.

„Heute morgen erst sind wir uns darüber klargeworden, daß es so am besten ist. Papa hofft, daß man ihm einen Aufschub von wenig Tagen gewähren wird. Wir werden am Mittwoch vormittag halb elf standesamtlich und halb zwölf bei uns im Hause kirchlich verbunden. Nachher gibt es ein einfaches Frühstück. Ich hoffe, niemand wird mir abschlagen, teilzunehmen, auch Sie nicht, Herr Doktor Rüdener."

Aber ihm war es unmöglich. Keine Dienststunde würde um freundschaftlicher Angelegenheiten willen erlassen werden. Und nur von eins bis drei war er frei, wenn nicht gerade eine große Marsch- oder Schießübung die ganze Dienstordnung überraschend umwarf.

Nachher vertraute Tiny der Freundin noch vielerlei an. Es sei eigentlich nur ein Bund der Freundschaft. Sie wollten einander nicht gehören. Die rechte Ehe sollte erst nach dem Kriege beginnen.

„Ich habe ihm gebeichtet, daß ich mindestens zehnmal verliebt gewesen bin. Er lächelte nur dazu. Und ich sagte ihm, daß ich erst in ernster Arbeit und langer Prüfung an mich selbst glauben lernen muß. Und ich will mich in meinem Kleide trauen lassen, das ich jetzt trage, zu oft hatt' ich mir meine Brauttoilette ausgemalt, immer anders, immer für die Gesellschaft passend, in die ich hineinheiraten wollte. Mama ist natürlich todunglücklich.

Papa auch. Der Mann selbst ist ihm recht. Und auch daß ich heirate und den Schutz habe, wenn es denn schon ins Feld gehen soll. Aber daß wir hinausgehen, es ängstigt ihn doch... Er muß es ertragen lernen. Ich kann nicht anders!"

Und so, in dieser Festigkeit, sah man die Schwester Albertine auch am Mittwoch vor dem Altar stehen, den Frau van Straten im größten, prächtigsten Raum ihres Hauses hatte aufbauen lassen. Große weiße Lilien und eine zu üppige Fülle von Maiblumen zwischen herrlichstem Grün gaben wenigstens etwas Ersatz für all den Luxus, den die Mutter zu gern aufgeboten hätte. Der Vater konnte sich kaum vor Rührung beherrschen und war in einer Gemütsverfassung, die auf das verwunderlichste seiner gewaltigen Körperlichkeit widersprach. Er und Graf Leuckmer waren die Trauzeugen. Guda als Brautjungfer wurde von Thomas geführt. Von Fredenburgscher Seite konnte niemand kommen. Die Familie war in Westpreußen zu Hause; seine Brüder im Felde, seine Mutter zu leidend, um so rasch und in so aufregenden Zeiten die Reise hierher zu wagen. Er stand allein. Aber man sah ihm wohl an, daß er ein Mann sei, für dessen Wert und Geltung nicht erst eine Familien- oder Freundessippe zu zeugen brauchte.

Die Kerzen flimmerten, aber auch die Wintersonne schien herein, weiß und schwächlich, als habe die Sonne gegen Jahresschluß nur noch ein greisenhaftes Lächeln für die blütenlose Erde übrig. Tiny hielt sich gefaßt, der Ausdruck einer ernsten Sammlung war auf ihrem klugen Gesicht. Ihr helles leinenes Pflegerinnengewand strahlte förmlich von Appetitlichkeit. Der schneeweiße Kragen, die weißen Umschläge am Handgelenk, das wirkte alles straff und strahlend. Als einzigen Schmuck trug sie die weiße Brosche mit dem Roten Kreuz. Ein schmaler Myrtenkranz lag streng um ihre Stirn und ihr Haar, nach der Art, wie man auf alten Bildern Frauen Kränze tragen sieht. Und trotz der Ungewöhnlichkeit dieser ganzen Äußerlichkeiten haftete ihnen nicht das geringste von Theater oder Gesuchtheit an.

Alle waren sehr gerührt. Aber in jedem Gemüt erweckte der Anblick dieser Trauung eigenste Schmerzen und Kämpfe. Graf Leuckmer erinnerte sich an den Hochzeitstag seines Sohnes, als der in Jugendübermut und voll kecker Lebenszuversicht neben der jungen Braut stand; immer liebenswürdiger wurde ihm das Bild des Toten, immer inniger umfaßte sein Gefühl ihn; aller Leichtsinn, ja selbst Dinge, die nicht mehr mit dem schonenden Begriff Leichtsinn zuzudecken waren, fingen an, sich in seinem Gedächtnis zu verwischen. Aber er dachte auch an den 5. August und die Aufregungen jenes Tages und fragte sich, ob seine Tochter, nun sein einziges Kind, jemals ein neues Glück finden würde, ob er noch die Beruhigung erleben werde, sie im Schutze und der Liebe eines zuverlässigen Mannes zu sehen.

Thomas mußte all seine sich eben erst wieder befestigende Nervenkraft zusammennehmen, um eine männliche Haltung zu bewahren. Wie er dastand, im feldgrauen Offiziersrock, auf seinen Stock gestützt, den linken Arm einbandagiert, ergänzte er mit seiner Erscheinung förmlich das Bild des Brautpaares. Die Atmosphäre des Krieges war um sie. Wie lange noch, und auch er zog wieder hinaus. Und sein Herz war übervoll von Fragen und ganz schwachen Hoffnungen. Und er dachte, ob wohl eine Stunde komme, wo er und Guda — und ob sie ihn zum zweitenmal ohne Segenswort hinausziehen lassen würde.

Guda aber und Katharina ergaben sich ganz der Ergriffenheit der Stunde mit dem weiblichen Vorrecht auf die Träne, die zu verbergen niemand von ihnen forderte. Sie weinten. Über alles, was an zusammengestürzten Hoffnungen und Träumen hinter ihnen lag. Über die Ungewißheit ihrer Schicksale. Über alles, was sie verloren hatten und noch verlieren konnten. Über den Tod und das Leben. Und es tat ihrem Herzen wohl, bei feierlichem Priesterwort und dem weihevollen Kerzenlicht zu weinen. Die Eltern der Braut hatten sich in ein Gefühl hineingesteigert, als wohnten sie einer Totenmesse bei. Frau van Straten starrte tränenlos vor sich hin. Sie glaubte in diesem Augenblick, daß ihr Dasein zerbrochen sei. Noch heute nachmittag mußte ihr Mann nach Berlin-Ruhleben abreisen. In wenig Tagen verließ ihr Kind sie. Van Straten aber litt geradezu Qualen. Er wußte wohl, er konnte jetzt, als Trauzeuge etwas hinter Fredenburg stehend, ganz unmöglich die Hände in die Hosentaschen stecken und seine nervösen Finger mit dem Wühlen in den metallenen Taschengeräten beschäftigen und sich damit beruhigen. Seine Frau hatte ihn dringlichst angefleht, um keinen Preis eine so unglaubliche Gebärde zu wagen. Das sah er ja auch ein. Aber es machte ihm die Lage unerträglich, und er fand die Rede des Geistlichen zehnmal so lang, als es ihm bequem gewesen wäre.

Der Prediger sprach in der Tat nur kurz. Er hatte keinerlei Beziehungen zu den Anwesenden, und ein Gespräch von zehn Minuten mit dem Brautpaar und Frau van Straten beim Höflichkeitsbesuch konnte kaum als seelische Annäherung bewertet werden. Er sah fast alle heute zum erstenmal, aber die große Stunde gab wie von selbst alle tiefen Verbindungen von Mensch zu Mensch, und sein Wort trug ihn in bemerkbarem

Schwung empor. Niemals war es leichter gewesen, zu ergreifen. Sprechen hieß fast immer schon: innerlichste Bewegung ausströmen lassen. So vermochte dieser fremde Priester in jedem Herzen ein Echo zu erwecken, als sei ihm die Not aller vertrautes Wissen.

Der stattliche Mann neben der Braut im Kleide der Barmherzigkeit erweckte gutes Zutrauen. Güte sprach aus seinen Augen, sichere Überlegenheit aus seiner ganzen Haltung. Und als nachher, im Kreise der kleinen Tafelrunde, Katharina sah, in welcher liebevollen Art er sich seiner ihm eben angetrauten Gefährtin zuwandte, dachte sie sich, daß er es wohl verstehen werde, die Ehe in eine klare und beglückende Sicherheit hineinzulenken. Um Tinys Zukunft brauchte man sich nicht zu sorgen. Aber wer hätte noch vor einem halben Jahr gedacht, daß sie diesen ernsten Weg gehen würde! Im heißen Atem der Kriegszeit entwickelten sich Schicksale und Menschen mit überwältigender Raschheit. Tatsachen reihten sich aneinander, und oft schien es, als gäbe es keine seelischen Entwicklungen mehr. Die jähen Entschlüsse waren das Alltäglichste geworden.

So war auch dieses Bündnis, rasch geschlossen und doch erfüllt von tiefstem sittlichem Ernst, der ihm den Verdacht der Übereilung nahm, nur aus der großen Gegenwart verständlich.

Die Harmonie des feierlichen Schauspiels und die erlösenden Tränen, die sie dabei hatten vergießen können, gaben Katharina und Guda das Gefühl eines schönen Erlebnisses. Und auf das wunderlichste war ihnen, als sie von dem neuen Ehepaar Abschied nahmen, als seien sie selbst in einen anderen Lebensabschnitt getreten. Als hätten sie eine Lehre empfangen; die, daß man mit entschlossenem Mut das eigene Geschick lenken müsse. —

Am übernächsten Tage wollte Thomas nun seine „Jagd nach Tante Jennys Erbe" beginnen. Mit diesem Titel hatte man am Familientisch das Unternehmen bezeichnet. Aus Gründen, die er sich nicht ganz klarmachte, lag ihm daran, vorher einmal, endlich einmal mit Dr. Ottbert Rüdener ein ungestörtes Zusammensein zu haben. Die beiden Männer, die nach und nach in ein herzliches Verhältnis zueinander gekommen waren und auch durch die gemeinsame Beteiligung an all den Beschäftigungen, Interessen, Behaglichkeiten und Kümmernissen der Familie Leuckmer schon anfingen, sich fast durch Gewohnheit verbunden zu fühlen, hatten sich noch nie ausführlich unter vier Augen unterreden können. Ein Bedürfnis danach schien auch gar nicht im Rahmen der Beziehung zu liegen. Thomas hatte aber ganz genau weiter beobachtet — von dem Augenblick an, wo er spürte, daß die junge Frau diesem Manne auf das innigste ergeben sei, war die stumme Liebe der beiden seine Sorge geworden. Immer verscheuchte er sie mit großen Gesten: In dieser Zeit darf man keine Alltagsbedenken haben! Alle Maßstäbe sind verändert! Schranken sind gefallen! Liebe darf und muß und soll sich ihr Recht nehmen! Und immer kam sie wieder zurück mit der Warnung: Ein Bündnis zwischen diesen beiden ist dennoch unmöglich.

Nun wollte er versuchen, wenn es sich auf zarteste Weise erreichen ließe, zu ergründen, welche Hoffnungen Rüdener hegte. Er hatte genau bemerkt, daß der Mann immer einen besonderen Ausdruck bekam, wenn von dem Gelde die Rede war. Eine Falte, wie von nervöser Ungeduld, bildete sich dann senkrecht zwischen seinen Augenbrauen. War es denkbar, daß er die geliebte Frau sich erreichbar wähnte, wenn sie arm bliebe?

Das menschliche, das brüderliche Interesse Thomas'

an dieser Frage war sehr groß. Er liebte die junge Frau wie eine Schwester. Und niemals vergaß er jenen Augenblick, als sie in Aachen sich über sein Schmerzenslager geneigt und seine Hand voll Barmherzigkeit und Trost gestreichelt. Als kehre nun das Leben wieder, als bringe sie ihm eine neue Zukunft als Geschenk der Gnade — so war ihm damals gewesen.

Er fand einen vortrefflichen Vorwand und lud Dr. Rüdener ein, ihm die beiden dienstfreien Mittagsstunden zu schenken zu einem raschen Mahl irgendwo in der Stadt und der längst geplanten Fahrt an den Hafen. Als die junge Frau davon hörte, war sie leise erstaunt. Wie? Thomas lud sie nicht ein, mitzufahren? Erriet er denn nicht, welche Feststunde ihr das werden würde? Aber wirklich — er dachte nicht daran, sie zur Teilnahme aufzufordern. Enttäuscht wie ein Kind, dem eine Erwartung nicht erfüllt ward, sah sie dem davonfahrenden offenen Wagen nach. Thomas hatte sich noch gegen ihre Fürsorge gewehrt. Er wollte nichts mehr von viel Decken und Pelzen wissen. Mit der Abhärtung zu beginnen wurde nachgerade Zeit.

Die Sonne schien. Trotzdem war der feine, bläuliche Dunst in der Luft, den der Atem weiter Wasserflächen hineinhauchte. Der Schönheitsschleier der großen Stadt in Meeresnähe. —

Rüdener hatte einen Treffpunkt vorgeschlagen. Es hieß die knappe Zeit ausnutzen. Er wohnte in der Nähe der Kaserne, ein Zufall, der ihm gestattete, im eigenen Heim zu nächtigen und zu essen. Das war für den Plan der Rundfahrt zu weit abgelegen; er wollte pünktlich auf dem Platze am Dammtor vor dem Hotel Esplanade stehen. Als nun Thomas heranfuhr, sah er auch gerade Rüdener von einer Elektrischen herabtreten.

Aber er sah auch noch mehr. Menschen, die sich um einen Anschlag drängten — eine Gruppe, die auf das horchte, was jemand aus einem losen kleinen Blatt vorlas. Ganz plötzlich und auf eine unerklärliche Weise legte sich über das lebensvolle Straßenbild eine Dämpfung. Es war beinahe, als trage jeder Mensch einen Kummer mit sich herum, der schwer auf ihm laste.

Rüdener trat an den Wagenschlag.

„Was ist geschehen?"

„Ich weiß es nicht — bitte, einen Augenblick." — Ihm schien, als laufe dort drüben ein Verkäufer, der Extrablätter den verlangend ausgestreckten Händen zuwarf.

Thomas wartete fiebernd. Wie hing man vom gedruckten Buchstaben ab! Welche Gewalt hatte er über jedes Herz, jeden Gedanken gewonnen. Was er verkündete, riß zu stolzen Freuden empor, lockte Dankestränen ins Auge — füllte das Gemüt mit Sorge — Verzweiflung und höchstes Glück barg sich in den losen, leise knisternden Blättern der Zeitungen. Sie verbanden die Heimat und alle Gedanken mit dem Kriege — durch sie ward er Wirklichkeit für die zu Hause Gebliebenen. Und das, was unausgesprochen in ihnen zu erkennen war — die kluge Zurückhaltung bald und bald die Ermutigung. Welche Macht war in all diesem — sie waren die Wohltat und zugleich die Folter — sie waren die Hälfte des Lebens geworden. Sie gaben dem Tage Inhalt und Prägung, und ohne sie wäre das Volk in dumpfer Angst verkommen — oder hätte sich an rasendem Hochmut berauscht.

Rüdener kam zurück. Von schwerem Ernst war seine Haltung. Noch ehe er einstieg, reichte er das kleine Blatt hinauf.

Es meldete die Seeschlacht bei den Falklandinseln und den Verlust von „Scharnhorst", „Gneisenau" und „Leipzig" — es war der erste, knappe, über London gekommene Bericht.

„Übermacht!" sagte Thomas mit blassen Lippen. „Nur die — das wissen wir von selbst." —

Die Erschütterung überwältigte beide Männer. „Gehetzt und ohne sichere Hilfsmittel irrten sie in den Ozeanen umher — ohne Zufuhr von Munition — verstohlen nur mit Kohle und Nahrung versorgt — nie Gelegenheit zum Docken — ihre Kiele belastet mit allem, was sich in tropischen Gewässern an Parasiten annistet. Nach der Schlacht von Coronel von der Rache Englands verfolgt — man muß sich nur wundern, daß sie solange am Leben blieben."

„Ja", antwortete Rüdener, „wir werden für unsere Flotte Stützpunkte gewinnen müssen..."

Thomas merkte auf.

„Das sagen Sie?!" fragte er mit Betonung.

„Man lernt! Früher widerstritten meine Gedanken immer dem Worte, das Alexander von Humboldt sprach: ‚Der Krieg ist der Erzieher der Völker.' Es war wohl gemeint: im Moralischen. Und ist immer so aufgefaßt. Aber wir sehen es jetzt — der Krieg erzieht auch zu volkswirtschaftlichen Erkenntnissen. Für unsere arbeitende Bevölkerung brauchen wir Industrie, die Industrie braucht Rohstoffe, für diese dürfen wir nie mehr vom Ausland abhängig sein, also brauchen wir Kolonien, die ohne Flotte nicht denkbar sind."

Der Kutscher wandte sich nach den beiden Fahrgästen um, die ihn vergessen zu haben schienen. Es konnte doch nicht die Absicht sein, hier vor dem Hotel Esplanade zu halten, um sich zu unterhalten?

Und so fuhren sie denn endlich weiter.

Thomas dachte nicht mehr daran, daß es sein Wunsch gewesen sei, jedes Gespräch irgendwie auf Katharina hinzulenken, in der Hoffnung, sich den anderen verraten zu sehen. Er war ganz erfüllt von der andachtsvollen und dankbaren Trauer um all die Teuren, die im fernen Ozean den kriegerischen Seemannstod gefunden hatten. Und wie sprach gerade alles, was sie sahen, zu dieser Stimmung schweren, stolzen Ernstes! Sie waren hier ja an Ufern, denen die überseeischen Länder nur ein Nebenan bedeuteten.

Sie fuhren über die Lombardsbrücke, die die beiden Becken der Alster trennt, und wollten jenseits an all den neuen, zweckklaren Prunkbauten vorbei, die der Welthandel der Stadt erbaut hatte. — Thomas staunte — fragte. — Was war denn das? Neben der gewaltigen Front von hellgrauem Stein, von der herab vier Monumentalgestalten schon dem flüchtigsten Blick verkündeten, daß sie die vier fremden Weltteile verkörpern sollten — neben diesem stolzen Palast der Hamburg-Amerika-Linie sah man einen Neubau. Er erhob sich schon in bedeutender Breite, und man erriet aus den Linien, daß sie zu monumentaler Wucht geführt werden würden. Förmlich trotzig wuchsen die Fundamente aus dem Baugrunde. Ein solcher Bau? Jetzt in der Not des Krieges?

„Der Erweiterungsbau der Hamburg—Amerika-Linie", erklärte Rüdener.

In Thomas quoll etwas hoch wie Rührung — Stolz. Jetzt, wo gerade England voll Hohn und Willkür die Meere beherrschte — noch — noch —, jetzt bereitete sich zäher Mut zu größerem Leben nach dem Kriege vor?!

Und gerade in diesem Augenblick, wo die Herzen noch

bebten vor Gram über Helden, die dahinsanken in ihr ewig ruheloses Wellengrab, sprach das wundervoll.

War es nicht wie eine Antwort? Wie ein sicheres, unerschütterliches Zeugnis für deutsche Kraft? Konnte es einen trostvolleren Anblick geben? —

Durch das alte, enge Hamburg fuhren sie, und Thomas gewann manchen malerischen Blick auf die schmalen Wasserläufe, die Fleete, die an den Rückseiten hochragender Speicher durch die Stadt schnitten. Ihn, der sie sonst nicht kannte, befremdete es nicht, wie still diese Kanäle lagen. Aber Rüdener belehrte ihn, daß in Friedenszeiten sich dort breite Riesenkähne hochbeladen an dem vom Wasser bespülten Fuß der Speicher drängten, und daß aus deren Geschossen die armdicken Taue der rasselnden Winden herabhaspelten, um an enormen Eisenhaken die Stückgüter heraufzuholen. Nun blieben die Speicherluken verschlossen, und der Handel schlief. — Und endlich kamen sie an den Hafen. Rüdener half dem Freunde aus dem Wagen, und sie schritten den breiten, geneigten Gang hinab zu den langen Sankt-Pauli-Landungsbrücken. Gang und Brücken waren überbaut von den weiten Räumen eines Baues, der verschiedensten Zwecken diente. Dadurch hatten sie etwas Verschattetes, Gedrücktes.

Und um so gewaltiger tat sich das Bild auf, das man von den Brücken aus überblickte.

Der Dezembertag mit seiner blassen Sonne und dem feinen Dunst war sehr schön. Kaum kalt und ganz still. Aber die Wasser der Elbe zeigten doch die starke in ihr rastlos wühlende Bewegung der ansteigenden Flut. Gegenüber am Ufer im bläulichen Ferndunst erhoben sich die Rippen eiserner Schwebebahnen, ungeheurer Kräne und merkwürdiger, aus Stäben gefügter Türme

— alles wie Filigran aus geraden Linien und scharfen Winkeln zusammengefügt —, neue Formen in der Eckigkeit der Kraft und Dauer. Das war die Werft von Blohm & Voß. Und ganz hinten, in ihrer Tiefe, zu der eine Wassergasse führte, leuchtete etwas Rotes. Und Rüdener sagte: Das sei der Neubau „Bismarck", und neben ihm läge in tiefster Sicherheit sein Schwesterschiff, der „Imperator" — während „Vaterland" im Hafen von New York geborgen sei. — Fast raunend sprach er davon, daß abends um sechs Uhr ein Schwarm von Arbeitern aus den umschrankten und bewachten Stätten der Werft sich herauslöse, um der Nachtschicht Raum zu geben.

Das Wissen, das bloße Wissen, daß dort atemloses Schaffen sich rege, gäbe Trost. Und von dort drüben her klang auch, von der Ferne abgemindert — wie der Ton der Geige, die eine Sordine trägt —, herrliches Rumoren. Sonst lag ungeheures Schweigen über dem riesenhaften Bild. Und wenn der dumpfe Schrei eines der kleinen Verkehrsdampfer, die zwischen den verschiedenen Hafenbecken wenige Menschen hin und her brachten, einmal die Luft zerrissen hatte, sprach das Schweigen um so schmerzlicher.

Da lagen sie, in den wohlgeordneten Reihen, die die Hafenordnung vorschrieb — jede Gruppe eine eigene Welt —, all die Dampfer, die still in den Winter hineinträumten, umschwebt von der Melancholie der Gebundenheit, umwittert von der Trauer erlittener Gefangenschaft und mahnten an ihre fernen Gefährten, die in allen möglichen Häfen der Welt sich bargen oder Gefahren erduldeten. Die Ladebäume standen in starrer Ruhe, und aus dem Rund wuchtiger Schornsteine flockte kein Rauch auf. Größer und höher noch als sonst ragten die Leiber der Ozeanriesen aus der Flut, denn diese Leiber waren leer — und die Ladelinien an ihren Wandungen wirkten wie Hieroglyphen der Trauer. Gleich links von der Brücke, sich fast an eine schwärzliche Reihe von Dückdalben drängend, lag ganz einsam einer der großen Passagierdampfer der Hamburg-Amerika-Linie. Eine vollkommene Ruhe und Verlassenheit herrschte an seinen Borden. Er schien in übernatürliche Höhe emporzuwachsen aus der gelbgrauen Flut. Die zahllosen, in mehrfachen Stockwerken sich übereinander hinziehenden Bullaugen erweckten in der Phantasie die Vorstellung von unendlichen, gespenstisch leeren Räumen. Durch die kleinen runden Fenster kam das Licht zu ihnen hinein und fand nur Einsamkeit und Verlassenheit. Unmittelbar hinter den breiten Landungsbrücken, zwischen sie und die Kaimauern zusammengedrängt, lagen Scharen von kleinen Motorbooten, Dampfbarkassen und Schleppern, gleich eingesperrten Schwimmvögeln, die nicht mehr im freien Lauf über ihr feuchtes Feld froh und eilig hinziehen können. — Die Eile war ausgeschaltet — ihr Geist hatte sich verkrochen. Es gab nicht mehr den drängenden, gehetzten Eifer, der das Ein- und Auslaufen großer Dampfer begleitet, die von Volk zu Volk die Waren und mit ihnen die Kultur tragen.

Rechts, elbabwärts, verschwamm die Ferne in Schleiern, nur noch die nächsten großen Speicherbauten am tiefen Ufer von Sankt Pauli waren als bläuliche Silhouetten erkennbar. — Und diese Dunstschleier erweckten die Täuschung, als sei dort schon die uferlose Ferne — das Meer.

Die Majestät der Stille in diesem ganzen Bilde war ergreifend.

Und das unruhige Wühlen der gelbgrauen Wasser

schien voll geheimen Lebens — eine rastlose Bewegung — man mußte an leerlaufende Räder denken — an das dumpfe Rauschen nutzlos am Strande verrinnender Wellen — an vertane Kraft — an die Tragik jedes großen Willens ohne Zweck. —

„Ein toter Riese!" sagte Thomas leise vor sich hin.

Mit funkelnden Augen widersprach ihm Rüdener. „Nein! Nur ein wartender! Er wird mit verdoppelter Kraft sich wieder regen — er muß es, denn er ernährt das Volk! Wenn man sich das vorstellt — ein Tag wird kommen, der das Wort Frieden ausruft — es ist ein überwältigendes Bild. Kein Platz in der ganzen Welt leidet so vom Kriege wie Hamburg. Man spricht davon, daß etwa zwölfhundert Firmen vom Staate gestützt werden. Das fordert feste Nerven und zähen Mut. Aber er lebt hier — in der wunderbarsten Weise, das ist wahr —, und ich kenne die Namen von Reedern und Großhandelshäusern, die all ihre Angestellten wirtschaftlich über Wasser halten. Wir sind die ersten, das ihnen anerkennend zu buchen. Wenn der Frieden später nicht das Resultat hat, daß der englische Marinismus zurückgedämmt wird, wäre das Blut der Unserigen fast vergebens geflossen."

Er hatte mit großem Nachdruck gesprochen.

„Und Englands Joche frönt der Ozean", sagte Thomas.

„Sie zitieren Friedrich den Großen. Ich kann ihn nur in einigen Seiten seiner Persönlichkeit ertragen." —

Indem sie langsam den Gang von den Brücken bis zur Straße hinausschritten, vertieften sie sich in ein Gespräch über den alten Fritz. Aber plötzlich, als sie den Ausgang erreichten, blieb Thomas wie angewurzelt stehen.

Gegenüber, auf hohem Ufer, ragte die steinerne Rolandsgestalt auf — Bismarck! Vor dem fein überhauchten, blassen Himmel stand das gewaltige Steinbild in einer so überwältigenden Ruhe und Kraft, daß Thomas ganz verstummte. — Wie sprach denn heute alles! Ward beredter Ausdruck für jedes Gefühl. — Wollte auch dies starre, trotzig feste Mal durch seinen ehernen Ausdruck trostreiche Antwort geben auf die schmerzvolle Kunde von den gesunkenen Kreuzern?

Rüdener schonte diesen Augenblick, den sein Gefährte erlebte. Sie schwiegen beide vollkommen.

Und erst, als sie nachher sich bei Tisch gegenüber saßen und Ottbert Rüdener dem noch Einarmigen die kleinen Hilfen leistete, die sonst Gudas Hände ihm schenkten, fanden sie die innere Freiheit wieder, miteinander zu reden. Aber wie konnte ihr Gespräch anders sein als ernst.

„Ich weiß nicht", sagte Rüdener einmal, „wie es Ihnen erging, als Sie ins Feld rückten. Die seelischen Bedingungen waren etwas anders damals — im ersten Rausche der Empörung und der Siegeszuversicht. Vielleicht kamen Sie alle gar nicht dazu, Ihr bürgerliches Dasein viel zu bedenken. Sie griffen zu den Waffen und ließen alles hinter sich. Der Zustand war von der höchsten Einfachheit. War nur die Begier, loszuschlagen, das angegriffene Vaterland zu retten. Ich sage nicht, daß unser Zustand weniger kraftvoll sei. Aber er ist mit mehr Besinnung über eigenes Geschick durchsetzt."

„Wie ist das wahr. Ich fühl's an mir selbst, der ich die Tage zähle, bis ich wieder an die Front komme — der ich Stunden der Verzweiflung habe, wenn der Arzt mir sagt, daß noch Monate vergehen können —

vielleicht ein Jahr, ehe mein linker Arm völlig gebrauchsfähig wird, meine Hüfte Ausdauer in viel Bewegung gewinnt — kann vielleicht ganz im Etappendienst sitzenbleiben — oder irgendwo in der belgischen Verwaltung — dort anzukommen, bin ich sehr bemüht. — Und trotzdem rechne ich und denke, denke: Wie kann, wie wird sich die Zukunft gestalten, wenn ich zurück zur Front komme?"

Er besann sich — fühlte, daß ihn alles bestürmen wollte, was er an zarten Hoffnungen in seinem Innern wach erhielt — obgleich sein Verstand ihm das Recht auf die allergeringsten oft genug abstritt — er wünschte nicht, sich vor Rüdener zu verraten — und fuhr doch fort: „Das erstemal ging's gnädig — die Leiden rechnet man nicht — die Gliedmaßen werden langsam wieder heil — man ist ein gerader Mensch geblieben — hat Glück gehabt. — Das Leben fing ganz wundersam von neuem an — in jeder Hinsicht. Und jetzt — oh, was würde ich wagen, wenn ich wüßte, ich komme einst gesund und unverkrüppelt heim!..."

„Und was würde ich wagen", sprach Rüdener langsam, mit halber Stimme, „was würde ich wagen, wenn ich wüßte, ich falle!"

In seinen dunklen Augen war ein solcher Ausdruck von Leidenschaft, daß Thomas' Blick sich scheu senkte. Es erschien ihm unzart, diese unverhüllte Flamme zu beobachten.

Er erriet den anderen Mann ganz und gar. Der war bereit, mit seinem Leben dafür zu zahlen, wenn er nur einmal, einmal der angebeteten Frau sagen durfte: Ich liebe dich. — Aber weil er nicht wußte, ob das Schicksal den heißen Handel annähme, würde er es niemals sagen!

So hatte sein besorgtes Freundesherz nun doch erkennen dürfen, wie es um Rüdener bestellt war.

Er dachte an Katharina — sie — die Frau — die wohl zitternd auf das Wort aller Worte wartete! An sie, die soviel Entsagung erlitten hatte, und nun, gereift, bewußt, mit ihrem ganzen kraftvollen Wesen diesem Mann sich entgegensehnte.

Würde sie es ertragen, daß er schweigend ging?

* *
*

Das waren Tage der Spannung. Nur durch die unerschöpflichen Kräfte, die auf das wunderbarste, wie in allen deutschen Herzen, sich auch in der jungen Frau immer neu erzeugten, konnten sie von ihr überwunden werden. Schien es nicht gerade, als ob die Empfindungsfähigkeit sich ins Unbegrenzte erweiterte? Als ob man mit mehr als nur einem Leben fertig zu werden habe?

Zuweilen stand Katharina und versuchte, sich in Besonnenheit zu fassen. Die Vielfältigkeit der Ereignisse erregte Schwindel. Sie wollten begriffen, beurteilt, in seelischen Besitz genommen werden. Mit starkem Pulsschlag erlebte sie den Weitergang des Krieges. Aber mit nicht minderer Erfaßtheit zitterte sie für ihr Glück, zitterte für ihre und ihres Kindes wirtschaftliche Zukunft. Wie war das alles miteinander verknüpft!

Aufatmend, mit vor Freude nassen Augen las sie, sprach sie über das Scheitern der russischen Offensive gegen Schlesien und Polen. Und zugleich erbebte sie bei der Gewißheit, daß der Tag immer näher kam, der den geliebten Mann ins Feld rufen mußte. Und immer noch schwieg er! Nie ging er über die Geständnisse hinaus, die sein Händedruck, sein Auge ihr gaben.

Berauscht von Stolz, sah sie im Grau des Wintertages die starken, leuchtenden Farbentöne der Flaggen nach dem kühnen Angriff deutscher Kreuzer auf Scarborough und Hartlepool. Und ihr schwesterliches Herz hatte auch die Genugtuung, zum erstenmal ein freies, unbefangenes Wort von Guda zu hören. Es konnte kein Irrtum sein: In Gudas Augen blitzte Freude auf. Ja, Triumph. Und sie sprach aufatmend: „Wenn ich jetzt in England lebte!"

Mußte es nicht so sein? Mußte nicht gerade sie nun hassen, wo sie einst nur zu hingegeben geliebt hatte?

Und sie umarmten sich stürmisch.

Aber gerade am gleichen Tag öffnete sie mit ängstlichen Gefühlen einen Brief von Thomas. Wenn er nichts erreichte! Wie entscheidend war alles, für die Formen ihres Lebens und die Hoffnungen ihres Herzens. Wurde sie arm, konnte sie vielleicht nie oder erst nach Jahren die Frau eines Mannes werden, der sich selbst noch keinen sicheren Boden hatte schaffen können! Und wenn sie und ihr Kind gewiß auch niemals der Not ausgesetzt sein würden, so blieben sie doch abhängig von Familiengüte, und sie durfte es nicht wagen, selbst fast ganz eine Kostgängerin der Gnade, den Knaben des geliebten Mannes zu sich zu nehmen.

Was Thomas schrieb, lautete nicht hoffnungsvoll! Er war den Spuren des Ulan Heinrich Stieve nachgegangen und hatte ihn in einem Dorfe der Lüneburger Heide gefunden. Weit über Land fuhr er, unter dem düsteren Regen, der beständig auf die Erde herabweinte. Verschlammt und wie von Kummer gedrückt lag das beackerte und beforstete Gelände; öde und grau, in Einsamkeit erstarrend die dürren Strecken der Heide. Da waren, inmitten großer Weiten ohne Ansiedlung, still gelegene Dörfer. Dort wuchteten auf den roten Mauern großer Bauernhäuser riesige alte Strohdächer, und ihr rauher Rand streckte sich tief und weit hinaus, so daß die kleinen Fenster sehr davon beschattet wurden. Und in der räucherigen, stallduftigen Wärme eines solchen lebte der Ulan Stieve bei stattlichen Besitzern als sorgsam gepflegter Sohn. Seine Wunden waren geheilt, aber seine Nerven noch flatternd, sein Gedächtnis eigensinnig und auch von Schauern durchbebt. Es schien, daß er, der einzige Überlebende der Patrouille Leuckmer, noch Schrecknisse besonderer Art erfahren habe und daß Franktireurs oder Leichenräuber sich an ihm und den Gefallenen vergriffen hatten, ehe die deutsche Artillerie mit dumpfem Rollen herannahte, schon von weither mit ihren schweren Fuhren die Erde erzittern lassend.

Dem Regimentsbericht gegenüber, den Thomas ihm vorgelesen hatte, ward er wohl zögernd und gab endlich zu, daß es der 26. August gewesen sein werde. Aber er blieb bei der Stunde des Morgengrauens. Und die gereizte Ungeduld der bäuerlichen Mutter, die ihren Sohn nicht aufregen lassen wollte, mahnte zur äußersten Vorsicht. Schon der Anschein eines Druckes mußte vermieden werden. Es blieb wohl die Hoffnung, daß dem Ulan Stieve die Erinnerung sich klären könne, wenn man ihn nach Monaten, falls er dann ganz genesen sei, an den Ort des Ereignisses führe, wenn man Minute um Minute, vom Abritt aus der Stellung an, ihn alles nacherleben lasse, mit der Uhr in der Hand.

Welche ferne, welche unsichere Möglichkeit. —

Thomas meldete, daß er nunmehr zu den adeligen Fräulein des Klosters Mürow sich begeben werde. Er wünschte aber vorher eine notariell beglaubigte Aussage des Grafen Leuckmer über die Absicht der sterbenden

Tante Jenny, den kleinen Adam als Nacherben seines Vaters einzusetzen. Inzwischen werde er in Berlin die Bekundungen der pflegenden Schwester beglaubigen lassen; diese sei nach wie vor im Sanatorium tätig und habe jedes Wort behalten, das die alte Gräfin Jenny mit ihrem Stiefbruder, dem Grafen Leuckmer, gesprochen. Mit zwei derart befestigten Aussagen bewaffnet, hoffe er mit den von toten Reichtümern sowieso schon schwer gesegneten Damen vernünftig verhandeln zu können. Es schien, als wünsche und hoffe er, einen günstigen Vergleich anzustreben.

Daß er irgend etwas sollte — daß man von ihm etwas forderte, war für den sich selbst immer übermäßig zart behandelnden alten Herrn eine große Beunruhigung. Den einen Tag regnete es zu sehr. Solcher Feuchtigkeit konnte er sich nicht aussetzen. Am anderen Tage fürchtete er, daß seine neuralgischen Schmerzen im Anzuge seien. Den dritten — Katharina hörte geduldig. — Und hatte doch nach zwei Minuten vergessen, welche Gefahren am dritten Tag zu drohen schienen. In all seiner ahnungslosen Selbstsucht war Graf Leuckmer sich gar nicht bewußt, wie mühsam er der sehr geliebten Schwiegertochter das Leben mache. Er wäre sehr bestürzt geworden, hätte man es ihm gesagt. Nun war fast eine Woche nötig, ehe sie ihn zum Entschluß veranlassen konnte.

Und jeder Tag war doch von unbeschreiblicher Kostbarkeit! Alles mußte klar und geordnet sein, ehe der Ruf ins Feld für den geliebten Mann kam! Ihr Herz erwog hundert Pläne, auf welche Weise sie ihm zu verstehen geben könne: Sprich! Fühlte er denn nicht, wußte er denn nicht, wie sie wartete? Sie quälte sich niemals mit der Frage: Und nachher?! Wie sich ein gemeinsames Leben nach dem Kriege gestalten könne, machte ihr keine Sorge. Sie empfand nur die Gegenwart. Die ungeheure Zeit mit ihrem übergewaltigen Inhalt rückte alle Erwägungen, die mit der politischen und wirtschaftlichen Zukunft des Vaterlandes irgendwie verknüpft waren, in eine nebelhafte Ferne. Der Krieg hatte die Vergangenheit förmlich verschlungen. Sie lag wie ein überwundenes Zeitalter weit zurück. Die Zukunft war noch unentdecktes, noch unbehelligtes Neuland. Nur die Gegenwart hatte Recht, sie forderte das Höchste an Hingabe an das Vaterland. Sie verlangte aber auch unbemessene Fülle der Liebe von Mensch zu Mensch, schlug alle Schranken nieder und drängte das Weib näher an den Mann — zu wundervollem Ausgleich und zu tiefen Zwecken.

Bei jedem Wiedersehen hoffte sie: Heute wird es sein. Und bei jedem Abschied blieb sie in schmerzlichster Enttäuschung zurück.

‚Ich bin doch keine Fürstin, die sich einen Untertan erwählt und sich ihm anträgt', dachte sie.

In ihrer unbegrenzten Achtung vor dem strengen und mühsamen Schicksale des Geliebten, vor seinem schweren Daseinskampf, der Reinheit seines Charakters und seiner geistigen Begabung fühlte sie es ganz deutlich: Wenn sie, die Frau, als erste zu ihm spräche, so verberge sich darin eine Demütigung, die ihm unerträglich sein mußte! Ein solches Wagnis war unmöglich. Es würde ihm zu sagen scheinen: Ich bin gesellschaftlich mehr als du und weiß deshalb, daß du es nicht unternehmen darfst, nach meiner Hand zu greifen; ich muß sie dir entgegenreichen. Unmöglich! Auch aus ihren eigensten Empfindungen heraus — denn sie hatte ihn auf den Thron ihrer Liebe erhoben und sah zu ihm empor. —

Und inmitten all dieser Bedrängtheiten hieß es unzähligen Pflichten genügen. Guda, die für die Zeit vor Weihnacht in die Liebesgabenabteilung des Roten Kreuzes übergetreten war, kam manchmal mittags gar nicht mehr heim. Sie aß mit einigen anderen Damen irgendwo in der Nähe ihrer Arbeitsstelle rasch zu Mittag. Die Hochflut der Gebefreudigkeit sank in der großen, reichen Hansestadt, trotz aller harten Kriegslasten, die der Handel trug, nicht einen Augenblick. Und ein Strom von Gaben mußte zum Fest ins Feld, ein anderer in die bedürftige Bevölkerung gelenkt werden. Katharina hatte den Kreis ihrer Tätigkeit um den Mittelpunkt des eigenen Heims gelegt. Die zwölf Kriegskinder sollten nützlich beschenkt werden. Ihre Freude aber und ihre Geschenke mußten in ihren Familien Mißgunst erwecken, wenn man nicht auch diesen frohstimmende Zuwendungen machte. Die Einkäufe waren anstrengend, das Erwägen, Einteilen kostete Zeit. — Dann wollte die eigenste kleine Umwelt ihr Recht; niemand außer Kindern und Dienstboten wollte Geschenke, niemand hatte Wünsche. Mittel und Kräfte durften nur dem Heer und den sozialen Aufgaben dargebracht werden. Aber ohne Weihe durften die ernsten Stunden doch nicht bleiben. Ein Tannenbaum sollte brennen. Frau Martha war musikalisch. Sie hatte Freude daran, dem Dutzend Kriegskinder einen Chor einzuüben. Und Adam geriet außer sich vor Vergnügen: sein kleines Stimmchen durfte sich einmischen in den Chor, der beständig in Gefahr war, über die Tonart hinauf in die schneidende Höhe zu steigen, die singende Kinderstimmen so gern erklettern. Wenn Jürgen zum Besuch war, blieb er stumm bei den Übungen. Er wollte nicht singen. Es schien, als mache es ihn verlegen, frei mit dem Ton herauszukommen. „Du bist doch sonst keck genug!" sagte Frau Martha. Und Katharina war davon bestürzt. Sie erkannte wohl: Des geliebten Mannes Kind fühlte sich hier immer noch nicht zu Hause. Seltsam. Welch ein Aufwand von Liebe und Geduld gehörte doch dazu, eine Kinderseele in eine Umwelt von höherer als der gewohnten Stufe einzubürgern.

Ängstlich zu rechnen brauchte die junge Frau nicht. Eine ungeahnte Geldquelle hatte sich ihr aufgetan. Frau van Straten erklärte sich für zu ungeschickt und auch durch die Fürsorge für ihren internierten Mann und ihre mit ihrem Gatten ins Feld gezogene Tochter zu beschäftigt. Sie bat daher, man möge von ihr Geld nehmen und so großartig zweckvoll verwenden, wie nur eben die liebe, einzige Gräfin Karen es verstehe. — Diese aber spürte recht gut: Das war eine versteckte Art von Bestechung! Jede Hand, die wohltätig arbeitete, war immer wie von selbst nach Geld ausgestreckt. Man war dankbar entzückt und beglückt, wenn man empfing, um geben zu können. So nahm auch Katharina nur zu gern die Hundertmarkscheine, die ihr immer wieder zugesteckt wurden. Sie machte sich auch gar kein Gewissen daraus, trotzdem keinerlei Schritte zugunsten Herrn van Stratens bei ihrem Onkel Heinzenberg im Auswärtigen Amt zu versuchen — der überdies vermutlich nicht das mindeste mit den Internierungen in Ruhleben zu tun hatte.

Die deutsche Gesinnungstüchtigkeit der Frau van Straten nahm die leidenschaftlichsten Formen an. Man sah sie auch niemals, weder auf der Straße noch im Hause, ohne ein schwarzweißrotes Schleifchen auf dem Busen. Es prangte auf ihren Mänteln und Kleidern. Katharina sagte: „Wahrscheinlich auch auf ihrem Nachthemd."

Was sie dem Gatten und der Tochter an Liebesgaben sandte, war mehr, als diese jemals bewältigen konnten. Aber es würde schon willkommen sein, meinte sie. Es gäbe in Ruhleben arme Schlucker. Und im Felde genug Einsame, die zu erfreuen seien.

Von ihrer Angst vor den Leiden im Konzentrationslager war sie zur Bewunderung auch dieser Organisation übergegangen. Unerschöpflich unterhielt sie den Grafen Leuckner davon, wenn sie ihn, fast allnachmittäglich, besuchte. Aber da ihr das Gefühl tief im Blute lag, als müßte man alle Dinge erhandeln und bezahlen, so glaubte sie sich seine geduldige Zuhörerschaft dadurch recht zu erwirken, daß sie immer zuerst seine mannigfachen Leiden mit ihm besprach. Graf Leuckners Herzenshöflichkeit hätte ihr aber auch ohne das aufmerksam zugehört, wenn sie berichtete, ihrem Mann gehe es in Ruhleben ausgezeichnet. Ausgenommen die Freiheit, fehle nichts. Der Kommandant sei die Verbindlichkeit in Person. Man konnte sich im Lager alles kaufen, was man wünschte. Natürlich mußte man sich von vornherein klar machen, daß häusliche Behaglichkeit, wie man sie gewohnt gewesen sei, hier nicht verlangt werden durfte. Van Straten hatte seine Bridgepartie und einige famose Bekannte. Er betätigte sich auch an der weiteren Ausgestaltung geselliger Unterhaltung im Lager durch Beisteuer von Geld. Die Stimmung dort gegen England sei sehr scharf. Leider war Alkohol verpönt. Herr van Straten glaubte an sich Gewichtsabnahme zu bemerken, was ihm ein angenehmes Gefühl größerer Jugendlichkeit gäbe. Und übrigens werde er doch in einigen Monaten fünfundfünfzig. Und an diesem Termin wollte er dann mit Nachdruck nochmals den Versuch machen, freizukommen. Und dann solle seine Frau zufriedener sein als vordem. Er habe es an sich beobachtet und festgestellt: Er käme auch ohne sein Kontor aus! Nach dem Krieg wolle er jeden, aber auch jeden Groschen Geld, den er noch in England habe, so rasch wie angängig herausziehen und mit seinem Kapital im Vaterland bleiben! Oft genug denke er jetzt an den Grafen Leuckmer und verstehe ihn besser. Wenn er sich hier so zwischen den Engländern aller Schichten bewege — sogar ein paar Kaffern seien da! — und wo jetzt das merkwürdig Ausgleichende und Bindende fehle, nämlich das Geschäftliche, käm's ihm erst zum Bewußtsein, daß er nie was anderes gewesen sei, als ein gerader deutscher Kerl. Und der Gedanke, daß die Lightstones mit seinem und Leuckmerschem Geld nun Granaten fabrizierten, um deutsche Männer damit zu töten — das sei eben doch ein verfluchter Gedanke. Um das wenigstens etwas gut zu machen, solle sie nur mit offenen Händen geben, geben. —

Eines Tages kam ein Telegramm von Thomas. Obgleich seine Vollmacht ihn zu jeder Art von Vorgehen berechtigte, die seine Einsicht für die beste hielt, fragte er doch noch an, ob er einen Vergleich mit den adeligen Fräulein des Klosters Mürow abschließen dürfe. Katharina kam mit der Depesche erregt zum alten Herrn.

Aber es war ja eine Geldsache! Seit die Ereignisse ihm in der Anlage von Gudas Vermögen so sehr unrecht gegeben hatten, fand er nicht mehr den Mut zu einem Rat.

„Liebes Kind, das mußt du allein bestimmen."

Aber Guda sprach mit großer Entschiedenheit ihre Ansicht aus.

„Wie kannst du schwanken, wenn er etwas erreicht hat. Du mußt ihm doch blind vertrauen. Es gibt wohl niemand, der mehr Klugheit hat und mehr Freundschaft für uns."

Karen glaubte ja blind an Thomas. Und ihre Aufregung wallte wohl mehr aus der geheimen Unterströmung auf. Die Entscheidung stand vor der Tür. Und damit der Augenblick, der ihrer Liebe Erfüllung bringen konnte.

Ihre Antwort gab dem ergebenen Freund und Sachwalter alles anheim. Nach vierundzwanzig Stunden kam die Nachricht, daß ein sehr günstiger Vergleich abgeschlossen sei. Thomas würde näheren Bericht schicken. Ihn selbst hielten eigene Angelegenheiten noch etwas in Berlin zurück. Doch würde er zum Heiligen Abend wieder eintreffen.

Stillen Jubel im Herzen ging sie im Hause umher. Ein sehr günstiger Vergleich! Das hieß Unabhängigkeit — Freiheit — für ihr Kind, den Geliebten und seinen Knaben. —

Eine große Liebe gibt auch dem reifsten, klarsten Weibe immer etwas Naivität zurück — füllt ihr Wesen mit einer rührenden Kindlichkeit und nimmt ihr alle Erfahrungen aus der Hand — als müsse sie über die Schwelle des inneren neuen Lebens auch als neues Geschöpf schreiten. So war auch sie von einer ganz blinden Gläubigkeit erfüllt. Und es wandelte sie nicht einen Augenblick der Gedanke an, daß dies Geld eher trennend als einend zwischen ihr und dem Geliebten stehen könne. Ihr Herz, das unkluge Herz der in Demut liebenden Frau, fühlte sich in der vollkommensten Einigkeit mit dem Manne. Alles, was sie leidenschaftlich bewegte, übertrug sie, unter einem Zwange stehend — dem stärksten, den es gibt — auch auf ihn, legte den Inhalt ihres Herzens ganz einfach in das seine hinüber. —

Und sie wußte plötzlich auch, wie sie ihm das heißersehnte Wort endlich abringen werde. — In glückseliger

Erwartung schwanden ihr die letzten wenigen Tage vor dem Fest.

Thomas schickte noch, Ungeduld auf Einzelheiten voraussetzend, einen schriftlichen Bericht. Und als die junge Frau ihn abends vorlas, sagte Guda, daß er die anschaulichsten, anziehendsten Briefe schreibe, die man je gelesen habe. Sie sprach überhaupt so oft und in so eigenem Ton von ihm, daß selbst ihr Vater aufzumerken begann. Wenn sie lange einmal schwieg und dann wieder aus ihrem Nachdenken heraus ein Gespräch begann, galt es immer Thomas — ob die Reise ihm nicht schade, ob es ihm erreichbar werde, in Belgien anzukommen, ob wohl sein linker Arm jemals ganz gebrauchsfähig wieder werden könne. Wie hatte man ihn mit Schnitten förmlich zerfetzt, um die Phlegmone zu besiegen, ob man nicht finde, daß er schon sehr fest aufträte und kaum noch des Stockes zu bedürfen scheine.

Manchmal sah Graf Leuckmer Katharina dann lächelnd an, suchte mit ihr einen frohen Blick zu tauschen. Sie kannte aber Guda besser, sie wußte voraus, daß sich bei Thomas' Rückkehr diese Teilnahme für ihn scheu verbergen werde.

Sein Bericht über die Verhandlungen mit den adeligen Fräuleins von Kloster Mürow war in der Tat sehr voll Leben. Man spürte das geistige Vergnügen, das er bei den Verhandlungen genossen. Die Priorin des Klosters, Baroneß von Hatthusen, war eine Jugendfreundin von Gräfin Jenny Leuckmer gewesen. Sie zeichnete sich mehr durch Würde und Güte aus als gerade durch Intelligenz. Die zweite Vorstandsdame, Fräulein von Alterwas aus dem Hause Sellin, schien der Verstand in der Spitze des Klosters zu sein. Ein sehr alter Justizrat aus der benachbarten mecklenburgischen Kleinstadt war der juristische und freundschaftliche Beistand der Damen; er bezog ein ungemein stattliches Jahrgehalt für die Verwaltung der Klostergelder. Diese drei respektablen und feierlichen greisen Menschen hatten Thomas mit einer wahren Begeisterung empfangen. Ein Offizier, der schon im Felde gewesen war! Noch an schweren Verwundungen tragend! Es benahm sie ganz. In ihre weltabgeschiedene Stille kam der Krieg nur durch die Zeitung. Im Städtchen zwar war die männliche Jugend verschwunden. Die adeligen Fräuleins strickten auch von früh bis spät Strümpfe, Leibbinden und Pulswärmer. Und im Hinblick auf die große Zeit hatten Fräulein von Alterwas aus dem Hause Sellin und Komteß Massenow ihren langjährigen Zwist, der die Klosterdamen in zwei Lager geteilt, in einer sehr ergreifenden Szene begraben. Und wenn sie somit auch wohl sagen konnten, sie zeigten sich des Vaterlandes würdig und lebten auf das innigste mit allen Traurigen und Leidenden, so war es ihnen doch noch nicht vergönnt gewesen, einen Feldgrauen, gar einen Verwundeten, bei sich zu begrüßen. Thomas wurde nicht als Vertreter einer Gegenpartei aufgenommen, sondern als Ritter des Eisernen Kreuzes.

Und so saßen sie im eichengetäfelten Raum, wo an der Wand die Bilder von vielen Großherzögen und Priorinnen hingen, die ältesten noch mit Allongeperücken und seltsamer Stiftskleidung, und Thomas brachte seine Anträge vor. Sehr bald merkte er, die beiden alten Damen wären am liebsten einem glatten Verzicht zugeneigt gewesen; gegen das Söhnchen eines gefallenen Helden mochten sie nicht prozessieren, einem Vaterlandsverteidiger nichts abschlagen. Sie waren voll Überschwang und genossen es als Beglückung, sich darin zu steigern. Aber der Justizrat, mit mehr Papieren vor sich auf der grünen Tischplatte als ein vortragender Rat im Ministerium, mußte denn doch nüchterner bleiben. Er gab wohl die Möglichkeit zu, daß der Ulan Stieve doch einst noch gedächtnisfrei werden könne. Auch Thomas' Darlegung widersprach er kaum, daß möglicherweise von den belgischen Leichenräubern noch der eine oder andere entdeckt werden könnte. Denn die hatten dem Stieve und allen anderen Mitgliedern der Patrouille Leuckmer die Wertsachen abgenommen, und besonders Graf Bertold Leuckmers Uhr war ein ganz seltenes und kostbares Stück gewesen, das man immer wieder erkennen und das verräterisch sein würde in der Hand des Verkäufers. Verbrechen verrieten sich oft noch nach Jahr und Tag auf das märchenhafteste. Das hatte der Justizrat in seiner fünfzigjährigen Praxis nur zu genau und oft erfahren. Er wies es auch nicht ab, daß die genaue Todesstunde doch noch möchte ermittelt werden und daß, falls sie den Ansprüchen der Hinterbliebenen günstig läge, die adeligen Fräuleins des Klosters Mürow ganz leer ausgehen würden. Aber ebenso nahe oder ebenso fern war das umgekehrte Resultat: Es konnte deutlich erkennbar werden, daß Graf Bertold und seine Leute gefallen seien, ehe in Berlin die Erblasserin ihren letzten Atemzug tat.

Ganz gewiß durften laut Stiftungsurkunde die Priorin nebst erster Vorstandsdame und dem stets vom Großherzog selbst gewählten juristischen Verwalter des Klostervermögens ganz frei sich entscheiden in allen Fragen, dieses betreffend. Aber der Justizrat glaubte doch, das Interesse dieses Vermögens wahrnehmen zu müssen. Erst nach dieser Erklärung legte Thomas die beglaubigten Aussagen des Grafen Leuckmer und der Pflegeschwester vor. Wie das Reichsgericht, bei einem etwaigen langen Prozeß durch alle Instanzen, schließlich über den rechtlichen Wert dieser Aussagen entscheiden würde, war dem alten Justizrat ein gesetzter Fall, über den man sich sehr den Kopf zerbrechen könne. Endlich tauchte aus all dem Hinundher das Wort „Vergleich" auf, das Thomas aber der Gegenpartei entlockt hatte, um es dann in nicht zu eifriger Art aufzufangen. Und man einigte sich, daß das Kloster sich mit einem Viertel des Kapitals für abgefunden erklären wolle. Die verbleibenden drei Viertel sicherten dem kleinen Adam eine nicht üppige, aber durchaus freie Zukunft, auch nachdem von diesem Gelde Katharinas eingebrachtes Vermögen ihr zurückerstattet wurde; es war Vorbehaltsgut gewesen, und Bertold hätte es niemals vergeuden dürfen. Bis zum Eintreffen der telegraphischen Zustimmung der Gräfin Katharina hatte Thomas sich bis zur Erschöpfung von den alten Damen bewundern und bewirten lassen müssen. Er schloß seinen Bericht mit der Bemerkung:

„Hunderttausend Rechtshändel wird der Krieg schaffen, verzwickte Lagen, aus denen es keinen Ausweg zu geben scheint. Aber wiederum entwirrt der Krieg viel auf das überraschendste. Die Starrheit des Buchstabens wird umgebogen vom Geiste der Versöhnung und Großzügigkeit."

Über sich persönlich hatte er aber auch noch etwas zu berichten. Er war erstaunt, daß er schon soviel ertrug an Bewegung, kleinen Anstrengungen, wechselnden Temperaturen. Und sein Pfleger massierte großartig. Man konnte auch feststellen, daß die letzten Schnittwunden am Arm anfingen, sich zu schließen. Und so hoffte er, in etwa vier Wochen sich wieder zum Dienst, wenn leider auch noch nicht in der Front, melden zu können.

„Erlaubt es nicht!“ bat Guda heftig; „bitte, redet ihm ab. — In vier Wochen! Es wäre zu früh.“

„Ich möchte wohl den deutschen Mann sehen“, sagte Katharina, „der sich davon abhalten läßt, zu nützen, wenn er sich nur irgend dazu wieder fähig fühlt!“

Als Guda das Zimmer verlassen hatte, fragte der alte Herr:

„Glaubst du, daß sie Percy vergessen hat?“

„Nun, ich denke, die Leidenschaft ist in Haß umgeschlagen. Scheint mir sehr natürlich bei dem besonderen Hitzegrad, den sie hatte.“

„Mir scheint, es kommt mir jetzt manchmal so vor, als ob Guda und Thomas — hältst du das für möglich?“

„Ich glaube, daß Thomas schon immer an Guda dachte; daß er sie mehr als je liebt, ist gewiß. Aber ob das zu einem Bündnis führt? Nein, nein, ich wage nicht mehr zu hoffen“, sagte Katharina.

Der Vater sah sich da vor eine große Sache gestellt, die von allen Seiten betrachtet sein wollte. Eine leise Frage kam auch und suchte Einlaß in sein Standesgefühl. Wäre der bürgerliche Schwiegersohn ihm denn wirklich ganz willkommen? Percy Lightstone, obgleich er zur Zeit noch keinen Titel trug, war doch für seine ganze Gesellschaftsklasse als Angehöriger einer der vornehmsten aristokratischen Familien Großbritanniens erkennbar. Aber diese flüchtige Erwägung, aus dem unzerstörbaren Bewußtsein von der Vornehmheit seines alten Geschlechts geboren, verkroch sich eiligst und beschämt. Die dürftigen Berliner Zeiten traten vor sein Gedächtnis hin, in welchen er seine Stellung als qualvoll schief empfunden hatte und die er nur dank der Tatkraft von Thomas' Vater überwand. Und Guda hatte eine so leidenschaftlich-schmerzliche Erfahrung durchkämpfen müssen! Konnte sein Vaterherz ihr ein besseres Los wünschen als die Liebe und den Schutz eines so geraden, treuen Mannes?

Der alte Herr, dessen Wille ja eigentlich kein festes Rückgrat hatte und dessen Phantasie deshalb mehr von Empfindungen als von Plänen beschäftigt wurde, rührte sich schon vorweg an dem Segen, den er aus vollem Herzen diesem Paare erteilen wollte.

Aber dann kam der Heilige Abend, und inmitten all seiner erhebenden und verführenden Stimmungen erlebte der Vater doch eine Enttäuschung. Gudas Haltung war ihm unbegreiflich. Wich sie nicht aus? Schien Thomas von frohen Hoffnungen erfüllt? Nein! Seine Briefe waren froher gewesen, als er sich nun gab.

Er kam einige Stunden vor der Feier an und zeigte sich erst, als der Ruf, sich zu versammeln, an die Hausbewohner erging. Inmitten der vielen Menschen konnte es ein Zufall sein, daß Guda ihn nur flüchtig begrüßte. Er aber unterschied dies wohl: Das war keine Flüchtigkeit, sondern ein scheues Ausweichen! Und auf seiner ganzen Reise hatte ihn die Hoffnung mit beseligender Vorfreude erfüllt, daß die Trennung und dann das Wiedersehen in so weihevoller Stunde aus ihrem Wesen einen Schein von Wärme herauslocken sollte; Katharina hatte es ihm geschrieben: „Guda spricht viel von Ihnen!" Was hatte sein Herz nicht alles daran gehängt an Erwartungen!

Das große Wohnzimmer war ganz voll von Menschen der verschiedensten Art. Es benahm den alten Herrn ein wenig. Aber der Schwiegertochter zuliebe lächelte er alle Anwesenden gütig an. Und sie raunte ihm auch einmal tröstlich zu, daß dieses Gedränge nur ein Stündchen ertragen sein wollte. Da waren die „Kriegskinder" und sangen ernsthaft und schrill, verlegen einige, andere allzu eifrig mit sehr hohen Stimmen. Adam schien Sprungfedern in den Beinen zu haben, und Frau Stroblmeyer konnte noch so sehr beschwichtigen, er ließ sich nicht halten. Seine kleine weißgekleidete Gestalt drängte sich überall hin, und an jeden Anwesenden richtete er die Frage, ob man glaube, daß er Soldaten und eine „dicke Berta" bekäme. Jürgen mit seinen dunklen Augen stand vor Erwartung fast unbeweglich und sah immer auf die geschlossene Tür zum anderen Zimmer. Die Dienstboten kamen herein, mit ihren sehr weißen Schürzen und unsicherem Lächeln. Frau van Straten, die man unmöglich allein in ihrem Hause hatte lassen können, hielt Ottbert Rüdener mit ausführlichen Berichten aus Ruhleben fest.

Und dann öffneten sich die Türen, und der große Tannenbaum, in dessen schlichtem Grün nur sehr, sehr viele weiße Lichter brannten, ward in seiner majestätischen, priesterlichen Höhe sichtbar. Der Anblick gebot jedem Gemüt für einige Minuten Stille. Erinnerungen umschwebten ihn, für jeden Beschauer stiegen andere heraus aus dem Duft der grünen Zweige. Katharina sah ihre Brüder, die strahlend Frohen. Noch voriges Jahr waren sie in der Heimat alle zusammengewesen und hatten in Geschichten aus glückseligen Kindertagen geschwelgt und alte Schandtaten gebeichtet und die lachende Mutter zärtlich umarmt. Und mit dem still leuchtenden Stolz im Auge hatte der Vater gesessen und den besonnenen Zuschauer für die immer Beweglichen gegeben.

Vorbei! Vorbei! Fern in Flandern gab es ein Doppelgrab am Wege. Der Schnee wehte darüber hin. Und der Donner der Geschütze zitterte in der weiß durchstäubten Luft. Und die da vorbeiritten oder -marschierten, nahmen den Helm ab und beteten. Grüne Tannenzweige lehnten am weißen Birkenkreuz. Und Kreuz und Zweige gefroren in der Winternacht.

Ottbert Rüdener aber sah eine kleine alte Frau, greisenhaft schien sie, und ihr Gesicht war voll Falten, und war doch kaum vierzig Jahre. Nur so verbraucht war sie, so ganz und gar verbraucht, ihre Hände grob und so müde. Und doch lächelten ihre Augen. Auf dem Tisch im armseligen Raum stand ein winziges Bäumchen mit zwölf ganz dünnen bunten Lichtern daran, und ein billiges Wolltuch lag darunter; von seinem allerersten Verdienst hatte der heranwachsende Knabe seiner Mutter dieses Fest bereitet. Und er las in ihren Augen, eine Welt von Dankbarkeit und heißen Hoffnungen lebte darin, eine erlösende Versöhntheit mit dem Schicksal. Dies Bäumchen und dies Geschenk war die erste Weihnachtsfeier, die sie zusammen erlebten, in all den Jahren vorher wagte sie solche Freuden nicht, und der Knabe konnte noch nichts verdienen. Diese kleinen Flämmchen entzündeten in ihrem Gemüt stolze Hoffnungen. Ihr Sohn würde emporwachsen aus der Dunkelheit ins Licht.

Oh, hätte er jetzt an ihr Grab treten können, um seine Stirn herabzuneigen auf das schwarze, dünne Holzkreuz, unter dem eine heilige Dulderin-Mutter schlief. In der kalten Stille der Winternacht hätte er es ihr hinabraunen mögen ins Grab... Ja, er war emporgewachsen aus der Dunkelheit ins Licht.

Aber nicht, um darin zu leben.

Mütter schmieden aus den Sternen am Himmel Kronen für ihre Söhne. Aber auf deren Stirnen verwandeln sie sich furchtbar und scheinen aus Dornen geflochten.

Die schwere Erschütterung, die durch ihn hin bebte,

zwang ihn, das Auge der geliebten Frau zu suchen. Er fand es auf sich gerichtet, über all die Köpfe der sich durcheinanderdrängenden Kinder hinweg.

Lange sahen sie sich an, lange und fest...

Und dann wurden die Räume nach und nach leerer und stiller, mit heißen Köpfen, die Arme ganz voll von Paketen, von Frau Marta, der selbst reich Beschenkten, geleitet, zogen die „Kriegskinder" vondannen. Jürgen und Adam vertieften sich ganz in ihre kleine Armee von Kanonen, Bleisoldaten, Trainkolonnen und Lastautomobilen. Sie bauten in einer Ecke des Zimmers ein Schlachtfeld auf. Frau van Straten und Graf Leuckmer hatten Neigung, die Zeit bis zum Abendessen mit einer Partie Bridge auszufüllen, einem Spiel, von dem Rüdener nicht die geringste Ahnung besaß. Thomas erklärte sich gefällig und bereit, aber wie sollte er seine Karten ordnen? Ganz einfach bestimmte Frau van Straten, daß doch ohne Zweifel „Komteßchen" als sein Beistand werde wirken wollen.

Und so war Guda zu ihrer höchsten inneren Unruhe genötigt, neben Thomas zu bleiben; sie vermied es, ihn anzusehen, und wenn sie ihm die geordneten Karten in die Hand gab, die er dann mit den eben aus der Bandage herausreichenden kraftlosen Fingerspitzen der Linken notdürftig halten konnte, tat sie es mit einer Art Vorsicht, um nur gewiß nicht mit ihrer Hand die seine zu oft zu berühren. Er ertrug diese ihre unmittelbare Nähe mit einer Art zornigen Entzückens und wünschte, daß dies Kartenspiel lange, sehr lange dauern möge. Dabei spielte er so schlecht, daß Frau van Straten mehrfach einen verzweifelten Blick zur Zimmerdecke emporsandte. Denn in Bridge war sie vollkommen und übertraf sogar noch ihren Mann.

So waren die junge Frau und Rüdener in eine Zweisamkeit eingeschlossen. Minuten vielleicht, an schwerem Inhalt reich, voll unerträglicher Spannung. Hinter dem breit ausladenden Rund der mächtigen Tanne standen sie, fast verborgen für jeden Beobachter.

Sie fühlte: Dies war der Augenblick! Ihr Herz klopfte so stark, daß sie ihren Worten keinen festen Klang geben konnte.

Sie sah ihn an. Und wußte selbst nicht, was für leidenschaftliche Bitten aus ihren Augen flammten.

„Wir haben uns nicht mit Geschenken überrascht heute", sprach sie, „und doch — und doch, ich will von Ihnen ein ganz großes, das Ihres — Vertrauens..."

Sie streckte ihm beide Hände hin.

Er veränderte die Farbe. Was war das? Was kam da heran? Wie konnte er anders, als diese beiden lieben Hände nehmen.

„Wer auf der Welt besäße es völliger als Sie!" antwortete er leise.

„Ich verlange den höchsten Beweis davon. Geben Sie mir Ihren Sohn zu eigen, wenn Sie ins Feld müssen."

Er schwieg nur ein paar Atemzüge lang, aber für sie eine Ewigkeit.

Und beschwörend fuhr sie fort:

„Er wird mir sein wie mein eigenes Kind!"

Gab es hierauf eine andere Antwort als die eine, die ihr Herz sich schon seit Tagen ausmalte, die vorweg in ihr klang wie die Verkündigung des Glücks?! Konnte er jetzt etwas anderes antworten? Mußte er es nicht sagen:

„Seine Mutter! Und mein Weib! Mir zu eigen für immer und ewig, bis über das Grab hinaus."

Er schwieg! Noch eine Ewigkeit! Nein, nein. Er wollte sprechen. Er kämpfte mit sich. Mit blassen Lippen stand er und neigte sich endlich tief über ihre Hände und küßte ihre Rechte. Und ließ sie, vorsichtig fast, mit scheuer Andacht leise aus den seinen.

„Heißen Dank!" sprach er kaum hörbar. „Heißen Dank! Wenn die Stunde kommt, wenn ich es wagen darf, das anzunehmen, soviel Güte..."

Seine Gedanken, seine Worte gehorchten ihm nicht mehr. Er fühlte, was sie erwartete. Er las in ihren Augen, in ihrem Angesicht; ihr ganzes Wesen schien eine flehende Bitte geworden — Hingabe — Verheißung.

So stand sie vor ihm. Seltsam überflimmert vom nahen Kerzenschein, der aus so vielen kleinen Lichtquellen kam und seine Strahlen zu einem unruhevollen Glanz zusammenwob. Der verklärte ihr Gesicht und gab ihrem blonden Haar eine Gloriole, als sei sie die Gnade und das Glück selbst.

Und er durfte seine Arme nicht nach diesem Glück ausstrecken.

Er, der Mann, mußte besonnen bleiben.

Und ohne recht eigentlich zu wissen, daß er es tat, trat er ein wenig zurück von ihr.

In dieser Bewegung war etwas Abschließendes, Verzichtendes.

Sie stand, als begriffe sie nicht — nicht so rasch. Und erblaßte so sehr, daß er erschrak. Es war ein fürchterlicher Augenblick. Die einfachste, ursprünglichste Männlichkeit in ihm lehnte sich gegen den Zwang auf, dem er dennoch, dennoch gehorchen mußte.

Eine herrliche, eine heißgeliebte Frau war bereit, ihm ihr Leben zu schenken.

Und er durfte es nicht annehmen.

Er wäre am liebsten hinausgegangen in die Winternacht und hätte sich eine Kugel durch den Kopf geschossen.

Die beiden Knaben kamen mit einem wichtigen, kindlichen Anliegen, da auf ihrem Schlachtfeld der strategische Plan wahrscheinlich nicht in Ordnung war. Jürgens Vater mußte es wissen, erklären, helfen, er war doch Soldat... So fand er sich ein paar Augenblicke später vorgebeugt auf einem Stuhl neben dem Spielwinkel der Jungens und mit deutender Hand die verworrene Anlage des Bleisoldatenaufmarsches verbessernd. Er wagte nicht, sich nach der geliebten Frau umzusehen. Aber ihm war, als sei sie aus dem Zimmer verschwunden.

Erst am gemeinsamen Abendtisch, dem die Kinder Munterkeit gaben, die sich als die Hauptpersonen fühlen durften, erst da sah Rüdener sie wieder.

Ihr Gesicht sah elend aus, wie das einer Kranken oder seelisch Zerbrochenen. Kein Glanz war in ihren Augen, teilnahmslos saß sie, überhörte Anreden, vergaß zu essen.

Niemand entging dieser ergreifende Anblick völligster Erschütterung. Aber man wagte nicht, mit einer Frage daran zu rühren. Sie mochte allzu stark überwältigt sein von den Gedanken an ihre teuren Gefallenen, an die fernen Gräber.

Nur der eine Mann wußte, daß der Zusammenbruch einer Hoffnung ihre Seele zerschlagen hatte...

Er suchte ihren Blick. Er traf immer nur gesenkte Lider. Und er wollte doch zu ihr sprechen, mit stummen Beschwörungen. Aug' in Auge, wie sie sich immer verstanden hatten, ohne Wort.

„Verstehst du denn nicht — Geliebteste — Einzigste — daß ich deine Liebe nicht annehmen darf?! Daß ich, der Mann, über den hohen Aufschwung dieser gewaltigen Tage hinaus denken muß? Daß ich die Zukunft zu betrachten habe, die doch möglich ist! Ja, gib mir die Gewißheit meines Todes, und ich will für selige, himmlische Tage dein Gatte sein. Aber mit dem Leben muß der Lebende rechnen! Was habe ich dir zu geben, wenn ich gesund aus dem Kriege heimkomme? Außer meiner Liebe, der glühenden, unendlichen? Nichts! Kampf ist mein Los! Ich stand mit meinen Erkenntnissen und Anschauungen auf einem Boden, den die Ereignisse ganz erschüttert haben. Weiß ich schon jetzt, durch welche Wandlungen mich der Krieg noch treibt? Weiß ich, wo ich mich nach seinem Ende wiederfinde? Von welcher neuen Basis aus ich den Kampf um mein wirtschaftliches Dasein aufnehmen muß? Nur das eine weiß ich: Mühsam und in Armut werde ich ringen müssen. Und ich sollte die Selbstsucht haben, dich herrlichstes Geschöpf in die Peinlichkeit eines noch unklaren Lebens mit hineinzuziehen? Begreife, es ist unmöglich! Oder sollte ich der Kostgänger deiner Einkünfte sein? Ich, der ich nichts, gar nichts habe? Begreife, es ist noch unmöglicher! Ich habe keine Stellung, ich habe noch keine persönliche Geltung, keinen Namen von Ruf, also nichts dir zuzubringen als Ausgleich. Ich habe nur meine Liebe.

Und versteh den Unterschied recht, den riesengroßen, den die Natur selbst hat werden lassen, trotzdem es aussieht, als könnte er aus gesellschaftlichen Vorurteilen entstanden sein: Bringt das Weib nichts als Liebe, ist es genug, dem Mann das Dasein überreich zu machen; bringt der Mann nichts als Liebe, ist es nicht genug! Wäre unsere Lage umgekehrt, bedeutete sie keine Schranke."

Aber wie sehr auch seine Blicke suchten und sprachen, sie öffnete ihre Seele nicht, um seine Gedanken auf sich hinüberwirken zu lassen.

Und die Furcht kam mit bleierner Schwere über ihn, daß sie ihn für undankbar halten könne, daß ihr Herz sich erbittert habe an seinem Zurückweichen.

Schwere Tage kamen, drei, vier, sie schlichen hin, kaum ertragbar. Es waren Festtage. Man hatte Pläne gehabt. Katharina wollte mit den „Kriegskindern" in den großen Tierpark von Hagenbeck nach Stellingen. Jürgen und Adam sollten mit. Rüdener hatte versprechen müssen, sich anzuschließen. An einem der beiden Weihnachtsfeiertage sollten sie alle bei Frau van Straten speisen.

Rüdener fand dienstliche Vorwände, sich ganz fernzuhalten. Und wußte zugleich, daß die geliebte Frau sie ihm nicht glaube.

Und wie marterten die Berichte ihn, mit denen Jürgen an beiden Festtagen heimkam, den die alte Wirtschafterin morgens hinführte und gegen Abend wieder abholte.

„Adams Mutter hat heute gar nicht mit uns gelacht und gespielt."

„Adams Mutter nahm mein Gesicht zwischen ihre Hände und sah mich ganz lange an, und auf einmal liefen Tränen über ihr Gesicht..."

Da schloß er seinen Knaben mit einer leidenschaftlichen Innigkeit in die Arme. Ihm war es, als walle erst in dieser Ergriffenheit die echte Liebe zu dem Kinde in ihm auf.

Tränen! Tränen, um seinetwillen geweint!

Er verzweifelte. War er ein König? Ein Bettler? Beides zugleich?

Durfte, konnte er es ertragen, die teure Frau in der bittersten Demütigung zu lassen, die einem liebenden Weibe widerfahren kann, in dem Wahn, sie sei verschmäht?

Mußte er nicht dennoch eine Aussprache suchen, ihren unbeschreiblichen Gefahren trotzen?

Aber der gewaltige Herrscher der Zeit, der Krieg, nahm auch das Schicksal dieser beiden ringenden Herzen in seine Hand, mit der er Hunderttausende heraushob aus ihren menschlich begrenzten Sorgen und Gedanken.

Es war an einem der letzten Tage des Jahres, als Katharina durch einen besonderen Boten einen Brief erhielt. Sie stand in stumpfem Hinbrüten am Fenster und sah in die graue Luft hinaus, die in einer Straße ohne eigenes Gesicht zwischen den schweigsamen Mauern lag. Wie ein Sinnbild aller Leere war das. Die Verdammnis, die im Alltag ohne Glück sich birgt. Trostlos, wie die nie endende Einförmigkeit eines Daseins ohne Hoffnung.

So lang wie der Tag, der in seinem vorherbestimmten Lauf sich abspielen würde, mechanisch, nicht mehr von froh entschlossenem Geist getrieben, sondern von Maschinen, so lag das Leben vor ihr. Von Gräbern der Weg umsäumt, der schon zurückgelegt war. Und das tiefste Grab mußte sie jetzt graben, für ihre Hoffnungen..

Sie wußte: „Er liebt mich!" Aber sie glaubte, er traue ihrem Herzen nicht die Größe zu, über die berauschende und verführende Stimmung der Kriegszeit hinaus ihm ihre Liebe, von allen Zweifeln frei, zu bewahren.

Sie hörte wohl auf die innere Stimme, die ihr sagte: „Du darfst nicht zusammenbrechen." Haltung! Haltung! Kein Mensch besaß jetzt Rechte an sein eigenes Leben.

Wer Kräfte in sich wußte, hatte sie nützlich zu rühren, dem Vaterlande gehörten sie. Von einem Schmerz, und sei er noch so groß, durfte man sie nicht verzehren lassen...

Ihre Gedanken formten Bitten ins Unbestimmte hinein. Sie flehte um eine bescheidene, eine kurze Frist. Ihre Seele brauchte ein wenig Gnade, eine kleine Spanne Zeit zum stillen Weinen.

Und da kam der Brief. Und aus der dumpfen Hingenommenheit an Gram und Bitterkeit flammte riesengroß Jubel auf, den der nächste Augenblick in nicht minder große Angst wandelte.

„Gesegnet sei diese Stunde! Denn sie gibt mir die Freiheit, vor Dir zu knien und Dir zu sagen, daß ich Dich mehr liebe als mein Leben!

Das Vaterland ruft. Ich muß gehen. Schweigend wollte ich scheiden. Und dies ist die Wahrheit: Es hätte mir nicht an mannhafter Kraft dazu gefehlt!

Aber ich habe erkannt, in diesen letzten, kaum ertragbaren Tagen, daß ich nicht nur an die doch vielleicht trotz aller Vorahnungen meiner harrende Zukunft denken darf. Nicht nur an meine Ehre und Würde, die mir verbot, das Opfer, das Deine Liebe mir bringen wollte, anzunehmen! Wie kann, wie darf ich Deine leuchtende Gestalt in die Unsicherheit meines künftigen Loses hineinziehen!

Auch an Dein Herz muß ich denken! Und ich darf keinen schmerzenden Wahn darin lassen. Du mußt es wissen, Einzige, ewig Geliebte, daß das göttliche Gnadengeschenk Deiner Liebe das erhellende Wunder meines Daseins war.

Heiße Dankbarkeit im Herzen, ziehe ich hinaus. Ich schicke Dir meinen Knaben. Sei ihm Mutter, bis —

bis wann? Diese Frage kann menschliche Voraussicht nicht beantworten. Laß ihn nicht von Dir, wenn ich niemals wiederkehre.

Ist es mir aufbewahrt, zu leben, darf ich dereinst am neuen geistigen und sozialen Ausbau unseres teuren Vaterlandes mitarbeiten, so fordere ich meinen Knaben zurück. Du hast mich ihn lieben gelehrt. Nicht die Stimme der Natur weckte mir mein väterliches Gefühl auf. Er ward mir erst durch Dich mein Sohn. Deine Mütterlichkeit schenkte ihn mir.

Wir werden uns niemals wiedersehen. Ich durfte dies alles Dir nur sagen als ein Sterbender. Oder für immer aus Deinem Leben Scheidender.

Ich habe die herrlichste Mutter besessen! Obschon sie für die Welt nur ein armes, sklavisch arbeitendes, beschimpftes Geschöpf war. Ich habe die Liebe der herrlichsten Frau auf mich herabstrahlen sehen. Obschon ich fernab von ihr in mühsamen Kämpfen mich quälte.

Ich bin doch wohl ein sehr reicher Mann gewesen.

Und mein letzter Atemzug wird ein Dankgebet sein an diese beiden Frauen, die am Anfang und am Ende meines Lebens standen.

So scheide ich von Dir.

Leb wohl! Ewig Dein!

Ottbert."

Keine Zweifel rissen ihre Seele hin und her. Es gab kein Zaudern.

Sie wußte nur dies eine: Aus seiner eigenen Hand wollte sie seinen Knaben empfangen. Er selbst, er selbst sollte ihn in ihre Arme legen!

Ihre Träume waren zerbrochen. Zu lange hatte er

geschwiegen. Jetzt konnte keine Kriegstrauung ihr mehr den Geliebten zum Gatten geben, es war zu spät! Er hatte für seine Abfahrt keine Frist genannt. Aber sie wußte von selbst: Er sprach in letzter Stunde. Das verriet jedes Wort seines Briefes.

Und in ihrem Herzen erwachte jenes brennende, angstvoll vorwärts peitschende Gefühl, das in Augenblicken höchster Not die Menschen jagt, das tödliche Gefahr für nichts achtet, wenn es ein Leben zu retten gilt.

Sie mußte ihn noch einmal sehen. Oh, nur einen himmlischen Augenblick noch. Aus seinem eigenen Munde noch wollte sie es hören, daß er seinen Knaben ihrem Mutterherzen zu eigen gäbe. Mit der Kinderhand in der ihren wollte sie dann tapfer von ihm scheiden. Nicht auf ewig, nein, gefeit von ihren Gebeten, zu sieghafter Wiederkehr.

Wenig Minuten nur waren vergangen, seit die Botschaft der Liebe ihr Herz erreichte. Und schon schritt sie eilends dahin, in ihren Pelzmantel gehüllt, das blonde Haupt von der rauhen, schwarzen Mütze bedeckt, aufmerksam vorausspähend, irgendein Gefährt erhoffend, das rascher noch sei als ihre beflügelten Füße.

Und dann saß sie in einem Auto und hielt die Hand am Griff der Tür, als wolle sie sie schon öffnen, noch im brausenden Vorwärts des ratternden Gefährtes.

Treppen, viele Treppen. Versanken nicht die Stufen unter ihren Schritten? Hob eine Zauberkraft sie empor? Schon stand sie oben, da waren Türen, vier, das Stockwerk mochte in vier kleine Wohnungen geteilt sein. Eine Sekunde der Ratlosigkeit, und dann ein Erkennen, anstatt eines Schildes eine weiße Karte mit dem Namen, dem einen. Der schrille Ton der Klingel, die drinnen anschlug, war draußen zu hören.

Noch einen Atemzug lang eine äußerste, furchtbarste Spannung.

Wenn es schon zu spät wäre! Wenn er vielleicht schon in eben diesen Minuten in Reih' und Glied zum Bahnhof zöge, umjubelt, umweint von der Menge, inmitten all der Grauen, fest Ausschreitenden, mit dem tiefernsten Blick im Auge.

Da öffnete sich die Tür.

Fast ein Aufschrei war es, der von ihren Lippen kam. Höchste Seligkeit! Nicht zu spät.

Er aber war stumm, erbleichte, war so ganz, so unerhört überrascht, daß ihm nichts blieb, als zurückzutreten, ihr den Eingang freizugeben.

Hinter ihr fiel die Tür zu. Noch ein Schritt, über einen halbdunklen Flur hinweg. Und sie stand in dem Raum, der die Stätte seiner Kämpfe, seiner Arbeit, seiner Nachtruhe war. Sie sah nichts von der Kargheit ringsum.

Sie sah nur die Augen, ihr eine Welt der Liebe, der Schmerzen, des Glücks.

Ein kurzes, verzweifeltes Aufbäumen war noch in ihm. Ein letzter Wille zur kalten Kraft.

Aber dieser Augenblick war dennoch stärker als alle Vernunft.

Sie umklammerten einander, als wüßten sie, daß das Schicksal neben ihnen lauerte und mit seiner gespenstischen Hand auf den grauen Rock des Mannes ein Zeichen schrieb.

„So wolltest du von mir gehen, so?! Und mein Herz war bereit. Von einer Kriegstrauung träumte es, o du ..."

„Das konnte, das durfte ja nicht sein ..."

„Doch, doch ... Meines Vaters Segen gibt mich dir!"

War das möglich? Nein. Er fühlte: Nein! Vielleicht

ein unbestimmtes Wort. Und ihre Liebe deutete es...

Aber Dank diesem Wort, jubelnden Dank, wenn es ihr Weihe ihrer Liebe gegeben hatte...

„Und deinen Sohn willst du mir nicht selbst schenken? Wo ist er? Komm, sag ihm, daß ich seine Mutter sein soll. Von dir will ich es hören, lehre ihn noch dies Wort."

„Ich gab es ihm schon mit, vor wenig Minuten, als er den Weg zu dir ging, zu dir."

„Er ist schon fort?"

Sie sprach es leise. Von einer plötzlichen Unsicherheit befangen — erzitternd.

Er zog sie an sich.

„Mein?" fragte er. „Mein?"

Er sah ihr tief in die Augen. Und er las darin, daß sie sein eigen sei, in dieser Stunde und bis über das Grab hinaus. Sein Weib, ihm angetraut durch heiligste Liebe und den drohenden Tod, den Gefährten des schnellen, heißen Glückes derer, die dem Kriege gehören.

* *
*

Nun lebte die junge Frau in zwei Welten. Immer war es ihre Art gewesen, daß sie besonnen und beherrscht verschwieg, was ihr Herz auszukämpfen hatte. Ihre Zerbrochenheit in den Weihnachtstagen erschien deshalb den Ihren als etwas sehr Beängstigendes und Außerordentliches. Aber sie erklärten es sich durch all die harten Prüfungen, die der Krieg ihr gebracht. Niemals wäre man auf den Gedanken gekommen, daß sie einer leidenschaftlichen, ihr ganzes Wesen erschütternden Liebesglut fähig sei. Und sie umhüllte jetzt das Bewußtsein ihres Glücks mit undurchdringlichen Schleiern. Und konnte doch nicht verhüten, daß sein Licht hindurchstrahlte und ihrem Antlitz Schönheiten gab, die es nie vorher besessen, und daß ihre ganze Persönlichkeit von einem neuen, unbeschreiblichen Zauber umflossen war, der sie bedeutender und reifer erscheinen ließ.

‚Sie hat sich wieder zurechtgefunden', dachte Graf Leuckmer. Er war sehr glücklich darüber, in einem nicht auseinander zu sondernden Gemisch von Liebe zu ihr, die er nicht leiden sehen mochte, und dem Bedürfnis nach Ungetrübtheit eigenen Behagens.

Wie wenig wurde das Fehlen Rüdeners in dem kleinen Kreise empfunden! Das hätte Katharina schmerzen können. Aber sie bemerkte es gar nicht. Graf Leuckmer hatte ihn als trefflichen Schachspieler geschätzt und äußerte am Sonntagnachmittag ein Wort des Bedauerns, daß ihm nun die Gelegenheit zum Spiel fehle. Das war von seiner Seite alles. Er sah das Auftauchen und dann das nahe Freundschaftsverhältnis des Mannes in seinem Hause gewissermaßen als innerhalb eines vaterländischen Programms gelegen an. Die große Zeit gebot eine Verbrüderung. Es gab keine Parteien mehr, nur noch Deutsche. Daß Katharina den kleinen Jürgen zu sich genommen hatte, billigte er durchaus. Ein einziges Kind, Gefahrskind! Unterricht und vor allem Erziehung verhießen völligere Abrundung, wenn zwei Entwicklungen sich aneinander abschleifen konnten. Seinem Bertold hätte er aus nur zu nahe liegenden Gründen keinen Kameraden geben können. Man mußte der Freistelle im Kadettenhaus für ihn froh sein. Im Stammschlosse der Leuckmers — längst, längst besaß es ein großer Berliner Bankier — sah man auf zweien der Ahnenbilder hinter einem kleinen Grafen Leuckmer einen bescheidener gekleideten Knaben — den Prügeljungen. — — ‚Andere Zeiten, andere Sitten', dachte der alte Herr. Jürgen Rüdener und Graf Adam Leuckmer wurden vollkommen gleich gehalten; es dauerte auch kaum acht Tage, und man sah Jürgen nicht mehr in seinem ungeschickten Anzug, aus dem nächstbesten billigen Geschäft erstanden von einem Vater, der für Kinderkleidung keinerlei Verstand hatte; die Knaben wurden ganz gleichmäßig gekleidet. Graf Leuckmer fand es fast zuviel, und daß Jürgen „Mutti" sagen durfte, gerade wie Adam, erweckte ein kleines Eifersuchtsgefühl in seinem großväterlichen Herzen. Doch zwang er das redlich nieder; vor allem auch deshalb, weil sein holdes, lachendes Enkelkind mit dem blonden Pagenköpfchen wahrhaft glückselig darüber war, einen „Bruder" bekommen zu haben.

Frau van Straten hatte den Dr. Ottbert Rüdener immer mit einer leisen kritischen Ablehnung hingenommen. Es erging ihr wie manchen Emporgekommenen: sie war sehr wählerisch im Umgange. Und auf das merkwürdigste geradezu verstimmt, wenn sie in ihrem Kreise anderen Aufgestiegenen begegnete. Vor allem belästigte es aber ihre gesellschaftliche Sicherheit, wenn so jemand zu beweisen schien, daß man mit Geist und Wissen noch mehr erreichen könne als mit Geld. Da sie aber andererseits sehr gutmütig war, zerfloß sie vor Mitleid über das Kind, das keine Mutter und einen Vater im Kriege hatte. Es kostete Katharina geradezu Mühe, ihr begreiflich zu machen, daß Jürgen kein Almosenempfänger sei und von ihrer Großmut nichts zu erbitten oder anzunehmen habe. Ganz naiv setzte Frau van Straten ihn in eine Reihe mit den zwölf „Kriegskindern" und wollte immerfort etwas für ihn tun. Erst als sie ihn mit Adam gleich gekleidet sah, besänftigte sich ihre gebeeifrige Aufdringlichkeit. Aber von da an bevorzugte sie Adam bemerkbar.

Guda sprach wohl dann und wann herzlich von Rüdener. Fragte, wo er sei, ob er schreibe. Sie wußte: er ist Karens Freund. Aber wie sehr er es sei, ob da still von Herz zu Herzen eine andere Nähe noch bestand, tief verborgen, darüber grübelte sie nicht nach. Die junge Frau fühlte auch: Diese herzlichen Fragen waren nur eine Güte gegen sie. Rüdeners Persönlichkeit war von Guda gar nicht erfaßt worden. Alles ging an ihr vorüber gleich fernen Wandelbildern, Menschen und Dinge, wenn sie nicht gerade mit ihren Arbeitspflichten zusammenhingen. Sie lebte zu stark ihrem eigenen Geschick. Immer rang sie in Scham und leidenschaftlichen Selbstvorwürfen mit dem Vergangenen. Fassungslos staunte sie ihr Herz und das unbegreiflich Neue an, das immer deutlicher, immer dringender zu ihr sprach.

„Kann man denn noch an sich selbst glauben?" fragte sie einmal. „Ich wollte sterben, als ich ihm entsagt hatte... Und jetzt, und jetzt..."

Schwesterlich half ihr Katharina.

„Du brachtest ein Opfer, es schien fast über deine Kraft zu gehen. Du hast dafür den herrlichsten Lohn empfangen, deine Herzensfreiheit."

Aber Guda weinte auf.

„Mir ist, als habe man mich bestohlen, mir was weggenommen, ich weiß nicht, Poesie, Träume, Wahn, Unbefangenheit. Nein, ich kann es nicht sagen, keins von den Worten sagt es richtig, und doch, alle sagen etwas davon."

„Eine zartere Liebe und ein edlerer Mann geben dir alles wieder."

„Nein, nein, dessen bin ich nicht würdig."

‚Armes Kind!' dachte Katharina.

Sie hoffte auf die Zeit, diese von wunderbaren, starten Triebkräften erfüllte Zeit, wo Funken sich zu hohen Feuern anfachten, die sonst lange still hätten fortglimmen können unter der Asche von Zweifeln und Verzagtheiten. Aber freilich, sie setzte auch kurze Fristen, diese drängende Zeit, denn sie war von Ereignissen schwer, und eines trat wuchtig in die tiefe Fußspur des anderen.

Und wie lange würde Thomas noch hier sein? Die Zeichen des Erlittenen verwischten sich immer mehr. Seine Farbe war frisch, sein Blick hell. Er ging ohne Stock, wenn auch mit etwas schleppendem Schritt. Daß sein linker Arm noch einmal beängstigende Erscheinungen zeigen könne, war ausgeschlossen. Auch die letzte Wunde heilte und zeigte das beste Aussehen. Freilich konnte eine Kräftigung des Armes durch Bewegungen und Massage noch lange nicht erhofft werden; eine ganz dünne Narbe saß neben der anderen. Aber er fühlte sich zu geistiger Arbeit durchaus imstande. Voll Spannung wartete er auf die mögliche Berufung nach Belgien.

Er war es, er allein, der oft und in echter Anhänglichkeit mit Katharina von dem Manne ihrer Liebe sprach. Von dem schweren Ernst seines Wesens, von dem Werdegang durch Hunger und Bitterkeiten, von der ergreifenden Andacht, in der er vor dem Andenken an seine Dulderin-Mutter stand.

Zuweilen war es ihr, als wisse Thomas alles. Liebende sind so hellsichtig für Liebesglück und -leid anderer Seelen. Wenn er denn wußte, erraten hatte — es konnte ihr nur Wohltat sein. Er würde niemals mit deutlichen Worten daran rühren. Aber es war schön, die tiefe Hochachtung zu fühlen, die fast brüderliche Neigung, mit der er von dem Geliebten sprach. Ihr Herz dankte ihm für jedes treue Gedenken.

Wie wünschte sie, auch ihm wohltun zu können. Aber

sie mußte vorsichtig bleiben und sehr zart. Was wachsen und werden wollte in Gudas Seele, konnte zu leicht wieder absterben. Solange Guda nicht an sich selbst glaubte, würde sie gar nicht den Mut haben, sich einzugestehen, daß sie Thomas liebe und daß diese Liebe nun ihr echtes Glück sein sollte.

Plumpe Hände aber förderten, was leise und schonende nicht wagten. Frau van Straten kam in den Besitz eines Briefes von Percy Lightstone. Mildred Lightstone, seine Schwester, schickte ihn ihr. Die stolze Dame, deren Gesellschaft einst der Frau als beglückender Genuß und beneidenswerte Auszeichnung erschienen war, besaß auch Mut. Den, in ihrem Interesse andere in Gefahr und zweideutige Lagen zu bringen. Sie schrieb an Frau van Straten:

„Meine Liebe! Courage muß man haben. Um meines Lieblingsbruders willen nehme ich viel davon in meine beiden Hände und schicke Ihnen hier einen Brief von ihm an Guda. Er kann es nicht überwinden, so scheint es, daß er sie nicht bekommt. Vielleicht ist es auch so eine Art Zorn. Sie muß es ja auch begreifen, daß man einem britischen Edelmann das Wort zu halten hat. Bruce meinte sogar, Percy solle auf Bruch von Eheversprechen klagen, und ich denke wie Bruce. Ich kenne in Deutschland keinen Menschen mehr, alle meine englischen und amerikanischen Freunde haben dieses abscheuliche Land verlassen. Mr. van Straten sitze in einem Konzentrationslager, sagt Percy. Man sollte nicht für möglich halten, daß Deutsche es sich gegen Briten erlauben. Deshalb muß ich diesen Brief an Sie richten. Eine Frau, die mir sehr viel verpflichtet ist, nimmt die Briefe in den Saum ihres Kleiderrockes eingenäht mit. Sie konnte es nicht ablehnen, es hätte ihrem Sohn geschadet, der ist irgendwo angestellt, wo Percy alles zu bestimmen hat. Ich hoffe, daß Sie keine Ärgerlichkeit haben vom Empfang dieses Briefes. Wie tut es mir leid, daß Sie damals nicht mit uns nach Birmingham zurückreisten. Nun müssen Sie in diesem unbegreiflichen Deutschland aushalten. Und Mr. van Straten leidet Hunger im Konzentrationslager. Ich schicke ihm ein Paket, man kann das. Voll Sorge bin ich für ihn, was er leidet.

Ihre, treulichst M. L."

Nun wußte Frau van Straten, wie Verbrechern, Spionen, Mördern, Landesverrätern unmittelbar vor der Hinrichtung zumute sei. Von dem Augenblick an, wo ihr eine Frau gemeldet wurde, unter irgendeinem Namen, den sie glaubte noch nie gehört zu haben, klopfte ihr Herz vor Angst. Sie lehnte ab, eine Unbekannte zu empfangen. Aber dann kam das anmeldende Stubenmädchen doch wieder herein und sagte, die Frau solle Grüße von Miß Mildred bringen. Da war kein Ausweichen möglich. Eine ganz harmlos aussehende Person trat ein und erzählte, daß sie Schweizerin und seit Jahren im Haushalt des Lord Multons, Percys und Mildreds Vater, bedienstet sei. Man hatte ihr die Reise in ihre Heimat geschenkt zu dem einzigen Zweck, diesen geschlossenen Brief nach Deutschland schmuggeln zu können. Nach einem Aufenthalt von vierzehn Tagen in der Nähe von Basel sollte sie den gleichen Weg zurücknehmen und die Antworten wieder in ihrer Kleidung verbergen.

Gerade hatte Frau van Straten gestern bei Möhrings eine Geschichte gehört von einem jungen Mann, der geschlossene Briefe für mehrere Freunde gutmütig und unbedacht mit nach Amerika nehmen wollte. Und an der holländischen Grenze hatte man diese Briefschaften in seiner Brusttasche gefunden. Er war sogleich in Haft genommen worden. Schrecklich! Sie sah sich den äußersten Gefahren ausgesetzt. Ihre Farbe wurde grau und ihre Lippen blaß vor Angst. Schon ihr Stubenmädchen schien ihr als zu fürchtende Mitwisserin der Tatsache, daß sich jemand durch einen Gruß aus England bei ihr eingeführt habe. Wenn die Schweizerin, die über Norwegen gekommen war, verdächtig gewirkt hatte! Unter Beobachtung stand! Wenn demnach bemerkt worden war, daß diese Verdächtige das van Stratensche Haus betrat! Es war fürchterlich. Sie brach in Tränen der Verzweiflung aus. Und die Frau sagte leise, daß ihr diese Aufgabe auch nicht angenehm gewesen, und daß ihr bei der Untersuchung an der Grenze beinahe eine Ohnmachtsanwandlung gekommen sei; aber vielleicht kenne Mrs. van Straten Miß Mildred, die es nie verzeihe, wenn man sich nicht füge; und ihr Sohn — und sein gutes Einkommen — und seine Aussichten — — —

Inmitten all ihrer Todesangst vor schrecklichsten Anklagen und Verwicklungen blieb aber in Frau van Straten der praktisch veranlagte, durch Geschäftskenntnis geschulte Mensch wach. Sie gewann ihre äußerliche Haltung zurück und sprach sehr laut, für den Fall, daß Minna, das Stubenmädchen, horche. Mit großer Würde sagte sie:

„Ich lehne es ab, Ihnen verschlossene Briefe und geheime Botschaften mit zurückzugeben, trotzdem es sich durchaus nur um eine Familienangelegenheit handelt. Sie brauchen also auf Ihrer Rückreise nicht bei mir vorzusprechen. Sollte Antwort nötig sein, werde ich sie auf dem gesetzlichen Weg, offen durch das deutsche Generalkonsulat in Rotterdam, veranlassen."

Es war ein außerordentlicher Augenblick. Frau van

Straten fühlte sich auf ihrer Höhe. Ihr entging nur, daß sie die Briefe überhaupt gar nicht hätte annehmen dürfen, wenn jeglicher Unannehmlichkeit vorgebeugt werden sollte. Aber das wäre denn doch eine übermenschliche Zumutung an ihre weibliche Neugier gewesen.

Nicht ohne Zittern und mit eiskalten Fingern öffnete sie dann das Schreiben, sobald sie sich allein sah. Das dünne Überseepapier knitterte in ihrer Hand. Die Einlage, mit Gudas Namen beschrieben von Percys steiler, stolzer Schrift, legte sie geradezu vorsichtig gleich in ihre eiserne Kassette, die in verborgener Wandnische stand und die vielen Brillanten enthielt, die man leider jetzt nicht tragen konnte.

Mildreds Brief versetzte sie in einen Zorn, der schwerer Weise stumm verkochen mußte. Sonst hätte er gewiß Ausdrücke gefunden, die auf das überraschendste längst vertuschte Zusammenhänge mit dem Grasbrook und der Kundschaft im Laden ihrer Eltern dargetan haben würde.

Und in diesem Zorn überkam sie endlich und ohne jegliche Beimischung von Bedauern und Rückblicken das Grundgefühl, deutsch zu sein!

Sie riß sich die kleine schwarzweißrote Schleife ab und warf sie auf den Tisch. Es kam ihr albern vor, daß sie sie getragen hatte.

Dieser Größenwahn! Diese Selbstsucht! „Man sollte es nicht für möglich halten, daß Deutsche es sich gegen Briten erlauben.“ So etwas zu äußern unterstand sich Miß Mildred! Frau van Straten wußte recht gut, daß sie die Bildungslücken, die ihre Kindheit ihr gelassen, nie völlig ausgefüllt hatte. Aber von ihrer Tiny hatte sie viel gelernt, so ganz unwillkürlich, wie Menschen von hellem Verstand tun, wenn neben ihnen jemand im einem sicheren Bildungsgang vorwärtsschreitet. Und deshalb wußte sie, daß Miß Mildred erschrecklich ungebildet war. Sie ging in München und anderswo wohl durch Galerien und Museen, aber sie machte nachher haarsträubende Bemerkungen und tat Fragen, über die Tiny sich totlachen wollte, und Tiny wußte das einzuschätzen. Sie fuhr nach Bayreuth, aber von Wagner hatte sie deshalb doch keinen Begriff. Das alles war nur, „weil man doch irgend was unternehmen mußte". Hatte man wohl schon ein Buch in Miß Mildreds Hand gesehen? Außer vielleicht einem frömmelnden Modewerkchen? Es ging Miß Mildred schlecht bei dieser stillen Abrechnung. Und Frau van Straten nahm sich dies eine wenigstens fest vor: In einem offenen Brief ihr über Holland zu schreiben, daß sie die Sendung von Paketen an Herrn van Straten durchaus ablehnen müsse; er befinde sich vortrefflich, er käme auch wohl an seinem 55. Geburtstag frei, da nur vom 17. bis zum 55. Jahr die Männer interiert würden, ausgenommen Seeleute, für die es keine Altersgrenzen gäbe. Auch sei der Kommandant des Konzentrationslagers, Graf Schwerin, ein wahrer Edelmann. Leutselig und gerecht! Kein Kitchener! Also Roheiten und Mißhandlungen ausgeschlossen. Und ihr Mann hoffe sofort nach Erlangung der Freiheit doch noch die hamburgische Staatsangehörigkeit zu erwerben; als Mann, der keiner Lüge fähig sei, fühle er sich nicht geeignet, durch Naturalisation einer Nation länger anzugehören, die in Heuchelei und Lüge ersticke...

Dieser Brief, den vorerst nur ihre Gedanken schrieben, nahm ungemeine Ausdehnung an. Immer neue Zusätze wurden im Geiste entworfen. Und Frau van Straten war sich nicht bewußt, daß aus dem Untergrunde ihres Gemüts nun kleine, einst lächelnd ertragene Demütigungen und Ärgerlichkeiten auftauchten und sich rächen wollten.

Aber so lebendig sie sich auch von ihrem Zorn beschäftigt fühlte, da war und blieb dieser Brief an Guda! Und ihn zu unterschlagen wagte sie doch nicht. Indessen: Ihn überreichen hieß eingestehen, daß sie auf verbotene Weise aus Feindesland Briefe empfangen hatte. Eine große Furcht vor Gräfin Karen überkam sie. Gräfin Karen haßte die Lightstones. War sie vielleicht imstande, diese Geschichte rücksichtslos anzuzeigen und die Polizei auf die Schweizerin zu hetzen? Denn in der Tat, wo war die Sicherheit, daß diese abhängige und mißbrauchte Frau nicht noch ganz andere Botschaften an ganz andere Menschen im Rocksaum gehabt habe? Es hieß, in Deutschland wimmele es von Spionen. Wenn die Frau, ohne es selbst zu ahnen, für einen solchen Unterweisungen mitgebracht hatte! Sie traute Percy Lightstone plötzlich alles zu. Sie dachte auch: ‚Er will Guda bloß aus sinnlicher Begierde haben, und nachher wird er sie schlecht behandeln, weil sie eine Deutsche ist.‘

Immer weiter ging die entfesselte Phantasie der Frau. Und nachdem sie Percy ganz von der hohen Staffel heruntergeworfen hatte, auf welcher er vordem für sie stand, kam sie auf die Gefahren zurück, die ihr drohen konnten. Die Angst wurde schrecklich. Sie sah sich schon an einer Mauer stehen und hörte Schüsse knallen.

Vierundzwanzig Stunden lebte sie in Furcht. Aber der Schutzmann ging ruhigen Schrittes immer an ihrem Hause vorbei... Da faßte sie etwas Mut und beschloß, sich Thomas Steinmann anzuvertrauen. Er würde ihr sagen, ob ihre Lage gefährlich sei, ob sie klüger handle, vorzubeugen und selbst zur Polizei zu gehen und alles zu gestehen.

Sie bat ihn telephonisch herüber. Es war Abend. Der Nebel füllte dick und weiß die Straßen. Er drückte sich förmlich gegen die Gesichter der Menschen, daß man ihn sich immer wieder von der Haut hätte abwischen mögen. Und jeden Atemzug durchprickelte er wie mit Nadelspitzen. Thomas hatte diesen echten Hamburger Nebel früher nicht gekannt. Als er nun in diese frostige Feuchtigkeit hinaustrat, dachte er sehr sorgenvoll an Guda.

Sie nahm sehr selten einen Wagen. Sie war eine von Hunderttausenden, die durch Verzicht auf Bequemlichkeiten, Gewohnheiten, Standesrücksichten immer etwas Geld sparten, das besser dem einen wichtigen Zweck zugute kam. Frauen, die sonst an eigenes Fuhrwerk, Auto und erste Klasse gewöhnt waren, benutzten die Straßenbahn und fuhren auf Reisen dritter Klasse. Thomas hielt sich nicht für einen besonderen Frauenkenner. Aber er glaubte doch, daß diese kleinen Ersparnisse vielleicht rührender seien und mehr Hingabe bedeuteten als große Geldgaben vom Konto der Gatten und Väter. Es war ihm immer etwas beängstigend, wenn Guda nun im Winter abends von ihrer Arbeit zu Fuß oder mit einer keineswegs sehr nahe vorbeiführenden Straßenbahn heimkam. Durch Katharina hatte er erreicht, daß sie bei sehr schweren Regengüssen einen Wagen nahm. Heute nun, der Nebel war ihm beklemmend. Sie konnte Schaden nehmen. Es schien ja geradezu, als atme man Bakterien ein.

Wenn er sie holte? Was würde sie sagen? Ihr scheues Gesicht machen und den Kopf neigen wie eine schuldbewußte kleine Sünderin? Oder würde in den lieben, feinen Zügen ein wenig Freude aufschimmern? Sähe er wieder dies rasche Rot über ihre zarte Haut fliegen wie neulich, als er unverhofft in das Büro trat, wo sie arbeitete? Den Vorwand dazu zu erfinden war keine Sache gewesen, die viel Schlauheit und Geist erforderte. Er stellte sich einfach als hilfloser Fremder an, der des Glaubens sei, hier eine Geldspende für das Rote Kreuz einzahlen zu können. Wie entzückend verlegen war sie da gewesen! Unbeschreiblich in ihrer Anmut! Der sorgenvolle Gedanke an sie übernahm ihn ganz. Zerstreut betrat er den von Licht übermäßig erhellten Flur des van Stratenschen Hauses. Gold und Spiegel und moosdicker roter Teppich waren bestrahlter, als sie jemals selbst im klarsten Sonnenlicht hätten sein können. Schon erschien die Hausfrau, als habe sie drinnen horchend gewartet, und legte eine Freude in die Begrüßung, die ihm denn doch auffiel. Sie habe ihm doch erst gestern abend im Bridge sechs Mark abgenommen. Also eine lange, schmerzensreiche Trennung läge nicht zwischen ihnen.

„Scherzen Sie nur", sagte sie, „mir ist schlimm genug zumute. Und Sie werden es gleich verstehen."

Sie geleitete ihn in das Arbeitszimmer ihres Mannes, wo es einen besonders traulichen kleinen Winkel gab; dort erhellte ein gedämpftes Licht ein Tischchen und die um dieses stehenden tiefen Ledersessel.

Ihre Angelegenheit brannte ihr zu sehr auf den Lippen. Deshalb hielt sie sich mit Vorreden nicht auf, sondern sagte gleich geradezu:

„Man hat mir Briefe gebracht. Die sind verschlossen über die Grenze geschmuggelt worden. Ist das strafbar?"

„Die Tatsache unbedingt. Für Sie, die Sie sie annahmen, käme es wohl bei Anklage oder Strafmaß auf den Inhalt an. Sind es politische oder militärische Briefe, hätten Sie klüger gehandelt, die Annahme durchaus zu verweigern. Sie wären auch verpflichtet, die Sache zu melden."

„Es ist ein Liebesbrief!"

Er wurde rot. Das flog in seinem Gesicht auf, so stark wie die Zornesaufwallung in seiner Brust.

„Ach so!" sagte er böse. „Sie wirken als Gelegenheitsmacherin? Setzen sich ernsten Gefahren aus, um Herrn Percys Liebesboten zu spielen? Ich täusche mich wohl nicht? Was? Ist der Brief von ihm oder nicht?!"

„Ja. Er ist von ihm. Aber ich bin wütend, einfach wütend, daß ich ihn bekam."

Und sie erzählte ihm von der Botin und las ihm Mildreds Brief vor. Und weil sie nun vierundzwanzig Stunden stumm alles in sich hineingeschluckt hatte, ergab sie sich einer schrankenlosen Mitteilsamkeit. Alles, alles was sie Miß Mildred schreiben wollte und würde — niemand in der Welt sollte sie hindern, es zu tun! — kam als Redeflut von beträchtlicher Ausgiebigkeit aus ihrer Brust herauf. Der künftige Brief hatte inzwischen in ihren Gedanken schon den Umfang eines ganzen Buches erreicht. Man konnte erkennen: Frau van Straten fühlte sich berufen, für ganz Deutschland zu sprechen und den Engländern mal gehörig Bescheid zu sagen.

Thomas hörte nicht mit Geduld zu, nein, mit Genuß. Ohne gerade sorgsam auf jedes Wort zu achten, ließ er doch diesen ganzen Ausbruch an sich vorüberziehen und fand es schade, als er endlich versiegte. Denn unter diesem Redeschwall war sein Herz von der schmerzvoll zornigsten Bestürzung in den Zustand herrlichster Erleichterung gekommen. Also sein Schreck war gegenstandslos gewesen! Es bestand nicht, wie er einige kurze Augenblicke hatte glauben müssen, zwischen Guda und Percy doch noch eine geheime Beziehung, genährt, vermittelt durch die Geschäftigkeit einer englandfreundlichen Närrin! Ganz im Gegenteil, die gesunde Natur der vortrefflichen Frau, der Thomas plötzlich alle möglichen guten Eigenschaften zubilligte, wehrte sich gegen die Anmaßung der Lightstones.

Als sie schwieg mit einem Gesicht, aus dem er schließen mußte, daß ihre letzten Worte wohl eine Frage gewesen sein mochten, fuhr er aus seinem glücklichen Nachsinnen auf.

„Wir tun ja wohl kein Unrecht am Vaterland, wenn wir still über den Zwischenfall weggehen", sagte er. „Und daß die Botin noch andere Briefe als diese gänzlich unpolitischen sollte bei sich gehabt haben, glaube ich nicht. Dieser Mann würde solche Unklugheit nicht begehen. Eine Bedienstete seines Hauses mit dunklen Machenschaften betrauen? Nein, dafür gäb's andere, hochbezahlte Kräfte, mit denen man keinerlei nachweisbaren Zusammenhang hat!"

Diese seine Äußerung erledigte nur halb eins der beiden Fragezeichen, die am Ende ihrer langen Rede gestanden hatten. Frau van Straten wollte wissen, ob ihr noch etwas passieren könne. Und weiter: was sie mit dem Brief an Guda anfangen solle. Sie wiederholte die erste Frage. Er beruhigte sie. Falls die schweizerische Frau irgendeinen Verdacht erweckt habe und ihr Besuch im van Stratenschen Hause bemerkt worden wäre, würde schon jemand von der Kriminalpolizei bei ihr gewesen sein zur Nachfrage. Sollte dennoch dergleichen sich ereignen, brauche sie nicht gleich vor Angst zu sterben, sondern täte gut, genau alle Zusammenhänge zu erzählen. Dann würde niemand ihr ein Haar krümmen.

„Und der Brief an Guda? Unterschlagen darf ich ihn nicht. Als ich Sie früher einmal bat, ihr einen

Brief von Percy zu bringen, wurden Sie so schroff, daß ich nicht wage..."

„Oh!" sagte er mit großer Lebhaftigkeit und glänzenden Augen. „Die Sache liegt heute anders. Ich bitte Sie sogar, mich damit zu betrauen, o ja."

Frau van Straten begab sich an den Schreibtisch ihres Mannes. Der beängstigende Brief war aus der eisernen Schmuckkassette in den Schreibtisch des abwesenden Hausherrn überführt worden, um bei diesem Gespräche zur Hand zu sein.

Als Thomas nun diesen Brief sah, der, schmiegsam und dünn, doch viele Bogen voll Liebesbeschwörungen enthalten mochte; als er den teuren Namen las, den ein in Sehnsucht schwer leidender Mann mit stolzen Schriftzügen auf den Umschlag gesetzt, wurde ihm doch wundersam bedrückt zumute.

Die kraftvolle Aufwallung, die wie frische, herrliche Zuversicht ihn erhoben hatte, versank in grübelndem Ernst.

Welche Erinnerungen mochte der Mann heraufzubeschwören haben! Welche Geheimsprache seliger Leidenschaften verstand er vielleicht zu meistern! Besaß er die Kunst der Worte, aus denen es wie Rausch und Benebelung aufsteigt? Drohte er mit jenen Drohungen, vor denen zarte Herzen erbeben und die sie doch zugleich betören? Mit dem Tode! Wußte er zum Mitleid eines weichen Gemütes zu sprechen? Reue aufflammen zu lassen? Beklemmende Fragen.

Trug er nicht einen Feuerbrand an den Bau eigener Hoffnungen? Ihren Untergang vielleicht herbeizuführen?

Er wollte, er mußte Guda den Brief ohne Zeugen geben. Das war nicht leicht in einer Häuslichkeit, wo man im nächsten und friedlichen Beieinander lebte und der Ablauf aller Tagesstunden so genau geregelt schritt. An diesem Abend wurde es nicht möglich. Graf Leuckmer hielt Tochter, Schwiegertochter und den jungen Freund um sich gesprächig versammelt. Mit der Abendpost hatte Katharina noch Briefe von ihren Eltern erhalten und teilte vieles daraus mit. Der Vater schrieb voll Ehrfurcht von der festen Haltung seiner Frau, die in Gefaßtheit nun bald ihren „Kleinen“ hinausgehen lasse, der in Döberitz jetzt fast fertig ausgebildet und schon Fahnenjunker geworden sei. Friedrich bekäme zum Abschied noch einen kurzen Heimatsurlaub und würde sich, als Durchreisender, auch noch bei der Schwester zu knappem Aufenthalt anmelden. Wahrscheinlich nächste Woche. Um Hermann sei Angst gewesen. Er habe sie aber Mutter verborgen, bis gute Nachrichten kamen; Mutter sei so: Stark im Tragen, schwach in Ängsten. Standhaft gegen den Schlag. Bebend in der Ungewißheit. Und die Mutter schrieb: Vater sei ein stiller Held, er klage nie um seine beiden Herrlichen und helfe ihr so wunderbar, ohne Rede, ohne besonderes Wesen, nur durch seine innerliche Festigkeit! Und ganz schwer und heimlich habe er entsetzliche Angst um Hermann getragen. Dessen Unterseeboot sei überfällig gewesen, und Onkel Heinzenberg in Berlin, der mit einem Herrn aus dem Admiralstab befreundet sei, habe an Vater schon von ernsten Möglichkeiten geschrieben. Vater kenne sie so ganz genau. Und was ihre Phantasie alles vermöge. Sich jeden Schrecken vorstellen, als sei es eigenes Erlebnis. Deshalb verschwieg Vater ihr den Brief. Sie hätte sonst ihren Hermann gesehen, in der Nacht des Bootes, auf dem Grunde des Meeres, umflutet von Wogen, wie in einem Sarge, der ihn und viele Männer umschloß, hoffnungslos. Seit damals in Kiel auf der Förde U 3 sank, wisse man, was für ein dumpfer, langsamer Tod es sei, durch Luftmangel. Aber die Helden von U 3 hatten bis in ihre letzte, einschläfernde Ermattung hinein noch die Hoffnung gehabt. Und sie trog nicht; bis auf die drei Unvergeßlichen im Turm kehrten alle ins Leben zurück. Wenn aber jetzt, auf kühnen, fernen Fahrten, ein Boot sank, wußten die, die in ihm atmeten, daß keine Rettung sei. Das Grauen der Unterwelt, wie vergangene Völker es mit leidenschaftlicher Gewalt sich vorstellten, es hatte matte Farben gegen diesen Tod in der Stille und Tiefe. Der Tod ohne Zeugen, von dem kein Bote Kunde zu den Lebenden trägt. Höchster Opfermut, ihm zu trotzen! Denn in heroischen Zeiten stirbt es sich leicht vor Zeugen. So schrieb die Mutter. Und wie es gewesen sei, als dann ein Brief von Hermann kam, der ganz einfach von erlittener höchster Gefahr, Not, Durst, Hunger und Verfolgung schrieb, als seien es geringe Sachen. Und sie hatten Erfolg gehabt, von dem sie schweigen müßten. Er war glückselig und bat die Eltern, es mit ihm zu sein. Wenn er sein Leben lassen müsse wie Arbogast und Hillemann, so möchten sie seinen Verlust tapfer ertragen; käme er aber gesund davon, so wisse er wohl, was alles er den Eltern und dem Vaterlande schulde, um ein wenig die beiden zu ersetzen, die einander treu bis in den Tod geblieben seien. Vater und Mutter wüßten wohl, er sei ein fester Christ. Und dennoch habe er einmal eine wunderliche Vision gehabt; wohl poetischer und gewiß nicht blasphemischer Art: Als sie eines Tages viele Seemeilen lang an der Oberfläche fuhren und er oben Wache hatte, jagten ungeheure, düstere Wolkenbildungen vor dem grauen Himmel einher. Und es sah aus, als ob Walküren ritten, die vor sich die Leiber der gefallenen Brüder hätten, sie gen Walhall zu tragen. Später habe sich ergeben: Gerade an dem Tage fielen Arbogast und Hillemann.

Die Mutter schloß mit den Worten, daß man wohl stolz sein könne, wenn man solche Söhne zu geben habe. Der Vater neben ihr, das sei immer wie eine Mahnung. Die einzige Liebe, die sie ihm erweisen könne, sei, sich stark halten! Die heiße Dankbarkeit für eine Ehe voll Glück lehre sie das.

Die junge Frau sah sie förmlich vor sich, ihre stattlichen Eltern in dem stolzen Schmerz, der ihre Häupter nicht beugte. — —

„Unbegreiflich geheimnisvoller Widerspruch, daß die tiefste Liebe die stärkste Opferkraft hat", sagte sie leise.

Sie dachte an den heißgeliebten Mann, der nun im Osten in schweren Gefahren stand und so beängstigend schwieg.

So kam Thomas an diesem Abend zu keiner unbewachten Begegnung mit Guda. Der Brief war ihm aber ein schlechter Zimmergenosse während der Nacht. Förmlich feindselige Ausstrahlungen schienen von ihm auszugehen. Sie machten seinen Schlaf unruhig und kärglich.

Am anderen Morgen konnte er Guda gar nicht sehen. Sein Pfleger, den er in der Nähe in einer Pension untergebracht hatte, kam in der Frühe, massierte die Hüftmuskeln und machte seit einigen Tagen ganz vorsichtige Versuche, den linken Arm etwas zu bewegen. Das Glied, das dreieinhalb Monate unbeweglich in Bandagen gelegen hatte, war wie ein lahmes, skelettartiges Gebilde und mußte erst langsam dem Körper wieder als lebendiger Teil von ihm zurückgewonnen werden. Nachher brachte der Mann, der sich durch angenehmes Wesen und Tüchtigkeit schon die Stellung eines Faktotums bei Thomas erworben hatte, ihm die „Morgenpost" mit dem ersten Frühstück. Wie jeden Tag seit manchen Wochen.

Heute lag anstatt der Zeitung, der immer mit Begier erwarteten, ein großes amtliches Schreiben obenauf.

Die Entscheidung über die nächste dienstliche Zukunft! Und eine Minute später hatte Thomas es gelesen: Er wurde, unter Ersuchen, sich so rasch als möglich zu melden, in die Verwaltung nach Antwerpen berufen.

Tiefe Bewegung übermannte ihn. In das Glück, wieder arbeiten zu dürfen, und wenn auch nicht als Offizier in der Front, so doch als Jurist und Soldat dem Vaterlande dienen zu können, mischte sich der schmerzliche Gedanke, daß er gehen müsse, ohne seines Herzens Hoffnungen erfüllt zu sehen.

Dieser unglückliche Brief, den er Guda geben mußte, ward sicherlich der Anlaß neuer Kämpfe in ihrer Brust. Und wenn sie nun in Zwiespalt geriet, vielleicht doch ergriffen ward von der unbezwinglichen Leidenschaft für sie, die ihr der hochmütige Brite nachtrug wie ein Flehender, dann, ja dann war er selbst fern und konnte nicht für sich streiten.

Er dachte eine Weile stumm nach, blätterte im Kursbuch und sagte schließlich, daß sie um vier Uhr heute nachmittag abreisen würden. Er befahl aber, daß gegen jedermann im Hause darüber geschwiegen werde.

Während der Pfleger aus den beiden von Thomas bewohnten Stuben alles zusammentrug und die Koffer zu packen begann, ging er selbst über den Flur und klopfte bei Katharina an, die er in ihrem eigenen Wohnzimmer vor Rechnungsbüchern sitzend vermutete.

Aber sie stand und goß und löffelte allerlei zusammen in ein Glas: Honig und Malz und heißes Wasser, und auf dem Tisch wartete ein zierliches Kochgefäß neben einer kleinen Spiritusmaschine. Graf Leuckmer hatte „seinen" Katarrh, mußte den Tag im Bett verbringen und ließ um die bewährte lindernde Mischung bitten.

Aber in diesem Augenblick fand Thomas seine eigene Angelegenheit wichtiger, als alle Leiden eines neurasthenischen alten Herrn. Und er hielt die junge Frau mit einer ausführlichen Unterredung auf.

Dieser Vormittag hatte ganz gewiß hundert Stunden. Sie wurden ihm länger, als es die ganze Zeit von seiner Verwundung an bis auf den heutigen Tag geworden war. Selbst Adam und Jürgen, mit denen er zu spielen versuchte, stellten ihm ein ungnädiges Zeugnis aus und sagten ihm, er sei gar nicht so spaßig heute wie sonst.

Er ging auf und ab, durch das Eßzimmer und das daran anschließende allgemeine Wohnzimmer, immer hin und her und her und hin, sah dem Tischdecken mit der größten Versunkenheit zu und schrak zusammen, als die Standuhr einen derben, dunklen Schlag tat. Es war eine schreckliche Uhr, sie trumpfte immer so auf mit ihrem unmetallischen Ton, als wolle sie in der unverbindlichsten Weise daran erinnern, daß man am besten täte, ihr viel Beachtung zu schenken. Und das Unglaubliche war, daß Thomas vor lauter Warten doch dieser Mahnung der alten Uhr nicht gehorcht und nicht auf sie geachtet hatte. Er dachte, sie schlüge halb eins. Und es war halb zwei gewesen.

Bald danach öffnete sich die Tür, und Guda kam herein. Sie sah sich ein wenig erstaunt um. Papa nicht da? Der wartete doch sonst schon immer, und auch Karen war immer schon zur Stelle, man mußte sehr pünktlich sein. Die Mittagspause für Guda war nur kurz, denn zwei weite Wege gingen noch davon ab.

„Ja", sagte Thomas und wurde zu seiner Qual rot, er fühlte es deutlich, es war ihm sehr peinlich. Wunderlich, daß selbst der Beherrschte darüber keine Macht hat, „der Bronchialkatarrh. Aber ein Tag Bettwärme.."

„Da will ich doch gleich...", sprach sie, von Verlegenheit wie übergossen. Sie sah ihn erröten. Sie waren ganz allein! Das schien so beängstigend. Waren sie denn überhaupt schon jemals allein gewesen...?

„Nein, bitte. Ich muß mit Ihnen sprechen. Ich habe Ihnen auch etwas zu geben."

„Mir?!"

„Einen Brief."

„Von wem?"

„Von Mister Percy Lightstone!" sprach er, plötzlich sehr kalt, mit vollkommener Ruhe.

Guda veränderte die Farbe. Sie streckte ein wenig die Arme aus, nach rückwärts, als wünsche sie, ihre Hände zu verbergen.

Da hatte er den Brief, sie sah mit großen Augen zu, aus seiner Brieftasche zog er ihn, dünn und schmiegsam, da stand auch ihr Name, mit den großen, klaren Buchstaben.

Ihr ganzes Wesen kam in bebende Aufregung. Schmerz, Angst, ein seltsames Gefühl, als wolle man ihr die Freiheit nehmen, als solle sie an ein Vergangenes für immer und ewig angekettet bleiben, empörte sich in ihr. Ihr heißes Blut wallte auf, in heftigem Zorn, gegen — Thomas...

„Nein", rief sie, „nein, ich will keinen Brief. Meine Freiheit will ich. Und daß Sie — Sie — Sie sich dazu hergeben, zum Boten, für die — das — das — Ich habe gedacht, ich habe gedacht..."

Sie stockte. Sie hatte etwas sagen wollen, was sie

so recht deutlich noch nie gedacht hatte. Aber gefühlt, gewußt, ohne zu wagen, sich das zu gestehen...

„Sie haben gedacht, daß ich Sie liebe!" vollendete er in jubelndem Ton. „Oh, Guda, das tu ich ja, Gott allein weiß, seit wann, immer, immer..."

„Nicht...", flehte sie, „nicht davon sprechen. Und dieser Brief, wie ängstigt er mich..."

Sie weinte fast.

„Hier ist er. Sie allein müssen über ihn beschließen."

Er legte ihn auf das nächste Tischchen nieder, es war zufällig der Rauchtisch, auf seiner metallenen Platte stand allerlei blankes Gerät.

Und Guda, mit den Gebärden einer Gehetzten, nahm ein Zündholz, sie hielt dann den Brief in ihrer Linken empor, eine Flamme züngelte auf. Die Finger zuckten unwillkürlich und ließen das brennende Papier sinken, es fiel in eine Aschenschale, und nach ein paar Augenblicken waren in ihrem messingenen Rund nur noch die schwarzen, zerfallenden Reste dünner Papierblätter.

Guda stand atemlos, sah zu, wußte nicht, was sie sagen sollte, traute sich nicht, ihn anzusehen.

Er nahm ihre Hand.

Und sie neigte wieder ihr liebes, feines Köpfchen mit dem scheuen Ausdruck einer schuldbewußten Sünderin.

„Guda", sagte er, von tiefster Bewegung erfaßt, ganz und gar von zärtlicher Milde erfüllt, von dem heißen Wunsch beseelt, ihr Glück, ihr Heiterkeit und Jugend zurückgeben zu dürfen, „liebe, liebe Guda. Nun ist alles Vergangene abgeschlossen. Nun weiß ich, ich sehe es ja, abgetan. Und ich, Guda? Sie haben mich erraten, habe doch ein wenig Mut zu dir, zu mir..."

Sie entzog ihm ihre Hand, um ihre überströmenden Augen damit zu bedecken.

„Ich kann nicht. Es ist doch, als wär' ich solcher Liebe nicht mehr wert..."

„Guda!" rief er. „Quäl dich nicht und nicht mich."

Sie machte eine Bewegung mit dem Kopfe, abwehrend, verzweifelt, und stürzte davon.

Dann kam bald Katharina. Sie fragte nichts. Sie sah, bleich war sein Gesicht. Aber dennoch nicht wie das eines Geschlagenen.

Halblaut sprachen sie von der Reise. Um halb vier Uhr käme der Pfleger mit einem Kraftwagen und holte ihn und das Gepäck. Er bat herzlich, ihn nicht an den Bahnhof zu geleiten. Und dann erschien Guda am Tisch.

Auch sie war bleich und sehr still. Katharina sprach nun fast allein, und das Gefühl, den lieben beiden Menschen helfen zu müssen, lähmte ihr geradezu die Gedanken. Sie dachte: ‚Wenn man sprechen muß, wenn einem was einfallen soll! Wie wird man unergiebig von dem bloßen Zwang!'

Thomas fragte, ob immer noch keine Nachrichten von Rüdener da seien. Nein. Aber sie hatten auch verabredet, daß er keine Feldpostkarten schreiben würde, sondern erst, wenn sich Gelegenheit zu einem Briefe fände. Und Guda glaubte, etwas von Postsperre für den Osten gehört zu haben. Zweimal, so berichtete die junge Frau, zweimal habe sie dem Freunde Fünfhundert-Gramm-Kästchen gesandt. Indem sie so mit Worten und Gedanken den Fernen förmlich als Helfer heranholten, blieb doch ein Gespräch hingefristet.

Bis die weise, plumpe Uhr drei Schläge tat.

Guda stand sofort auf.

„Wenn ich Papa noch guten Tag sagen will, muß ich aber jetzt..."

Auch Thomas hatte sich schon erhoben. Er vertrat ihr den Weg, fest und mannhaft.

„Wo gehst du hin?“ rief Guda ängstlich der jungen Frau nach. Was wollte Karen? Sie allein lassen?

Aber sie war schon fort.

„Ein Wort, ein letztes darf ich doch noch sprechen, noch erbitten ...?“

„Was noch — ach nein“, wehrte sie ab.

„Damals, Guda, damals mußte ich gehen, ohne Wunsch, ohne ein Wort des Segens. Soll ich noch einmal so hinaus, so arm?“

„Hinaus? Jetzt? Heute?“

„In einer halben Stunde!“

„Thomas!“ schluchzte sie auf.

Das kam so unerwartet, gegen diesen Schlag hatte sie sich nicht rechtzeitig wappnen können.

Er ging! Er ging! Sie würde ihn nicht mehr sehen, nicht mehr wissen: Er ist da!

„Ich liebe dich, Guda. Ich bitte dich, wenn ich heimkomme, mein Weib zu werden. Gib mir dein Ja mit.“

„Ich kann nicht; einst, vielleicht, vielleicht“, stammelte sie weinend.

„Gewiß, gewiß!“ sprach er mit leuchtenden Augen. „Denn ich glaube an unser Glück!“

Er neigte sich tief über ihre liebe Hand. Und küßte genau die Stelle, wo einst der schwere, prunkende Ring gesessen. Sie würde, sie mußte verstehen, daß dieser Kuß etwas auslösche.

Und sie entzog ihm ihre Hand und preßte sie gegen ihre eigenen Lippen, gerade da, wo sein Kuß ihr wohlgetan. So ging sie weinend hinaus.

Beglückt, von herrlichen Sicherheiten erfüllt, sah er sie gehen. Er wußte: Diese Tränen flossen ihm!

Dann gab es noch die lauten und fliehenden Minuten des Aufbruchs. Vom väterlichen Freund mußte er sich noch rasch verabschieden. Da waren die beiden kleinen Knaben, die sich an ihn hingen. Das Stubenmädchen hatte noch die Mittagspost für ihn, was die junge Frau zu der Frage veranlaßte:

„Nichts für mich?"

„Die Post für Frau Gräfin habe ich oben auf den Schreibtisch gelegt. Feldpost ist dabei."

Feldpost! Feldpost! Vielleicht von ihm! Dem Einzigen! Aber diese allerletzten Augenblicke auf der Schwelle gehörten dem lieben Abreisenden.

Sie konnte ihm nur die vielen heißen Dankesworte verbieten. Ihre Augen wurden naß. Aber doch war frohe Zuversicht in ihr. Er zog nicht furchtbaren Schrecknissen und Gefahren entgegen. Nützliche Taten, Gewonnenes zu straffer Ordnung führen zu helfen, das wartete auf ihn.

Und in der Zukunft das Glück!

Leb wohl, leb wohl.

Noch von den Stufen vor der Haustür winkte sie ihm nach.

Sie nahm die beiden Knaben mit sich, gleich nach dem Essen hatten sie immer ein Spielstündchen im Zimmer von Mutti.

Als die junge Frau treppan ging, dachte sie noch voll schwesterlicher Liebe dem Abgereisten nach. Welche Sterne mochten scheinen, wenn er einst zurückkam?

Leuchtete dann der Frieden über dem Vaterlande? Stand es, voll Wunden zwar, doch in stolzerer Größe als je? Und endlich, endlich erkannt von der ganzen Welt als das, was es war?

Heilige Gewißheit erfüllte sie.

„Mutti, spielst du mit uns?" fragte Adam.

„Baust du uns eine Festung?“ fragte Jürgen.

„Ja, Kinder, gleich, will nur die Post sehen. Feldpost, Kinder! Wer weiß, vielleicht schreibt Onkel Friedrich, daß er kommt.“

Aber sie dachte:

‚Vielleicht ein Brief, endlich ein Brief von ihm!‘

Sie schob die Kinder vor sich her ins Zimmer.

Zugleich schon suchte ihr Blick den Schreibtisch.

Was war denn das? Zwei braune Briefkästchen? Zurück, die ihren? Waren sie falsch beschrieben gewesen?

Sie stürzte auf den Schreibtisch zu, nahm die Kästchen.

Sah, sah...

Da stand ein Stempel, ein Aufdruck...

Zurück!

Und ein Wort auf dem einen.

Tot.

Ein anderes Wort auf dem zweiten.

Gefallen.

Mit grauenvoller Kürze.

Als Sendboten der Liebe waren die kleinen braunen Kästchen hinausgewandert.

Ihre Rückkehr brachte starres Entsetzen.

Die junge Frau brach in die Knie, die Hände vor dem Gesicht, das Haupt nach vorn gesunken.

Sie weinte nicht.

Es war, als sei die Welt von einer ungeheuren Stille erfüllt, und sie horchte hinein in dies Nichts, ob sie nicht die eine, geliebte Stimme hören könne und den letzten Laut eines, der ewig schwieg.

Langsam erwachte ihre Seele wieder, erhob sich aus der Betäubung. Und ihr erstes Wissen war dies.

Ich habe ihm Liebe gegeben, ich habe ihm Liebe gegeben!

Sie sah seine Augen vor sich, diese dunklen sprechenden Augen. Und den übermenschlichen Glanz von Glück und Dankbarkeit, der über sie hinstrahlte und ihrem ganzen künftigen Leben Wärme und Weihe gab.

Sie hatte ihn hinausziehen lassen als einen Gesegneten. Trostreiches Erinnern.

Vor ihrem Geiste erschien wieder das Bild, das sie damals erschauern ließ, als ihre Brüder in den Krieg gingen: Die verhüllte Frau, die vor düster rotem Hintergrunde schritt, in bleichen, schmalen, vorgestreckten Händen eine Schale tragend, aus der eine Rauchsäule unablässig emporwirbelte.

Himmelan stieg sie — zum Throne der ewigen Gerechtigkeit — und zeugte für die Opfer, die Frauenherzen gebracht — — Und war es nicht, als lösten sich in diesem Dampfe die Tränen auf, von denen sonst der Schale Rand längst überströmt wäre? Was blieb in ihr zurück?

Wollte ihr die strenge Erscheinung etwas sagen? Vielleicht dies — daß Tränen endlich versiegen — daß Taten weiterblühen...?

Eine weinerliche Kinderstimme klang hinein in die feierliche Stille ihrer Seele...

„Mutti — was hast du...?"

Die Hände sanken ihr vom Gesicht — sie hob das Haupt — da standen die Kinder — sahen scheu und unsicher auf sie.

Sie streckte die Arme aus und zog die beiden Knaben an sich, sie fest umschließend.

Das war ihre Zukunft — — das ihr Glück — das ihre Aufgabe — in ihnen lebte ihr der geliebte Mann weiter — und all sein sittlicher Wille.

Eine wunderbare Erkenntnis kam ihr, da sie so die beiden Knaben umfing.

Der eine ein Sproß alten, vornehmen Geschlechts, das dem Niedergange kraftlos zuzueilen schien — zarten Herzens und feiner Art der Großvater, aber nicht mehr fähig zur Tat, zum Kampf — der Vater widerstandslos in den Rausch des Genußlebens hineingezogen, das vor dem Kriege wie Krankheit an Deutschland zehren wollte.

Und der andere Knabe. — Aus bitterlicher Not, aus der gramvollen Ungeregeltheit ärmlichster Umwelt hatte sein Vater sich emporgearbeitet — begonnen, sich mit den Waffen des Geistes einen Platz zu erkämpfen. — Und als der Begründer eines neuen Geschlechts, in dessen Adern das kraftvolle Blut des Volkes rann, dachte er auch dem Sohne Wege zu weisen. — —

Was aus so verschiedenem Wurzelboden aufsproß — in ihre Hände war es gegeben, die ausgleichenden, leitenden — zu herrlichem Wachstum durfte sie es lenken — Männer sollte sie erziehen — dem neuen Deutschland neue Bürger. —

Und das Feuer, das diese heilige Zeit in allen Herzen entzündet — die jungen Mütter hatten es zu hüten, damit es weiterbrenne im nächsten Geschlecht.

Sie erhob ihr Haupt — ihre Augen weiteten sich. — Ein feierlicher Schein leuchtete auf ihren Zügen.

Ihr Blick ging in überirdische Fernen und sandte Gelöbnisse zu jenen, die dahingesunken waren.

Und ihre Seele sagte es den Verklärten:

Euer Vermächtnis wird erfüllt. — —

www.ingramcontent.com/pod-product-compliance
Lightning Source LLC
Chambersburg PA
CBHW060815310726
48980CB00002B/306

* 9 7 8 3 8 4 6 0 9 7 9 8 4 *